■ 影视传媒实践教材系列丛书·广播电视编导系列

实用影视写作

SHIYONG YINGSHI XIEZUO

谢建华 主　编

罗　勤　张金华　黄　颖
安　悦　袁　娜　彭洋捷　岳　琳　参　编

重庆大学出版社

图书在版编目(CIP)数据

实用影视写作 / 谢建华主编. -- 重庆：重庆大学
出版社,2017.5(2024.7 重印)
(影视传媒实践教材系列丛书.广播电视编导系列)
ISBN 978-7-5689-0502-2

Ⅰ.①实… Ⅱ.①谢… Ⅲ.①电影文学剧本—创作方
法—教材②电视文学剧本—创作方法—教材 Ⅳ.
① I053.5

中国版本图书馆 CIP 数据核字(2017)第 080625 号

影视传媒实践教材系列丛书·广播电视编导系列
实用影视写作
谢建华 主 编

责任编辑:李桂英　　　版式设计:陈筱萌
责任校对:邬小梅　　　责任印制:张 策

*

重庆大学出版社出版发行
出版人:陈晓阳
社址:重庆市沙坪坝区大学城西路 21 号
邮编:401331
电话:(023)88617190　88617185(中小学)
传真:(023)88617186　88617166
网址:http://www.cqup.com.cn
邮箱:fxk@cqup.com.cn(营销中心)
全国新华书店经销
POD:重庆新生代彩印技术有限公司

*

开本:787mm×1092mm　1/16　印张:15.75　字数:335 千
2017 年 8 月第 1 版　　2024 年 7 月第 4 次印刷
ISBN 978-7-5689-0502-2　定价:45.00 元

丛书编写委员会

总 主 编：陈祖继

副总主编：刘　彤

总 主 审：廖全京

编　　委：陈祖继　　刘　彤　　廖全京　　张乐平

李佳木　　徐先贵　　韩治学　　赵淼石

林　莉　　王志杰　　蒋维队　　黄晓峰

宋　歌　　王文渊　　杨晓军　　熊若佚

刘志平　　周　静　　杨嫦君　　唐　晋

许　嫦　　赵耘曼　　于　宁　　李　兰

陆　薇　　孙铭悦　　汪　军　　罗　佳

本书编写委员会

谢建华　　罗　勤　　张金华　　黄　颖

安　悦　　袁　娜　　彭洋捷　　邱　琳

融入现代职业教育体系,凸显数字影视传媒实践特色

21 世纪的到来,媒体行业正发生着一场巨变,甚至是裂变,一场围绕着影视传媒行业创新与突破为核心的数字内容产业正在席卷全球,以波澜壮阔之势蓬勃展开,引领一个新的时代——数字时代到来。数字时代影视艺术也以全新的形态和更为丰富的内涵影响着社会大众的生活,并推动着数字影视产业的快速发展。促进数字时代影视技术与艺术深层次结合,成为时代赋予新一代传媒人的历史责任,数字时代如何培养更加优秀的影视传媒人才是社会传媒行业之需要,更是影视传媒院校之重任。

媒体行业在应时转变,国家教育体制也在顺势改革。2014 年 6 月,在全国职业教育大会召开前夕,相关部门发布《国务院关于加快发展现代职业教育的决定》和《现代职业教育体系建设规划(2014—2020 年)》,旨在推进职业教育改革发展,更好地服务国家经济发展方式转变。这两个文件共同构成今后一个时期指导职业教育改革创新的纲领性文件,提出了发展中国现代职业教育的总目标,即"到 2020 年,形成适应发展需求、产教深度融合、中职高职衔接、职业教育与普通教育相互沟通,体现终身教育理念,具有中国特色、世界水平的现代职业教育体系"。

面对如此变化,为了培养适应新媒体时代,特别是数字时代所需的全能型媒体人才,将影视传媒教育融入现代职业教育体系,满足市场对人才动态变化的需求,产教结合,校企合作,服务于地区经济与区域经济发展。我们潜心研读文件精神,用心探索应对方案,精心打造具有数字时代特色的专业教学方式、方法,全心投入大势所需的教材改革之中。

高等教育要基于科技与文化,立足前沿,面向世界,面向未来,高瞻远瞩,而该丛书的出版恰好弥补了数字影视传媒时代实践教材的一个空白,丛书涵盖了电视栏目剧创作、影视艺术概论、广播电视节目策划、实用摄影教程、新闻编辑、微电影创作与实践、影视文案写作、化妆与造型、电视导播艺术、传媒礼仪、影视美工设计等方面的内容。丛书的编写一方面力争将自己的研究对象置于理论层面上加以审视,从传媒文化传承中寻求对特定问题的解释,并以此观照中国广播影视事业的发展;另一方面,又十分注重用市场的需求来反观影视实践人才培养的历史、现状和未来。在大量的实际操作和广阔的学习平台中,架构一个开放的、动态的、科学的、零距离接近的实践育人模式。力争在以数字技术为载体的当下,在理论与实践领域积极探索一种全新的思维模式,构建一套应用性强、针对性强、操作性强的育人体系。

该丛书的作者主要来自两个方面:一是具有较深学养的院校专业教师和研究人员;二是

具有丰富实践经验的一线工作人员。其构成切实符合理论和实践结合的育人原则,理论为实践服务,重视突出实践,同时,也为该丛书的可读性提供了保证。该丛书既可以作为各大院校相关专业的教材,也可以成为从业人员的进修读物,为数字时代影视传媒业实践环节的发展与建设尽绵薄之力。

近几年来,在国家文化产业政策的扶持与鼓舞下,在国家文化产业大繁荣大发展的背景下,国内数字产业正在以破竹之势迅猛发展。基于此,我国影视传媒行业也正在逐步向数字传媒方向靠拢或转型,稳步进入一种数字化与多样化齐头并进的新时代。这对于以传媒专业为主导的高等传媒院校来讲,既是机遇也是挑战,更是影视传媒教育工作者值得深思的问题。

数字时代影视传媒实践人才培养的模式还在不断向前发展,随着这种发展还将会有更为深刻、广阔的内容出现,因此丛书难免存在种种不足,我们有理由相信,这只是一个具有开拓性的开始,未来的研究、探索之路仍然漫长。数字时代影视传媒将如何更好地发展与前行,实践人才应该怎样培养等,都已成为数字时代影视传媒教育努力和思考的方向!

我衷心期望能够借助于该丛书的出版,抛砖引玉,使更多的专家、学者、教师及热爱影视传媒行业的广大青年朋友可以融入数字时代影视传媒教育这一大的课题建设中来,出谋划策,共筹未来!

是为序。

陈祖继

2014 年 8 月 3 日

(陈祖继教授系中国作家协会、中国电视艺术家协会、中国戏剧家协会、中国电影家协会会员,四川省新闻教育学会副会长,四川传媒学院副院长)

▶ 前　言

无论从产业角度,还是从专业培养角度看,写作在编导类专业教学中的重要性都不言而喻。

从产业来讲,剧本乃一剧之始,没有最初剧本提供的故事,后面所有的制作环节都无法开展。通常一个影视产业所涵盖的编、导、演、摄、录、美六大核心部门,也是现今影视教育最通行的六个核心专业设置,这清晰地说明了剧本创作在整个行业里的重要位置。对一个合格的编导来说,要想顺利地完成一部影像作品,最起码要懂得三项基本工作,剧本、表演和摄影(像)。现代电影创作中,导演亲自写剧本、提供故事,或者与编剧联合作业,已是十分普遍的行业现象。这说明,导演要完成作品创作,剧本写作是不能回避的基本功。

从专业来说,广播电视编导、戏剧影视文学、戏剧影视导演、广播电视学等相关专业的学习,必须将故事创作作为重要的一项专业基本功来训练。影视作品要提供故事,而新闻、专题同样需要故事化的写作,当代媒介受众对故事阅读已经达到十分痴迷的地步。很多时候是没有故事就没有阅读,也就没有传播行为。如果经过扎实的影视写作训练,将十分有利于从事专业工作。

现行的影视写作教学存在很多问题。一方面,对学生的基础写作训练重视不够,教学观念上总认为那是专业编剧的事,跟一般从事编导、电视节目制作或新闻报道没有太大关系;另一方面,训练量少,课程开设简单,学生的写作能力很难得到提高。

学生写作能力训练不足,明显体现在两个方面:

第一,除戏剧影视文学专业外,多数学校原有的其他编导类专业教学计划几乎没有专门的课程进行剧作和相关影视文本写作训练,影视剧本创作方面的课堂、实践教学时间严重不足。很多名为创作类的课程,在实际操作中往往因为师资等方面的原因,行课过程被变相执行为半操作半理论性的教学,甚至是赏析性课程。整个四年平均不到 100 个学时的教学计划,讲授、训练时间严重不足。

第二,由于缺乏系统、专业的训练,学生影视创作能力低下,与行业(产业)现实脱节,实习、就业后无法很快融入影视行业的具体业务。

通过各大网站发布的短片作品,不难发现这一问题的严重性。尽管新媒体时代大大解放了人们进行影像创作的能力,门槛降低、平台扩大、全民创作,使题材多样、风格多元的微电影作品爆炸式地集群涌现,但仔细点击浏览,便会发现,这些名目繁多、形式各异的短片,不少是不合格的艺术创作。不管是一些知名大学,还是地方重点大学,或是一些专业性的三本院校,学生们初次"触电"所完成的作品,优点不尽相同,缺点却是惊人地一致:不会讲故事。[①]

作品质量低劣的根本原因在于:叙事能力差,对剧作方面的基本训练不足;故事写作的能力低,判断故事好坏的标准也有问题。由于师资、教学理念等方面的原因,学生的剧本写作与产业(行业)现实脱节,写出来的东西在真正的拍摄实践中往往无法使用。

所有这些问题,都需要在写作课的方法教学和创作训练中得到解决。唯有通过反复实践、多轮训练,才能在其中不断发现问题,将短片创作的方法技巧和故事写作的要领自觉应用到自己的剧本创作中去,找到解决的方法。

本书作为作者多年教学的实践成果,总结了影视写作的实用技巧,并附上不少具有参考价值的习作、案例,希望对影视写作爱好者有所助益。

1.教学内容

本教材实际上涵盖了三大文类的写作:电视文本的基础写作、电影文本的基础写作,以及影视评论写作。所有教学内容的组织,均以实践能力为主要指向,选择应用最广、最有市场价值的文类为主要训练内容。

电视文本写作部分包括应用比较广泛的文学改编剧本的写作、纪录片脚本写作、广告脚本写作,以及电视文学片脚本写作。

电影文本写作从小戏写作的方法入手,从而完成一个电影短片的创作任务。通过剧本命意、剧本叙事和剧本风格三个层面,教会学生如何从题材到创意再到包装,从开头、发展(持续)到高潮、结尾,发展冲突、设置戏核、理顺脉络,逐步完成一个短片的剧情讲述。

影视评论属于批评写作,但在影视类专业中应用最广,也最容易掌握。这一部分既界定了影视评论的含义,明确影视评论写作的基本要求和标准,也对影视评论进行了亚类型划分,结合具体案例,说明了影视评论写作的操作要领,分析了影视评论写作中最常见的问题。

本书详细介绍了每一种文类的基本概念、文类特征,以及完成该类文本写作的基本步骤和技术要领。

---

① 杨小锋,谢建华.广播电视编导专业实践教学理论与方法[M].成都:四川人民出版社,2014:51.

2.教学方法

本课程采用案例教学和实践教学相结合的方法,将方法讲授与案例分析相结合。

案例教学。将优秀的剧本作为案例,通过剧本案例分析,让学生知道,好的剧本应该是什么样的,剧本写作的方法要领是如何在实践中运用的。同时,教材也列举了不少学生习作案例,从中可见稚嫩作品所暴露的问题,从而知道如何避免在自己的写作中出现类似的问题。

实践教学。实践教学意味着写作教学的方法技巧要靠大量的实践练习才能掌握,这种实践既包括课堂上进行的随堂练习和作业讲评,也包括课下进行的自主创作、专项训练,通过反复实践领会操作要领,提高写作水平。

▶目 录

▶第一章
影视写作的特征与要求

一、影视写作的基本特征

要想从事影视剧本的写作，首先要明白影视类写作不同于常规的写作，其有自己的特征与规律。只有了解这些特征，才符合影视行业的基本要求。

（一）商业性（产业性）

所谓"商业性写作"，指影视写作是带有商业属性的，是为公众（影视受众）服务，有投资、求回报的一种商业行为，而不是一种可以自我抒情、自发创作的个人写作行为。它有一个完整的产业链条，故事写作只是其中的一个环节。并且，因为产业价值链的关系，故事写作过程往往会受到其他产业因素的影响。

1.影视写作的产业性或商业性特征

（1）影视写作是要经过选材策划的。影视写作究竟要写什么，我们需要创作什么样的故事，创作什么样的纪录片，提供什么样的电视栏目文案，拍什么样的电视散文，书写什么样的价值观念，反映什么样的生活？这些都必须经过周至严谨的商业策划。换句话说，我们需要写什么样的故事，提供什么样的剧本，观众才有兴趣观看？这是所有影视类写作必须首先要面对的问题。经过商业策划环节之后，才可能进行具体的故事写作，这是保证一个影视项目取得产业成功的前提。这完全不同于传统文学领域里的写作：纯文学写作首先是一种自主的创作，其后才有可能被出版商发现其中的商业价值。

应该写什么呢？按照影视写作的商业性特征，影视写作的素材要求肯定是对当前文化消费热点的回应。通俗地讲，观众可能对什么感兴趣，我们就写什么；观众爱看什么，我们就提供什么，这是一种典型的商业投产行为。当"中国"成为越来越热门的话题，西方电影就突然多了很多中国故事、中国面孔和中国段子，除了《2012》《功夫熊猫》《古墓丽影》《变形金刚4》《纸牌屋》等拿中国做故事的"主菜"，《华尔街：金钱永不眠》《大独裁者》《地心引力》等也将中国元素作为必不可少的"调料"。当老龄化问题成为全球性话题,家庭、亲情成为时代"奢侈品",《飞越老人院》《一次别离》《涉外黄金大酒店》《我们家买了个动物园》《后人》等表现老人、关注家庭情感伦理的故事便成为观众消费热点。

反过来说,为什么一些特定的类型片会一直成为创作热点?背后一定是以公众的消费心理作依据。为何特工题材一直是热门的类型影视?为什么在和平时代,恐怖电影风靡全球;看似时代越安宁,我们对恐怖片的需求却越迫切?为什么一段时期以来,魔幻类、穿越类故事热映(播)?为什么青春类、怀旧类故事占了中国影视票房产出的大头?所有这些一时的或是长期的题材热点或热门类型,说到底就是对一个时期内或长时间以来观众关注热点的回应,是对影视观众感兴趣话题的有意迎合。电影、电视是一种精神产品或者心理抚慰剂,这种简单的供求关系反映了电影的商业本质,也明确了剧本写作的产业性(商业性)特征。

(2)剧本写作是一种产业行为,它虽然只是产业链条上的一个环节,但并非完全孤立的、自由的,制作、宣传、发行等环节在剧本写作阶段已经开始介入了。

剧本写作受到的制约因素,不仅仅是故事本身的规律和编剧的基本能力,还要受到影片投资规模、演员、置景、后期以及营销卖点的设计等因素的影响。

首先,大片的剧本写作和小成本电影的剧本写作,在创作的自由度、故事容量,甚至风格追求上是完全不同的,投资规模基本上限定了故事创作的可能性。

其次,演员的选择也会影响剧本写作。找谁来演?演员与角色的吻合度、演员的档期安排、演员目前的市场价值,这些问题看似是拍摄过程中才会考虑的,其实在剧本写作阶段即需要明确,因为它们会对成片的艺术质量和接受效果产生直接影响,这不仅是导演的事,编剧也要考虑。

再次,置景问题也会影响前期写作。有的编剧在开始剧本创作前,就会到故事发生地,也就是拍摄的外景地实地走走看看,对场景空间了然于心,才能让人物的动作和空间更好地结合在一起。

最后,后期的剪辑、营销等也会影响到前期的剧本写作。原计划实拍的段落可能因为预算、工期等原因,改为后期特效完成,剧本也要作相应改变;原来设想好的故事卖点,很可能在影片拍摄完成后,因为社会政治、文化情势发生变化,影响到观众对故事的接受,需要重新调整故事呈现的方式,部分或者整体修改剧本。所有这些,均说明电影、电视剧的生产是个系统的产业过程,剧本写作作为其中的一环,会受到其他产业环节的影响,就像工业生产的标准流水线一样,每一环节都不能置身其外。

(3)剧本写作为公众提供故事,其根本目的是追求市场价值的回报。剧本通常不是纯粹的文学作品,很少作为抒发个人情感的方式,而是一种提供故事供人消费的手段。在影视行业内,通常的观点是:一个剧本如果不被拍出来,它就是废品。剧本创作形成的故事如果不能成为影视作品,进入公众视野,被人观赏,就失去了价值。因此,剧本写作是具有明显投资性的产业行为,它关注市场,有明确的受众目标,要求有一定的商业价值回报。

2.商业写作(公众写作)与个性写作(个人化写作)之间的关系

(1)即使剧本写作首先是服务大众,为影视观众提供故事,也必须建立在自己熟悉的基础上,也就是说,要有一定的熟悉度。我们需要一个中国人在外太空生存的故事,可是如果你并不熟悉这类题材,对科幻没有兴趣,肯定写不出一个好的剧本。农村题材再热,如果你根本不熟悉农村生活,又不愿意去实地观察、体验,也肯定无法完成一个观众满意的农村故事。虽然剧本写作是一种产业行为,观众想看什么我们就要写什么,但是这种写作如果不是建立在自己熟悉的基础上,就无法实现。因此,在写任何剧本之前,我们都应该问自己:我熟悉吗? 这个故事成立吗?

(2)剧本创作在满足大众故事需求的基础上,还要有自己的风格,产业化的公众写作与个性化的风格是不矛盾的。稳定明确的风格容易建立明确的观众群,也有鲜明的作品辨识度,这对影视产业的市场操作是有利的。

影视写作的产业性特征,对剧本写作提出了明确的要求,那就是剧本写作不是编剧一个人的事,在剧本写作过程中,编剧要充分考虑整个影视产业的各个环节,以可操作性、可实现性为标准,绝非天马行空、随意创作,由着自己的性子写,将所有的问题留给制作。

我们来看下面两场戏的写作是否符合剧本写作的产业性特征要求。

第39场 卧室 晚上

里面黑漆漆的。只听见时钟的滴嗒声。李建躺在床上睡觉。(特写)李建的脸。

一缕温柔的微风吹在他的脸上,他慢慢面带微笑。

……

第55场 蒙太奇公寓 晚上

一直听见"吱啦吱啦"的声音。

透过阳台的玻璃窗,看见外面的夜景。窗外看到各个楼房里射出的灯光。看到各个楼房里的人。有人看电视,有人在运动,有人操作电脑。(特写)电视画面、电脑显示器、微波炉、台灯、顶灯等。①

上面的两场戏均设置在晚上,夜戏写作既要考虑现代观众的视听习惯,也要考虑导演在拍摄过程中的可实现性。第一场戏的空间是卧室,已经说明了画面是"黑漆漆的",画面看不到什么,因此强化了声音:时钟的滴嗒声,这是对的。但接下来的写作让人匪夷所思:黑夜里不但看到一个人在床上睡觉,还用特写方式显现了他的脸,更不太可能的是微风拂面,我们还看到他"慢慢面带微笑"。第二场戏几乎是一个全景万能镜头,黑夜里我们不但看到对面"各个楼房"里射出的灯光,还看到了"各个楼房"里的人,还进一步看到了"各个房间"里的动作特写、房间细节,这不太符合生活逻辑,在剧情内容上也是无意义的。这是一份学生作业,拍摄的可实现度也是极差的。它们的共性问题,都是没有注意到影视写作的产业性特征,前期写作会受到后期很多产业环节的影响,而非随心所欲。

① 方向.电影剧本创作的重要性——兼谈北京电影学院毕业联合作业的剧本创作现状[J].北京电影学院学报,2009(4):26.

（二）直观性

影视写作是一种直观性写作，要求影音并重，能够用文字娴熟地展现影视艺术的两个符号系统——影像与声音。具体来说，有三个基本要求。

（1）要达到声画交融的文字效果。虽然写出来的是文字，但是要达到声画交融的效果，让人读过剧本语言的描述，就像看到了一幅幅流动的影像。剧本语言要求直观性和声画感，通过具体的、实体性的文字，把场面、语言、动作描述出来，导演看到剧本，甚至能想象出来画面是怎么完成的，镜头是如何运动的。

我们来看看成熟的剧本语言，是如何达到直观、生动效果的。

● 内景　坑道　夜

漆黑一团。什么也看不见，只能听到人的呼吸声以及身体和土壁的摩擦声。镜头缓缓往深处移动，依稀传来铁器撞击泥土的声音。前方拐弯处马灯微光闪烁。一个戴军帽光脊梁的人拖曳着一大筐黄土，像窑工一样匍匐着身子爬过来。

画外音：尝尝。

战士的脸上布满尘土和汗水，精疲力竭地喘息着，从画外捏了一个蒸饺子塞到嘴里。镜头继续往深处移动。

画外音：尝尝。

另一盏马灯下面，一个饥饿的战士停下来，两个腮帮子立刻被塞满了。镜头从挥锹忙碌的战士们身边经过，沿着昏暗的弧形土壁拐到坑道的尽头，径直推向一个大汗淋漓的赤裸的后背——此人双膝跪地，吭哧吭哧地挥镐掘土，身上的汗水已经变成了泥水，浸湿了军帽和裤子。[①]

这是著名编剧刘恒完成的剧本《集结号》的开场戏。同样是场夜戏，空间是在战场临时挖的坑道里，刘恒先生首先很清楚我们应该展示什么：视觉上看不见，听觉就一定得丰富，短暂快速的声音语言过后，尽快通过镜头的移动，把光源引进画面，让画面亮起来，光线由弱到强，画面信息也越来越清楚、丰富，编剧照顾观众的视听习惯，了解影视艺术的语言规律，懂得影视写作是一种产业性写作，也是一种直观性写作。语言视听感强，没有抽象的、务虚的文字，全是对空间环境、人物语言和动作细节的直观描述，这就是声画交融的剧本语言境界。

北京电影学院教授苏牧先生认为，好的剧本语言应该是"电影化"的。也就是说，剧本中并没有用文字注明镜头的景别、时长、运动方式，甚至画面之间的切换方式，但是透过剧本语言描述，我们已经体会到编剧的视听设计，电影感是被融化在文字里的。他列举日本电影《啊，无声的朋友》剧本，详细说明优秀剧本是如何做到这一点的。

---

① 刘恒.集结号[M].北京：人民文学出版社，2007：1.

啊，无声的朋友

编剧：铃木尚之旧本

1.满洲旷野、夜（1944 年）

货物火车在远方行驶。火车头的前灯和车尾乘务员室的尾灯幻影般地移动着。（景别、光）

2.满洲旷野、夜

火车在黑暗中奔跑。（一个新的机位和景别）

3.满洲旷野、夜

随着尖厉的汽笛声，火车头迎面而来。（声音、角度）

前灯刺目的光芒。（光、角度、景别）

火车在轰隆轰隆的车轮声中掠过画面。（景别、角度、声音）

绵延不绝的黑色货车车皮。（镜头的长度）①

怎样才能使剧本语言"电影化"呢？要想使文字具有声画感，可以尝试将电影段落用文字进行描述，多遍修改直至简练、生动、直观为止。我们称之为"视听临摹"练习。

例如，科恩兄弟影片《严肃的男人》的开场用这样的语言描述：

黑底白字：

简单接受所遇之事。

渐隐：

雪花自黑暗中飘落。

雪花缓缓地飘向我们，我们的视角垂直向上。

接着是一个陡直朝下的视角：飘零的雪花尚未融尽，就在一个前景处的烟囱管帽和在我们俯瞰中交织如地图的细窄街道上铺积起来。

这是寂静的深夜，街道空旷，只见一个男人朝远处走去，他的羊毛靴踩在新鲜的积雪上咯吱作响。他赶着一辆马车。

镜头切换到街道上，男人面向我们走来，他满脸胡子，身体因为寒冷而紧缩着。他面带微笑，嘴里用意第绪语念念有词——英文字母如下：

男人：真是不可思议……真是不可思议……②

我们也可以删去那些镜头景别、切换、运动等的技术描述，仅通过白描式的语言，让人领略其中透露出的画面感。记住，画面只描述空间环境、人物的动作和台词，不要用抽象、概括性的语言进行间接述评。

（2）要有生活质感。什么是生活质感？就是生活的真实感、可触摸感。文字描述所达到

---

① 括弧内的内容系苏牧先生所注，揭示该段文字中所提供的主要视听内容。原文引自金象微电影《苏牧谈剧作：让剧本"电影化"的四种练习》。

② 乔尔·科恩，伊桑·科恩.严肃的男人[J].曹轶，译.世界电影，2011（1）：90.

的生活质感,要求读过文字,就像看到了生活本身,朴实的生活气息扑面而来,生活场景如在眼前,人物鲜活、对话生动,我们从文字描述中感受到了生活本身。

生活质感首先体现在场面描述中,如著名电影《喜盈门》所描绘的一幅农村生活场景:

院子里,强英在喂猪。

水莲和仁芳哼着歌子回到家里。

强英白了她们一眼,挖一勺猪食骂一句:"死东西,哼呀哼的,看把你们自在的!"两头猪抢食吃,她用勺子敲黑猪,骂道,"再叫你这张牙舞爪称霸道!"又用勺子敲白猪,骂道,"再叫你这狐狸精耍心眼!"

水莲皱皱眉头没吱声。仁芳气鼓鼓地瞪了强英一眼,刚要发作,水莲向她使了个眼色,拉她进屋。

仁芳来到井旁洗脸,仁武妈送过脸盆。

强英拿一把青草,填进兔窝,又骂起来:"一窝狐狸不嫌臊,又挤鼻子又弄眼,明天就给你们分开窝!"

仁芳忍无可忍,怒气冲冲地质问强英:"大嫂,你骂谁?"

强英头一扬:"骂兔子骂猪骂畜生! 你心惊什么?"

仁芳:"有意见公开提,你指桑骂槐我不爱听!"

仁武妈走过来:"仁芳,你给我进屋去!"

强英毫不示弱地:"你不爱听,揪把驴毛堵着耳朵! 我自己的嘴,愿说就说,愿骂就骂,谁也挡不住!"

仁武妈安抚强英:"她大嫂,别跟你妹妹一般见识,快洗洗手吃饭吧!"

仁芳寸步不让,手一挥:"叫老实人惯的你,要骂出去骂!"

水莲从屋里跑出来,拉着仁芳的胳膊劝道:"妹妹,吃饭吧,下午还要出车!"推仁芳进屋。

强英气势汹汹,口喷白沫,高声叫嚷:"你吃了猪肝想猪心,花了白银想黄金,想得倒怪美,你撵我走? 这是我的家,三间房子挣下啦!"

"泼妇!"

爷爷走进院子,对着所有人声色俱厉地说:"都给我住嘴! 有理坐下来说,有话慢慢讲!"[①]

这场戏的写作很有生活质感,人物很多,但每个人物都有自己的性格落脚点,台词既有地方文化的标记,也有个性锋芒的展示。最重要的是,文字通过相对密集的语言交锋凸显人物关系中的矛盾冲突,勾画场面中的戏剧性,读完就如目睹了一场农村的家庭风波。这就是文字中的生活质感。

怎样才能使自己的剧本语言有生活质感? 还需要从生活中来。注意观察生活,观察生活中的人,甚至记下有意思的人物动作、语言,查阅各地的方言俚语,能增加剧本语言的直观感、生活质感。台词往往是凸显编剧生活积淀的重要指标。台词写作里能不能看到时代的

---

① 辛显令.喜盈门[M]//陈荒煤.中国新文艺大系·1976—1982电影集[M].北京:中国文联出版公司,1987:403.

影子,体味到人物身后的家庭、地域、阅历,是衡量一个编剧生活功底的标尺。但凡能够打动观众的电影,其中绝对有让人共鸣的台词,及其所显露的时代人心。我们把这种东西叫作"接地气"。

我们以《失恋33天》为例,来看看这部被称作"诚意电影"的小制作是如何依靠"接地气"的人物获得票房奇迹的?

黄小仙转身看向魏依然,"其实,我特别想代表广大的草根阶层未婚女性们问一个问题。"

"你看啊,像你这样一个中青年男性,硬件过硬,软件也很不错,总之是个优良品种,我是实事求是地形容一下,你千万别觉得我是在勾搭你。总之,你选择的余地应该很大,层层过滤下来,最后入选的,会是什么样的一款姑娘我不知道,但我总觉得不应该是李可这样的一款。但其实你不是唯一的案例,你和李小姐的组合特别类型化,我见过太多优质的小伙子,身边配着一个这样的姑娘,张口 LV,闭口 Prada,你想跟她谈谈爱的真谛,她直接告诉你,你给的信用卡能透支的额度就是她爱的真谛。我就是好奇这个问题,为什么,为什么固定搭配都变成了这样?"

魏依然想了想,然后突然一笑,"你想知道为什么?其实特别简单,就是两个字:省事。"

"啊?"

"跟这样的姑娘谈恋爱省事,你明白么,首先,我知道她们要什么,她们目的特别明确,就写在脸上,我不用前后左右地去瞎琢磨,我给了,她们就开心,相应地,我也能收获一种满足感,简单直接,又利落又爽快。但如果,我跟黄小姐你谈恋爱,就会很麻烦,我看不出来你想要什么,比起一个 LV 的包,可能一个小盆栽我更能打动你,但我不确定,不确定的事我就没法去做,我得先花时间揣测你,观察你,然后再出手打动你,可是这段时间里,我能做的事太多了,意义也远比谈恋爱这件事大。"

"我知道这些话说出来,你一定觉得我这人不怎么靠谱,但其实我,或者像我一样的男人,一般都有一套自己的体系,不管怎么犯错,这套体系不能错。简单说,就是我们要找的老婆,是这样的姑娘:爱情没有了以后,我们的关系靠别的东西也能维持。你是这样的姑娘么?但是李可能做到,她不会要求我给她的爱有多么专一,她只会要求她那套手工制作的婚纱必须是世界上唯一的一套。"

"用一句话总结就是,对李可来说,爱情是奢侈品,LV 是生活必需品;黄小姐这样的人呢,可能 LV 是奢侈品,但爱情是生活必需品。你自己想,一个男人要结婚,会和哪种姑娘结?LV 集团不会突然就倒闭,但爱情这东西可是说没就没的,我总得确定我有资源能一直提供对吧?从这个角度想,我们还是很靠谱的。"[①]

这段台词有些长,但它的主题很明确:爱情观念和择偶标准。黄小仙和魏依然的对话没有围绕这一空洞的话题抽象性展开,而是在形式上采用观点对垒,让语言直接交锋,在差别中显示个性。在意思表达上,尽可能地用具象语言把抽象性的观念、干巴空洞的标准实体化

---

① 鲍鲸鲸.失恋33天[M].北京:中信出版社,2010:17.

表达,人物永远在拿具体的事项说事,对话就是有生活气息的。概括地说,魏依然谈的就是两种不同的女孩:物质型与精神型,但这样说显然缺乏生活质感,如果将物质型和 LV、Prada、信用卡等联系在一起,拿小盆栽、奢侈品、生活必需品等去说精神型女孩,话题中的抽象概念一下子变得生动直观起来。

（3）要掌握影视艺术的蒙太奇思维特征,学会利用跳跃、拼贴等手段实现时空自由。蒙太奇是影视艺术的本质特征,由于镜头之间的组接、切换,而产生大于单个镜头的含义,或者生成不同的时间、空间。因此,剧本创作要掌握蒙太奇思维,学会利用镜头、场景之间的跳跃、拼贴,实现时空的自由表达。

我们来看看昆汀·塔伦蒂诺的剧本《被解放的姜戈》片头是如何自由转场,实现时空转换的?

外景　郊区　酷热的白日

伴随影片的开场字幕和意式西部片风格的主题曲,我们看见七个赤身赤足的男性黑奴被脚镣牵在一起,由两个骑马的白人乡巴佬带着往前走。

这是得克萨斯州的某地。黑人(罗伊、大希德、本杰明、姜戈、矮胖拉尔夫、富兰克林和蓝莓)是在密西西比的格林维尔黑奴拍卖会上刚刚被买下的奴隶。白人乡巴佬是两个奴隶贩子,斯佩克兄弟(艾斯和迪基)。

七个黑奴中,有一个是影片的主角姜戈……在脚镣串起来的队伍中,他排在第四个。我们仔细看才能发现他脸颊上被烙上了字母"r"(表示曾逃跑),但是鞭刑在他背上留下的疤痕却是一目了然的。

伴随着歌剧风格的开场曲,一组表现悲惨与痛苦气氛的剪辑镜头呈现出来,姜戈和其他人在烈日和暴雨中走过,牛鞭驱赶着他们。他们光脚踩踏坚硬的石头,蹚过泥潭。脚镣磨破了他们的脚踝。

字幕还在播放,同时展示的是姜戈的意式西部片风格的闪回镜头。意式西部片里闪回镜头的内容从来都不美好,往往都是影片的主角在回忆过去他或者他的爱人惨遭恶人折磨的最为痛苦的时刻。在这个镜头中,我们看见姜戈站在格林维尔拍卖会的奴隶围栏中。

淹没在人群中的姜戈,透过围栏门的栅栏,看见他的妻子布鲁姆希尔达被带去拍卖。他拨开人群向门口走去,隐约可以看见布鲁姆希尔达遥遥地站在拍卖区,而拍卖商大喊"成交"。接着,她被带走,不知去向。

烈日继续在姜戈头顶炙烤,他还沉浸在回忆中。

姜戈站在奴隶围栏里,原本只能容纳四十人的围栏中站了一百五十个奴隶。

几个白人把赤身赤足的他从围栏里拖出来,带着他走过一条走廊,走进一个巨大的圆形围栏,四周有三层观众看台。

一层是贴近拍卖区站着的大买家们。姜戈走进了一排由(黑人)奴隶、他们的(白人)主人和销售员(正在拍卖区推销的白人)组成的队伍中,他们正等着走上拍卖台。

一个奴隶(罗比)站在拍卖区看着满屋子的买家,销售员正忙着推销,主人则站在一边。

姜戈看明白了自己置身的环境。他从来不喜欢白人,而这里的白人尤其丑陋。

轮到姜戈被拍卖,悲怆的主题曲渐强,姜戈被带上了拍卖台。他低头看着所有想买黑人的白人们,他们也抬头看着他。

他的内心充满了仇恨。

镜头回到现在的姜戈,他戴着脚镣和六个同伴蹒跚行走在烈日当空的得克萨斯北部狭长延伸地域……回忆……冥想……憎恨……

片头字幕结束。①

昆汀对片头的设计里,有大量姜戈的闪回镜头段落。剧本的文字描述精准地反映了镜头的切换点,及其带来的时空转换,从现实空间中得克萨斯州某地一群黑奴被奴隶贩子带往某地,到过去奴隶拍卖现场的姜戈在奴隶围栏里的所思所想,触景生情、追忆过往,剧本语言将蒙太奇作为基本思维,实现了时空的高度自由。

(三)类型性

电影、电视是一种高度类型化的媒介,影视文本的写作因此存在较大的类型性成分。我们这里所讲的类型性写作特征,包含三个基本意思:

(1)影视写作的文类涵盖十分广泛。既有应用性的剧本创意、故事梗概、策划方案等写作,还有创作性的剧本写作;既有电影类的剧本创作,也有电视类的剧本创作;既有艺术性的故事创作,也有学术性的影评写作。

(2)影视写作存在既定的模式。无论是类型片还是类型剧,每一种类型的剧本创作,在故事层面和叙事手法上都存在一定的程式。剧本写作者的任务,就是在遵循类型程式规范的基础上,局部作出创新。

(3)影视写作有基本的行业规范。无论是剧本语言的表达,故事梗概的写法,分场大纲或分集大纲的写法,都要遵循行业的基本要求,符合行业规律和写作规范。

二、影视写作的要求

(一)素养要求

素养要求就是从事影视剧写作必须具备的基本素养。这些素养涵盖三个方面。

1.文学素养

文学是电影的营养库。无论是从电影的媒介发展史看,还是从电影导演的具体创作看,文学尤其是小说、散文对电影艺术发展都起到了至关重要的作用。一个从事剧本写作的人,文学素养的形成最起码在三个方面产生积极影响:①小说等文学作品的阅读,可以为剧本写作提供故事创意的资源;②从小说到电影,虽然媒介不同,但它们对叙事艺术的追求是一致

---

① 昆汀·塔伦蒂诺.被解放的姜戈[J].曹轶,译.世界电影,2013(3):78-79.

的,文学作品的海量阅读易于使剧本创作者掌握叙事规律,提高叙事能力,而叙事正是故事写作的关键;③长期阅读文学作品便于培养创作者的语感,锤炼剧本语言,可以使剧本语言更直观、生动。

提高文学素养是个长期的过程。一方面,要海量阅读,阅读面要广、阅读量要大、阅读时间要多,只有好的阅读习惯才能形成良好的文学素养。不仅读文学作品,也要广泛涉猎历史、哲学、社会学等著作。史学浩瀚,阅读历史既可培养一个人的历史眼光,也可在不计其数的史料信息中发掘有价值的故事和人物,为剧本创作提供创意来源;哲学阅读可以培养思想深度,养成材料分析的方法与习惯,在剧本创作从素材到故事创意的提炼过程中,哲学可以帮助创作者挖掘素材的价值内涵,提高作品的思想性,形成作品的个性;社会学强化人对社会与人生的理解,可以使剧本创作更"接地气",更符合生活逻辑,更有时代意识。另一方面,要阅读文学经典,从经典作品中获得营养。无论是经典的中国四大名著,还是国外的《红与黑》《巴黎圣母院》、莎士比亚四大悲剧,对经典作品的反复阅读可以提供丰厚的叙事经验、多元化的文字风格、独特的精神世界和丰富实用的技巧方法,这些对于剧本写作都是相当有益的。

一下青山万里愁

1926 年,杭州西湖边一棵大柳树下,睡着一个道士。他的道袍满是土尘,不知走了多少路,当太阳即将下山时,他伸个懒腰,醒了过来。

他已经睡了六个小时,见到湖面上血色斑斑的夕阳,不由得两眼痴迷。他叫何安下,十六岁时因仰慕神仙而入山修道,不知不觉已经五年,山中巨大的寂寞令他神经衰弱,到了崩溃的边缘。为了内心的安静,他回到了尘世。

饥饿来临,听着腹部的鸣响,看着远近的游客,何安下扪心自问:"你能不能从世上得到一个馒头?"他站了起来,离开湖边,向杭州市区走去。

市区一片酒绿灯红,细腰长腿的时髦女子高频率地闪现。何安下走了两条街,也不能伸出乞讨的手,终于他在一棵柳树下站住,伸出了他的右手。

四十秒后,一个拎着鳄鱼皮手包的女子走了过来,她从手包中掏出一块银角,要向何安下右手里放去。何安下忽然抬起右手,抓住一片飘飞的柳叶,显得是在寻找生活情趣,并非乞讨。

女人奇怪地看看何安下,把银角收进手包,转身走了。

望着她的背影,何安下喘出一口长气。心里残留的一点自尊,使得他继续忍受饥饿。肠胃的怪异感觉,令他不能再平静地站立,他垂头缩肩地向前走去。[①]

文学对我们意味着什么?对于一个从事编剧工作的人来说,它既是故事,又是讲述故事的方式;既是生活,又是生活背后的情理逻辑。《道士下山》开篇的人物出场,已经多管齐下,既勾勒了小道士何安下所处的时代,也线描了他的前史信息。神态形貌细腻翔实,对话动作

① 徐皓峰.道士下山[M].天津:百花文艺出版社,2007:1.

自然简练,语言几乎就像剧本要求的那样,做到了直观、生动,现场感十足,虽是文字描摹,却有十分准确的视听语言设计。这与作者徐皓峰的写作背景有极大关系,而获得这样的阅读经验对于我们初写剧本的人来说大有裨益。如果我们再将小说与成片的《道士下山》比较,就能获得更多小说改编的剧本创作技巧。

2.影视素养

影视素养不是简单的看电视、看电影行为,好的影视素养有三个基本的标准。

一要有阅读影视作品的正确方法。影视阅读有两个基本方法:精读与泛读。要根据作品的具体情况,确定不同的阅片(剧)方法。经典的作品要反复看、深入看,通过拉片、写阅片笔记、仿写仿拍等方式,从中获得影视剧创作的基本经验。一般的作品可简略看,对于那些表现平平、没什么观赏价值,但又必须了解的影视剧,甚至可以部分观看、片段阅读。如果每个影视作品都像经典作品那样精读,一方面,人的精力有限,根本不可能实现;另一方面,无甄别的阅读会使自己淹没在大量烂片中,对电影学习会起到反作用。

二要有自由的阅片(剧)态度。阅片(剧)应该没有限制,不设条件,对影视类型的偏爱首先建立在广泛、自由的阅读态度上。一个美食家可以偏好某种菜系,但前提是他必须吃过所有的菜系,才有资格说哪个菜品是最好吃的、味道是最独特的。客观、准确的影视作品鉴赏能力的养成,与自由的阅读态度有密切关系。

三要有良好的影视作品资料收集意识。就像读书人的买书、藏书一样,一个好的阅片(剧)者必须要有资料收集意识。大量的影视作品储备,为影视剧写作提供了丰富便捷的资料,写作过程中可以随时查阅、学习。

3.生活素养

生活素养是一个剧作者在生活方面应该具备的基本素养。最起码应该包括三个方面:一是热爱生活。热爱生活是剧本写作的前提,一个对生活没有兴趣的人是无法从事故事创作的。二是善于观察生活。要善于观察生活的些微变化,发现生活中有意思的人和事,甄别生活中的价值和与情感,寻找生活的共鸣点。三是要记录生活。要养成记录生活素材的习惯,不管是亲身经历,还是道听途说,凡是那些鲜活有趣的人物和事件,都有必要记下来,以备写作使用。生活是写作取之不竭的素材库,一个具有较好生活素养的人,距离生活最近,储备的生活材料最丰富,对生活的感触最直接、最真实,剧本创作也最容易实现。

(二)性格要求

有一句话说得很好:心无戏剧,笔难生花。一个内心封闭、消极惰性的人,缺乏对世界的兴趣,也缺乏为公众提供故事的热情,自然而然很难妙笔生花,写出动情有趣的剧情。因此,从事剧本写作应该有性格、心态的基本要求,那就是:开放、自由、积极、活泼。具体来说,要敞开心扉,接纳来自周围世界的任何信息,有自己的审美判断,发现其中有价值的材料;要保持自由、积极的心态,不设禁区,没有偏见,不先入为主,对任何陌生、新鲜事物保持浓厚的兴趣,并有探索、解释和传播的积极性;善于与人打交道,善于发现,思维活跃,反应敏捷,以"有戏"之心发现平常生活中的乐趣。

（三）思维要求

剧本写作者应该具备什么样的思维呢？简单地说，就是形象思维。

之所以单独提出这一点，是因为中国的语文教育一直存在着较强的说理性、教化式特征，使我们的思维越来越倾向于理性、宏观，离故事写作要求的具象、生动、直观越来越远。从小学到中学，语文课堂上我们对一篇课文的解读、学习，往往是从内容到形式、从段落大意到中心思想、从故事情节到微言大义，最后往往是：我们记住了这篇课文告诉了我们什么，却忘记了它是怎么讲述故事（叙事）的。作文训练中，老师往往会告诉我们：这个不能写，这个不可以说，在评判标准的学习中，很多人渐渐学会了在作文中写假事、说空话，文章境界很高，却空洞无物。每年的高考作文题目不管怎么变，考生们写出来的永远是屈原、司马迁、李白、杜甫等，永远是旧材料、老观点、老三段论。中学一直强化的议论文教学、考核模式，把学生写作的思路越练越窄。

基于此，我们特别强调，应该在思维上强化形象性训练。形象思维的具体要求就是不随便拔高、抽离，不主观臆测，不宏大想象，而是抓住直观、生动的细节，从具体化的、个人化的视角出发，通过细腻的、微观的直接叙述，使人获得事件、人物、现象的直观感受，从而自行得出判断或结论。

比如，张爱玲《怨女》中的一段文字：

她一看见他们就觉得难过，老夫妻俩笑嘻嘻，腮颊红红的，一身褪色的淡蓝布衫袴，打着补丁。她也不问他们吃过饭没有，马上拿抹布擦桌子，摆出两副筷子，下厨房热饭菜，其实已经太阳偏西了。她端出两碗剩菜，朱漆饭桶也有只长柄，又是那只无所不在的鹅头，翘得老高。她替他们装饭，用饭勺子拍打着，堆成一个小丘，圆溜溜地突出碗外，一碗足抵两碗。她外婆还说："揿得重点，姑娘，揿得重点。"①

这段文字任务是写银娣外公外婆的窘态和寒酸样。但张爱玲的文字里没有一个抽象的、概括性的词语告诉读者这一信息，而是通过直接的白描式技法，用直观、翔实的动作与情态语言，形象地描摹了两个老人饥肠辘辘、衣食交迫的实况。这就是形象思维在写作中的直接显现。

（四）实践要求

剧本写作是一项实践性很强的课程，无论是教学还是练习，都有较高的实践要求。这种实践涵盖两种类型。

一是课堂实践。课堂实践包括两大块内容。一方面，在课堂上老师需要根据教学内容和进度，安排不同类型的写作训练，如开场戏的训练、剧情梗概写作训练、故事创意训练、台词训练等。学生必须按照具体要求，有针对性地练习课堂上教授的方法技巧，逐步提高剧本

---

① 张爱玲.怨女[M].北京：北京十月文艺出版社，2012:207.

写作的能力。另一方面,在课堂教学之余,学生要积极实践、主动练习,以出作品为主要目的,勤写作,多练习,主动将课余创作的作品交给老师讲评、指点,或者通过与同学交流讨论,不断提高写作能力。

二是业内实践。行业内的剧本写作训练相对于课堂训练更加专业,也要求更高,既可以训练学生的剧本写作如何与行业接轨,又可以使学生的课堂训练成果得到检验,通过几个轮次的业内实践训练,写作者的剧本创作水平会得到大幅提高。目前的业内实践机会很多,除了常规的影视项目剧本写作外,还有大量的影视公司、电视栏目面向社会,不设任何门槛,大量征集剧本创意或者栏目剧剧本、短片剧本,每年全国各地各种各样的影视剧本征集大赛也为剧本爱好者提供了大量练手机会。这种实践不需要到单位上班,只需要在家里、学校里,有一台电脑,就可以完成专业训练。

第二章
短片剧本写作

第一节　命　意

剧本的命意就是剧本创作的动机,也是剧本写作中选材的归宿。它要解决的基本问题有三个:

(1)如何获得创作素材。

(2)如何对素材进行有效分析和提炼,并获得一个好的视角。

(3)根据视角,确立剧本创作的命意方向。

这三个问题实际上涉及剧本命意的三个核心步骤(元素):素材、提炼、创意。素材为剧本写作提供基本的原料,提炼打开创作者的视野,创意则将零散的素材和成形的故事联结起来,使剧本写作有了一个可实施的蓝图。

那么,命意源自何处? 我们应该从哪里获得剧本写作的命意呢?

一般来说,命意的来源有两个:一个是生活,一个是想象。生活是剧本写作最直接的创意源泉,它既包括我们的直接生活经历,也包括我们对生活的观察和感受。生活的暧昧性和生活中人物的复杂性,构成了生活多棱镜的方方面面,为我们用故事拆解生活、解构多味人生提供了丰富的可能性。而想象作为创作的命意来源之一,则是生活的有效补充。

一、素材

(一)素材选择的标准

我们常说,艺术来源于生活,却又高于生活。那么,如何从庞杂、无序、琐碎的生活源流中,选择出具有创作价值的素材呢?如何甄别素材的价值呢?

素材选择与创作者的创作态度有关。不管写作什么类型的故事,都应该"从心出发",以宽广的视野、敏锐的触觉和行业的标准进行素材收集,完成剧本创作的原始材料积累。具体地说,这个标准体现为三个关键词:感觉、感动、戏感。

1.有"感觉"——选择熟悉的领域

我们经常会发现,一个导演一生创作的所有电影作品,几乎都在重复同一个题材和主题。德国著名导演法斯宾德认为,自己几十年来电影创作的主题没有丝毫改变:那就是情感的被剥削。他认为,任何一位导演都只掌握一个主题,事实上是一直在拍同一类电影。可以看到,法斯宾德的电影创作都在讲述"情感的被剥削和被利用":从"女性三部曲"——《玛丽亚·布劳恩的婚姻》《维罗尼卡·福斯的欲望》《劳拉》,到《四季商人》《一年十三个月》《中国轮盘》《莉莉·玛莲》《寂寞芳心》,这一主题几乎是一成不变的。为什么会这样呢?查阅法斯宾德的生平资料,不难发现,导演在电影创作中贯穿始终的悲剧性情感主题,是和他本人的人生经历、生活体验相吻合的。

几乎没有一个导演、作家的创作是全能的,既擅长黑帮类型又擅长农村题材,既钟情恐怖故事又热衷爱情片创作。一个人的人生阅历和情感经验限定了他的创作视野和价值取向。法斯宾德拍女性的悲剧性爱情,是因为自身的悲剧性爱情体验;斯皮尔伯格拍战争里男人的成长,是因为他的战争文艺情结;迈克尔·贝擅长在《变形金刚》系列展示速度、追逐和夸张的动作,是因为他从小就喜欢爆炸游戏和冒险闯关。只有选择自己熟悉的领域,才会有敏锐的触觉,发现有价值的信息,提炼出精彩的创意,有创作的"感觉"。

因此,在创作之前,应该问问自己:我最熟悉什么?我对什么领域的素材最有感觉?如果要去做一个相对生疏的题材、领域,就需要去做实地调查、人物采访、体验生活或文献收集,以使自己尽快熟悉素材,培养对素材的创作"感觉"。

2.能"感动"——有创作的情感冲动

选材不仅要找自己熟悉的,还要找能激发自己创作欲望的,也就是素材本身能打动创作者,让创作者有最原始的创作情感冲动。能感动人的素材可能因人而异,但无外乎人、事、情三种。

(1)人。著名作家、编剧刘恒在谈到电影《张思德》的创作动机时说:

记得从延安采访回来,床上摆满了关于延安的资料和书籍,脑子里一片空白,不知如何下手。后来回想一下,确实是那次在延安的采访深深打动了我,也帮助了我。我在延安的时候思考的一个主要问题是,为什么这样的一群人,毫不起眼的一群人,最后做成了那么伟大的事业。这就好比把一个黄土坷垃变成黄金,一个暗淡无光的东西变得光芒万丈,这是什么力量?仔细探讨就会发现,中国共产党人充满了信仰。为了这个信仰,上上下下都愿意做出牺牲。因此,我为自己的作品选择了牺牲的主题。……在《张思德》里是为信仰而牺牲,在《云水谣》里是为爱情而牺牲,在我后来写的《集结号》里是为忠诚而牺牲,都紧扣这个主题。根据我对中国近代史和革命史的了解,也根据自己的人生经验,我觉得牺牲精神是人类最伟大、最有价值也是最有悲剧感的美德。①

很多时候,是生活中活灵活现、千差万别的"人"给了我们创作的欲望。一个(或一类)人不管是具有独特的人格、可贵的精神,还是具有非凡的经历、多彩的性格,都会给人以触动,赋予创作主体明确的创作动机。日本电影《入殓师》和英国电影《最后一个绞刑师》都是选择将一类从事独特职业的人作为创作对象,表现他们身上存在的矛盾性的情感体验和伦理困境:是活人,却要时刻面对死亡;厌恶死亡,却要满怀勇气和热忱处理死亡;他们的职业是处理死亡,甚至是扼杀生命,却要表现出对生命的最大尊重。捷克电影《焚尸人》则与此相反,选择了一个极其迷恋死亡的火葬场管理人为表现对象,让他在反犹太主义意识的驱使之下,走上谋杀妻儿的疯狂道路。这些电影创作所选择的人物,均存在着鲜明的二元矛盾:外表与内心、职业要求与主观愿望、社会环境与个人欲望,形象本身具有强烈的戏剧性,极易激发人的写作欲望。

(2)事。除了人物,事件也是激发创作欲望的重要素材来源。作为创作素材的事件,往往具有新奇、鲜活、感人、典型等特质,感官上能激发人的阅读、观赏欲望,理性上具有重要的创作价值:因为新奇,可以弥补单一生活的缺憾;因为鲜活,可以唤起生活的气息;因为感人,能引人共鸣;因为典型,能折射时代和人心,窥一斑而见全貌。

作家李准在谈到小说《黄河东流去》的创作初衷时说,他听闻过一件感人肺腑的事:大灾荒时期,一个女人为了救全家,将自己卖给了一个人贩子,希望能用自卖自身获得的这五个铜板,让丈夫带着一家老小渡过难关。当她跟着人贩子走到十里外的一个集市,摸摸自己的衣兜,竟然意外发现了两个铜板:那是丈夫担心她一路受罪,悄悄塞给她的。捏着这两个铜板,她凄楚阵阵、热泪盈眶。看到街边上一个卖烧饼的,她顺手拿出一个铜板买了几个烧饼,蹲在路边直到碰见熟人,好将它捎给家里的丈夫和孩子吃。她还一心惦念着:走的时候,他们还饥肠辘辘,一连两天都没进过食了。这是一件具体的小事,却包蕴了丰富的信息。它既有时代的影子,又有人物的肖像,更淋漓尽致地展现了中国女性身上典型的群体特征。这个事件和事件中的人物和情感,足够打动人心,也足以唤起作家创作的欲望。这便是一个极好的素材。

(3)情。台湾作家陈启佑写过一篇微型小说《永远的蝴蝶》。一个即将新婚的丈夫带着他的未婚妻,准备将自己结婚的喜讯第一个告诉远方的妈妈。在马路边,妻子对丈夫说,你就在这儿等着,我去把结婚请帖寄了就来。你看,邮局就在那儿。说完就转身往对面的邮局走去。就在这一瞬间,一辆疾驰而过的汽车撞倒了她。小说用三个层次描写了丈夫的感受:他看到自己的妻子幻化成一只蝴蝶飞了起来,又飘落到冷湿的地面上;妻子虽然与自己近在咫尺,他却感到远隔天涯;天空中飘着小雨,他觉得这是人生中下得最大的一场雨,雨点敲打在他的眼镜上,把镜片都打碎了。这三个层次丝丝入扣地呈现了新婚丈夫失去妻子瞬间的情感:蝴蝶是中国故事中永恒爱情的化身,化蝶情节的闪现进一步强化了两人爱情的深刻与永恒;而距离感的须臾变换,折射了人物从"执子之手"到"阴阳两隔"难以承受的失落感;雨

---

① 刘恒.信仰的力量——电影《张思德》《云水谣》创作感言[J].求是,2008(1):63.

水飘忽而至,将一个失意痛楚的人浇回现实,击打得支离破碎,我们对这份悲剧性的爱情体验已经感同身受。一个即将走向婚姻殿堂的恋人,拿着一封象征幸福的信件(结婚请帖),却走向了死亡,这是一个让人窒息的瞬间,它凝聚了太多的感情,也包含了太多的心理冲突和人生经验。

从选材价值看,这便是一个绝好的素材。翻阅古今中外的文学艺术作品,不难发现,一切伟大的爱情故事往往是超越生死、跨越时空的,它所具有的审美体验往往是悲剧性的。《永远的蝴蝶》所选择的创作素材也许来源于某次生活灾难和家庭不幸,也许来源于某个普通的报章或电视新闻报道,但小说家却将其定格,在情感的感召下创造了超越具象的艺术价值。

3.具"戏感"——符合戏剧的标准

所谓"戏感",就是具有戏剧性,有情节、有冲突、有起伏、有矛盾,素材本身符合戏剧的标准,非常具有观赏感。素材本身不需要怎么加工就是一个完整、精彩的戏剧性故事或场面,这就是有"戏感"的好素材。

那么什么样的素材是最具"戏感"的呢?具"戏感"的素材有没有统一的特征?选择戏剧性的素材有没有可操作的规律?我们不妨先从著名电影理论家克拉考尔的观点说起。

实际上,在著名的《电影:物质现实的复原》一书中,克拉考尔早已告诉我们电影选材的基本标准。他认为,电影有两个基本的功能:揭示功能、纪录功能。与每一种功能相对应的是,电影各有三种最适合表现的题材。换句话说,有六种素材最适合做电影,它们展现了电影的两个基本特性:揭示、纪录。

电影的第一个特性是"揭示"。有三种东西最适合做电影:①肉眼看不到的;②转瞬即逝的;③非常规视角。因为"造梦"是电影的基本功能,所以我们要从电影中获得现实中无法经历的体验,视听无法捕捉的对象和容易忽视的瞬间或情态。所谓"肉眼看不到的",大到外太空、外星人、异形、鬼魂、幽灵,如影片《第九区》《月球》《异形》《保罗》等;小到动物、昆虫、微生物、病菌的世界,如影片《雷戈》、《微观世界》、《鼹鼠》、《回归野性》(纪录片)、《黑猩猩》(纪录片)等,均是我们生活中无法"看到的"另一个世界。

所谓"转瞬即逝的",是那种一闪而过的生活瞬间,它包罗万象、意涵丰富。它既无法重现、复原,也容易被我们忽略,比如地震、海啸、洪水、车祸等时刻,灾难对人的毁灭破坏和人在灾难中的体验,《1428》(纪录片)、《完美感觉》、《飓风营救》、《惊天巨啸》、《2012》等片均将此作为创作重点。这种"转瞬即逝的"东西也可能是一种美好、惊惧、悲伤的感觉,很多电影实际上是由这种瞬间的"感觉"放大、扩充完成的。印度电影中最常见的片段就是,当一个男人看到恋人,瞬间发现了她令人惊惧的美感,产生了爱情的冲动。影片往往将一个漂亮女孩置于画面中心,她面带微笑、长发飘飘,在极富印度风情的音乐声中,轻甩黑发、风情万种,一段抒情性的轻歌曼舞开始了。《勇夺芳心》《三傻大闹宝莱坞》《功夫小蝇》等印度电影,常有大段这样的感性片段。实际上,印度电影是很符合电影本性的,剧情部分丝丝入扣、情真意切,超现实的歌舞片段则引人入幻、肆意泼墨,故事在逻辑性和幻想性之间自由穿梭,展现了电影艺术的超人魅力。

所谓"非常规视角",是指电影应该给人超越日常生活经验的视角,创造独特的"电影感"。不管是《这个杀手不太冷》《雨果》,还是《碟中谍4》,近几年的电影开场正趋于相同的美学理念,呈现相似的艺术形式:从天空,到城市,到楼宇,再到楼内的局部,一直推到楼内某个人物的特写,一连串流畅的综合特效镜头运动,通过大幅的前进式镜头段落,帮助观众创造了强烈的时空自由感。因此,电影应该移步换景、纵横时空,为观众打开一扇新的视窗,创造崭新的媒介体验。

电影的第二个特性是"纪录","生活中的运动"是它最适宜"纪录"的素材。这些"生活中的运动"包括三类:①舞蹈;②追赶;③发生中的变动。克拉考尔认为舞蹈是电影的重要素材来源,所以"歌舞片"在19世纪30至60年代盛行;在日常生活中,人往往表现出强烈的"追逐—躲避"游戏情结,"追击"才是电影最常使用的素材和桥段;同时,电影应该表现"变化"。

这三种纪录性素材,本质就是生活中变化性的动作(系列)。舞蹈通过肢体动作,传达情感信息,制造生活情境,既能展现动作的美感,又迎合了电影的"造梦"功能,好莱坞电影《一个美国人在巴黎》《雨中曲》,中国电影《天边一朵云》《如果·爱》,印度电影《我的神啊》《无相劫》等,均通过舞蹈动作同时展现了动作的现实价值和超现实意义。

"追赶"更是电影创作中的常规性设计,几乎所有的成龙电影(《龙兄虎弟》《警察故事》《红番区》等)、黑帮警匪类型(法国片《红圈》、港片《皇家师姐》、美片《老无所依》等)和战争电影,都是用追逐和格斗、枪战的复合性动作场面展开的。一些爱情片、侦探题材或社会题材电影,为了吸引观众,也会套用追击的叙事架构,以增强情感故事的吸引力。

至于"发生中的变动",是故事创作的基本要义。不管是多长的故事容量,创作者的首要目标都应该让事件、人物、关系或情感状态发生改变,完成情节的曲折扬抑。如果人物自始至终没有发生任何改变,他(她/它)在故事中的行进线是水平的,就失去了写作的价值和阅读魅力。

以上三条标准,只要满足其中一条,这个素材就是有价值的,就符合故事创作的前提条件。当然,一个素材满足的条件越多,其成为故事素材的价值就越大。如果一个事件既能打动创作者,又是创作者所熟悉的,同时还有强烈的戏剧性,这绝对是上佳的创作素材。

(二)素材的来源

素材的来源有两个:一个是生活现实本身,另一个是自己的想象。那么,寻找、挖掘故事素材的方法就有两个:一个是向生活要素材,另一个就是向自己要素材。

1.如何向生活要素材

如何向生活要素材呢?生活是个万花筒。尤其是当今社会,变化一日千里,矛盾尖锐复杂,再加上人性的善恶难辨,生活中的悲喜剧到处都是。中国广博的地域、众多的人口和剧变的时代,更为我们写作故事提供了极好的素材库。这些可以进入创作素材的生活,既包括我们亲身经历的人和事,也包括我们的见闻,还包括由经历或见闻出发获得的生活感受。

经历至关重要。没有亲历、体验过的生活,很难把它写得准确、生动,这也是剧作者体验生活、进行社会调查和采风的必要性所在。要想创作一个新疆农村的故事,没有任何新疆生活的经验是很难完成的;没有当过兵,没有进过军营体验生活,面对军人题材的影视剧创作也可能会犯生、露拙。所以,很多剧作家常说,好的编剧一定是一个阅历丰富的人。

下面这段文字来自一个大一学生对中学好友的生活观察。

小卷

罗海鸥[①]

我认识一个朋友,姑且叫她小卷,她在我们这拨儿狐朋狗友里显得有些独特。

她有一个作死作得轰轰烈烈的童年,玩过炸天雷,点过油条摊儿,常常和她妈在街道上演鸡飞狗跳的"大型动作片",小学一年级开学一周以后,有次上课,大家正学拼音,只有她一个人大摇大摆地走正门出去玩双杠,老师惊呆了,整个操场上只看见她一个小女孩在双杠上玩倒挂金钩,露出的红色小底裤像一面静止的红旗。

后来她妈被找来学校谈话,老师很直白地问她,你为什么要一个人在上课的时候出去,操场有什么好玩儿的啊?!

小卷也很直白:比上课好玩多了。

这样的孩子,都不难想象她有一个怎样的家庭。

小卷爸爸在她小学一年级的时候和她妈离婚,这给她童年留下了深刻的阴影,而这还没完,她妈走的时候她家里已经揭不开锅了,她撵她妈的脚步撵了一路,终究还是没有抓住她妈的手。

她妈和有饭吃的日子一起走了。

那段日子她和她爸四处求米借钱,晚上她爸会抱着她哭,她一直觉得自己和她爸深厚的感情就是这样建立起来的,毕竟她妈这一走,就消失了一年。

这一年里,小卷和她爸有过一天只吃一顿稀饭的时候,有过蹲在二姑妈门口冷得发抖为借三百块钱的时候,还有很多次,她想打电话给外婆外公询问母亲的下落,她爸不爱劝她,只说了一句话:"你觉得要是打了有用的话,你就打,不要浪费钱。"

小卷纠结了很久,最后还是放下了电话,她觉得她应该坚定在她爸的立场上。

可是后来,她觉得这大概是她有过最愚蠢的一个想法,她从来就无法安稳地站在他们之中任何一个阵营,这本就是一件生来注定的事。

小卷独特在,但凡一个几岁大的孩子,被母亲不管不顾扔了一年,心里多少肯定都有点儿难过伤心甚至愤怒怨懑的。但小卷没有,她妈回来找她的那一天,她还没有反应过来,她妈什么都没说,只摸了一下她的头,然后小卷就特没出息地投降了。

她给我说不是因为她太渴求母爱,而是她本能地选择了一种方式,让她和她妈都可以好

---

① 罗海鸥,四川师范大学影视与传媒学院广播电视编导专业 2015 级学生。

过点儿。

她说那个晚上她看见不远处一个黑影儿杵在那里一动不动,她一下也静止不动了,她把那个人怀疑成街道上不怀好意的坏人,她甚至连这样一个梦都不敢做。直到黑影儿渐渐披上光,她妈叫了一声她的名字,她才真正相信她妈回来了,那一瞬间她眼眶骤红,但两秒之后,她发现她哭不出来。

我听到这儿怀疑小卷,我说你成精了吗?你那个候才多大点儿,就把情绪收放得这么好,换我早哭成狗了。

她白我一眼:"你懂个屁,我当时只穿了件秋衣,冷得要死,想哭的那一瞬间一个激灵从头打到尾,像抽风一样,换你就算一整个儿太平洋在你眼里这么一打也能什么都没了。"

其实这事儿还没完。

就在这样一个姑且算是温情的小高潮以后,小卷的人生再次画风急转,就像个接力赛一样,在小卷告诉她爸她妈回来且她已经和她和好的第三天,小卷爸以去找工作为由……马不停蹄地消失了。

他撒了一个漏洞百出的谎,留了一桌饭菜和一张工行卡,据说卡里还剩三百五十八块三毛钱,小卷一分也未动,她把卡收起来,短暂蒙圈以后神态自若地卷着被子去了她妈的住处。

当时小卷没有再只穿一件秋衣,她妈刚领着她去买了一身羽绒服,小卷就穿着这样一件胖嘟嘟的羽绒服提着被子走在街上,越想越不对,然后她在路边打了个她爸留给她的电话,是空号。她才终于意识到她爸骗了她,哪怕当时身上是暖和的,可迎面而来的风还是让她结结实实地打了个激灵,但这个激灵不仅没让她眼泪回去,反而却让眼泪刚开始就流得凶猛了一些。

小卷一直觉得她爸妈都不是凡人。

小卷每次提到她爸都是一副很嫌弃的样子,说她爸幼稚。

但他在她心里最柔软的地方。

在此需要提到一件事——

小卷她爸认识她妈时17岁,18岁当了个糊涂二货爹,稀里糊涂结了婚。

他们把小卷当成朋友,甚至试图从迷茫的世界里寻找青春终结的答案。

小卷不怪他们。

这俩奇葩父母都是一样有血有肉的人,他们同样承担了一些沉重的东西,我想小卷只是他们生活的一部分,却并不能占据他们的全部,小卷同样也知道自己没有这个资格要求他们这样做。

她说她只是偶尔想骂他们:"你们那么小不学好干什么,生了我又不管我,傻啊你们。"

但是偶尔又觉得释然:"算了毕竟还是留了一个人,没有两人一块儿走,我已经很谢天谢地了。"

幸好小卷她爸良知未泯,在半年以后非常自觉地回了家,小卷很淡定,她很自然地煮好一碗面端到他面前,虽然我当时没有在旁边,但想也会想出她爸饱经风霜的模样,而九岁小卷平淡端出那碗面的样子，一定有圣光。

这些都是小卷在与我们的交往中讲给我们听的，我唯——次亲眼看见是她十八岁生日，她爸和她妈带着彼此再组的家庭与她共同庆贺，不出意料他们看起来都还很年轻，在温黄的蛋糕烛光下动容，然后我听见她妈妈说：

"我这辈子最庆幸的就是早早生下了小卷，最不后悔把她留下来。"

我隔着烛光看向小卷爸爸，看见他轻轻点了点头。

小卷生平成绩惨烈，她初中读完就去了卫校读专科，第二年因为打架被开除，第三年因为病重的爷爷洗心革面，从此愿意安心学东西，考取年级第一名拿到了两百奖学金，在天台上和我讲人生大道理，激励了我好一阵。

一个人的阅历往往十分有限，尤其是在校学生，此前的阅历基本上限定在校园，所以经历相对单一。在这种情况下，通过见闻（包括听说、阅读等途径获得的信息）拓展阅历就显得非常重要。当今信息来源极多，包括电视、广播、报纸、网络等的新闻报道，各种杂志、副刊和网络贴吧、博客、微博、微信中刊登、流传的各种各样的人生故事，以及流转于周边人群的各种人际信息，都大大拓宽了我们的视野。这些庞杂的信息，都有可能成为我们创作的素材来源。

《南都周刊》有篇名为《"鲁荣渔2682"的血色航线》的报道，详细记载了发生在远洋渔船"鲁荣渔2682"号上的杀人案件。这则报道中的故事让人触目惊心。《南都周刊》将其命名为"血色航线"，所有的疑问都让人难以释怀：一个拥有33名船员的渔船远洋作业，"20人被杀，2人失踪，回来的11名船员全部参与了谋杀。本是淘金的航程，最后怎样演变成了一场骇人的杀戮？在渔船这个不到1/4个足球场大小的封闭空间里，怎样引发了'路西法效应'？"

但从故事层面看，这是一个很好的电影素材。它有封闭的空间、固定的人物，在相对固定的时间长度内，发生了几次震惊性的血腥谋杀事件，所有的戏剧性元素完整。人物关系由和谐走向对立，氛围由温和、宁静走向惊悚与暴力，开场与结局出现了巨大的情节反差，事件背后有较大的内涵拓展空间。这样的情节架构、故事模式和影片《驴子潘趣》《死亡实验》《浅坟》《尸骨无存》等创意完全相同。有时候，生活现实远比虚构、想象有创造力。阅读、收集这些间接得到的生活故事，将会大大丰富我们的人生阅历和素材储备。

2.如何向自己要素材

如何向自己要素材呢？所谓向自己要素材，就是要充分开掘自己的大脑，发挥艺术想象力，在既往生活经验的基础上虚构故事。这是对单调、有限的现实生活的丰富和补充。经由想象完成的素材包括两种方式：再造想象和创作想象。

所谓再造想象，就是基于生活现实的假设。生活平静如水，日复一日，本没什么可写的故事，但是我们只要稍加想象，对特定环境中的人物关系、事件进程、人物身份或事件诱因进行假设，生活便会呈现另一种面貌，这便是一种最简单的生活加工和艺术创作。湖南卫视的角色互换真人秀节目《变形计》和英国BBC的同类节目《双面世界》，正是基于这样的创作思维,对无戏生活进行的戏剧化改造。这种故事素材是虚构的,但有生活的影子,是在想象力的激发下对现实的主动颠覆与修改。

所谓创造想象,就是基于对未知世界的遐想。不管是我们没有经历过的古代社会,还是真假未知且虚实未辨的外星人、异形人、僵尸生活,还有未曾来临的月球时代、下一个世纪,这些都属于我们素材收集的盲区。没有可验证的丰富材料,使创作失去了凭借,但也为想象预留了充足的空间。影片《僵尸肖恩》《第九区》《保罗》《1984》《完美感觉》《2012》《疯狂原始人》等,正是这样完成素材创作的。

据正式统计,美国的职业约有二万三千五百六十种。其中,最稀奇的职业是"褥垫步行者"和"消除胡须业"两种。前一种是为了让人们知道褥垫的柔软,每天八小时光着脚在褥垫上走来走去,并以此谋生;后一种是到处检查在地铁广告的美女画是否有人恶作剧给画上了胡须,如发现有,得仔细地将胡须擦掉。然而,在流经美国南部城市的河流堤坝上,以坐在棉布袋上打盹为生的黑人少年,并不亚于上述的人。他因为这个素称风和日丽的地方增添了诗一般的意境而领取工资。[①]

近日,俄罗斯《真理报》列举了一些最奇怪的职业,有些极其不可思议。

做梦幻买卖生意的人:美国芝加哥有一家公司专门帮顾客实现幻想,最低价位为 15 万美元。

气味研究员:他们负责观察气味清新剂在试验人腋窝里的气味变化。

蜂王"保护人":时刻保卫蜂王的安全。

嗅蛋工:不让有臭味的鸡蛋做食品的原料。

捕蚁者:负责在蚁穴中挑选大个儿蚂蚁,送到人造蚁场去繁殖后代。

抚平皱褶的人:在高级鞋店,负责抚平被人试过的鞋留下的皱褶。

火灾守望人:在美国某国家公园内,有人负责在一座高塔上观察火灾情况。[②]

最别致的职业是英国一位叫比弗的老妇人,她唯一的工具是一只表,时常站在行人多的热闹街道上,假使有人要知道准确的时间,可以问她。每次收费极低。[③]

这些材料列举了世界上各种奇怪的职业。很多编剧课程的想象力训练,往往是让学生想象几种全新的职业。上面所列举的这些奇怪职业,有的远远超出了我们的想象力,但从剧作角度看,多数职业生活都是缺乏故事的。虽然我们没有见到、经历过这样的工作,但诸如"褥垫步行者""抚平皱褶的人""河边打盹的人",生活肯定是极为乏味无聊的。但是,从创作角度来看,如果在此基础上进行假设和想象,"做梦幻买卖生意的人""火灾守望人"等就会出现多种生活可能,寻找到更多精彩的故事素材。

二、提炼

有了材料,下一步的工作就是对手头现有的素材进行甄别和提炼。甄别和提炼的目的,

---

① 李伶伶,解荣荣.天下奇闻大观·奇人奇事卷(下册)[M].南京:江苏文艺出版社,2011.
② 《科海故事博览》,2008 年第 5 期。
③ 《世界猎奇画报》,1937 年 3 期。

在于去粗取精,看看哪些材料是有创作价值的? 哪些是我们不准备使用的? 应该从哪个角度进入? 这些素材之间如何关联? 有没有一个好的故事创意点? 首要的就是要找到一个最佳的支点和视角,从素材身上挖掘出崭新、丰富的信息。

（一）视角:如何看材料

所谓"横看成岭侧成峰",同样一个材料,站在不同的角度考察,将会获得不同的经验和感受。

男孩出剪刀,女孩出布

中午吃饭的时候,看到这么一条信息:

有一对情侣,他们在高中相识,彼此相爱,后来一起去了美国上大学,那个城市有一个杀人狂,专杀恋人,他们成为杀人狂的牺牲品。他们被装在机器上,一分钟内腰部的刀会撕裂腹部。生还的办法是玩一个剪刀石头布的游戏,胜方生存。他们决定共同出拳一起死,可是女孩死了,因为男孩出了剪刀,女孩出了布。

我觉得很感人,又很好玩,就念给猪听。猪先是笑趴了,然后看着我,接着低了头,表情变得很严肃。我突然意识到,原来这个小故事可以有好多个解释,猪的解释和我的不同!

我一步一步引诱他说出他的想法,果然不出我所料。我相信他的想法是大部分男生的想法:男孩为了救女孩决定自我牺牲,出了剪刀。女孩自私,使坏,一开始就谋划出布,结果害人不成,自己死了,活该。

说实话,在看到猪的表情之前,我万万没有想到还有这么一个解释。我认为是:男孩为了救女孩决定自我牺牲,出了剪刀。女孩凭着对男孩的了解,知道他一定会出剪刀,所以她出了布。这是一对相爱的恋人运用博弈论,想方设法要牺牲自己,让爱人活下来的故事。

我批评猪,说你们男人都这样,就是这么狭隘。我一向认为在爱情中,女方的牺牲、容忍和付出往往是男方想象不到的。

但是,回来的路上,我突然想到了,还有一种解释:女孩为了活命,出了布;男孩知道女孩一定会出布,所以男孩出了剪刀。

想想就吓人。

真相是什么,你我都不知道答案,甚至出题者也不清楚。但是,在你眼中,爱情是什么样子,你的爱情就会是什么样。

这是网络上热转的一个故事材料。一个生命博弈的游戏结果——男孩出剪刀、女孩出布,在不同的阅读者那里获得了至少四种截然不同的解释,每一种解读的背后,是不同的爱情观、两性心理和人性判断。换句话说,对于一个固定的故事瞬间(结局),只要我们站在不同的视角,就会获得完全不同的故事逻辑(情节),此所谓"在你眼中,爱情是什么样子,你的爱情就会是什么样"。这说明,视角对于素材的提炼具有重要价值。

因此,视角——看待材料的角度,很大程度上决定了创意的新鲜度。对于一个素材而言,有多少个视角,就有多少个故事。反过来说,如果我们确立了故事的主旨(创意点、表意方向),也就有了多种展开、呈现故事内涵的方式,不管是正面、侧面甚或反面的,因为创作者的视点各异。比如下面这些广告语,正是材料反写内容的典范,展现了视点在创意中的魅力。

除了钞票,承印一切。(复印店)

别以为你丢了头发,应看作你赢得了面子。(理发店)

"××"电视机,维修服务部的工作最清闲。(电视机)

请飞往北极度蜜月吧!当地夜长 24 小时。(旅行社)

(二)老题材与新视角

初写故事的学生,总觉得古今中外的影片上百万部,小说更是难计其数,故事早被人写尽了,哪还有新鲜的故事可写?一写家庭生活,就是代沟、父母感情冲突或是父慈母爱的温馨场面;一写正面题材,就是拾金不昧、英雄牺牲、干部无私,全是正面视点,毫无新意可言。对于这些似乎已经被写滥的题材而言,从老题材中发现新视角,赋予旧故事以新内容就显得十分必要。

以家庭教育问题为例,一位同学完成了一个剧本,主要表现父亲和女儿的情感矛盾。父亲觉得女儿不理解自己,脾气大,学习不上进,爱打扮,爱看电视,上高中就开始谈恋爱;女儿觉得父亲暴躁武断,对自己管得太死,干涉过多,猜忌心太重。剧本中两人一见面就吵架,狂风暴雨般的语言冲突贯穿始终,成了作者揭示人物关系、展现冲突的唯一方式。对这个题材,还有没有别的处理方式?能否换个视点来呈现?比如,我们可以在开场制造一场父女冲突,在冲突的顶点实现人物关系的短暂转换:既然你不理解我,我也不理解你,干脆我们就暂时互换角色,做一段时间的协约父女。人物恰恰在这段协约期内实现了情绪的转变,人物关系重新走向正常。也可以反其道而行之,写一位男士在校园里看到了一张招聘启事:招聘爸爸。其所列的"代理爸爸"条件正是女主角爸爸的软肋:脾气好,平等交流,不干涉女儿的私生活,不胡乱猜忌孩子的情感,允许孩子谈恋爱,等等。这样,一个荒唐的"招聘代理爸爸"事件侧面将父女的关系揭示出来了。

创作中,我们经常会碰到老题材,怎样才能很快从中找到新的视角呢?最简单的方法有两个:

一是进行时空迁移。花木兰的故事被人写了一遍又一遍,不同年代、不同国家(地域)的创作者总能从中挖掘出新的故事生长点。不管是孝道典范、巾帼英雄、传奇女性,还是异装癖、同性恋的蛛丝马迹,站在不同的文化背景和时代语境下,故事原材料被重新审视后将会产生新的语义。不同版本的西游改编,如《大话西游》《西游降魔》《大圣归来》等,正是这样的思维。

二是逆向思维。反面看材料,排除素材最常规的内涵,往相反的方向思考,看还能找出什么新的创意。比如,媒体上经常报道正面人物,一个好人经常捡到别人丢掉的东西,主动交公或找还失主,十几年来为他人挽回损失有数万元。这是个拾金不昧的典型材料。我们能否反向思维,把它处理成一个反思性的故事?一个人第一次捡到东西交公得到了表扬,日复一日,捡失物、做好事、受表扬已经成为他(她)生活中的"必需品",哪一天没捡到东西、没受表扬就心里发慌,以至于成为一种病态人格?前几年有一部电影叫《求求你表扬我》,正是在这种思维下完成的故事创意。

(三)材料的提炼:找形象、找语境、找意涵

提炼素材要解决两个根本问题:①哪些题材是有价值的;②如何在有价值的题材中找到好的故事创意。

文艺理论认为,一个文本应该涵盖三个层面:符号、形象和意蕴。反过来说,解构一个电影文本,自然也需要着眼三个层面:最基本的是外在的符号,包括光影语言的设计、故事的环境空间等;其次是一个具有感染力的艺术形象;最后才是作品的最高层次——思想和内涵。所以,对素材的提炼,就是一个寻找的过程。从素材中寻找什么呢? 寻找三样东西:找形象;找语境;找意涵。

1.找形象

从零散的素材中找一个立得住的形象,这个形象既可以是人,也可以是动物,或是一个拟人化的物件。总之,确立一个故事,首先是创作者脑海中要有一个统领全篇的形象,以形象带动作,以动作推情节,进而形成完整流畅的故事。

那么,什么样的形象才符合创作标准呢?我们认为,适合作为创作对象的主体形象,应该具备一个特点:具有"非群体性特征"。所谓"非群体性特征",通俗地讲就是"另类""个性"。一个人从属于一个群体,却不具有这个群体的典型特征,他便显得很"另类",他与周围的环境或同类容易产生矛盾冲突,自身的性格和情感也极容易得到凸显,他就是个"有戏"的人。就像《Hello,树先生》中王宝强所饰演的树先生,生活在农村却有一个城市人的心,生活拮据却想办一场像样的城市婚礼,地位卑微却想找一个城市媳妇,到处都是人生的困局窘境,戏剧性便产生了。20世纪80年代,另一部经典乡土电影《人生》里,高加林也是一个"纠结"的人,一个徘徊于城市和乡村的失意者,遭遇了一个又一个局限性的人生场面。剧作的本质,就是在局限里面求自由。有了局限和困顿(做局),就有了破局的动力,戏剧便产生了。因此,生活里应该养成琢磨人物的习惯,找找生活里有特点的人物,会对社会、人生有新的理解,故事创作确立想象便不难了。

2.找语境

为人物找到一个生存的环境,故事便有了生发的语境。这个语境既包含具体的时间、空间,也包含具体的事件背景,目的在于使人物具有可信性,为故事展开提供基本的支撑线索。把人物放在什么环境下才会有故事呢?应该是非常规语境。这些非常规语境包括:战争、灾难、运动、革命、意外,人物被放在这种宏大或独特的社会背景下,会焕发出新的生机,事件也会向非常规方向发展,同时可以避免主题思想的局限或失误。

没有意外,就没有故事。一段刚刚开始的美好爱情,遭遇了一场突如其来的战争、一次席卷全国的运动、一次毁灭性的天灾人祸、一场非人道的革命、一次无法面对的意外,如此等等,平静被打破,生活起波澜,爱情故事变成曲折跌宕的人生长跑,非常规语境为故事派生了无限的可能性。《漫长的婚约》《鸟鸣》《天浴》《泰坦尼克号》《北京遇上西雅图》等,还有很多日韩爱情片,都是这么完成故事架构的。

3.找意涵

找意涵就是为故事确立主脑,提供一个思想性的支架。素材提供了零散的事件,我们在为事件找到人物,并为事件提供语境后,需要为故事找到思想和价值。看看道具、台词、动作或造型细节里,哪些可以附载象征或寓意,情节走向的刻意改变是否与故事表达的主旨相吻合。

三、创意类型与剧作模式

在材料收集和素材提炼分析的基础上,确定剧本创作的创意方向、故事类型或剧作模式,是剧本命意部分的落脚点,实际上就是剧本的立意。剧本的立意就是确立剧本创意的指向,是剧本创作的第一个核心步骤。换句话说,有了这些材料,你准备写一个什么类型的故事。

总结中外电影的故事类型,从创作角度看,我们提供四种最常见的故事创意方式。

(一)人物关系

这种故事致力于写一组人物关系:父子关系、恋人关系、主仆关系、仇人关系、兄弟关系、搭档关系,等等。故事创作的任务,就是这种关系的结成、解体或者改变。总之,关系从开始到最后必须要发生某种变化。

《天使A计划》让一个街头小混混在绝望跳河的时候,碰上了天使。天使与小混混结成了某种关系,天使改变了小混混的坏习气,小混混爱上了天使,人物关系成为主宰人物命运的砝码。《你丫闭嘴》写的是一对奇葩越狱组合,一个傻蛋、一个精明,一个话痨、一个寡言,他们在偶然之间成为同伴,一路躲避警察追捕,一路改变彼此。《泰囧》的故事创意基本上也遵循此路。

人物关系类型的故事是最为常见的电影创意,一般情况下,剧本所建构的人物都具有相当大的性格反差,所以天然具有较强的戏剧性,人物形象也比较明朗突出,是很有吸引力的故事类型。

(二)本质—假设

常规、平庸的日常生活往往把本质性的东西掩盖掉了。如果不是一次地震、海啸,你能感受到母爱的伟大吗?如果不是一次意外遭遇的街头抢劫,你能想象男朋友原来这么胆小、懦弱吗?如果不是误诊为癌症,你能看到平时孝顺和气的子女在自己面前为财产争得你死我活吗？如果不是偶然被当作钦差大臣，你能想象到官场腐败的程度、皇权的无边无际吗？因为一次意外、偶然打乱了生活的常规进程，制造了一次非常情况，才使得我们认清了人性的面目或生活的本质。那么，为了让我们看清生活的另一面，我们何不来一次假设呢？这正是"本质—假设"式故事创意的出发点。假设是手段，本质是目的，"本质—假设"类故事创意通过假设一种情境，揭示一种现象、本质、内幕。

德国电影《死亡实验》即是为点透人性本质而进行的一次疯狂假设。创作者首先想到了一个命题：人的角色意识和工具理性。人与人之间本没有太多差别，但当你被赋予某种角色（父亲、局长、警察等），就会不自觉地按照这种角色应有的功能和权力行事，人的社会性超越了生物性。为了验证这一命题，剧作者预设了一个事件：一个由科学家组成的实验小组从社会上随机招募了 10 个人，把他们分成两组，分别扮演狱警和囚犯，在模拟监狱里进行观察实验。但这个看似轻松的假设事件，却越来越偏离初始轨道，走向疯狂与崩溃。微电影《调音师》、著名小品《警察与小偷》等，都是这种创意思维的体现。

（三）追击—拯救

"追击—拯救"式的故事创意源自人类的游戏本能。在生活中，儿童最喜欢的游戏就是带有"发现"性质的"追踪"场面："躲猫猫"。此类故事有两组人物关系——追击者和被追者，剧情围绕追击动作链设置障碍，提示线索，满足观赏者的冒险欲和挑战感。在剧作思维上，追击是手段，拯救是目的。

1991 年首次登陆中国的好莱坞大片《亡命天涯》（又译《绝命追杀令》）即为一个典型的"追击—拯救"式故事。医生金贝尔的妻子在家中被杀，他成了重大嫌疑对象，最终被判处死刑。为了洗清自己的冤屈，他成功从囚车逃脱，一路逃亡，一面摆脱警察的追击和真凶的谋害，一面寻找证据，实现自我拯救。《老无所依》《汉娜：一个少女杀手的奇幻旅程》《无人区》等影片的故事，均是在"追击—拯救"的思维下展开的。因为动作性强、节奏快、剧作目的集中，使它成为剧情片最依赖的故事模式，以至于不少文艺片也将其作为叙事外壳。

（四）蝴蝶效应

我们对蝴蝶效应最通俗的解释是：南美洲的一只小蝴蝶扇动翅膀，北美洲就刮起了龙卷风，引起了一场暴风雨。我们将其引申为一种故事创意模式，有两个要点：①一个微小的、偶然的因素（动作、语言、事物、事件等），产生了一个难以想象的巨大后果；②在这个因素的作用下，两个没有关系的事物产生了关系。一个时空链条中，同时兼具意外和变化两个最重要的故事元素，"蝴蝶效应"式的剧情设计无疑是最有看点的。

《浅坟》（Shallow Grave）即是一个异常典型的"蝴蝶效应"式故事创意。三个大学生合租一套公寓，生活平淡无奇。有一天他们突然决定招租一个房客，在面试了很多个人之后，最终选择了一个自称诗人的男子雨果。一天之后，他们发现雨果暴毙在床，留下一个装有 100 万欧元的大箱子。这笔意外降临的巨款，像一只振翅欲飞的"蝴蝶"，打破了原本平静的生活,给三个人的生活带来了一场暴风雨。随后的故事紧紧围绕这 100 万欧元的处置展开,三人最初决定将雨果埋掉,共同拥有这 100 万元。但人物关系在重压之下,矛盾越来越多,结局越来越疯狂。先是两个人联合,把另外一个人杀死,然后这两个人再斗个你死我活。所有人性的东西在这个因"意外""偶然"引发的疯狂故事里,被展示得淋漓尽致,故事创意以小博大,显示了强大的结构能量。

蝴蝶效应式的故事创意是一种非常适合商业片创作的故事套路,其核心是寻找、确立一只能打破生活动态平衡的"蝴蝶",也就是一个能引发严重联动后果的偶然、意外,它相当于编剧方法体系中的"戏核"。有了它,故事就像上了发条的齿轮,停也停不下来,故事的进程牢牢地吸引着观众的视线,显得精彩、紧张。《尸骨无存》(Cabin Fever)、《驴子潘趣》(Donkey Punch)等影片就是完全按蝴蝶效应的思维进行的故事创作。

从素材到提炼,再到故事创意的形成,我们已经基本知道其中的方法要领。下面我们以一篇学生作业为例,来看看这些方法如何运用到创作实践中。

素材作业:

怪邻居

赵莹[1]

很长一段时间,父母将我交给奶奶照看。现在,我很感谢自己拥有这样的童年生活,周围的同龄人不知道湿润带着草腥味儿的泥土是什么样的,更不会怀着冒险心理去试图了解一个孤僻的邻居。

我喜欢坐在小板凳上听老一辈闲谈,一旁是奶奶扇来的阵阵凉意。院里那个孤僻的老爷子姓陈,这是我仅仅得知的信息,没人愿意浪费时间聊他,后来,我想一想,院里的妇女们更愿意讨论明天的天气,庄稼靠天吃饭,晴朗天气好晾衣服。

老爷子不爱说话,对于我的靠近表示沉默,头也不抬地添墨、弹墨线,吭哧吭哧地刨木头。久了我会时常带两个果子,我们一人一个。我喜欢用语言去构想他的生活,如果老爷子抬头看我一眼,我就会沾沾自喜,证明自己猜对了。于是,我知道了屋里还有个老婆婆,老爷子很爱她,但是她得了很重的病。

我怀着隐秘而神圣的心情悄悄地跑进黑黢黢的屋子。一间堂屋,一间卧室,一个仓库。地面的泥土干燥,带了年代的霉味儿。卧室里有一面墙的奖状,柜子上还有个瓷坛子,很像缩小版的泡菜坛。我很失望,我对老爷子絮絮叨叨讲了很多,老婆婆呢? 你很爱吃酸菜啊,都放进房间了。原来你有那么多奖状……

老爷子一如既往地刨木头,我抓了一把土往他脚下扔去,飞快地躲回家。奶奶知道后,用扇叶子狠狠抽我,最后交代:以后不许去找他,卖了你都不晓得。

奶奶家在大院的口子上,进进出出都会经过。每当我远远看见穿着蓝衣服,上面有方方正正口袋的人,我就立马关上门,躲在门后观察人走远没有。我通过门缝看着老爷子逼近的

① 赵莹,四川师范大学影视与传媒学院广播电视编导专业 2013 级学生。

脸,愣住了,随即号啕大哭,心里想着他要来抓我了。奶奶更讨厌他了,门口放的果子被奶奶切碎喂刚买回来的鸡仔了。

奶奶放养的鸡仔少了一只,院里的人施肥时在粪池里捞起溺死的鸡仔,鸡仔湿淋淋的,我捂住鼻子,有些难过,想叫奶奶把小鸡埋了。奶奶大声喊着,"陈二,陈二,鸡仔要不?"老爷子拖沓着皮鞋来了,笑嘻嘻的,拎着鸡仔的手还有一大团墨渍。我盯着他的背影,走得很轻快,我还以为他不会笑。我觉得奶奶是对的,我很讨厌他,他吃了鸡仔。

后来我搬回和父母一起住,习惯了穿得干干净净,绑着妈妈编的羊角辫。再后来,我长大了,奶奶也上来了,老家那里被拆了,说是要修生态园,绿化环境。

突然想起院子里的老爷子,奶奶记忆力不好,想了好久,说"哪个?"陪奶奶去拿搬迁费,我又看见了他,还是蓝色的中山装,四四方方的口袋,领口、袖口磨了边,有一圈黄渍。皮鞋鞋头脱了胶,皮面参差斑驳。老爷子笑嘻嘻的,按着口袋从我身边走过。心里说不出是什么感受,对他的印象还是停留在老爷子一丝不苟地刨木头,沉默着,不说一句话,就像是一个庄重的仪式。

生态园还没建起,老爷子就死了。人们突然热衷于讨论他的一切,比如他是个优秀的木匠,在"文化大革命"中戴了帽子,变成了牛鬼蛇神。真的有个老婆婆,"文化大革命"中难产死了。奶奶胃口难得好起来,我问她"那个陈二的亲人呢?"怎么没有,老屋子旁边不是修了楼房吗,他儿子住里面呢。

我很后悔丢他泥土,就连儿童如我也对他抱有恶意。他穿戴整整齐齐的,我却没瞧见有人跟他闲谈,没瞧见有人叫他爸。老爷子始终磨着同一块木头,地面木屑少得可怜,更像是为了找一件事做,证明自己活着,至少还有人需要木匠。他死后,人们都在谈论他,毕竟是一个院子的。

故事梗概作业:

《怪邻居》故事梗概

赵莹

奶奶老家有个怪老头子,村里人平时忌讳提到他。没事时我喜欢跑到院子里观察他,吭哧吭哧地刨木头。他不爱笑,似乎脸皮子僵成了一个弧度,沉默不语。

有一天,他笑嘻嘻地对着所有人打招呼,村里的小孩儿吓坏了,放声大哭。奶奶告诫我不要再去接近他,隐晦地说了句,疯子。

老头子不再专注于做木活了。后来,不知听谁说的,死了,怪瘆人的,脸皮子笑嘻嘻的。说是中彩票了,又舍不得花,和儿子吵了一架,梦里死的。

老人穷了一辈子,死前终于满足了。

从素材来看,作者选择了一个以人物为中心的材料,素材从孩童的视角,观察了她眼中的"怪邻居"。作者为什么会选择这个东西作为创作素材呢? 肯定是人物身上的某种特质吸引了她,觉得这个怪老头神秘,所以作者很喜欢"用语言去构想他的生活",他肯定是个有故事的人。同时,作者儿童时代在奶奶所在的老家长大,对那里的环境熟悉,直到长大回家,依然对那里的人和事很有感觉。因此,从选材的价值看,这是一个能够做的题材。

故事梗概从素材中来,是经过提炼、分析,结合我们对故事类型系统的掌握所设定的故事创意。作者经过对原素材的分析,想做成一个以人物"性格——命运"线为结构的故事,但原素材提供的人物显然撑不起来,无法形成一个充实饱满、有看点的故事。为了增加故事的看点,作者虚构了戏剧性的一笔:老头突然中了彩票,又突然死了。虽然事件的戏剧性强化了,却与人物本色和故事基调有些不搭,就像故意设下的卖点,显得有些拙劣、生硬。既然原素材主体是小女孩眼中的怪老头,还不如将故事的主架确定为人物关系式的结构,重心放在表现初到奶奶家生活的小女孩和这个怪邻居是如何结缘、如何生分、如何熟悉、如何理解的,在人物关系变化的过程中,展现"怪老头"身上的形象魅力,同时展现儿童心里纯真的情感。

另外,上面的故事梗概相对比较简单,缺乏故事大纲必备的基本元素。故事梗概的写作必须包含以下几点:

(1)主要人物的姓名、性别、身份、年龄、外貌、性格与气质等特点,相当于人物的小传信息。

(2)主人公的行为动机(发财、升官、复仇、争霸、结婚等)。

(3)主人公实现行为动机的意义及障碍。

(4)事件的结果或影响。

(5)故事可能传达的情感或价值,即故事的看点、意义。

以影片《教父》的故事大纲为例:

教父

马里奥·普佐

"第二次世界大战"结束后,美国黑手党几大家族开始新的竞争。维托·考利昂,人称"教父",是最大的黑手党头目之一。他的小儿子迈克尔是常春藤盟校的优秀毕业生,战斗英雄,一直不愿意参与家族事务。他父亲遇刺受重伤后,由长兄桑尼代理家族事务。出于敌忾之心,在谈判时,迈克尔暗杀了对方家族的老大以及跟黑社会勾结的警官。他远走意大利西西里躲避,仇家追踪到这里,炸死他的妻子。主持家族事务的长兄桑尼也被仇家设计杀死。老教父康复后跟对手谈判求和。逃亡一年之后,迈克尔回到美国。老教父死后,迈克尔清除内奸,展开复仇计划,成功后被尊为新的"教父"。[1]

时间:第二次世界大战刚结束,1946年。

地点:美国,意大利。

人物:老教父,迈克尔。

特点:老教父,老谋深算;迈克尔,从白道精英候选人到黑道老大。

---

[1] 援引自微信公众号"第一编剧"文章:《三部典型剧本教你怎么写故事大纲》。

主要事件:复仇、争霸。

困难:仇家的毒辣手段。

意义:保存自己,消灭对手。

结果:迈克尔成为新的教父。

第一看点:第一次在小说中揭露的黑社会内幕。

第二看点:老教父在小说中阐述的所谓"生活的智慧"。

第二节 叙 事

确立了命意,接下来要做的就是叙事。叙事要解决的核心问题是如何讲故事。这牵涉三个叙事的要件:确立戏核;制造冲突;理清脉络。在外在结构上,它表现为故事的几个关键阶段:如何开头,如何持续(转变),如何做高潮,如何结尾。

一、戏核

所谓戏核,就是剧情发展的矛盾核心。之所以是核心,就在于它能够承担起派生情节、引发冲突、体现立意三个基本功能,有情节的爆点,能延伸、扩展和派生次要情节,并推动故事一直向前发展。戏核就像一个水果的果核一样,没有它,外围丰富、鲜美的果肉就无从依附。从叙事上看,戏核是有生命力、爆发力和穿透力的。

(一)什么是戏核

戏核相当于故事的"原发装置",没有它,后面的一切情节就无从谈起。电视剧《射雕英雄传》中,所有的情节都围绕"华山论剑"徐徐展开,没有这个"英雄帖"作由头,所有的戏就失去了动力,"华山论剑"就是整个故事的戏核。美剧《迷失》中,所有离奇的事件遭遇和人物关系的奇妙变化,均建立在大洋航班 815 客机坠毁在热带荒岛这一突发灾难的基础上,坠机事件便是推动整个剧情发展的戏核。

那么,戏核到底是什么? 什么东西可以承担戏核的功能呢?

1.动作

一个可以引发后果的动作可以承担戏核的功能。一个动作可能引发后果,是因为它足够独特,或者足够严重,也或者动作进程中的意外使动作变形,总之动作的实施引发了相应后果,它便承担了戏核的功能。

一个处于青春叛逆期的孩子,在单亲爸爸的严厉管教下,产生强烈敌意。在离家出走的途中,他偶然看到一部写少年杀手复仇的电影,一时产生了弑父的冲动。在返家准备寻找机会的过程中,他一步步了解父亲,第一次真正走进父亲的内心并原谅了他,实现了人物关系的扭转。这个故事的戏核,就是复仇电影蛊惑下的"弑父计划"。这个非常动作,引发了严重后果——人物关系的翻盘、颠覆,只不过这种改变是积极的、良性的。被逼债后临时起意的一次抢劫,与好友约好的一次探险,回家途中偶然目击杀人现场等,所有这些动作均具有派生情节、激化矛盾的强大能量,完全可以作为戏核结构故事框架。

2.道具

2010 年的台湾"金马奖"短片中,有一部名叫《海马洗头房》的短片。一个衣着时尚的女性下了出租车,来到偏僻小巷二楼的"海马洗头房"。吸引她来这个洗头房的,是店里一种独特的洗发水,据说洗完头发后可以忘掉以前的烦恼。女子洗完了头,怅然若失地呆坐在椅子上,她忘记了婚姻中的种种不幸和痛苦,同时再也回忆不起来以前丁点儿美好的瞬间。洗发水作为故事中的一个道具,在这里起到了戏核的作用,将人物的情感故事串联起来,也体现了整个故事的立意。

道具是相对故事人物线之外的器物,可以是镜子、衣服、酒、钥匙、梳子、烟盒等生活物件,也可以是枪、玩具、电影海报、放映机、绳索等行动器物,其作为戏核的前提是,必须在情节链条中起到催化作用,改变了事件局面、人物性格、人物关系,并且使冲突与矛盾得以集中呈现。

3.境遇

人物所面临的境遇,也可能成为改变常规、引发冲突的戏核。香港黑帮片中的喽啰、警匪片中的马仔之所以不甘平庸、冒死一搏,完成一次让人瞠目结舌的举动,支撑起整个故事的架构,多数编剧将其根源归于人物十分类似的处境:小人物失去尊严后的绝望与疯狂,如《英雄本色》故事正是以小马哥的这种境遇解构故事情节的。中国有句话叫"贫贱夫妻百事哀",侧面揭示了困境作为一种外围环境,给人物生存造成的压力。有了困境,人物同时也就有了行动的力量,境遇的改变也就水到渠成,一个故事就这样形成了。

美国电影《稻草狗》(Straw Dog)的故事是建立在人物境遇基础上完成的。一个好莱坞的编剧到妻子的老家写剧本,但新环境让他觉得很别扭:房子年久失修,请来修葺房屋的工人有些敷衍、拖拉,当演员的妻子出去晨跑被人盯梢,剧本写作进展缓慢,夫妻关系磕磕碰碰,哪儿都有点儿不对劲。处境就是人物的人际关系状态,以及人与环境形成的关系状况,处境的紧张必将对人物自身形成压力,使人物在非常规动作下作出偏离常态的决定,最终付出代价。这个好莱坞编剧在陌生处境的煎熬中,被动与修房工人一起出去打猎,妻子却被中途折返的工人轮奸了,至此故事进入一个不可收拾的复杂局面,矛盾冲突集中爆发。

4.符号

这里的符号是指带有符号功能的台词、密码、歌曲、诺言、电影、书等。徐克的电影《龙门飞甲》的故事层面,"龙门飞甲便知真假"明显具有戏核功能,对这句话理解正误,引发一系列的情节可能,人物的行动正是建立在这句台词之上的。《红灯记》《智取威虎山》等革命题材影片以及反特片、谍战片,中间的多数情节是建立在暗号、密码等戏核基础上的,靠暗号、密码接头、会面、行动,暗号、密码串起人物的行动线索,推动剧情发展。而香港电影《甜蜜蜜》、爱尔兰电影《曾经》(Once)则是以歌曲作为戏核完成整个故事叙述的。一个人在某种情况之下许下一个几乎不可能实现的诺言或愿望,接下来的剧情便会围绕这个诺言、愿望展开;一个狂热喜欢某部电影作品或电影明星的人,偶然遇到一个同样的超级粉丝,他们形成了某种关系;一个人、一首歌、一本书、一张老唱片、一件衣服、一个袖章等,这些带有符号性质的东西,均可以作为派生情节的支点。

(二)戏核的功能

戏核在三个层面为叙事服务。

一是体现故事立意。故事的发展既然建立在戏核的基础上,那么故事走向的设定就与其背后的立意紧密相关。影片《大闹天宫》的故事仍然是以西游记为基底,但将戏核建立在牛魔王的"魔界"与玉皇大帝的"天界"之间的仇恨上,孙悟空的大闹天宫成了牛魔王复仇计划的一部分。原故事的戏核建立在孙悟空的反叛性格上,大闹天宫、西天磨难等成为这一性格的自然延伸,与原故事的戏核设定相比,创意格局明显矮化了。

二是开拓故事结构。戏核最强大的地方在于能够拓展故事结构,派生更多的情节支脉,使故事更加丰富完整。有一篇微型小说,故事起源于一个活得很幸福的老人,一天偶然看到一则报道:几个子女为了争遗产反目成仇。他突然怀疑自己幸福生活的真实性,便产生了验证孩子孝心的想法。随后,老人装病、孩子反目,在这个假设性的故事链中,人情冷暖不断上演,摧毁了一个老人已经享受一生的幸福感。从本质上说,这个故事的构思属于"无中生有",明显源自那个虚拟性的疯狂假设,但它无疑拓展了故事的结构。

三是展示人物性格。我们常说,人物性格的典型性是靠典型事件揭示的,那么,以人物性格为核心的戏,戏核的主要功能就是创造所谓的"典型事件",让人物性格在其中得到最丰富、最立体的表现。美国电影《王牌对王牌》(The Negotiator,又译《谈判专家》)中,警察丹尼本是芝加哥警局的高级谈判专家,却被栽赃陷害为杀死自己同僚的嫌疑犯,还被无辜卷进一桩盗用公款的交易。在申诉无门的情况下,丹尼绑架了几名人质,与芝加哥警方展开一场针锋相对的较量。被诬陷事件成为戏核,激发了人物关系的矛盾,使人物做出了疯狂的行动,同时丹尼的个性也在这一疯狂行动中展示得淋漓尽致。

(三)如何寻找戏核

在故事创作中如何寻找戏核,才能建立一个扎实的叙事根基?寻找戏核是叙事的第一步,确立戏核的方法无外乎三种。

1.生活观察

观察生活,看看生活中哪些事件、动作、语言、器物容易引发连续的情节,产生情节性强的故事。故事创作可在生活观察的基础上进行移植,形成一个完整的故事构思。

路学长导演的《租期》(《租妻》),故事来自于一则报纸新闻。一个北京工作的男孩,被父母逼婚。他无奈之下找了一个妓女,签了一纸合约,充当为期一周的"协约女友",赶回安徽老家看望病危的爷爷,给家庭一个交代。在一周的时间内,两人的关系悄然发生了某种变化。充当这个故事戏核的,就是各种压力之下促成的荒唐行动——租妻回家。而这样的事件,在中国的新闻报道中屡见不鲜。生活中的离奇事件数不胜数,很多灾难性的后果或轰动性的局面追根溯源,往往是由那些微小的离奇想法推动的。我们只要留意生活,就会发现很多可以作为戏核的素材。

2.分析人物

所有的行动都是人物心理的外化,细致分析人物的内心,就会找到人物行动的依据,情节链条就有了立得住的根基。生活千姿百态,人物各色各样。有的人分不清幻想与现实,活得不明不白;有的人单纯至极,以致四处碰壁;有的人思维偏执,行动极端。我们只需选择一个独特的人物,将其放至一定的时空环境中,人物内心便会在其中发酵,形成可观的故事。想想一个长期销售别墅的售楼小姐,一个开彩票店的小老板,一个疯狂追逐女歌星的粉丝老爷爷,一个必然出现在新楼盘开盘现场的老乞丐……任何一个人物身上都可以挖掘出精彩的故事,这些故事都是建立在人物独特的内心世界上的。

3.想象

如果生活中还看不到你觉得有价值的事件,也没有你感兴趣的人物,叙事便无从下手。可以适当添加想象,将那些可以拓展的空间、事件或人物进行加工改造,一个有趣味的故事就有可能成型。搬家司空见惯、平淡无奇,但万一搬家公司的一个小员工在搬家现场发现了一个被丢掉的小物件(U盘、文件、破损的遗嘱……),进而发现了一个家庭或一个人物的秘密,人物关系会发生什么变化呢? 很多人都有过走错家门、开错门的经历,我们不妨往前推进一步,设想一下:万一不经意间打开那扇门了呢? 这些想象在《我叫刘跃进》《阳光灿烂的日子》等片中都有展现。

想象可以弥补我们生活的缺陷,解除创作过程中我们对现实的迟钝感和无力感。正是因为想象力的拓展,故事虚构才不成问题。监狱越狱故事、特工逃亡故事和各式各样的灾难故事,都是在人性、人情基本逻辑的作用下,加以想象完成故事的构思。

二、冲突

冲突是叙事型作品最重要的概念,我们对故事的理解是建立在冲突的基础上的。在很多时候,我们把冲突理解为戏剧性的全部内涵。这意味着,没有矛盾冲突,就没有戏剧,故事就不好看。那么,到底什么是冲突呢?

(一)冲突的界定

汉语"冲突"的意思,通常认为"需要、价值观念和利益引致实际或想象的反对表现,冲突可以是内部(自己)或外部(两个或以上的个人)的"。据此,有人把冲突更准确地界定为:"当两个或两个以上的个体,有认为不兼容的目标,试图破坏对方追求目标的能力。"

戏剧中的冲突是社会矛盾的集中反映,是情节推进的基本动力,也是揭示主题的主要方式。甚至可以说，没有冲突就没有戏剧。"戏剧冲突"的理论最初由黑格尔提出，他认为戏剧最适合表现冲突，"美"通过戏剧冲突得到完满、深刻的表现，戏剧的基本内容，就是怀有各种目的的人物之间性格冲突的提出和解决。① 因此，冲突在戏剧中体现为人物及其生存环境（自然/人际）之间的矛盾关系，是角色的欲望和欲望阻力之间形成的障碍与矛盾。欲望的形成、实施，障碍对欲望的破坏，形成叙事的张力关系，这是情节链条得以产生的基础。

一般认为，矛盾冲突分为以下三种：

第一，人与社会、时代的矛盾冲突。社会的整体氛围、政治状况、文化条件以及时代要求等，作为个体生存的宏观环境，与个人欲望、目标或人物之间形成矛盾关系，如《末代皇帝》中的溥仪所面对的矛盾冲突，很大程度上来自于其作为末世君主与新的时代和革命潮流之间产生的矛盾。

第二，人与人之间的矛盾冲突。人与人之间的矛盾冲突，即个体所面对的人际关系环境中产生的矛盾，这种人际关系涵盖广泛，包括家庭、同事、敌我、谈判对象、警匪等人际圈之间的关系。《冤家父子》中的父子矛盾、《风暴》中的警匪矛盾、《风声》中的敌我矛盾、《致青春》中的同学矛盾、《记忆中的风琴》中的师生（恋人）矛盾等，都属于人物在不同的人际关系圈内所形成的矛盾关系。

第三，人物内心世界的矛盾冲突。人物内心世界的矛盾，即我们通常所说的内心冲突。它是人物与时代大环境的矛盾、人际关系矛盾的延续，是人物动作、语言的主要依据。科恩兄弟的影片《黑帮龙虎斗》（*Miller's Crossing*）中有一段戏，汤姆背叛了自己的老大里奥，投靠实力渐长的卡斯珀，卡斯珀为了考验汤姆的忠心，让他在众人面前亲自将昔日好友两枪毙掉。这是一段内心戏分量很重的冲突戏，开枪之前的一分多钟，汤姆一言不发，紧握手枪，内心却波澜壮阔、感慨万千。他该如何抉择呢？香港的警匪题材和美国的黑帮片里，有大量类似的内心戏处理，这是最考验编剧功力的地方。

（二）冲突的动因

冲突可能来自于哪些方面？弄清冲突的基本动因，在创作上就知道了要想写冲突，有几种手段可以用。总结古今中外的戏剧故事，有三种冲突动因在创作中应用最广。

1.突发状况

突发状况是引发冲突矛盾的根源之一，这里的突发状况包括自然灾难、疾病、车祸、空难、丧子等天灾人祸，这是具有巨大改变效力的消极性状况。除此之外，当然也包括意外中奖、升职提拔、获得巨额遗产、爱情突然降临等积极性状况。人依赖惯性生活，突发状况改变了他所面对的人际关系环境，矛盾冲突随之而来。

美剧《迷失》中，因为飞机失事，四十多个幸存者被遗留在一个热带荒岛。突发灾难使以前的人际关系失效，对新自然环境的适应、新人际关系的重新形成，以及由此带来的崭新利

---

① 王世德.美学词典［M］.北京：知识出版社，1986：491-492.

益关系格局,使矛盾丛生、冲突不断,剧情看点数不胜数。一个人可能平平淡淡地度过了人生的大部分时间,生活里没有跌宕起伏、峰回路转,说不出多少精彩的故事。但当他(她)有一天突然得知自己罹患绝症,将不久于人世,这个突发的变故又会带给他(她)怎样的变化呢?美剧《绝命毒师》正是建立在这样的剧作思维上开始进行故事讲述的。

另一些突发状况,比如中彩票、偶遇贵人、看到"怪象"等,看似与上面的消极改变相反,但往往引发意想不到的复杂矛盾冲突,并将故事导向让人唏嘘不已的结局。下面这则新闻报道中的故事印证了这一点,也是《喜从天降》(*The Best Bet*)、《内布拉斯加》(*Nebraska*)、《夜店》《彩票奇缘》《百万法郎》《乐翻天》《富贵逼人》等影片做戏的基本思维。

例如,刊发于《都市快报》上一则名为《打工者买彩票中 1000 万,5 年后变逃犯身上剩 80元》的新闻报道,是一个五年之内命运发生天翻地覆变化的人,从辉煌到失意,从富有到贫穷,戏剧性十足,所有的一切,仅仅源于那一次意外——彩票中奖。看似积极的意外事件,改变了他的心态,也自然而然地改变了他的人际关系,矛盾冲突在这个突变过程中一个接一个发生,传奇性的故事便产生了。这的确是一个很好的人生故事。

2. 性格差异

性格差异包含两种情况:一是不同性格的横向差异。心理学上的性格类型划分,是根据在某一些人身上所共有的或相似的独特结合,将人群划分为不同种类、不同属性的个体存在,即有了所谓"内倾"与"外倾","顺从型"与"独立型",以及"理智型""情绪型"与"意志型"等的细致区别。[①] 因为性格的本质,是一个人经常表现出来的对现实的态度和行为方式,因此不同性格的人在面对同样的问题时,就会激起不同甚至相反的态度或行为,这自然成了矛盾与冲突的根源之一。

另一种差异表现为一个人性格发展变化的纵向差异。开始刚愎自用,后来从善如流;最初善于交际、长袖善舞,随后自我封闭、木讷呆板;原来嫉恶如仇、是非分明,最后变得心若止水、看破红尘,等等。一个人的性格是线性发展的,中间经历了从一个端点或一种状态向另一个端点或另一种状态的转变,引起转变的原因,包括家庭变故、突发事件、情感受挫、意外降临、孩子出生等。人物性格的阶段性反差,往往是引发人物内心冲突的主要因素。

3. 语境改变(迁移)

故事的语境,是故事发生的宏观环境,包含故事中人物生存所面对的政治、宗教、文化和地理环境。语境所发生的变化,使人物要去适应崭新的政治关系、宗教教义和文化观念,乃至具体的生活习惯、自然条件,旧有的价值观念、行为方式与新的环境要求之间形成的矛盾冲突,成为故事戏剧性形成的主要动因。

美国喜剧演员萨莎·拜伦·科恩编剧、主演的喜剧电影《波拉特》(*Borat*)、《独裁者》(*The Dictator*)如出一辙,均是将冲突建立在语境迁移所形成的矛盾基础上。《波拉特》中,中亚国家哈萨克斯坦电视台著名主持人波拉特,为了考察西方媒体发展,学习美国先进文化,

---

① 徐厚道.心理学概论[M].北京:北京工业大学出版社,2003:133.

专程和摄像师一起到美国考察。在美国这个光怪陆离的发达国家,波拉特和他的伙伴像是两个初次进城的乡巴佬,闹尽了笑话,出尽了洋相。这些笑话和洋相,实际上是哈萨克斯坦与美国两种不同的语境对撞后在一个人物身上的外在显现。《独裁者》让北非独裁国家领导人到美国闯荡,生发出一系列荒唐离奇遭遇;《少年印第安纳琼斯大冒险》(The Adventures of Young Indiana Jones,又译《少年夺宝奇兵》)讲述印第安纳琼斯幼年、青年时期的传奇冒险故事,故事语境在中国、非洲、欧美等数十个国家辗转变换,冲突紧扣时空徐徐展开;HBO 史诗剧集《冰与火之歌:权力的游戏》(Game of Thrones)开篇就让史塔克离开自己的领地首府临冬城,跟随国王去了七国权力中心——君临城,卷入权力游戏的旋涡,开启了全剧冲突风暴大潮。

无论是突发状况,还是性格差异和语境改变,冲突的根源说到底在于变化。变化引起了应激反应,改变了事件发展的惯性,也派生了新的矛盾冲突。实际上,由于人性本身的复杂与偏执,一个微小的矛盾具有发展成一个疯狂后果的可能性。日本电影《砂器》,美国电影《尸骨无存》,欧洲电影《香水》《天才雷普利》等,正是在这种逻辑基础上虚构的故事格局。需要说明的是,不管将什么作为构建冲突的动因,都必须真实可信,建立在合情合理的逻辑线上,整个戏才能获得观众的基本认同。

(三)写冲突最常见的问题

1.虚假

冲突虚假,就是冲突看起来不真实,或者说生活中这样的矛盾冲突不可能存在,编剧对冲突的处理缺乏生活根基。

之所以出现冲突虚假的问题,根源在于写作者对事物、人物缺乏基本的体认,蓄意拔高人物高度,致使人物变形扭曲,冲突成了创作者主观故意的间接体现。在写正面人物上,我们对人物所面对的冲突处理往往会犯这样的毛病。

人是复杂的个体,要想写出一个生动的英雄,在创作上必须首先将其回归到一个真实的人。只有这样,英雄所面对的矛盾、抉择才是真实的,冲突才是有深度的。同样,要想写好一个干部的党性,首先要写好他的人性。由刘恒编剧、尹力导演创作的"十八大"献礼片《雨中的树》(2012),正是从这一点出发,才将一个"主旋律"人物——"全国优秀组织工作干部"李林森塑造成了一个有血有肉的干部形象。编剧还原了人的生活现场,所展现的冲突就是真实可信的。

2.缺乏看点

冲突没有看点,就是冲突设计缺乏戏剧性,不吸引人。很多初写剧本的人,总是喜欢将生活中的争吵不加处理便"还原"出来,剧本充满琐事堆砌、冗杂无味,看不出一点对冲突的分析和提炼。近两年的电视剧剧作中,冲突更是被简化为吵嘴、打架,似乎嗓门大小决定了冲突的强度,打架动手的动作幅度决定了矛盾对立的剧烈程度,剧情中只剩下一片聒噪,却空空如也,找不到复杂的事件和立体的人物。

前面我们已经讲过,要学会将人物的前史与当下矛盾结合起来写。剧本写作中如果只盯着人物当下的矛盾冲突,围着具体事件打转,冲突就得不到拓展,也就没有强度和看点。一个学生习作中设定了两个人物,一个是巡视组的办案人员,一个是被调查的在职干部;一个说你贪污了,一个说我没贪污。剧情纠结于两个人物对贪污的指认与否认,似乎没啥看点。如果我们能将人物关系中有用的前史——两人早期的恋人关系、同学关系或某种意外发现的血缘关系放大,这种冲突的复杂性就会立刻得到提升,人物在其中的取舍、困惑、抉择环环相扣,故事就好看很多。

3.俗套

冲突处理俗套意味着,别人对冲突怎么处理我也怎么处理,程式痕迹太重,以至于看不到任何新鲜的生活经验。

一个写爱情的剧本,恋爱矛盾总是"第三者",冲突处理简单粗暴,爱情故事中看不到时代、社会的影子;一个写事故灾难的片子,到最后都是同父异母或同母异父兄弟姐妹意外相认的伦理故事;黑帮片永远是一个嗜血成性的老大和另一个奸诈阴狠的老大之间的矛盾斗争;战争片永远是你攻我守、战术较量,少了些不落俗套的冲突写作。类型电影的故事写作虽然有些一成不变的模式,但是成功的类型故事总能让人在其中看到崭新的东西,像《漫长的婚约》《鸟鸣》那样写爱情,像《江湖告急》《夺命金》《极恶非道》那样写黑帮,像《青春残酷物语》《蓝色大门》那样写青春,冲突便会带给人新鲜的体验。

4.回避矛盾

冲突写作的本质是要揭露矛盾,反映生活中的深层矛盾或是人物内心的精神困境,抑或是表现人性的本质。但初写剧本的人,往往存在回避矛盾的情况,一旦触及矛盾,就深入不进去,或者转移视线,进行讨巧性的装饰,故事只呈现生活的皮毛。冲突无关痛痒,便失去了写作的价值。

矛盾处理避重就轻,故事写作明显存在俗套思维,或者自我设限、自我审查,缺乏创作的洞察力和勇气,往往轻重不分、狗尾续貂,什么故事都有一个"光明的尾巴"。矛盾得不到凸显,故事就没有锋芒。

三、结构

结构就是故事的组织形式。故事是由事件构成的,多个事件组织起来,就形成了事件链条,内在形式上是故事的情节,外在形式上是故事的结构。因此,从编剧角度讲,结构和情节都是完成同样的工作:对事件进行组织,对故事进行结构布局。

在结构设计之前,我们首先需要明确结构的基本要求,这也是情节设置的基本要求。

（一）基本要求

1.真实

创作中的真实,有两个层面的内涵:一个是"艺术真实",一个是"生活真实"。

所谓"生活真实",是指故事中所写的事件,来自于生活现实。也就是说,创作从还原真实出发,这些事件历史或现实中曾经发生过,不是杜撰虚构的,艺术事件与生活事件之间具有高度的相似性,多数历史片、传记片或带有纪录片性质的故事创作,都是这一类。

所谓"艺术真实",是指历史上或生活中虽然没有真实发生过这样的事件,但是符合情理逻辑,具有生活质感,就像真实事件一样。多数故事创作均是这样的虚构、想象,但最终追求的艺术效果和"生活真实"一样,是要获得观众最大程度的认同。这就要求所有的想象要建立在扎实的生活根基和人情逻辑上,事件链之间的逻辑指数比较高。《地心引力》里的外太空故事离我们再遥远,其中所讲述的"渴望回家的路"却反映的是人类最普遍的感受;《阿凡达》《火星人玩转地球》中的异类再奇怪、再陌生,其中的善恶价值判断和我们的认知也是完全一致的;《完美感觉》《庞贝末日》《绝命航班》《环太平洋》等中的灾难奇观再夸张,其中所展现的复杂人性却永远是真实的。

也就是说,不管是生活真实还是艺术真实,故事创作永远要立足于"真实",杜绝胡编乱造、信口开河。这要求写作者在结构安排上能自成一体,自圆其说,形成一个完整、严谨的故事架构;在叙事链条上能一环扣一环,叙事层层推进,人物步步为营,事件之间逻辑联系紧密,形成一个不可逆的、可信性结局。

2.新奇

新奇几乎是观众对故事情节的第一要求。所谓新奇,就是新颖、传奇、未曾经历、闻所未闻,没有发生过的奇事,没有见过的奇人,没有到来的时间,没有看过的场景,没有想象到的境况……总之,在人的阅历和常识之外,故事编撰者天马行空的想象为人打开了一扇新视窗,看到了更新奇的世界,体验了更特别的生活,也发现了未曾留意的秘密和意义。

怎样才能做到新奇呢?生活中的平凡随处可见,你所经历的,可能别人也已经历,如何才能发现生活中的意外和传奇?这自然离不开创作者大脑的加工与想象,在艺术创作中,想象是第一个重要的步骤。按照美学家朱光潜的说法,想象就是"旧材料的新综合",或者可以说,是创作者对脑中已有的表象(经验)进行加工改造,从而创造出新形象的过程。不难发现,情节的新奇从想象中来,想象则是对既有生活经验的综合与创造。

怎样对旧材料或已有的生活表象进行综合改造呢?举个例子,我们都很熟悉金庸先生的武侠小说,也特别熟悉自己的大学生活。一个是古代的武侠世界,一个是当代的大学校园,两个世界相隔万里,风马牛不相及,但也有相似点,它们都是在讲一个关于"江湖"的故事:恩怨情仇、悲欢离合。如何将这两者进行嫁接、综合呢?会产生什么效果?江南的畅销小说以及由此改编的同名电影《此间的少年》，在故事创作层面，就是这样一种对旧材料的新综合。同样，《功夫熊猫》是对中国类型电影的代表——功夫片精华和中国形象的代表符号——熊猫的综合改造，这种嫁接让人耳目一新。

3.生动

生动，是文本阅读的一种感受。具体指鲜活、动感，有存在感，故事描述就像发生在身边一样，栩栩如生、如影随形，具有非常强的现场感和立体感。剧本写作要靠静止的文字创作生动的画面，就要靠细节支撑。

文学创作中，细节常被认为是塑造人物、描写事件场面的关键手段。文学创作理论认为，小说的中心任务是塑造人物，但人物塑造不能依靠抽象的叙述，而是靠有力、动人的细节。有了精彩的细节，就不干巴、苍白，人物才立得起来。[①] 很多故事看起来大同小异，其中重要的一个原因就是"缺少特定的生活细节，写得不活。在清水里游动的鱼才活灵活现。死鱼都是大瞪着两眼，看上去全都一模一样的"[②]。同样，故事如果没有具体可感的细节，就不会获得生动的阅读体验。

具体来说，要做到生动效果的手段有很多：人物外表的某些细节（侏儒、六指、独眼、剑眉、瘸腿、秃顶……），显示人物性格的某些典型动作细节（结巴、挠头、暗器、反复搓手、口头禅……），富有表现力的对话，或者是某些场景中的器物、装饰，等等。"生动"一词由两个字构成："生""动"。它意味着，要想达到生动的艺术效果，一要新鲜、陌生化；二要动感，让一切静止、呆板的东西动起来。对于初写剧本的同学来说，这一点尤其重要：不要静止地写人物，描写人物的心理活动，要学会把内心独白外化为可感的动作，这是讲述生动故事的重要技巧。

（二）短片结构方法

无论文学还是影视作品，叙事都存在三个不同的境界：第一，讲一个精彩的故事；第二，精彩地讲一个故事；第三，精彩地讲一个精彩的故事。

第一种情况，故事题材本身很精彩，只需要将其完整清晰地叙述出来，就是一个很好的故事，这是叙事的基本要求；第二种情况，故事的题材一般，正常的讲述不够吸引人，只有通过叙事手法上的变化、创新，通过结构设计、情节错置等方法，才能呈现一个精彩的故事世界，这种叙事体系中，形式的重要性高过内容；第三种情况，是一种形式、内容俱佳的故事呈现，故事题材本身有看点，故事的讲述方式也很独特，算是叙事的最高境界。无论哪一种叙事境界，题材与结构作为故事的一体两面，就像一个艺术文本的内容与形式一样，均十分重要。在选材确定的情况下，结构形式的设计，对于叙事的样貌影响甚大。

下面我们介绍四种最常用的短片结构方法。

① 丛维熙.关于小说创作[J].山东文学,1983(9).
② 徐怀中.创作准备三题[M]//徐怀中研究专集.北京:解放军文艺出版社,1983.

1.高潮前置,层层推进

将高潮戏放在前面,有助于突出故事的焦点和重心,在剧情一开始就能抓住观众,伴随着剧情的层层推进、抽丝剥茧,观众得以进一步深入其中,获得集中、完整的戏剧体验。

刁亦男完成的剧本《白日焰火》开场:

1　公路　日

一辆满载电煤的"泰脱拉"(德国产自动卸载卡车)疾速行驶在公路上。车厢里,隐约可见一包被麻绳捆扎的红蓝白三色相间的塑料编织袋。

盛夏,旷野葱茏,一辆运兵的卡车出现在"泰脱拉"后面,风把士兵的歌声送过来,一会儿,又进入幽暗的隧道……(影出字幕:1998年)

2　旅馆　日

一对男女坐在床上打扑克,男的叫张自力,女的叫苏丽娟,张自力嘴里衔着烟,每次出完牌观察女人,女人出牌较慢,好像在思索。两人如此往复,沉默不语。

浆过的白床单,一只瓢虫正往亮处爬。

3　发电厂　日

"泰脱拉"驶进发电厂,穿过巨大的烟囱和亮晃晃的管道。

4　旅馆　日

幽暗中,张自力和苏丽娟相拥在一起,亲热缠绵……

他们身旁,那只瓢虫粉身碎骨,尸体黏在满是皱褶的白床单上。

5　发电厂传送通道　日

刚刚还在"泰脱拉"车厢里的那包红蓝白三色相间的塑料编织袋和电煤一起被投进铲车。

传送带吱吱嘎嘎作响,缓缓行进,渐渐地,从黑暗中浮现出一只惨白的手臂。

传送带紧急制动,传来饥饿的汽笛的声音。

6　民政局楼道　日

星期天,来民政局办理婚姻登记的人很多,大家彼此沉默,在昏暗狭长的楼道里排起长队。甜蜜的等候,温柔相拥的小憩,疲惫麻木的茫然失神,无奈中的翘首企盼,仿佛有无穷无尽的表情和做派从队列中浮现而出。

稍顷,张自力和苏丽娟出现在众人面前,向明亮的出口走去。

7　电铁小站　黄昏

穿过一段地下通道,这对男女走上电铁小站的台阶,苏丽娟停下脚步,望向远处。

一辆公安局的宣传车缓缓行驶在马路中央,车身被几块写了标语的看板遮挡,车顶的喇叭里正在播放关于"治理整顿社会治安"的通知。

苏丽娟:你回吧。

张自力因为长时间的沉默,喉咙像被什么东西哽住了。

张自力:那……你保重……

女人亮出一个灿烂的笑容,从挎包里拿出一个深蓝色的塑料证本交给张自力。

苏丽娟:你的。

她正欲离去,却被男人紧紧抱住,无法挣脱。

苏丽娟:别这样!说好了今天是最后一次嘛!

张自力不依不饶,把苏丽娟按倒在路旁的沙堆上,自己也不清楚到底要发泄什么,女人咒骂着,手里的雨伞突然怒张开来,她恼怒地冲他扬了一把沙子,乘机挣脱,跌跌撞撞向一辆进站的电铁走去。

张自力粗气乱喘,呆坐原地,那个深蓝色的塑料证本摊开在沙堆旁,上面是他和女人加盖了公章的照片,以及如下内容:

　　　　张自力与苏丽娟经调解无效,双方同意协议离婚,特此证明。

新抚区民政局婚姻登记处

1998 年 6 月 22 日

8　发电厂传送通道　　日

传送通道一角,几个小憩的工人凑在一起,小声议论刚刚发生的案情。

工人甲:听说其他厂的煤堆里也发现了。

工人乙:那可不。清远、镇平、白水、枝城的几个厂都有。

工人甲:这玩意儿东南西北、方圆几百里,能是一个人?脑袋找到没有?

工人丙:那玩意儿找到也认不出来。

工人乙:听说是裸体女尸!保卫科在储煤场发现了一个乳房!

几个人讪笑起来。

传送带旁,警察和法医正在勘验现场……

保卫科长来到刑警张自力面前,这个刚刚离婚的男人一脸愁容。

保卫科长:没见过这么抛尸的,天女散花,扔得全省哪儿哪儿都是。好些厂听说煤堆下面有死人,不开工了。如果——

张自力踢飞脚下一个空酒瓶,打断了他的絮叨,寂静中,那瓶子一路磕磕碰碰,坠入传送通道下的黑暗,仿佛击中了什么,传来惊叫。

小　王:找到了!找到了!

刑警小王在通道下面的传送带上发现了血衣、身份证,如同在绝望的迷宫中看见了出口,激动得声嘶力竭。

小　王:梁志军!他叫梁志军!梁志军!

编剧在故事开始制造了两个"死亡"事件:一是在发电厂的煤电传送带中,发现了一个叫"梁志军"的人的尸体;二是刑警张自力和妻子苏丽娟的婚姻"死亡"——双方调解无效,协议离婚。对于人来说,一个是生命的终止、人生的尽头,一个是婚姻的终止、生活的谷底,它们毫无疑问都是具有冲击力的事件,是人生命运线中的"临界点"。剧本恰恰在开始巧妙地用这两个有冲击力的事件,制造了一个小高潮,并以此建立了死者(被害者)和生者(侦案警察)之间的逻辑联系。梁志军是如何死亡的? 为什么出现这样的死亡现场? 张自力又是如何侦破案件的? 一切矛盾疑团由死亡事件盘带出来,剧情便有了强大的推动力,观众也有了强烈的观赏欲。

例如,警匪片开场中,一个重要线人的突然死亡,导致警方行动陷入困局;爱情片开场戏中,已经谈婚论嫁的一方突然被诊断罹患绝症,或者一方突然被警方带走,面临牢狱之灾,又或者就在赶往婚礼现场的路上,新娘突然被人劫走失踪,如此等等。高潮入手、层层推进的短片结构意味着,必须将带有突转意味的事件放在开端,以此作为看点推动剧情纵深发展,逐步揭开人物关系网络,交代事件背景资料,呈现跌宕起伏、错综复杂的故事脉络。

需要说明的是,开篇的高潮戏必须具有纽扣作用,具有引发事件层层展开的能量,而不仅仅是博人眼球的噱头。比如,美剧《权力的游戏》第一季开篇即将风平浪静的剧情引向风暴,让处于事业顶峰的临冬城主史塔克赴都城任首相后遭谋杀,史塔克家族遭遇毁灭性打击,这一情节设置相当于叙事的引子,成了后面所有剧情的发动机,七国叛乱、北王复仇、野人入侵等情节均在此基础上展开。

2.发现与转变

前面已经讲过,多数故事都是在讲一个转变,这种转变包括人物关系、命运、情感、地位等的变化,有限的电影时间如何实现这种变化? 电影叙事者往往通过人物的渐次"发现",实现人物的有序"转变",这就是"发现—转变"式的叙事结构。

电影《尼基塔》中,不良少女尼基塔被国家情报机关训练为一名特工,电影展现了尼基塔从特工回归平民的过程。90 分钟的影片共设置了三个事件,这三个事件实际上是人物的三次"发现"——发现特工越来越严酷、危险的性质,同时实现了人物的三次"转变"——离平民生活越来越远,最后一次变化实现突转,最终使其成功逃离特工生活。好莱坞的故事往往这样,一部片子设置三到四个情节点,每一个点让人物发现一点有价值的信息,这个发现促使人物发生某种隐秘的变化(量变),最后一次一蹴而就,最终完成质变,整个转变的故事便圆满了。在恋爱故事里,最常见的"发现—转变"套路是,最开始一方很讨厌另一方,随后通过三至四个事件(发现点),让一方逐步发现另一方的优点,一点点改变对方的印象,逐渐产生好感,最终两人走在一起。

在"发现—转变"结构中,发现与剧作动机有关,转变与情节走向、结构布局有关。有多少发现,就有多少转变,发现与转变的叙事链就是从量变到质变的有序进程,叙事的任务就是让发现的两三个有价值信息形成递进性层阶、序列。

3.伏线与巧合

港片《英雄本色》有一个经典的动作段落:小马哥要去枫林阁酒家复仇。在枪战开场之前,小马哥穿过枫林阁酒家的走廊,耳边响起闽南语歌曲《免失志》,一边与陪酒女打情骂俏,一边不露声色地将几把手枪藏在走廊两边的花架盆景里。当音乐骤停,枪战开始,小马哥穿过走廊,双枪齐发,将一个个黑帮枪手击倒在地。在每一个危险关头,他总能轻松帅气地拿起早已藏好的手枪举手就射,维持一场酣畅淋漓的枪战,就像一连串神奇的"巧合",一气呵成地完成英雄的血性演出。什么是伏线？这场戏里提前埋伏的"手枪"就是"伏线"，没有前面这些看似漫不经心的"伏线"设置，后半段人物解除危险、以一敌众的战斗场面就显得过于"巧合"，让人觉得做戏的痕迹太重，编剧的主观性太强。

伏线就是对巧合性结果的提前埋伏，伏线设置的目的，在于使一切奇峰突转显得更有说服力，使一切无厘头的巧合、做戏更符合艺术逻辑，显得更水到渠成。《易经》言："臣弑其君，子弑其父，非一朝一夕之故，其所由来者，渐也。"因此，任何震惊性的意外、巧合，或爆炸性的结局都有内在的逻辑线，这就需要叙事过程中做适当的伏笔处理，让它们在关键的情节点发挥作用。

4.虚实交织，以侧写代实写

无论事件还是人物，我们有多个表现的角度。对故事的正面叙述是实写，往往选择事件本身的细节作为叙述的材料；对故事的侧面叙述是侧写，选择事件本身以外的细节作为叙述材料。有些侧面叙述甚至完全抛弃主要事件或人物，选择似乎与之不沾边的材料入手，以此折射欲表现的故事要点，以虚代实，完全靠观众或读者的领悟获得完形叙事。总之，我们对角度的选择，决定了叙事的基本架构。有时候采取以虚代实、以侧面叙述代替正面叙述的结构，往往能取得让人耳目一新的叙事效果。

那么，到底什么是侧面叙述呢？我们来看一则微型小说《预演》。

预 演

[苏联] 顿巴泽

我们是老同学，当时我们俩并排坐在最后一排课桌。当老师转身在黑板上写字的时候，我们常在一起冲着他的背做鬼脸儿。我们还一起参加期末补考。这是十五年前的事了。十五年来我们一直没有见过面。今天，我终于怀着激动的心情登上了四层楼……不知道他是否能认出我来？

我毅然按了一下电铃。"不怕烂掉你的臭爪子，可恶的东西！震得整个房子嗡嗡响。什么时候你才能改掉这个坏习惯？"里面传出一阵叫骂。

我羞得满面通红，连忙把手塞进口袋。前来开门的是一个淡黄头发的女孩，看上去约莫有八九岁。

"努格扎尔·阿马纳季泽在这儿住吗？"

"他是我爸爸。"

"你好，小姑娘，我是绍塔叔叔，你爸爸的老同学。"

"噢，你请进来吧……玛穆卡！爸爸的同学绍塔叔叔来了。"女孩朝里边喊了一声，领着我向屋子里走去。

迎面冲出一个六岁左右的小男孩，浑身是墨水污迹。

"你们的爸爸妈妈在家吗？"

"不在。他们很快就会回来的。"

"你俩在做什么呢?"我问。

"我们在玩'爸爸和妈妈游戏'。我当爸爸,姆济娅当妈妈。"玛穆卡对我说。

"你们玩吧,我不妨碍你们。"我一面点着烟,坐在沙发上。"不知道努格扎尔过得怎么样,"我寻思着。"生活安排得好不好,是不是幸福?"

孩子们尖利的喊叫声把我从遐想中唤醒过来。

"喂,孩子他妈! 今天做什么吃的?"玛穆卡问道,显然是模仿某个人的腔调。

"吃个屁! 我倒要问问你,我拿什么来做饭? 家里啥也没有!"

"你的嘴可真厉害! 骂起人来活像个卖货的娘儿们!"

"你怕什么! 在饭馆一坐,就能吃个酒醉饭饱……可我怎么办?"

我登时出了身冷汗。

"昨天夜里你跑到哪儿逛去了? 说!"姆济娅握着两个小拳头,叉腰站着。

"你管不着!"

"什么,我管不着? 好吧,我叫你和你那帮婊子鬼混?"

"你疯啦?!"

"我受够了! 够了! 今天我就回娘家去! 孩子统统带走!"

"不准动孩子,你自己爱上哪儿就上哪儿!"

"没那么简单!"

"把儿子给我留下!"

"不行,我已经说了!"姆济娅高声叫道。

"你听着:把儿子留下! 要不然……"玛穆卡抱起枕头,一下子砸在姆济娅身上。

"好哇,你敢打人?! 畜生!"姆济娅抢起洋娃娃,狠狠地打在弟弟头上。她打得是那样厉害,玛穆卡的两眼当即闪出了泪花。

跳起来把他们拉开。"孩子,真不知道害臊。这是什么游戏哟!"

"放开我,尼娜!"姆济娅突然朝我喊道。"你们这些邻居不知道他是什么玩意儿! 我整天受他的气,没法跟他过下去了,我的血全被他喝干了。可恶的东西! 你们瞧,我瘦成了什么样了!"姆济娅用纤细的指头戳了戳她那玫瑰色的脸蛋儿。

"别信这个妖婆的鬼话!"玛穆卡冲我说。

"不要吵了!"我实在控制不住,向他们大吼了一声。孩子们恐惧地盯着我。我喘过一口气,勒令两个孩子向我发誓,保证往后不再扮演他们的爸爸妈妈,然后便步履蹒跚地离开了这个家。

"看来,我的朋友生活得满快活的!"我一路上想着姆济娅和玛穆卡,他们在我面前表演了一幕未来家庭生活的丑剧。①

看得出来,这是一篇构思十分精彩的微型小说。作者想写老同学的生活现状,却通过老同学儿女热衷玩的角色扮演游戏,巧妙地揭示了作品叙事的重心。全篇故事中,叙事主角隐

---

① 左培俊,曹世麟,张鹏.写作构思艺术[M].武汉:长江文艺出版社,1990:199-202.

藏于次要人物背后,虽未登场却入木三分,所有的叙事细节均是通过次要人物的侧面展演实现的。

将侧面叙述作为一种结构策略,有两点基本要求:①必须首先保证所选择的次要人物或次要故事枝节的艺术完整性,主要人物虽未出场,但次要人物所构成的表层故事是完整的。②要通过必要的道具、台词或者其他提示性线索,建立次要人物、次要事件与主要人物、主要事件之间的间接关系,通过设悬、释悬等手段,将观众注意力指向作品的叙事重心。

那么,什么样的故事不适合正面表现,而宜于采取用侧面的、虚化的方式表现呢? 一般来说,那些血腥的、色情的、暴力的故事细节,或者其他不适合正面表现的,都可以采取以虚代实的叙事结构。或者,当正面写作无法取得更好的艺术效果的时候,也可以考虑采用虚实结合的方式,旁敲侧击,从边缘、外围材料入手,逐渐将叙事重心展示出来。比如,一个表现献祭场面的短片,为了避免正面表现古老宗教习俗的血腥惨烈——让每年选出的一名男青年扮演基督的受难过程,而是把叙事重心放在了首次参加仪式的一个小男孩身上,表现他旁听家族讨论献祭场面时的恐惧,以他为视点串联起我们对整个仪式的完整想象。

另一个写父子关系的故事,却把焦点放到一只黑蝴蝶上。小小说《黑蝴蝶》中,爸爸陪儿子玩,看到一只黑色的蝴蝶,儿子问爸爸:蝴蝶为什么是黑色的? 爸爸想了一下说,黑蝴蝶是死了的人变的。几年之后,爸爸离开妈妈和儿子,和另一个女人生活了。新生活并不顺意,十分想念儿子的父亲回去看望孩子。没想到孩子却说,我不认识你,我的爸爸已经死了。父亲伤痛万分,大声喊着:我就是你的爸爸呀。儿子沉默不语,回到屋中抱出一个盒子,在父亲面前缓缓打开,只见里面躺着一个黑色蝴蝶的标本。儿子指着它对爸爸说,"我的爸爸在这儿呢。"黑色的蝴蝶只是主要人物关系之外的一个道具,却成为叙事主线,发挥了极其重要的叙事功能。故事表面上是在讲蝴蝶,实际上却是在讲父子,这是典型的以虚代实的叙事结构。

四、开场戏

确定了戏核,理清了叙事结构,也明白了故事的冲突在哪里,下面要做的工作就是进入叙事的具体段落。通俗的说法,就是从开端,到发展、高潮,再到故事的结尾。完成了情节的几个部分,整出戏基本就写完了。

(一)入戏方法

万事开头难。进入故事的写作阶段,很多人的习惯是:一旦确定了开头,故事便不成问题。那么,究竟该如何开头呢? 故事叙事有哪些常见的开戏方式呢?

传统的戏曲理论认为,一出戏要想吸引人、好看,无外乎两种入戏方法:"凤头""豹头"。所谓"凤头",就是华丽、唯美的开场,就像凤凰的头一样,凤冠霞帔、华彩万千,故事一上来就惊艳动人。就像中国传统民间故事《白蛇传》开场一样,雨中西湖、柳下邂逅、以伞传情、情定终身。感性、华美的入戏方式,典型体现了"聊斋式爱情""用我三生烟火,换你一世迷离"的传奇色彩。动画片《梁山伯与祝英台》以梁山伯与祝英台途中相遇开场,也是这样的入戏路子。所谓"豹头",即开端遒劲有力、紧张刺激、惊心动魄,就像豹子的头一样,虽然不美丽,但短小紧凑、亮丽夺目,让人过目不忘。中国传统戏《徐九经升官记》以抢亲戏开场,夺人耳目。港片《皇家师姐》以街头抓捕犯人入戏,节奏快,气氛紧张,动作性强,简洁明快。《碟中谍4》以打斗和死亡开场,《条子家族的崩溃》以一桩校园命案开戏,《汉娜:一个少女杀手的奇幻旅程》以中情局监狱内少女的逃亡入戏,精彩纷呈,好戏连台。好莱坞的多数商业片均遵循这样的艺术逻辑,将战斗、追逐、谋杀、死亡、车祸等震惊性事件现场作为入戏的内容,这反映了"豹头"式开戏在商业片写作中应用广泛。

我们下面介绍几种最常见的入戏方法。

1.以冲突入戏

以冲突入戏,就是剧作开始即展示矛盾冲突,让矛盾冲突带着观众入戏,逐步进入故事世界。一个恋爱戏的开始,就是情感崩盘的片段,男女闹翻、家长通牒、情敌威胁、悔恨自杀等,不管是哪种事件,总之,展示了爱情世界中的矛盾断面。冲突横亘面前,我们有了强大的一窥堂奥的动力。

以冲突揭开序幕,是一种带有"豹头"特点的入戏类型,是故事写作再常规不过的做法。即使是一些偏文艺风格的故事,为了让观众有观赏欲望,也会有意将冲突放到开场,使影片更有看点。比如香港影片《江湖告急》,尽管故事类型属于黑帮,但全片叙事实质上在淡化黑帮类型的痕迹,跳出故事层面,开拓更多的文化内涵。即便如此,影片仍然以两个黑帮老大的摊牌现场作为入戏方式,在气氛制造上极尽戏剧性。虽然两方打斗的动作戏很大程度上被文戏化了,仅通过弹烟头、泼酒水、摔酒瓶三个动作,象征性地展示了两个黑帮老大的冲突现场,但台词与动作高度结合,有来有往,针锋相对,人物的主动性和环境的反应性画面紧密配合,以一场精彩的对手冲突戏拉开了整个叙事的序幕。

不管是吵架、打斗、枪战、追杀,还是其他类型的冲突,把冲突放在开始的目的,在于让冲突形成一个相对的小高潮,吸引观众注意力,同时以此为切口,推动情节展开。这就要求开端冲突戏不能太长,节奏不能太慢,同时不能独立于故事之外,也不可能是整个故事的主要矛盾冲突。只有这样,才能起到入戏的作用。

2.渲染入戏

渲染入戏的做法,就是在故事开场完成与高潮有关的铺排,目的在于将观众的注意力吸引到戏核上来,这个部分相当于故事的前奏。我们常说,山雨欲来风满楼。如果说即将到来的暴风雨是我们关注的焦点的话,暴风雨来临之前对各种征兆、气氛等的渲染,无疑大大强化了我们对暴风雨的关注度。因此,渲染入戏同所有的开场戏一样,最终的目的是将叙事因素前置,让观众尽快进入剧情。

到底什么是渲染?如何进行渲染?我们先来看一段文字:

阵阵南风把浓郁的麦香吹过了村庄,庄稼人的鞋底上像抹了油似的闲不住了。大自然把一封封漂亮的书信传递给人们,人们读着这些熟悉的笔迹:柳絮飞舞了,榆钱飘落了,蝴蝶和落在地上的油菜花瓣依依惜别,豌豆花变成了肥绿的嫩荚。这是春天向夏天告别的最后一幕。这一幕需要的道具是如此之多:男人们整理着套绳、磙框、桑杈、扫帚;女人们收拾着簸箕、篮子,缝补着破了的口袋。特别是早晨,月落星稀,一声声清脆的夏鸡啼叫声:"夏季了——嚓,夏季了——嚓!"把人们从睡梦中叫醒的时候,各家茅屋前的磨镰刀声音,汇成了一股强大的音流。[①]

这是一段写春去夏来、丰收在即的文字。如果说农民们的夏收是我们要描述的重点的话,这段文字就算是对丰收的渲染,写夏收的前奏了。季节变换不是空洞无力的,这一段描写像是一组组丰实的空镜头,用自然景物的变化、喜色盈面的村人动作和象征性声音(清晨鸡叫、磨镰刀声),让人对繁忙喜悦的夏收场面充满了期待。看得出来,作家在这里将一个空洞的能指"夏收",代换成一系列具体翔实的所指符号:柳絮、榆钱、蝴蝶、油菜花、豌豆花,还有整装待发的男人们和女人们,以及有实指意味的声音——磨刀声,渲染便完成了。

渲染作为艺术创作的一种表现手段,主要"通过对人物、景物、环境等作多方面的浓重描画和点染,突出形象的某些特点,以达到增强艺术感染力的效果"[②]。因此,我们如果要对一个主体事件或场面进行渲染,需要做的就是首先对这一事件或场面中的细部进行遴选、分类,找到其中凸显事件或场面主题的细节,然后将它们进行铺排,便形成了一种极具气氛感的渲染效果。

举例来说,假如短片叙事的重心,是要表现一个杀手要在某个时刻到达某个地方,进行屠杀。为了将观众的注意力调动到叙事高潮的屠杀段落,选择以渲染入戏,在故事开端做屠杀的前奏,剧作任务设定为铺排紧张气氛。该怎么做呢?假设故事发生的空间是商场,先将商场这一空间与杀手相关的人物、环境进行遴选分类,看看哪些因素有可能与即将到来的杀手产生关联:商场门口的保安、珠宝柜的售货员、商场值班经理、正在购物的顾客、商场超市水产区正在替顾客杀鱼的师傅、中央大厅一个正准备制造求婚惊喜场面的男生、一个陪情人逛街的官员、门口正兜售儿童玩具枪的小贩、一个在商场门口 ATM 机取款的姑娘,可能还有一个退休的特警、一个准备抢劫的大盗……想象一下,所有这些商场空间内的人物,在获得杀手即将到来的信息后,他们可能产生的应激反应,已经形成了一个极其丰富的动作系列。再加上商场的空间环境细节,诸如报警系统、电子防盗门、儿童卖场那只逼真的玩具藏獒、门口的垃圾清扫车……用于制造氛围的手段已经十分丰富。下面要做的工作,就是对这些虚拟的反应动作系列进行遴选、排比,你可以依轻重程度进行升级排列,便形成类似汉语修辞中排比句的功效,这就是铺排。可以想象,经过这种渲染,观众的注意力已经完全被吸引到还没有出场的杀手身上,他们对可能到来的屠杀戏充满期待,这正是全片的戏核所在。渲染入戏的用意正在于此。

渲染作为一种最常用的艺术表现手段,在电影创作中应用极广。美国西部片《正午》、汤姆·提克威的《香水》,不但在整个故事结构上将渲染作为形式,在部分段落也将渲染作为制

---

① 李准.黄河东流去(上)[M].北京:北京出版社,1979:61.
② 王德勇,罗伯良,周治权,等.文艺理论概念浅释[M].天津:廊坊师专印刷厂,1982:276.

造悬念、营造气氛的重要手段,使全片的观赏性大大提升。仔细总结这些段落,不难发现:渲染以细节作为支撑,以悬念作为目的,带有明显的导向性,这使它成为最有效的开场方法。

3.意外入戏

丹麦诗人克尔凯郭尔曾说过一段这样的话:"一个人一边散步一边思考自杀的问题——恰在此时,一块石头掉下来并砸死了他,在他弥留之际,他说:感谢上帝!"我们对这段话可以有多种理解,从创作角度进行引申,可以得出一个结论:意外乃人生的本质。

从故事角度说,意外是人生的本质。为什么呢? 很多人的生活都是平凡无奇的,因为其中没有发生足以改变人生轨迹的意外(事件、人物),所以没有精彩的故事可言。当意外突然降临,身份改变、命运改写、生活成戏,人物在其中有了更多对人生的本质性体验,故事就这么形成了。没有那场海啸,花花公子的他会真正了解什么是挚爱亲情吗? 不是意外碰到的那个落水女孩,他会发现自己竟然这么勇敢吗? 竟然会相信爱情吗? 没有那场突如其来的战争,他会认为自己是个英雄吗? 没有意外碰到那位"贵人",他会平步青云、如日中天,又身陷囹圄,对人生有这么深刻的领悟吗? 没有意外得来的这笔巨款,他能看得出来友情原来这么不堪一击吗? 故事创作对"意外"的重视,不仅是叙事的效率所致,也是对"意外乃人生本质"这一道理的生动诠释。

意外是相对于常规而言的。意外入戏的要领就在于,故事先以常规思路平淡开场,却突然引发意外,推动剧情逆转,情节链条急转直下,发现另外更引人入胜的风景。因此,开端必须有短暂的平静叙述,越正常、常规、平静、和谐,其后的意外才显得越反常、震惊、紧张,剧情反转的空间才更大。瑞士影片《牧人性玩偶》的开场,一家三口到野外游玩,小姑娘拎着篮子,拿着小铲,兴高采烈地去林子里采蘑菇,一切似乎风和日丽、平静如画。正当我们随着镜头移动,看到小姑娘兴奋地发现了一朵白蘑菇,小心翼翼地挖下第一铲的时候,意外发生了:蘑菇下面竟然是累累白骨! 她脸色惨白,尖叫一声,剧情瞬间被逆转。两分钟之后,编剧将故事反转,叙事重心引入由死尸带出的一桩惊天大案。看得出来,这个意外只是编剧的一个开场技巧,除了引入故事以外没有太大的叙事功能。经典名片《危情十日》同样以意外开戏,将平静美好的生活卷进狂风暴雨,而那正是编剧想让你看到的生活本质。一个畅销书作家完成自己的小说书稿后,冒着风雪开车去出版社,准备签订出版合同,他期待着这部小说能和第一部一样畅销,开场有短暂的美好、积极预期。不到两分钟后,他遭遇车祸,被埋进山沟里的雪堆之中。所幸的是,他遇到了自己的粉丝,挽救了生命,这也成了不幸的开始。在与这位狂热的女粉丝独处的时间里,他度过了漫长的"危情十日",也更理解了粉丝与偶像关系的实质。意外让人发现了人生的本质,《危情十日》的编剧凸显了意外开戏的内涵和价值。

因为生活太过庸常,我们太希望在故事里看到意外发生。好莱坞深谙此道,常常将意外作为开戏的基本方法,即使这个意外事件、意外场面或意外出现的人物与整个故事没有什么关系,影片也愿意牺牲五分钟时间,将观众的兴趣调动起来。意外的死亡、意外的车祸、意外的发现、意外的收获,意外改变了生活的进程,凸显了生活的反常和戏剧性,这是编剧们钟爱意外入戏的根本原因。

4.自叙开场

所谓"自叙",就是自我叙事,通过独白、旁白、电话、媒体等方式完成信息交代,是一种交代背景资料、人物前史的快捷手段。戏曲里有一种叙事手法叫"自报家门",人物出场之后来一段道白或唱词,说明自己的身份背景或前情来由,便于观众尽快进入剧情,也能使故事尽快入题,展开核心的叙事内容。剧本中的"自叙"就相当于戏曲中的这种"自报家门"。自叙开场,就是以自我叙事开始故事讲述,通过对剧中人物前史、背景资料等的主动交代,加快叙事节奏。为了便于大家理解这一点,我们先来看看英国导演西恩·埃利斯(Sean Ellis)的处女作《超市夜未眠》开场的自叙段落:

压碎人类头骨,大约需要500磅的压力。但人类的情感却脆弱得多。就拿苏西来说,我第一个真正意义上的女朋友。我第一次真正的分手,就发生在我眼前。我从来没想到这竟会跟车祸相似。我猛踩刹车,想要避开情绪碰撞。那么这一切还是我的错吗?

我,威利斯。有趣的是在那一刻你的脑海中会回忆起从前的点滴。我们共同度过的两年半光阴,我们的誓言,我们和她父母一起度过的假期,我们一起在宜家买的台灯。那是我在艺术大学的最后一年。分手后的几个星期里,我竭力想找到问题的症结。为什么我们会分手?

这段开场自叙采用独白的方式,通过声画组合交代了两个重要信息:①男女主人公的姓名、关系。威利斯是艺术专业的学生,苏西是威利斯的初恋女友。②两人在进入剧情之前的情感状态:苏西对男友比较暴力,威利斯极力挽救他们的初恋,但没有成功。他一直不清楚究竟是为什么。同时,这段独白以比较感性的口吻,表达了男主人公对爱情的感悟。这样的自叙开场明确了两点:全片的剧情重点和风格基调。既然开场告诉了以上两个信息,下面的叙事重点自然围绕男主人公失恋后的生活展开,因为这段失恋会对其后的生活产生影响;同时,影片将虚实交织,如开篇自叙一样侧重展示人物的内心世界,主观色彩比较强。事实证明,接下来的剧情就是这么完成的。

因此,自叙入戏的方式有两个要点:

(1)自叙首先要有尽可能丰富的信息,以便为其后的叙事节省时间、提升节奏。

(2)自叙部分尽可能风格化,为全片叙事打下风格基调,观众在它的影响下逐渐适应其后的叙事感觉。

看得出来,自叙是一种相对来说更加主观化的开戏方法,风格比较突出,也更适用于偏文艺风格的影片。比如姜文《阳光灿烂的日子》开场的自叙段落:

北京,变得这么快:20年的工夫她已成为一个现代化的城市,我几乎从中找不到任何记忆里的东西。事实上,这种变化已经破坏了我的记忆,使我分不清幻觉和真实。我的故事总是发生在夏天,炎热的气候使人们裸露得更多,也更难以掩饰心中的欲望。那时候好像永远是夏天,太阳总是有空出来伴随着我,阳光充足,太亮了,使眼前一阵阵发黑……

正是因为自叙入戏的方式相对比较感性,也显得文艺味儿十足,在故事性稍弱的情况下,自叙是一种相对明智的开场选择,这也是为什么大多数学生电影都会采取自叙入戏方式的原因,以至于显得有些滥用。

需要说明的是,自叙的手段有很多种,而不应该仅仅将其等同于独白或旁白,这是一种错误的认识。比如,媒体、第三者转述(台词)等都可以承担自叙的功能。港片常常有这样的开场:电视里播放着某条劫匪作案的新闻报道,或者一个无名市民手里拿着一张报纸,正盯着一个配有大幅图片的轰动大案报道,或者路人甲和路人乙正在议论刚刚发生的一桩命案,影片紧接着直奔主题,开始惊心动魄的警匪较量故事,这都是利用媒体、他人转述等自叙方式开场的典型案例。

5.困境入戏

中国有句古话:置之死地而后生。常言道,破釜沉舟、背水一战,人只有陷入困境的时候,才是一个主动的人、积极的人。换句话说,在一个故事里,如果一个人物衣食无忧,过着风平浪静的生活,他的故事肯定乏味不堪,因为他是一个消极的人,找不到行动的方向和推动力。但有一天,万一他债台高筑、被逼无路,他就会转变成一个积极的人,通过有为行动改变被动人生,才会有戏剧性可言。因此,让人物在开场即陷入困境(甚至是绝境),可以提供派生情节的强大动力,困境入戏便成为一种高效的叙事手段。

国产片《钢的琴》一开始,人物就遇到困境,面临两难选择:妻子离婚,孩子何去何从? 最终女儿提出了一个条件:如果有一台钢琴,就跟爸爸一起生活。对于一个下岗失业、生活窘迫的父亲来说,这几乎是不可能的。困境挑战了人物的能动性,接下来的故事就此展开:组织一帮好兄弟,利用磨具厂倒闭的条件,做一架"钢的琴",一个感人的故事得以产生。王小帅的影片《左右》开始,人物同样面对困境:孩子被诊断患白血病,而要挽救孩子的生命,唯一可行的办法就是再生一个孩子,进行骨髓移植手术。对于父母而言,这既是伦理困局,也是生活困局。科恩兄弟影片《大地惊雷》开场即让小女孩失去父亲,无奈之下踏上西去复仇的险途;日本电影《欲虫》开场让一个妻子陷入人生困境:被护送回家的丈夫在侵华战争中四肢断掉,却被奉为"战神",剧情中她正面临生理、精神和生活的极大压力;而韩国电影《回家的路》一开始,丈夫因为替好友担保高利贷巨款,几乎到了山穷水尽的地步,为了缓解家庭困境,妻子无奈之下冒险替人跨国托运原石,才知道掉进国际贩毒链条的陷阱,如此等等,不一而足。

我们发现,在商业片的写作体系里,困境几乎是一个屡试不爽的法宝,从人物意外陷入困境,到困境的升级(人物逃避、再陷绝境),再到扭转困境(人物转变、困境缓解),解决困境(危险解除、人物升华),这几乎就是一条完整的开端—发展—持续—高潮—结局的叙事线,从《猎头公司》《亡命天涯》《老无所依》,到《无人区》《北京遇上西雅图》《新警察故事》,中外影片莫不如此。需要说明的是,既然困境是激发人物能动性,实现人物转变的重要手段,解除困境又是叙事高潮的某种标志,我们在困境设计上就要下得狠心。困境的强弱,与人物转变的强度和叙事高潮的强度是成正比的。不忍心给人物添加压力,将其逼向绝境,他的形象必然是软弱无力的。这也是为什么很多学生电影的故事不好看的原因之一。

（二）入戏的问题

写开场戏过程中存在的问题，主要表现为以下几个方面。

1.入戏太慢

入戏太慢是多数初写剧本的编剧最常见的问题。剧本已经完成了十来场戏，仍没有实质性的人物关系建构，事件还没有开端，也没有任何悬念，故事推进乏力，节奏拖沓，是典型的入戏缓慢的表现。

入戏慢的原因有很多，最主要的原因是叙事的起点太远，以至于找不到叙事的重心，开篇的废戏较多。任何故事都有两个端点，一个是起点，另一个是终点，这两点之间就是故事的过程。叙事是对故事的讲述与呈现，对起点的选择，以及对故事过程的详略处理，既反映了叙事者对故事所抱有的态度，也决定了叙事的节奏。起点太远、过程太密，无疑会拖延叙事的节奏感，开场就会显得冗长无味。就以人物为中心的故事为例，一个人的一生很漫长，对于一个90分钟长度的电影叙事而言，是从人物的出生开始讲起，还是回溯到他（她）的父辈，还是从他（她）的中学写起，还是只写他（她）短暂的五年总统生涯，还是只保留其去世前一个月作为叙事的时间跨度？以事件为中心的剧情片写作，是从事件发生的前奏写起，还是回推至事件的所有间接因素？从理论上说，因果相承、因循往复，所有的事件都可往前、向后推理至无限，这意味着我们对故事的叙述有极大的自由。而自由也意味着选择，该从哪里落笔开戏呢？起点选择对入戏节奏有重要影响。

写作学里有一句话：第一行落笔太远肯定废话连篇。开门见山、直奔主题，当然会加快入戏的节奏。港片《桃姐》是从暮年桃姐开始写起的，这个几乎跟随了少爷一辈子的女佣，并没有引起刘德华饰演的少爷多少关注。影片从桃姐中风入院开始写起，少爷从这个起点进入桃姐的内心世界，并与桃姐的人生产生真正的情感共鸣。这个戏印证了一个再普通不过的创作原理：创作永远是对生活的剪裁和取舍，将生活照搬进故事的写作是毫无价值的。

2.入戏太乱

入场戏不同于正场戏，相当于故事的序幕或楔子，不能喧宾夺主，更不能没有节制。入戏不但要快，还要有条不紊、清晰简练，否则就会显得烦乱盲目。入戏太乱表现为两种状况：

首先，因为担心观众对后面的剧情不好理解，开场想要交代的东西太多，如人物前史资料、事件的来龙去脉、人物关系形成缘由，或是相关的社会背景，所有后面主体叙事可能会用到的资料，全都堆到开头来，戏就静止不动，变成了纯粹的背景介绍，观众自然失去观赏欲，这与开场戏的目的背道而驰。

其次，急于在开头先声夺人，把自认为有冲击力的段子全部放在开场戏，各个场面之间关联度不大，开场戏成了主次不分的段子集锦，找不到明晰的叙事线。

前面已经讲过，对于短片来说，故事要尽可能单纯，常言道：断十指不如断一指。开场戏讲究简洁明快、夺人耳目，从服务于其后的主体叙事入手，切不可本末倒置、喧宾夺主。

（三）开场戏写作要点

1.宁短勿长

开场戏尽可能短小精悍，紧凑、紧张的开场戏，更容易带着观众往下看。一个十分钟左右的短片，入戏宜控制在一分钟之内，90 分钟标准长度的影片，开场戏一般在三四分钟长度。在这一点上，可参看美剧《迷失》每一集开篇的开场戏设置，长度、节奏控制都相当出色。

当然，简练的开场戏是和整个故事的容量相一致的。从叙事容量上讲，短片叙事尽可能也要短小，开端和结尾之间的事件长度不应跨度太大。

2.宁动勿静

要多写动作戏，少写内心戏，在开场戏中强化人物的动作戏和事件的戏剧性。既然入场戏的目的在于提升观众的阅片兴趣，就要通过语言、动作、场面转换等方式，强化场面处理的力度，加强叙事的进行感。对于学生电影而言，强化动作戏的意义不仅仅体现在开场戏的节奏上，还在于减弱表演的难度，效果更易实现。

3.宁简勿繁

入场戏只是叙事的一个由头、缘起或断面，情节展开的难度不宜过大。布点不要太多，叙事焦点集中，镜头之间衔接紧凑，表意丰富，简单而不失老练。

前面介绍了入戏的几种方法，分析了开头处理常见的问题，也明确了开场戏写作的方法要领。下面以微型小说《九级浪》为例，假如需要将其改编为短片剧本，都有哪些入戏方式？

九级浪

邓开善

爱不依赖表白。

她和他，大学同窗四年，每每从匆匆投来的深情一瞥中，窥见了那匿藏心底的爱的躁动。心有灵犀一点通！

毕业前夕，她终于写了一封长信给他。邮票还是一幅海景名画哩。她蹬车去了郊外，从邮所寄给了他。信里边，是少女缕缕缠缠绵绵的情思。她等待爱的裸露！爱是永恒的谜。太失望，她等来了一串长长沉默。别了，少女温馨的相思梦。她悄悄哭了一夜，自愿去远离他的那个地方了。

爱不相信眼泪。

五年后，她和他都成了家。那一天，在一位老师家里不期而遇了。她和他，呆呆地望了许久。他还像姑娘一样腼腆。她问一句，他答一句，不肯多说一句话。心虚么？她在想。他太心狠了，连信也不回一封，太过分了。闲谈之中，一位也在老师家的校友内疚地说起一件往事：刚进校那一年期末，他去取信，发现某同学信上有一枚漂亮的邮票。他想撕下来，结果撕破了信封。他害怕，将信扔进了下水道。年轻人总会做出一些蠢事。

那是一枚什么邮票？她急切地问。未几，她惊呆了，校友说，邮票上是俄罗斯油画大师艾伊凡佐夫斯基的杰作——《九级浪》!①

开场方式示例:

校园　日　外景

一个小个子男生从学校收发室里走出来,怀里抱着成沓的信件。校园广播响着课间操播放的音乐,他匆匆迈开大步往前跑,却突然被什么东西绊倒,手里的信件散了一地。

他弯腰捡拾。一封信吸引了他的注意,他快速捡起直起腰。在短暂瞄了一眼后,他环顾四周,便开始一手拿信,一手轻轻撕扯贴在信封上的邮票。

一个女生从他身边经过,紧张之中用力过猛,手顺着邮票将信封戳了一个大洞。撕下的邮票也缺了个角,他扯了片树叶比了比信封上洞的大小。

男生抱着一大堆凌乱的信件,走过办公楼前的小道。轻微的流水声吸引了他的注意,他扭头瞥了一眼旁边的那条下水道,顺手将一封信扔了下去!

一封缺角的信被撕去了邮票,顺着水流方向往下漂。水逐渐浸湿了封面的字迹、邮戳,越来越模糊,越来越遥远……

宿舍　夜　内景

画面由信纸上模糊的蓝墨字迹淡入。一个女生正趴在寝室的桌子上写信。她若有所思,写写停停。

……

看得出来,上面的开场戏选择以意外入戏,从那个撕邮票丢信件的"蠢"校友写起,通过相似物转场,实现时空熔接,自然将故事回推到女孩写情书的起始阶段。除了这种入戏方式,还有很多选择。比如,故事可以选择从几年后老师家里的毕业聚会开始,在校友不经意闲谈中揭开信件之谜,勾起男女双方回忆,开始双线叙事,展现他们之间的爱情遭遇。也可以开场让男女主人公在多年后的一个画展相遇,画展中展出的俄罗斯油画大师艾伊凡佐夫斯基的杰作——《九级浪》,成为两人揭开谜团的线索,推动故事的正向叙述。当然,也可以按照原小说的结构开场,一个女孩暗恋男生,鼓足勇气写了封情书,她每天到邮筒、收发室去查询有没有回信,她每天都注意观察男孩的举动,也看不到任何回应的迹象。失望的煎熬中,要毕业了……总之,正如我们所说的,故事是既定的,但开场方式却是多元的。只要我们确定了影片的风格,便可以选择一个满意的开场方式。

五、脉络

前面说过,冲突、戏核和脉络乃是叙事的三个基本要件。冲突和戏核为故事内容服务,脉络为故事形式服务,主要致力于修剪情节线,使叙事更流畅,故事看点更突出,是优化叙事结构的重要一环。脉络的问题,从叙事链条上看,就是情节的持续发展问题。

① 邓开善.九级浪[J].小说界,1987(5).

（一）脉络处理的原则

脉络处理有三个基本原则：

一是清晰。清楚整个叙事的中心任务是什么，清楚每场戏的动机，不至于情节安排过程中分散精力，出现对叙事没有任何作用的废戏。

二是流畅。要想获得完整的戏剧感，首先要保证叙事脉络流畅自然。从观众的阅片习惯和文化心理出发，安排场景之间的衔接。台词符合生活逻辑和语言习惯，动作符合情感逻辑和人物关系状态，时空转换自然，视听语言明快，一切便于观众对故事的完整解读。

三是得当。该重点写的重点写，该简略写的简略写，在情节的安排上均衡得当，做到详略有度、张弛结合，一切依据叙事的需要和观众阅片的审美需求，合理设计叙事脉络。

情节安排就像排兵布阵，脉络就是在战争进行当中的布局。所谓"好钢用在刀刃上"，要选择那些能够体现故事立意、凸显创作主旨的情节，将其放在叙事线的关键环节。否则，叙事就会显得盘绕不清，让人无法领会你的故事重心。比如，一个学生剧本想表达的创意是：距离并不是恋人分手的真正原因。这个故事主旨换过来说，就是两个再简单不过的故事模式：一对恋人，即使他们相距遥远，也深爱彼此，这是创意的正面表达；另一种是，有一对恋人，他们近在咫尺，几乎天天厮守一起，但最终还是分手了，这是对故事创意的反面表达。这两种故事模式属于两种不同的脉络安排，但都表达了一样的内容。但我们看到的剧本，故事却是这样的：男生和女生彼此爱着对方，但男生上大学走了，到了另一个遥远的城市。女生在工作之余，几乎每个月都会坐火车去看他。最终他们的爱情还是没有能够持续下去，男生对女生说：你离我太远了，我们不能天天在一起，所以我们分手吧。情节脉络的背后，是故事的逻辑线。这个故事脉络，对说明创作者的主旨没有直接作用，反倒在一定程度上使其削弱了。

我们都知道，雕塑家罗丹曾经为小说家巴尔扎克雕刻了一个惟妙惟肖的肖像，人人看了都赞不绝口。尤其是那双手，简直太美、太逼真了，前来参观的人都把关注的目光落到了那双精致的手上。罗丹一气之下，拿斧子把那双手砍掉了。别人问他为什么，他说：我想让你们看的，不是手，而是巴尔扎克！这个故事说明了两个问题：

（1）任何作品都是有机的，局部如果处置不当，就会对全局产生致命性的影响。

（2）如果作品雏形脉络处置不当，可以通过局部的增删进行调整，以达到创作者要求的艺术效果。

（二）脉络处理的方式

从总体上来说，情节推进过程中，编剧对故事脉络的处理，可以用三句话来形容：有戏则长，无戏则短；重场戏泼墨如云，过场戏惜墨如金；疏处纵马驰骋，密处见缝插针。总之，该详就详，该简就简，情节繁简服从于叙事需要，力求做到详略得当、调度有方。

下面介绍几种脉络处理的方式。同时，这也是情节推进（持续）过程中，几种常见的情节调整手段。

1.扩容

情节扩容就是在原有基础上增加情节,添加事件或人物,充实背景资料,使原来的情节设计更加丰满,人物关系更加立体,叙事更加充分。扩容的部分往往是叙事脉络里比较重要的部分,或者原来显得薄弱、没有说清楚的部分,扩容以后其在叙事线中得到强化,故事讲述更加清晰。

比如,一则国外的微型小说讲了这么一个故事:独居在家的贵妇人有一天打开门,发现门口站着一个斯文的中年人,张口就问自己要钱。夫人很纳闷,男人低声自我介绍:我是你们家对面那个精神病医院的医生,我的办公室每天能清楚地看到你们家的所有活动。你丈夫很少回家,你经常趁丈夫不在家和情夫约会,不是吗?要想不让你的老公知道……他不停搓着大拇指和食指,做出数钱的动作。十几分钟之后,夫人的丈夫从外面回家,在门口碰到了这个中年男人,面带笑容正从门口离开。丈夫很奇怪,叫住了他,准备带他到书房问个究竟。丈夫带着男人进屋,夫人神色匆匆地迈出房门,不久,房子里传出了一声沉闷的枪声……这是一个带有反转色彩的情节线,但明显故事末尾的高潮部分存在不少疑点:为什么在家门口碰到陌生人就要带回家盘问?他知道妻子在家里,为什么不去问自己的妻子?为什么这么巧合,常常不在家的丈夫恰巧在这时候回家,并且碰上了这个敲诈勒索的男人?如果故事就这么讲述,叙事明显存在漏洞,结尾部分的薄弱影响了叙事的可信性。怎么办呢?这就需要调整叙事脉络,对结尾部分进行情节扩容。小说补充了三个关键性的信息:①丈夫是律师,长期的职业生涯使他养成了先存疑、再取证的习惯,哪怕是生活小事,这使他的妻子十分厌烦,也是夫妻关系矛盾的主要原因;②中年男人进屋之前被巡逻的小区保安发现,当保安看到律师丈夫从车库开车出来时,把这一消息告诉了他;③律师丈夫刚进门就碰到了那个中年男人,手里还拿着一个大信封,这引起了他的怀疑。这三个信息添加之后,结局便顺理成章了。

哪些地方需要扩容情节,对脉络做加法处理呢?人物所做的重要行动的释疑,重场戏的铺排,能够体现故事立意的重要细节,都需要扩容。人物要作出一个重大决定,如准备加入黑帮,准备抢劫银行,准备替人运毒,准备与人私奔等。不管什么决定,这是一个影响叙事格局的情节,为加强其分量,使观众相信其合理性,编剧有必要对其进行扩容,解释行为背后的逻辑关联。韩国电影《回家的路》中,家庭主妇宋静妍被骗运毒,在奥地利机场被逮捕入狱。电影用开场 20 分钟时间完成了人物困境,其后剧情围绕丈夫对她的营救展开。作为一个影响全局的事件,宋静妍为何选择冒险运毒,她怎么会遭朋友欺骗?虽然只有短短 20 分钟,开场段落中导演基本上在使用扩容手段,对叙事线做加法处理,用于提供人物行动的理由:丈夫因为替朋友担保,车行破产,房子没了,到棚户区租的房子因为交不起房租,断电、停水、被赶出门,连给女儿买廉价玩具的钱都没有……这些加权处理无疑强化了人物决定的合理性,她不假思索、草率答应替人跨国私运东西赚钱的决定才显得合情合理。

2.升级

胡雪的《瞎说》写了一个这样的故事:舅舅是一名中学教员,几十年来一直是个老好人,并养成了一个听人讲话总是满脸堆笑、频频点头的毛病。到了"文化大革命"中,他的这个赔笑点头的毛病进一步发展为重复别人最后一句话的最后几个字的习惯。譬如说,"我"对他说:"昨天我坐车路过新华书店,看到过去一个人,好像是你。"他竟连连点头说:"对对,是你,是你。"他姐姐对他说:"要注意休息,不要老开夜车。身体受不了了。"他又不住地点头:"对对,受不了,受不了。"他的这个习惯弄得大家都莫名其妙而又啼笑皆非。最后他这个习惯捅出了一个吓人的政治娄子。那年学校请了一个老模范来作报告,会后,许多老师都称赞老模范讲得好,老模范谦虚:"我那也是信口开河,瞎说!"这时他在一旁立即接上说:"对对,瞎说,瞎说!"而且神情十分认真严肃,把在场的人全部给惊呆了。在这个故事的叙事线中,明显存在着升级的过程。由三个事件组成的故事脉络一次比一次严重,最终使人物不堪重负,完成了其悲剧命运的定型。

情节发展过程中的升级,是指对于那些促成结局形成、人物性格定型或人物关系变化、场面局面反转的决定性情节,可以翻倍来写,下重手去写,不惜夸张、变形乃至扭曲,以达到升级矛盾的目的,完成叙事从量变到质变的转换。一个写人物性格形成的戏,多数是按照持续升级来设计脉络的,两到三个事件,一次比一次严重,对人物性格的影响一次比一次直接、强烈,最终人物的性格便形成了。契诃夫的小说多数是这样的思路,变形、夸张、升级人物的矛盾和精神世界,最终给人一个崩溃性的意外结局。加拿大作家斯蒂文·李科克有一篇契诃夫风格的小说《琼斯的悲剧》,写一个大学生琼斯的悲剧性格。作家将"懦弱"作为琼斯的性格标签,该如何体现这个 23 岁的大学生的典型性格呢? 作家选择将升级作为情节持续推进的思维,一步步将人物推向深渊。琼斯到朋友家里做客,刚想告辞,主人挽留他吃晚饭,他只好违心地坐回到座位上。晚饭后他想告辞,主人留他看照片,主人的儿子藏了他的帽子,于是他只好住下了。第二天主人上班回来开玩笑说,要收他的伙食费,他不敢扫主人的兴,真的预交了一个月的伙食费。此后,他待在客厅,心情忧郁,得了大病,在假期的最后一天终于病逝了。这篇小说在脉络推进中对情节进行升级、夸张,违心回座位、无奈留宿、硬着头皮交伙食费,事件一个比一个严重,后果一个比一个严重,对人物的影响一次比一次剧烈,最终将琼斯"懦弱"定格为宿命性的悲剧命运。

3.删减

与主要情节无关的、关联不大的情节或人物,就需要做减法处理,对情节进行删减,甚至直接抛弃,扔掉一条叙事线,切断一个情节、人物往下发展的可能性,另起炉灶开始故事讲述。我们把删减情节的情况分为以下三种:

第一,对情节的删减不影响观众对故事的理解,如果写出来反倒显得太直白、太庸常、太密实,增加了叙事的水分,就可以进行删减处理。

第二,对主体叙事而言,属于边缘性的人物或情节,写了就使叙事主线变得不够明晰、突出,叙事节奏变得拖沓,或者即使情节观赏性较强,但属于可有可无的花絮性素材,囿于故事的篇幅,必须进行删减。

第三,对于政策、文化限制而无法表现的,或者审美上缺乏正面表现价值的,也可以进行删减。必须让观众知晓的内容,省略、删减后可以用其他方式传达。

我们以法国作家哈巴特·霍利的微型小说《德军剩下来的东西》为例,看看作家在推进叙事脉络的过程中是如何通过删减增强艺术效果的。

德军剩下来的东西

[法]哈巴特·霍利

战争结束了。他回到了从德军手里夺回来的故乡,他匆匆忙忙地在路灯昏黄的街上走着。一个女人捉住他的手,用吃醉了酒似的口气和他讲:"到哪儿去?是不是上我那里?"

他笑笑,说:"不。不上你那里——我找我的情妇。"他回头看了女人一下。他们两个人走到路灯下。

女人突然嚷了起来:"啊!"

他也不由得抓住女人的肩头,迎着灯光。他的手指嵌进了女人的肉里。他们的眼睛闪着光。他喊着"约安!"把女人抱起来了。[①]

在这篇不到两百字的故事里,战争结束,战士回到家乡,准备寻找昔日情妇的他在夜晚的街边碰到了搭讪的女人,当看清对方时都惊呆了。到底惊呆什么?这个女人就是战士要找的情妇吗?他们从彼此身上发现了什么?联想到题目是"德军剩下来的东西",这个结尾就有了广阔的想象空间。情节发展到最后,到底是怎样的结局?故事并没有点明,叙事线上是不完整的。但从艺术效果上讲,恰恰是最后对结尾部分的删减处理,才使得这个故事有了阅读的魅力。

六、高潮

高潮是叙事不可回避的重点段落。一般认为,高潮与矛盾冲突直接相关,是全剧主要矛盾冲突发展到最尖锐、最紧张的阶段,是决定人物关系、命运去向的关键时刻,也是人物性格和故事主题得到最充分、最集中表现的顶点。无论是剧作理论总结,还是创作艺术实践,人们对高潮的作用和功能的认知基本趋于一致。

有人认为,高潮是剧情推向极致的迸发,是人物内心情感的爆炸。一个剧本中,所谓三分钟一热点,五分钟一反差,十分钟一高潮,多个高潮集束成一个大爆炸。[②] 这说明在讲究冲击力的剧情结构中,高潮戏只有大小、强弱之分,而没有可要可无的问题。小高潮集成大高潮,次高潮推动主高潮,我们对高潮戏的需求是一成不变的。

有人认为,高潮是一个时间点:矛盾发展有结果、人物塑造完成、故事悬念揭开、命运定型、事件转折,既是编剧情感释放的瞬间,也是观众期待的时刻。此前,所有情节、动作、对白都是为完成高潮而存在的。在戏中的每一情节、动作、对白,都必须和高潮有有机的联系,这

① 郑允钦.世界微型小说经典.欧洲卷(上卷)[M].南昌:百花洲文艺出版社,2001:180.
② 于艾平.编剧十论——电影剧本精品赏析[M].北京:北京广播学院出版社,1999:65.

才能成为一个完整的脚本。[①]

无论如何,高潮戏在叙事中不可或缺,是编剧十分重视的故事段落。那么,该如何做高潮呢?

(一)高潮的类型和动因

1.性格冲突

高潮是如何形成的呢? 第一种最常见的高潮类型,就是由性格冲突实现的高潮。既然性格差异是造成冲突的重要手段,因性格冲突而酿成的场面往往是故事的高潮点。两个人以上的性格冲突,体现为人物关系的结局场面,一个人的性格冲突体现为个体命运的结局场面,无论怎样,它们都是由不同性格之间的对撞完成的。

美籍华裔导演王颖的影片《喜福会》的故事就是以命运形成的逻辑为主线,按照性格冲突完成高潮场面的。片中四组家庭、四个母亲,有四种性格,也形成了不同的四种人生,而令人称奇的是,虽然她们的女儿已由中国来到美国生活,在截然不同的文化环境中长大,性格、命运竟然与母亲有相当程度的重合。影片中每人一个故事,高潮场面往往就是人物性格发展的必然结局,是她与其他人或周边环境剧烈碰撞的后果。以片中的莺莺阿姨为例,少女时代的莺莺漂亮、纯情,但性格软弱,缺乏足够的勇气和力量。她爱上了一个风流成性的花花公子,奉子成婚之后,才逐渐明白自己爱上的是个什么样的人:丈夫整夜不归,当众与歌女调情,还带着妓女回家,当着妓女的面羞辱她。当她实在忍无可忍,摔破餐盘,拿着尖锐的瓷片冲上去,准备杀了丈夫,却被丈夫一声呵斥吓得缩了回去,唯唯诺诺、战战兢兢地收拾摔碎的盘子。她说:自从那一刻起,我的命运改变了。假如我有勇气冲上去杀了他,也就不会失去一样顶重要的东西了。婚姻中所遭受的痛苦和虐待让她精神恍惚,在给孩子洗澡的时候,她满脑子都是丈夫的影子,最终她所有对丈夫的怨恨和对婚姻的失望都化成永远的悔恨:她亲手溺死自己的孩子。关于莺莺阿姨的故事线里,这一场面无疑是整个叙事的高潮点。这个高潮点是如何形成的呢? 看得出来,这条线以莺莺为中心人物,是个以人物性格为中心的戏,编剧提前设定了人物性格的关键词——软弱,整个故事线的任务就是让性格关键词在其中得到淋漓尽致的展示,高潮就是性格能够得到最充分说明的那一刻,也是人物性格发展的结局。

在彼得·杰克逊的名片《罪孽天使》里,高潮是由人物关系的对撞形成的。而人物关系就是不同性格之间结成的利益关系或事件中的人物格局。这部充满想象力和传奇性的新西兰电影,围绕两个女孩带有病态色彩的友谊展开,结尾的高潮令人震惊。朱丽叶和宝莲虽然出身不同,但有共同的爱好——热爱音乐和文学,喜欢幻想,平时两人最喜欢的互动活动就是一种类似于小说接龙的文学写作游戏,你写一段,我接一段,她们逐渐沉醉于共同编织的梦幻爱情故事里,产生了一种让人难以理解的同性恋情倾向,这遭到了宝莲父母的强烈反

---

① 王国臣.影视文学脚本创作[M].杭州:浙江大学出版社,2009:276.

对。矛盾性的人物关系产生,人物与其生存环境产生越来越剧烈的冲突,最终导向一个不可收拾的残局,正是导演想要制造的故事高潮。影片的高潮点在复杂的人物关系间展开,是性格角力中一个有冲击力的瞬间:在疯狂欲望的驱使下,朱丽叶和宝莲将宝莲的妈妈引至山顶,合谋杀害了她。评论家认为,这部影片的独特之处在于通过角色互动所产生的推动力。没有人物关系群的矛盾冲突,人物的攻击性和故事的主动性就要弱化很多。影片用将近 80分钟的时间建构人物关系,铺垫其中的性格冲突,最后 10 分钟的高潮和落幕戏才显得水到渠成。

著名编剧芦苇曾说,故事没有别的目的,它一定是在展现人物,就是展现人物的个性。故事的"开始",永远是主人公和对手的戏,不管对手是谁。对手的角色可以改变,每段情节都是对手戏。随着斜线的上升,我们看到通过一个个场面、动作,即戏剧冲突逐步升级,然后一个场面接着一个场面,最后达到结尾叙事,即高潮戏,然后就戛然而止了。[①] 这印证了在编剧实务上,人物性格冲突是做高潮戏的重要手段。

2.环境压力

另一种高潮戏是由环境的压力形成的。环境分两种:人际环境与自然环境。台湾电影《赛德克巴莱》中,当族人面临日本人绞杀的危难时刻,族人生存的人际环境已经达到难以承受的临界点,为了维护民族尊严,男人们以一敌百,螳臂当车,女人们自行了断,不再拖他们的后腿。几十个女人、孩子的尸体挂在丛林之中,自绝于世,环境对人物所造成的压力形成了这一戏剧性高潮,这一场面足以让人震惊。

在很多类型片创作中,人际关系所形成的压力与解除过程,被明显地划分为几个叙事阶段,高潮戏的形成更加清晰。以美国的西部片为例,芦苇曾这样分析其叙事进程:

以下为故事开始:

一、英雄来到小镇;

二、小镇被恶势力控制,小镇人民无力反抗;

三、英雄初露本色,有超强本领,打破小镇平静;

以下为故事的中间:

四、英雄与恶势力发生冲突;

五、小镇人民不理解英雄;

六、英雄与恶势力冲突升级,因为得不到支持,英雄受到磨难;

七、英雄在濒临绝境时,凭个人智勇杀出重围,消灭恶势力;

以下为故事的结束:

八、小镇人民挽留英雄,为英雄拒绝;

九、英雄离开小镇。[②]

看得出来,英雄作为一个外来者,进入陌生的小镇空间,接下来的叙事围绕英雄在此空

---

① 芦苇,王天兵.电影编剧的秘密[M].上海:上海交通大学出版社,2013:27.

② 芦苇,王天兵.电影编剧的秘密[M].上海:上海交通大学出版社,2013:21.

间中的人际关系展开，几股人群分别对英雄的权威提出挑战，形成压力，在某个场面达到峰值。英雄凭一己之力解除压力，故事在高潮处落幕。这是一个十分实用的叙事套路，一些警匪片、动画片也沿用此法，如《雷哥》。芦苇结合《霸王别姬》的创作经验，认为故事冲突的前提就是困境——让主人公陷入困境，然后再看主人公如何从困境中突围出来，这是写故事常见的法则。①

自然环境所形成的压力，同样也会造成戏剧高潮。在灾难片、探险片，甚至一些公路片中，故事的高潮往往出现在自然环境恶化后对人物所形成的逼迫上。公路塌陷、煤气爆炸、航空遇险、轮船撞山、洪灾雪灾、地震海啸……不管何种自然变故或是人为事故引发的环境变化，均会改变正常的生活秩序，对人物生存或行动目标形成挑战，为了破除阻力化解危机，人物不得不应对这些自然危机，做出非常规的行动，解除困境的压力，这便成为整个故事的高潮场面。

《地心引力》是一部非常规的太空灾难片。故事围绕一次航空意外事故展开，用仅有的两三个人物，完成了压力巨大的叙事空间，高潮场面集中、精彩。三个宇航员在太空维修哈勃望远镜时遭遇意外，一枚导弹击中俄罗斯卫星，产生的卫星碎片与航天飞机产生猛烈撞击，除了在舱外的这两名宇航员外，其他航天站工作人员全部丧生，他们与地面空间站也无法联系。乔治·克鲁尼和桑德拉·布洛克饰演的两名宇航员遭遇重重险情，却无法正常工作，也无法回到地球，这使人物产生浓烈的绝望和恐惧感。随后不久，乔治·克鲁尼饰演的宇航员麦特自我牺牲，将"回家"机会留给女同事瑞安，人物的压力进一步上升。我们看到，整个影片的剧情设计，最大限度地清除了不必要人物的干扰，将银幕上的人物减至最少，将主要的叙事精力放在太空这一非常规叙事空间人物困境与压力的设计上。先是无法回到太空舱，随后再次遭到卫星碎片袭击，航天飞机解体，当她终于登上空无一人的国际空间站，发现通信设备失灵，无法联络到地面指挥中心，设备故障使航天器不能正常工作，本准备借中国的天宫空间站返回地球，又发现了更大的困难——语言不通、设备故障、穿越气流层的身体不适，期间始终伴随的，是残酷的宇宙环境，以及由此带来的无限孤独与恐惧感。当人物战胜这些压力，走出死亡阴影，乘坐天宫号返回地球，成功落入大洋岸边，人物的生存目标和编剧的剧作任务同时实现，整个故事的高潮也落幕了。人永远无法脱离环境存在，自然环境作为人物的生存空间，对人物形成的压力越大，人物所面临的困境就越大，自然而然地，作为叙事高潮的解除困境段落就越精彩。

3.意外变故

意外变故既是故事写作中我们最喜欢看到的段落，也是现实人生中最精彩的一笔。中国有一个词叫"绝处逢生"，形容人在最危难的时候获得生路，这种情况往往发生在意外降临的时刻：奇人相助、怪象来临、突然的意外导致事情临时变局，如此等等，意外变故改变了我们对故事的预期，是在关键时候给观众的关键刺激，情绪和情节的高潮便在这种情况下产

① 芦苇,王天兵.电影编剧的秘密[M].上海:上海交通大学出版社,2013:43.

生。很多武侠小说中,主人公往往有很多奇遇,而且奇遇情节经常被安排在主人公遭遇危机的时候,意外突降、逢凶化吉、转祸为福,人物关系和人物性格获得升级,故事从而获得新的推动力。这在金庸和古龙的武侠系列故事中特别常见。

罗杰·唐纳森有一部传奇性十足的剧情片《偷拐抢骗》。影片讲述了一个高效的故事,通过一个紧张流畅的大劫案,巧妙地将20世纪70年代英国高层的贪污腐败、谋杀、皇室堕落、性丑闻等全部串联起来,剧情的高潮段落往往是由意外变故承担的。银行劫案故事的核心,自然是抢劫计划的实施或抢劫过程中所发生的种种变动。杰森·斯坦森饰演的汽车经销商特里组织了一个不可思议的抢劫"团队",商定好以打通地道、潜入抢劫作为手段,让一个最不靠谱的伙计蹲守在银行对面高层建筑的楼顶,用对讲机实时报告异常情况。计划貌似周密,实施过程却意外频出。高潮出现在抢劫即将得手前的一瞬间,警方监听到了他们在抢劫过程中的对话,但无法判断具体的作案地点。为了能现场抓捕,警察想出了一个最笨拙的办法:由一辆警车路过全市的各个银行门店,通过劫匪的实时监控报告,判断劫匪到底在抢劫哪家银行。当警车开到作案地点附近停下来,顶楼的伙计正准备用无线对讲机通报紧急情况,劫匪行踪可能曝光、抢劫可能被终止的时候,编剧用意外突然改变了剧情进程。楼顶放风的伙计伸手去拿放在楼顶边缘的对讲机,却不小心将其推下楼顶,摔在地上没了信号。这一意外变故使警察的行动突然失效,劫匪的抢劫计划顺利实施。看着从银行私密保险箱里拿出来的真金白银,剧情瞬间到达高潮。

必须注意的是,意外变故作为制造高潮的一种手段,必须能够引发剧情突变,以观众意想不到的方式推动戏剧性高潮的出现。不管是警匪片中突然出现的一只狗叼走了一袋"白粉",搅乱了精心准备的毒品交易现场,还是武侠片中失败的复仇者准备跳崖自尽,却遇到人生最重要的一个人——未来的伴侣、恩师或是某位武功盖世的江湖奇人,总之,意外改变了此前的故事格局,奇迹产生使高潮降临,故事变得更加好看。

(二)高潮、情节点与转变

诸多的编剧实践告诉我们,高潮的本质是一种转变,而转变在编剧技巧上是靠情节点来实现的。为什么呢?

从现实层面来讲,转变是十分困难的。一个人的性格很难转变,有所谓"江山易改,禀性难移"的说法,我们让一个内向保守的人在90分钟内或者10分钟的短片内变成一个外向活泼的人,这在技术层面很难实现,现实生活中也一样。要想让这种转变可信,剧情逻辑内可以接受,就必须设置一个事件,让它充当扭转人物性格的关键点,而这个处于关键点的事件就是情节点。情节点实现的叙事功能,就是促成转变的到来,在整个故事中,转变的瞬间正是叙事的高潮。同样的道理,人的观念转变、一个家庭关系状态的改变、一个单位风气的转变、一对夫妻情感关系的转变、一个人物地位身份的转变,其实现都非易事。故事的核心是讲述转变,引发转变便完成了戏剧性高潮,而实现转变的核心,正是剧作中的情节点。

按照菲尔德的剧本理论,情节点就是一个事件,它"钩住"动作,并且把它转向另一方向,它将故事推向前进,一直到结局出现。① 以香港商业片中最常见的"弱民施暴"剧情为例,一个本来软弱被欺的小民,最终加入黑帮,成了一个心狠手辣的小团伙头目。这个剧情的核心是转变,而高潮恰恰就是转变完成(实现)的时刻,编剧最核心的工作就是通过两到三个情节点的设置,在故事中逐步实现他的性格、心理转变,使结尾的大突变显得可信。常规的编剧套路无非是增加弱民的压力,强化其困境,通过骤升式的事件安排,逼其走向当下生活的反面。比如,我们选择的三个事件分别是:用以糊口的小摊被黑帮喽啰捣毁;逼债被打,遭人身威胁;妻子离家,接五岁女儿放学时,目睹孩子被欺负却无法保护。这三个事件相当于三个情节点,分别从生存、安全和父亲尊严三个方面的失败经验,逐步使这个男主人公产生越来越强的改变现状的想法,为高潮到来和转变的真正实现打好叙事基础。

从上面的分析不难看出,叙事高潮与情节点、转变是密切相连的,依托情节点处理好转变,就能做好高潮。

(三)完成高潮的方法

那么,如何在短片中通过情节点的设置,完成一种转变,从而促成叙事高潮的到来呢?

首先,要有转变的过程。转变不能一蹴而就,必须在一定的过程内实现,叙事要显示循序渐进的过程,完成从量变到质变的飞跃。所谓"水滴石穿",只有让人看到累积、渐进的过程,这个转变才值得,高潮才有观赏性,故事才是值得期待的。两到三个情节点(长故事片不止这么多,可达 15 个左右)设置的目的,就是剧作从建置到对抗,再到结局,每一步都合情合理,每一幕(叙事段落)之间的转换都是自然的。

其次,高潮戏要水到渠成。高潮戏的完成不但要有过程感,还要有累积感,叙事上要加速,通过上阶式的强度安排,逐步实现结局大高潮。要学会控制、延宕、铺垫,欲扬先抑、水到渠成,三分钟一个小高潮、五分钟一个大高潮、十分钟达到叙事顶点,短片剧情便跌宕有致、意趣横生。要想使高潮水到渠成,必须重视环境在高潮戏中的作用,发挥环境对人的制约作用,人物的行动中能看到时代、社会、家庭出身和自然环境的影响。

最后,要重视动作,让行动成为高潮戏的主体。就以写性格的戏为例,性格戏的高潮要么是某种性格铸成的命运结局,要么是性格的某种转变,或是性格之间的冲突场面,不管是哪一种类型,性格的内涵就是一种行为方式,性格戏的落脚点就是某种行动(语言、动作)及其连带场面。要少写静止的戏,多写动作戏,使行动成为高潮戏的主宰。

(四)高潮戏写作的问题

1.缺乏高潮戏意识

很多人初写剧本时,剧本完成后总感觉缺乏看点,实质问题是叙事缺乏高潮。整个剧情平铺直叙,没有起伏,缺乏节奏感,也没有通过"转变""毁灭"等方式实现人物的释放,整个

---

① 菲尔德.电影剧本写作基础:从构思到完成剧本的具体指南[M].鲍玉珩,钟大丰,译.北京:中国电影出版社,2002:106.

戏显得很平凡。也有的编剧在写作过程中,对高潮戏有模糊的认识,自我感觉有高潮,但观众对他的高潮戏认知有偏差,不觉得剧情有什么看点。这说明他对戏的掌控和理解有问题,对高潮戏的审美判断不过关。

在剧本动笔前,就要有明确的高潮戏意识。高潮戏意识包括两点:一是明确每部戏都要有高潮,不管是情感还是情节,高潮戏必不可少,没有高潮就没有看点,故事就失去了价值;二是高潮戏必须是故事得到最集中、最充分表现的顶点,是所有矛盾得到最集中解决的时刻,如果没有这个关键点,高潮戏便不成立。树立了这两点高潮戏意识,就不会出现故事缺乏看点的问题。

2.高潮疲软

高潮戏疲弱无力的外在表现,就是高潮不高、好戏不好看,其中的原因很多。最主要表现为以下几种:

(1)回避矛盾。高潮本来是全剧矛盾冲突的爆炸性释放,是故事矛盾发展到最尖锐、最紧张的时刻,但恰恰在这个最需要以特殊手段释放冲突、解决矛盾的关键点,一些编剧却回避矛盾,或者将矛盾冲突轻易上交,使观众看不到这个戏剧性场面。比如,一个青春爱情故事里,女主角特别讨厌男主角。他想尽各种办法疯狂追求她,但换来的却是她对他与日俱增的嫌恶,怎么改变人物关系(也是情感关系)的这种矛盾状态呢?这是故事的亮点所在。可以想见,这个矛盾解决了,他和她的爱情就成了,故事的高潮也就水到渠成了。但一篇学生习作却是这样处理的:在关键时刻,女孩的闺密上场,告诉女主角,男主角值得你去爱,他曾经做过别人做不到的事,他有责任心,他为了你牺牲了很多……一番长篇大论,编剧靠突然登场的"第三者"轻易说服了身处于矛盾旋涡中的人物,实现了人物心态、行动的瞬间转变。故事是完成转变了,但转变太容易,高潮就显得软弱无力。编剧实务上常说这样的转变存在着"最后的裁决",往往是编剧懒,图省事,将矛盾冲突交给他人处理,故事存在着一双看不见的"上帝之手"。

不管是他人说服,还是媒介触发,如看场电影、看到一篇报道、看了一个电视节目、无意间听了别人的议论,就把矛盾解决了,把一个人的观念改变了,把人物性格扭转了,把事件格局翻盘了,把人物关系改变了,这都属于回避矛盾、转变草率。我们说过,在很大程度上转变的难度与高潮戏的精彩程度成正比,轻易转变的结果是高潮戏疲弱无力,因为人物没有压力,所有的剧情都是自我轻易实现的。

(2)陈旧俗套。中国第一部电视剧的名字叫《一口菜饼子》,无非是个忆苦思甜的教化故事。在逃荒的路上,饥肠辘辘的母亲将最后一口菜饼子留给了孩子,牺牲自己保全了两个孩子的命。生活条件改善后,妹妹忘记了以前所受的罪,竟然拿枣糕逗狗,被姐姐批评。姐姐从菜饼子开始追述历史,告诫妹妹忘记历史就意味着背叛,节约粮食、不忘苦难才是根本。姐姐的长篇说教改变了妹妹的错误认识,实现了人物思想的转变。如果说五十多年前,我们可以用这样的方式做高潮,用特定语言强力扭转人物在特定时空的思想观念,今天我们再采用类似的方式写相似的戏,便显得陈旧俗套了。

作为全剧的核心,高潮戏部分的形成和展示要让观众看到崭新的创意,获得奇妙别致的故事体验。就像《天才眼镜狗》的故事一样,虽然本质上就是一个小男孩成长的故事,冒险、回归、父爱、成长,这些元素在《飞屋环游记》《秘鲁大冒险》《里约大冒险》等片中似曾相识,但《天才眼镜狗》采用逆向思维,讲了一个狗收养人的故事,将科幻、穿越、喜剧融合在一起,高潮场面的到来不落窠臼,充分展示了编剧的想象力。

(3)静止冗长。很多人处理高潮场面特别依赖台词,致使本应动感十足的高潮戏显得乏味呆板、静止冗长,难以提起观赏的兴趣。在戏曲中,人物常常有大段的说理唱词,但那是舞台艺术。电影短片如果表现手段单一,将高潮戏的写作禁锢为纯听觉的台词,长篇大论又不够鲜活的话往往很容易分散人的注意力。

我们不排斥用台词做高潮戏,将台词作为改变人物态度与内心的手段,但前提是台词必须有足够多的信息量,并在其中埋伏新鲜的时代经验。我们来看一段叶念琛爱情电影《沟女不离兄弟》中的一段台词,看看编剧是如何使用纯粹的语言来改变人物情感的。

白菊花(兴奋):干什么让我来看楼哇?我知道,你已经找到我们的爱巢啦。哇,这里好漂亮啊,还有个那么大的露台!快点过来看看啊!

马伟雄(愧疚):我有事跟你说……

白菊花(期待):什么事?

马伟雄:我们分手吧。

白菊花:啊?

马伟雄:我想清楚了,我们是两个世界的人,根本不可能在一起。

白菊花:那,每个人的性格都不一样,我们可以互相迁就嘛。

马伟雄:但是我算了,我们的八字根本不合,如果勉强在一起的话,迟早会有一个死于非命……

白菊花:我不怕。只要跟你在一起,我什么都不怕。

马伟雄:但是我怕!……我想放更多的时间在工作上,这段时间我不想谈儿女私情。

白菊花:工作再忙也要拍拖啊。你能比奥巴马和刘德华还要忙吗?他们不一样结婚生子?!

马伟雄:你就当时机不对啦。我没在对的时间遇到你,更不想在错过的时间辜负你!

白菊花:爱情根本就没有正确的时间,只有正确的人!你就是我的那碟菜呀。

马伟雄:我人身攻击你了啊:我真的不喜欢你很多地方,尤其你的衣着,你真的太奇怪了,你干吗总穿得像美国制造一样啊,美国队长?嗯?给你个盾牌好不好?

白菊花:你……

马伟雄:我还没说完呢!还有,你以为你唱歌很好听啊?很难听啊!你高音不全、中音不准、低音不够,大哥!你知不知道唱歌不是光知道激动喊Rock!我记得我那天非常不开心,听完你唱歌,想杀了你然后自杀!

白菊花:你说完没有!

马伟雄:没说完!你吃东西的时候能不能别那么恶心,吧唧声很难听啊。我看到你吃东西的样子,就好像看到狗吃屎一样啊!我已经说了,那就都说了吧。你的皮肤啊,好差!差得就像一根没有腌过的猪扒一样!好硬好硬,怎么都插不进去。你知道我的朋友都怎么笑我吗,"情场专门叉",专叉猪扒!!

白菊花(哭):我改……只要能跟你在一起,我什么都改!

马伟雄:但是有一件事你改不了,我发觉我喜欢男的。

白菊花:你干什么找这种借口跟我说分手?你是不是太无赖了?你不喜欢我,也不用这么伤我嘛!

马伟雄:菊花,今天我跟你分手是有原因的,是……是为了你好。你早晚会明白的。

白菊花:我今天来,本来是想告诉你我买了机票跟你去南极。但是现在不用了!我恨死你、恨死你、恨死你!!!

在情人白玫瑰的威逼之下,马伟雄被迫套用白玫瑰准备好的"台词",对所爱的白菊花提出分手。这段感情戏环环相扣,完全是靠语言逐层推进的。虽然台词很多,但一点不觉得冗长呆板,根本原因在于台词中间有明确的逻辑线,将人物关系中的情感冲突紧紧扣合在一起。台词你来我往,既有情感交锋,又可见中国人恋爱中的性别心理。马伟雄所提出的分手理由,实际上是按照升序排列的:性格不一、八字不合、工作分神、没有缘分、自身条件差(审美品位、兴趣爱好、生活习惯、外貌)、性取向不对。丰富庞杂的信息量,真实有效的生活经验,崭新的时代痕迹,使对话在推动人物情绪爆发过程中发挥了巨大的作用,这样的台词才可以承担起高潮戏的助推器功能。

(4)高潮时间点不对。虽然故事讲述对高潮点的位置没有硬性要求,但是根据一般的审美心理,高潮太早或太晚均会导致叙事失败。原因在于,故事高潮太早出现会使观众对后面的戏失去兴趣,就像一场足球比赛,如果上来不到半个小时,双方就踢成 11 比 0,后面的时间肯定成垃圾时间,失去了观赏价值。故事高潮出现太晚也有问题,故事缺乏有效缓冲,观众情绪释放太急,前面的铺垫过程又容易显得太过漫长。

有专家研究认为,电影在时间结构上存在着某种数理逻辑规律,最典型的就是黄金分割率在电影时间处理上的表现。经典的电影作品基本上都是按照黄金分割率来组成作品结构,存在一种"有机性和激情原则",因而具有特殊的艺术感染力,给人造成一种极为有机的感觉。以爱森斯坦《战舰波将金号》为例,该片在剧情零点(换气点)和剧情顶点(最高升腾点)的设置上都遵循了黄金分割律。全片有五个部分,顶点(叙事高潮)就处于第三部分结束、第四部分开始处。这就是一种激情结构,它的基本特征是使观众"控制不住自己"或"失去常态",获得一种"更高兴时的心醉神迷状态"。[1] 也就是说,从时间结构上说,叙事高潮出现在一部电影作品的黄金分割点附近,会获得最好的审美享受,它的结构也是最具激情、最有机、最完美的。希区柯克的大量作品以及经典的好莱坞叙事基本上都是遵循这一审美规律。

---

① 王志敏.现代电影美学体系[M].北京:北京大学出版社,2006:120-121.

七、结尾

结尾是我们对故事结局的呈现方式。故事最后怎么样了？他和她结婚了吗？这个小姑娘替父亲复仇了吗？那个狙击手成功逃脱情报机构的追杀了吗？那个医生找到杀人凶手，为自己洗清罪名了吗？那个轰动全城的连环杀人案侦破了吗？她找到自己丈夫，回到自己的家了吗？如此等等。作为故事的尾声，我们是选择告诉观众，给他们一个干脆直接的了断，还是给观众一点线索提示，剩下的靠他们自己去猜想？还是愿意提供多种可能，给观众留下一个无限宽广的想象空间？好的电影都有精巧的结尾设计，在故事的尾端给人留下丰富的回想。不管怎样，结尾仍然是编剧的一种叙事手段，你决定以什么样的方式来结束故事。当然，结尾和开端不可分割，它是整个叙事结构的组成部分，是在故事写作开始前我们都决定好的。

有句话叫"编筐编篓，重在收口；描龙画凤，难在点睛"。对于短片创作来说，结尾更加重要。因为短片多是微型叙事，题材相对单一，情节变化较少，容易一览无余，看看开头便知结尾，为了避免这种弊端，短片剧本在叙事上往往将结尾作为展示创意功力的重要一环，注重出奇制胜、画龙点睛、引人回味，达到类似于"欧·亨利式结尾"的巧妙效果。这一点和小小说构思异常相似。

从效果着眼，短片故事的结尾一般有三类：一是意外式结尾；二是突发式结尾；三是延伸式结尾。下面我们结合案例，看看三种结尾方法的技巧在哪里。

（一）意外式结尾

意外式结尾，就是在结尾给人制造意外，出人意料、反转制胜，在之前的叙事中给观众制造一定的假象，通过模糊语意、隐藏线索、埋伏包袱等手段，开篇即有意识地将观众引导到一种常规的叙事情境中。当观众以为会这样结束时，编剧突然出其不意、改弦更张，让人大跌眼镜、击节赞叹构思的绝妙之处。这种结尾像颗响雷，用一个难以想象的结局，产生惊人的情节魅力。

我们来读一篇超微小说，看故事是如何收场，做到出人意料的。

地方对，时间错啦！

蹑手蹑脚的声音把她从梦中惊醒。那是在夜半以后。

她伸手抓住枪。听，"咔嗒"一声，门上的锁开了。接着，"吱——嘎——"是铰链的声音：一团黑乎乎的人影窜进了房间。

陶莉举手就是一枪。

"不，陶莉！"他倒下去的时候喘着气说。

"啊，是乔奇，你说星期四，可今天才星期三！"[1]

---

[1] 选自《澳大利亚超微型小说精选》。

上面这篇微小说的绝大部分叙事进程都在制造假象,让我们以为这是一次居家女人和窃贼之间的智力较量,结尾的一句台词突然将故事引向另一个方向:这竟然是一个未遂的偷情故事!所有的喜感和力量,均在最后一刻得到验证。

出人意料的结尾,又叫欧·亨利式的结尾。小说家林斤澜说:"美国作家欧·亨利,不但讲究故事情节,还专在结尾上下功夫,出花样,他的有些小说,前面看来是散的,但最后结尾用了绝招,把前面的东西都粘起来了。"又说,"结尾来个大出意外,犹如最后出一冷拳,或曰'顶心拳',打中读者的情绪——前边已把感情集结起来。这一拳是征服之拳,到此服了。"①欧·亨利的小说《两块面包》等,结尾均是这样完成的,总有惊人之处。

意外式的结尾实质上是情节"反转",或者叫"反弹式"的情节方法。情节从一个点出发,却走向另一个反面,开篇与结尾之间由于反转产生巨大裂痕,进而产生叙事张力。例如,一个人想自尽,结尾不但没死成,还拼命求生,为此还搭上了亲人的命。一个退役的特工被FBI请去协助找出可能刺杀总统的狙击手,最后却反被污为刺客,并被FBI连环追杀。精明的律师替一宗杀人案的嫌疑犯辩护,终于成功将嫌犯救出,最终却发现所有的一切不过是嫌犯设下的圈套,罪犯不但要了律师,也玩弄了法律。种瓜不能得瓜,种豆未必得豆,行下春风不来秋雨,播下花籽收获的却是毒菇,情节通过反弹、逆转、柳暗花明、豁然开朗,故事创意、人物形象全在最后一刻得到升华显现。《控方证人》(1957)、《生死狙击》(2007)、《碟中谍》等片,基本都是靠完美的反转实现情节冲击力的。可以说,情节反转的力度有多大,故事就有多精彩,结尾的反转与故事的精彩程度成正比。

当然,编剧不能为了反转而反转,所有的反弹和意外必须建立在可信的逻辑基础上,如果频繁反转,随便制造意外,观众会觉得故事是胡编乱造的。

(二)突发式结尾

突发式结尾的关键是,当情节进展到高潮处,或者当所有的谜团将要揭开之时,故事将要结束之时,事件将要了断之时,叙事者突然停下,留下无限宽广的想象空间。戛然而止的突发结尾,观众似乎明了了故事结局,又有许多疑问,"似了非了,结而不尽,耐人寻味。令人在深思回味之中,拓展内涵,深化主题"②,收到简洁又韵味悠长的效果。

我们先来看一篇不足两百字的微型小说,看故事是如何结尾的。

爸爸的回信

陈树勤

喜荣收到一封远在外地当局长的爸爸的信,立刻被女友们抢去了。

"坦白,是不是男朋友的信?"女友们挤眉弄眼地质问喜荣。

喜荣大大方方地一笑:"不是,别闹了!"

---

① 分别出自《小说主题与总体构思》《短中之短》,转引自《微型小说写作》,第216页。
② 李丽芳,赵德利.微型小说创作论[M].昆明:云南民族出版社,1990:115.

"那，我们可要撕开了！"女友们威胁道。

"撕吧"，喜荣知道没什么秘密，坦然地说。

信打开了，别说女友们，连喜荣也愣了，原来是自己寄给爸爸的信，商量买台收录机学习外语，不料被爸爸寄了回来，只在信纸的上方用红铅笔写了"已阅，请酌办"几个字……①

这个故事的亮点在于结尾戛然而止留给人们的深思。一封家庭信件却以这样的方式回复，当官的爸爸的官僚形象在最后一刻被揭示出来。读者和故事中的女儿喜荣、女友们一样，被这样的结果惊呆了。该怎么办呢？事情没有结局，也没有反转，却在最高潮处落幕，留下无尽的想象。

有一篇写偷盗情节的故事，名为《热闹的商场》。一位漂亮姑娘紧贴着一位男子，在人山人海的商场里走着。姑娘甩了男人两大耳光，并大声骂他臭流氓。一个戴警察帽的男子闻声赶到。"你为啥老是跟着她？"警察开始审问。男人拎起自己的衣摆，一条金链条伸向姑娘的口袋。"先请她把我的钱包取出来吧。"姑娘闻言色变，但随即反口斥责男人诬陷好人。警察愣了一下，随即向姑娘厉声呵斥："跟我去公安局！"他们正准备离开时，男人突然厉声说道："你们都跟我走。我已经等你们几天了。"故事到这里突然刹车结束，读者意犹未尽，叙事弹性十足，这三个人物的关系是什么？他们都有怎样的前史？各自的命运会有何改变？所有的疑问既交代了，似乎又没说明白，给人留下较大的探寻空间，这就是故事的趣味。

突发式结尾的目的，在于通过人为中止，让观众主动思考故事意旨，品味叙事中蕴含的思想性，达到含蓄隽永的效果。如果故事本身没有这样的特质，就不必要这么做，如《打破的瓦罐》。其讲的是一对母女的故事，女儿在收拾屋子时，发现了一个破瓦罐，不但尘土蒙身、黑洞满腹，还成了蜘蛛的安乐窝。但当女儿要扔掉它时，却被母亲拦住了。冲突之余，女儿突然想起什么，从提包里取出了好几个空罐头瓶，这是她吃完罐头后没舍得扔掉的。结尾，母亲十分高兴："搁那吧。嘿，还说我，你也……"女儿听罢，猛地一怔，似有什么东西在身上穿过……这个故事的结尾似乎"言有尽而意无穷"，但母女之间的小矛盾，究竟是在讲精神传承关系？还是守旧心态？还是别的什么？这结尾的突然停笔，让人费解。

讲故事就像聊天，把话一下子说尽了，反倒没了意趣，少了嚼头。因为叙事的前半部分已经打下了扎实的基础，结尾即便没有说尽说全，仍然不影响我们的理解，索性就在这个地方停下来，叙事就有了艺术感。无论长片还是短片，永远都不要低估观众的智商，在不影响故事完整性的基础上，留出多少缝隙，叙事的魅力就增加多少，这也是蒙太奇艺术的实质。

突发式结尾在一定程度上和意外式结尾有些相似，都在于出奇制胜，给观众制造惊喜，留下叙事的回旋余地和想象空间，是短片创作中最常见的结尾技巧。要用好这种方法，必须精心设计整个叙事的情节结构，避免在结尾处留下太明显的斧凿痕迹，让人觉得编剧在炫技。为奇而奇，便是拙劣。

---

① 张光勤，王洪.中外微型小说鉴赏辞典[M].北京：社会科学文献出版社，1990：899.

(三)延伸式结尾

延伸式的结尾,就是不但完成了主体叙事,对所讲的故事作个了断,还在结尾处提出了新的问题,存在着延伸讲述的可能性。一个矛盾解决了,又出现了新的矛盾;一个冲突化解了,又出现了新的冲突;一个敌人被干掉了,又出现了新的敌人;他和她终于修成正果,走在一起了,可是第二个"她"又出现了;两个黑帮联合打败了另一个黑帮,可是曾经联手的两个黑帮之间的战争又开始了;如此等等。延伸式的结尾不但为故事画上了句点,还从老树上发新芽,顺带提供了故事开始的新线索。

系列电影为了开发故事的可能性,往往采用延伸式结尾,既提出新的故事线索,为续集制作留下充分空间;又开启观众想象,让观众对下一部作品中的剧情充满期待。

延伸式结尾相当于开放式叙事,不在叙事末尾将出口堵死,人物不会全盘毁灭,事件只能局部性解决。尤其对于一些事先策划好的系列电影,结尾的这种叙事特点更加明显。《教父》《夺宝奇兵》《虎胆龙威》《极限特工》《警察故事》《鬼玩人》等系列电影,在结尾选择上均具有这种特征。

因为故事本身是丰富多彩的,结局的选择也应该是丰富多彩的。结尾方式有很多,关键在于"常行于所当行,常止于不可不止"。切不可事终意足,又添蛇足;也不可塞责应付,"貂不足,狗尾续"[①]。总结下来,短片结尾设计应把握好以下两个原则:

(1)结尾是整个短片的一部分,结尾方式的选择应首先保证整部短片叙事的完整性。

(2)结尾要给人留下深刻印象,使其成为凸显创作风格和故事创意的重要载体。

亲　事

喻琪[②]

1　荒漠　外　日

(黑幕)众男人:拉,快拉!快,快拉呀,快快!趴下!!

轰——!(爆炸声)

(画面由黑幕淡入,从井里往外拍)四五个男人跪在井口边上。络腮胡子:蒙亚!蒙亚!(双手把伸向井底的绳子往外拉)蒙亚!

镜头推向井口上的天空,马琴音乐起。推出片名:亲事。

2　蒙古包　外　夜

贫瘠的草原上生了几堆篝火,左右对称分布,尽头的两堆篝火前各插有两根长长的木棍,由一根挂满彩绸的长绳连接。头系哈达的人们边从火堆中间穿过,边伸手在火堆上烤手。走过火堆,地上有两个装着牛奶的脸盆,人们在里面洗手。有人拉着平板车从中穿过,平板车上是蒙亚的衣物、棉被、毡靴、皮帽子等物品。库兰抱着女儿走过。身后跟着两个妇

---

① 吕奎文,郑贱德.小小说创作技巧[M].广州:广东高等教育出版社,1988:228.

② 喻琪,四川师范大学影视与传媒学院广播电视编导专业2015级4班。

女,边洒水边念经。

远处,牲畜们在光秃秃的地上啃食。落日只剩一个边儿还在地平线上。

3 荒漠 外 夜

一辆摩托车倒在地上,身形瘦削的宝特尔还维持着骑车的姿势,一条腿被压在摩托车底下,嘴里呜哇乱叫,脸上通红。不省人事。

4 裁缝店 内 日

贝拉蒙坐在熨衣服的桌子上捧着碗奶茶:妈,库兰妈妈怎么还不来取她的裙子呀?

扎迪娜轻轻咬断一根线头:你蒙亚叔叔刚死,她哪有心情。

贝拉蒙:库兰妈妈好可怜,又年轻又漂亮。

扎迪娜:那两个孩子也命苦,才那么小就……唉(折好了手中的裤子放到膝盖上),但愿是先苦后甜吧。

贝拉蒙吹着奶茶表面的热气:那,她还会嫁人吗?

扎迪娜:小孩子家问这么多干什么!

贝拉蒙:我今天看到宝特尔跟在库兰妈妈后面呢,库兰妈妈骑着马理都不理他,他倒不在意,乐呵呵的。

扎迪娜:宝特尔那个样子谁敢理他,就知道喝酒。你也离他远点,见到他绕着走。

贝拉蒙:嗯,我知道。要不他老婆怎么会跟别人跑呢,该!

5 民政局 外 日

一位与蒙亚有着相似脸型的老女人坐在民政局门口的椅子上抽着烟:这婚就算是离了,孩子看你要不要,不要给我,反正多她一张嘴我也还能养活。

库兰:姐,孩子我带走。以后要是有事,你只管招呼我。

老女人吸了口烟:你把孩子带好就行。蒙亚,就这一个孩子。

6 水池 日 外

库兰背着小儿子蹲在小水池边上,用塑料水瓢舀水往身旁的大水桶里倒。水池很小,水很浑浊。多格站在离库兰三两米远的地方,甩动着手里长长的钥匙链。

宝特尔:我帮你提回去。

库兰:不用了,你有这工夫不如去把你的羊管好。

宝特尔:羊嘛,丢不了。

库兰冷笑:别到时候把羊弄丢了又去喝酒,骑摩托车撞死了都没人知道。说完起身把水桶挂在骆驼背上的铁钩里。

宝特尔搭了把手:嘿嘿,那是天黑了看不见路嘛。

库兰拎起另一桶,有意避开了宝特尔伸过来的手。宝特尔默默收回手,又嘿嘿笑着跟在库兰和骆驼后边走了。

7 蒙古包 日 内

小方桌旁盘腿坐了三个男人,一老年一中年一青年。库兰往三个酒杯里斟酒,依次双手奉到三人面前。

老年男子:人都说,千里姻缘一线牵嘛。今天我代表布纳达来向你提亲。

中年:是法院的朋友介绍我们过来的,不是一家人不进一家门啊,这是缘分,是吧?普森叔叔?

老年男子:就是的。我们布纳达是个老实孩子,愿意把你的孩子也接过去,跟他的孩子一起抚养。

库兰看着蒙古包外坐在地上玩耍的女儿出神,老年男子喊了她一声,库兰才茫然回头。宝特尔突然从外面冲了进来一拳打在青年男人脸上,骂了一句,抓住青年男人的衣领,吼叫着:库兰是我的女人! 你们休想!

中年男人和老年男人一人抓住宝特尔的一只手臂将他拖住,宝特尔动弹不得,中年男子朝宝特尔举起拳头,库兰在后面拉住了,宝特尔顺势站起来,握紧拳头。

库兰看着他:滚回你家去! 这是我的事!

宝特尔:你是我的女人,库兰,你的事就是我的事。我今天非把这几个男的赶走不可!

库兰:你够了! 谁是你的女人! 看清楚点!

宝特尔指着三个男人站立的方向,看着库兰:你看上他了? 那个怂货?

三个男人本来站在马旁边,这下头转了过来,灭了烟。

库兰:我懒得跟你说! 转身走到三个男人身边:别管他,我们进去说。四人进了蒙古包,库兰最后进去,摔上门。

8 裁缝店 内 夜

扎迪娜:拉蒙,手脚快着点,你库兰妈妈明天等着要呢。

贝拉蒙熨着衣服:我知道,所以才这么仔细地熨这么久嘛。哎,妈,那个布纳达家怎么这么快就决定了?

扎迪娜:听旗里面的人说,他老婆也是跟人跑了好几年了,一个男人带三个孩子总归是忙不过来嘛。

贝拉蒙:噢,那布纳达会不会是跟宝特尔一样的人啊?

扎迪娜:我怎么知道! 你小孩子家的问这么多干什么,衣服熨好了没?

贝拉蒙:好了好了,要不是库兰妈妈这么久不来取怎么会熨这么久嘛,都没有刚做好的时候好看了。

9 荒漠 日 外

库兰牵着载水的骆驼走在荒漠里,一个骑马的中年男子过来与她说话。两人站在地平线两端,黄沙漫天。

10 蒙古包 夜 内

库兰呆坐在火炉边的毯子上,两个孩子在她身后熟睡着。有人敲响了蒙古包的门,库兰回过神,看向门。

宝特尔脸贴在门上:库兰,你开门呀。我知道那布纳达悔婚了。

库兰：滚开！

宝特尔：别生气呀库兰，他女人回来了是好事儿呀，你正好和我结婚。

库兰：滚你的，谁和你结婚。

宝特尔：你呀，库兰。我保证，就算我那个婆娘回来，我也可以马上去和她离婚，我说真的。

库兰：你得了吧，谁不知道你把你老婆当宝贝。

宝特尔：啥宝贝，她那么嫌弃我，嫌我穷，嫌我丑。那我要是有钱了，我还看不上她咧。

库兰：去跟你老婆说去，在我这儿说啥。

宝特尔：我喜欢你呀，库兰。我不想跟那婆娘过了。

库兰：得了吧，你还不如专心挣钱，好留住你老婆。

宝特尔：我就算挣了钱，也不去留她。眼下，我打算把我的羊卖了跟人挖煤去。我听盟里的人说现在挖煤可赚钱了。

库兰：那你卖你的，跟我说干什么。

宝特尔：我挣了钱来娶你啊。

库兰：你婚都没离。

宝特尔：我肯定能离！

库兰：你真的能？

宝特尔：我能，我保证！

11　裁缝店　日　内

扎迪娜坐在门口的缝纫机前埋头缝制衣物，库兰走过来。

库兰：嫂子，我来取衣服了。

扎迪娜抬头：库兰来啦，好久没看到你了。咋不过来串门呢？

库兰：家里还有几十只羊呢，走不太开。

扎迪娜：那也不能忙得衣服也不来取啊，我都做好好一阵儿了。

库兰苦笑，掏出八块钱：我这不来了嘛。

扎迪娜拿着撑衣杆，仰着头拨开一件件衣物寻找着：哎，这皮褂子不是宝特尔的吗，咋我都忘了都还没来取呢。

库兰：给我吧，嫂子，我替他拿回去。这八块钱先给他交上，我的再等一阵儿。

扎迪娜顿了顿，没说话，把衣服给了库兰。扎迪娜低头将钱放进抽屉，没等她开口，库兰已转身出了裁缝店。

12　宝特尔家门口　日　外

库兰拿着宝特尔的皮褂子，还没走到门口就开始喊宝特尔，无人回应。库兰走到宝特尔的蒙古包前，透过破了一角的门看到里面没有人。库兰站在门口犹豫着，看到地上从蒙古包上滑落的塑料布。库兰捡起塑料布往蒙古包顶部搭。

一位骑马的牧人在她身后几米远的地方大声问道：你是来找宝特尔吗？

库兰放下塑料布回头。

牧人：他不在，他走了。

库兰：他去哪儿了？

牧人：昨晚上有人说在盟里看到他女人，他衣服都没穿好就去了。

库兰愣了愣，把皮褂子搭在蒙古包上走了。

皮褂子慢慢滑落，"啪！"地掉在地上。

13　蒙古包　日　内

一中年男子和一老年男子坐在小方桌边。库兰看着二人。

老年男子和中年男子对视一眼后：那就这么定了，下个月初三，多格来接你。

14　裁缝店　日　内

库兰站在门口：嫂子，我来取衣服。

扎迪娜笑着取下裙子叠好放到柜台上。库兰拿出钱，抱好裙子走了。

15　蒙古包　日　内

众多人坐在屋里的长桌后边，靠前的几位妇女唱着祝福歌。库兰身上穿着领回来的新裙子和多格一起向坐在正中间的老者奉酒。蒙古包外由远及近响起摩托车"轰轰"的声音，众人茫然。宝特尔把摩托车停在门口，进蒙古包拖了库兰往外走，多格抓住库兰另一只手，众人站起来制止宝特尔，宝特尔与多格厮打起来。

库兰红着脸奋力劝阻，将两人分开。宝特尔被人推倒在地。库兰转身欲走。

宝特尔叫住库兰：你咋不等我！

库兰头也不回。宝特尔站起来拉住库兰，摸出离婚证：我去离婚了呀。

库兰推开宝特尔：晚了。接着进了蒙古包。

众人都回到蒙古包，关了门坐下来，一片沉默。宝特尔从屋外骑着摩托车破门而入，冲着多格撞去，血蹭溅到库兰的新裙子上。库兰看着中年男子因痛苦而扭曲的脸惊愕地睁大眼，流出泪来。

（完）

▶ 第三章
文学改编剧本写作

第一节　文学改编概述

一、文学作品与影视创作

自电影开始承载叙事功能起,电影创作便向小说、散文等文学样式借取素材,文学作品的影视改编也随之而来。在世界电影史上,许多著名的影片都是由文学改编而来,如《一个国家的诞生》《呼啸山庄》《乱世佳人》《傲慢与偏见》《罗生门》《广岛之恋》《音乐之声》《飞越疯人院》《教父》《辛德勒的名单》《英国病人》等,这些影片历久弥新,至今仍享有盛誉。据统计,世界各国每年生产出的数以万计的影片中,有百分之四十到百分之五十来自文学改编。

文学作品同样是电视剧创作不可或缺的题材资源。在中国电视剧史上留下浓墨重彩的优秀作品中,有相当比例是来自于文学改编,根据四大名著改编而来的电视剧《西游记》《红楼梦》《三国演义》《水浒传》自 20 世纪 80 年代相继问世以来,至今仍深受观众喜爱;由作家琼瑶的同名小说《还珠格格》改编的电视剧,在播出后不仅取得了极高的收视率,而且开启了中国内地追星时代,为中国娱乐产业贡献甚多。除此之外,由阿来的同名小说改编的电视剧《尘埃落定》,由海岩的作品改编的《永不瞑目》《玉观音》《拿什么拯救你,我的爱人》等,也受到了观众的广泛赞誉。

在影视艺术的百年发展之中,文学与影视一直呈现出一种相互借鉴、融合和补充的互动状态,也是这样一种状态才保证了这两种艺术形式在时代风云变幻的潮流中始终能维持自身蓬勃的生机。

当文学改编不再是一件偶发性事件,关于影视改编的原则和改编理论(以电影为主)也逐渐成为学者的研究重点。在西方,比较有代表性的有巴赞的"原封不动地转现原著"理论,以及与他针锋相对的巴拉兹的"把原著当成未经加工的素材"的观点。前者是以文学与电影的相似性为根基,而后者主要以文学与电影的差异性为出发点。在中国,同样一直存在着"忠于改编"与"自主改编"两大主流观点。

文学作品的改编不仅直接关系到电影的内容,而且在观念、技术、电影语言、美学风格等方面对电影也产生了深远的影响。

在我国,早期的电影一直以"戏剧电影观念"为主导。所谓戏剧电影观念,即认为电影只是按照戏剧法则来完成叙事的一种特殊的表意手段,电影应当严格遵循戏剧的起因、发展、高潮、结束这样固定的叙事模式。而这样的电影观念也直接影响到电影改编,无论是改编对象的选择,还是改编方式的运用,都严格地遵循戏剧原则。这一电影观念和改编原则致力于增加电影的戏剧冲突,保证电影的生命力。在这一观念的影响下,20世纪50、60年代出现了《林则徐》《小城之春》《林海雪原》等一系列优秀的电影作品。但是,也正因为戏剧化电影观念在电影艺术领域长期居于主导地位,使得我国的电影改编在很长一段时间里过于单一化、同质化。

1979年,中国电影开始进入一个观念更新与电影探索的新时期。在这一年,白景晟发表了《丢掉戏剧的拐杖》,他认为:"长期以来,人们总是习惯从戏剧角度沿用戏剧概念来谈论电影;电影剧作家也常常运用戏剧构思来编写剧本。"①而这种局面应该被打破了。以此为起点,传统的戏剧电影观念开始受到挑战,电影界发出了"电影与戏剧离婚"的呼声。

20世纪80年代初期,电影改编对文学价值的挖掘进一步加深,主要表现在电影强化了对文学作品中人物心理描写的改编借鉴,着力将文学作品中细腻的、真实的、最彰显文学性的心理描写的文字段落,用影视语言的手法改编过来。其次,多数导演将人物塑造作为自己影视创作的首要任务,注重人物性格的发展走向与故事情节之间的相互推动,即便是配角,也力求展现出人物细节。如较具代表性的电影改编作品《伤逝》,根据鲁迅小说改编而成,在表现男女主人公的情感变换时,镜头语言展现得极为细腻感人。涓生送别子君的一场戏,子君走在前,步伐较快,涓生虽紧随其后但两人逐渐拉开了一定的距离。接着连续组接了七个短镜头:

中—大全　涓生挽着长衫的一角急匆匆地跨出了院门,站在门口朝子君离去的方向望去。

全　　　子君停止了匆匆脚步。

特　　　子君缓缓回头一看,露出了微笑。

全　　　涓生出神地望着子君,嘴角也浮现出了一丝笑容。

特　　　子君脸上的笑意更浓了。

中—特　涓生依然望着子君,眼神十分坚定。

全　　　夕阳的余晖点燃了天空的一角,天上的白云朵朵绽放。

---

① 白景晟.丢掉戏剧的拐杖[M]//百年中国电影理论文选(下册).北京:文化艺术出版社,2002:3.

这些人物动作与客观环境的结合,形象地表现出了子君的温柔,以及涓生对子君的留恋之情。"通过这些艺术家的实践,向我们证实了:恰恰是那些过去为我们所忽视或不承认的一些叙事因素,是可以创造性地运用到电影中来的。"①

与此同时,在电影理论界,有关电影的文学性和电影的文学价值等问题的探讨也进行得如火如荼。针对20世纪80年代初对于电影文学性的强调,以郑雪莱为代表的学者又提出了要"树立电影本位意识"的看法,他们认为电影不仅应该脱离戏剧的束缚,也必须要从一般的文学模式中解放出来,电影应该回归自身的"电影性"。受到这种观点的影响,一系列具有鲜明影像风格的影片横空出世,如《一个和八个》《黄土地》《红高粱》等。在这些第五代导演的电影创作中,有大量的作品都出自优秀的文学作品改编,陈凯歌的《黄土地》(1984)改编自柯蓝的《深谷回声》,《孩子王》(1987)改编自阿城的同名小说,《霸王别姬》(1993)则是改编自李碧华的同名小说。张艺谋的《红高粱》(1987)则是根据作家莫言的小说《红高粱》和《高粱酒》改编而来。毋庸置疑,这些电影所选用的原著都是非常优秀的文学作品,但是电影人摒弃了以前将文字语言照搬为影像语言的做法,而是更加注重用电影思维进行再创作,这些电影文本在保留了原著小说精髓的基础上,也有大量基于导演自身审美追求而进行的再创作,如在电影《红高粱》中,导演用大量的红色表现高粱在风中舞动着狂热的生命力。

进入20世纪90年代之后,随着商品经济时代的到来,票房压力迫使电影人不得不在镜头语言的继续探索和经济收益之间进行权衡。要满足大众的观影口味仅仅靠具有风格化的镜头和声音已经不能完全实现了,电影从开始重新审视电影与文学、戏剧之间的关系,并在不断的对话中再次走向合作。而此时的电影改编/文学改编,与以往相比也发生了变化,首先体现在电影对文学作品中的故事叙述的强烈兴趣,电影改编更加关心改编的故事有没有意思;其次是电影改编始终保持着"电影本位"意识,即在文学作品改编中更加注重文学原著的视觉化改编的效果能否实现或者如何实现。

二、文学改编创作的现状

影视产业化改革的十余年里,中国电影发展呈现出突飞猛进的势头。数据显示,2012年中国生产各类电影总量达893部,全国电影总票房达170.73亿元,全年新增银幕3 832块,平均每天新增10.5块。2014年我国故事影片产量618部,虽然数量同比减少20部,但全国电影总票房296.39亿元,同比增长36.15%,其中国产片票房161.55亿元,占总票房的54.51%。产业化改革为影视片的需求和供应提供了一个良性生产环境,在这样的大背景下,影视文学改编也逐渐呈现出一些新现象。

(一)网络文学改编热潮

进入2000年以来,互联网技术的不断发展不仅为文学提供了近乎零成本的创作平台,也为影视创作者提供了资源充沛的影视改编资源。1998年,来自台湾的网络写手蔡智恒在

---

① 汪流.探求和小说相适应的电影形式[J].电影艺术,1981(12):15.

台南成功大学的 BBS 论坛发表了连载小说《第一次的亲密接触》，引起了网友的广泛关注，随后小说被印刷出版，并于 2000 年被搬上了电影银幕，这部同名电影于 2001 年在北京上映，成为中国第一部由网络小说改编的电影。在随后的 2004 年，自原小说改编，由崔钟导演，佟大为、孙铟华、薛佳凝等主演的 22 集电视剧《第一次的亲密接触》与观众见面，成为我国第一部改编自网络小说的电视剧。以此为开端，网络小说改编如雨后春笋，电视剧改编热潮在 2010 年迎来了第一个高峰，网络小说作家匪我思存的多部影响广泛的作品《佳期如梦》《来不及说我爱你》等被先后搬上电视荧屏。这一年问世的电视剧还有《一一向前冲》（改编自王芸的《S 女出没，注意！》）《泡沫之夏》（改编自明晓溪的同名小说）等，在 2011 年先后播出的《宫锁心玉》《裸婚时代》《步步惊心》《倾世皇妃》，以及 2012 年的《千山暮雪》《后宫·甄嬛传》等，由网络小说改编而来的电视剧吸引了人们的视线，并取得了极高的收视率。

网络小说改编的电影数量相对较少，但近几年也呈现出逐年递增的形势，比较有代表性的电影有关锦鹏的《蓝宇》（2001），这部电影改编自筱禾于 1998 年创作的网络小说《北京故事》，在多个电影节参展并斩获颇丰，如在第 38 届台湾金马奖颁奖礼上一举摘得了最佳改编剧本、最佳男主角、最佳导演、最佳剪辑以及观众票选最佳影片等多个奖项。除此之外，还有由热门网络小说《与空姐同居的日子》改编而来的《恋爱前规则》等。随后，网络小说与电影联系更加紧密，由徐静蕾导演，改编自同名小说的《杜拉拉升职记》以 1.8 亿元总票房的成绩，让人们再一次认识到网络小说改编的价值，之后多部由热门网络小说改编而来的电影，如张艺谋的《山楂树之恋》、九把刀的青春怀旧片《那些年，我们一起追过的女孩》、小成本电影《失恋 33 天》以及陈凯歌的《搜索》等影片，票房成绩均过亿。

网络小说的改编逐渐形成热潮的原因，可以从两个角度进行分析：一方面在于，现如今"80 后""90 后"的青年观众已经成为观影的主力军，观众的学历层次相较以往也有很大不同，高学历观影人群比例越来越高。学历层次的提升和流行文化的影响力，决定了这一批新的主力观众对电影类型、风格等有着更为多样化的要求。为了保证票房，迎合年轻一代观影人的口味成为电影创作必然的选择。热门的网络小说无论在语言风格上或者剧情上都具有独特性，内容上跟社会本身最为接近，流行文化元素对网络小说的影响也非常明显，经流行小说改编的电影在很大程度上更能满足观众的观影需求。另一方面在于，热门网络小说在电影改编之前就已经积累的人气和关注度，能够在一定程度上保证电影的票房，导演李少红曾说："我拍过的影视作品中有网络文学改编的，也有传统小说改编的。我觉得网络文学来自于社会的面更广一些，跟社会接触的距离更近，反映时代的速度也最快。我最早在网络上选材的时候，参考的关键是点击率，因为它代表着这些网络文学在市场上经历了一个初级的判断。"①网络文学的点击率既反映了作品本身受欢迎的程度，也为网络文学改编成影视剧后的收视率和票房提供了一层坚实的保障。

---

① 李苑.网络小说改编影视剧新浪潮悄然来袭［N］.光明日报,2012-12-10.

（二）从"作者电影"到"大众电影"

颜纯钧先生认为，中国电影史上，电影大量移植改编文学作品有两个相对集中的时期，一个是 20 世纪 20 年代，当时中国影坛上盛行的侦探片、言情片和武侠片，大都取材于当时大都市流行的通俗小说。另一个是八九十年代，此时期电影改编对象最显著的变化是从通俗小说转向了纯文学小说，注重表达的是民族整体经验。① 中国电影史上的八九十年代是中国"第五代"导演最为活跃的时期，在改革开放的新时代背景下，政治环境的宽松和欧美电影思潮的影响，为第五代导演提供了一个相对宽松和自由的创作环境。

在电影理论层面，欧洲电影理论的"作者论"对第五代导演在艺术创作上和艺术观念上的影响最为深远。"作者论"在 1954 年被提出，时任《电影手册》编辑的法国电影导演弗朗索瓦·特吕弗在《法国电影的一些倾向》中第一次提出，影片的真正作者应该是导演而非编剧，在一系列作品中坚持题材和风格的一贯特征的导演，即是自己作品的"作者"。这一观念得到了《电影手册》编辑部的支持，也在制片人大权独揽的好莱坞引发了电影导演可否成为"作者"的争论。在这场争论中，希区柯克、普莱明格、霍克斯等导演的作者地位得到确认。作者论对个性的强调迎合了 20 世纪五六十年代西方电影个人化创作思潮和自我表达的需要，成为法国电影新浪潮电影和西方现代派电影兴起的理论依据之一。②

"作者论"也受到了第五代导演的关注。受到这些观念的影响，第五代导演在文学作品的影视化改编中发挥了极大的主观能动性，无论是在作品的选择或是在剧本的创作中，都突出地表现了导演自身非常个性化的艺术修养和追求。张艺谋曾说："至于我的影片都是以女性为主角，这还是跟我选择小说有关。从文学的发展和变化来研究，才知道我为什么拍女性，为什么拍农村，从作家身上所体现的某种文化心态、文化走向来反着谈电影，谈得比较透彻。"③第五代导演对文学的改编不是简单的拿来主义，文学的电影剧本改编不再仅仅是为了文学本身的呈现服务，更多是要能够实现导演自己个性化的电影诉求。在这一时期的改编影片中，第五代导演的电影创作留下了非常清晰的个性印记，如张艺谋的电影改编创作中，我们能看出一种强烈的生存意识，以及女性在男权统治下的激烈冲突；在陈凯歌的电影创作中，我们总能读出一种中国人的文化寻根意识。

影视市场化之后，观影已经成为一种大众化的消费方式，迫于票房和收视率的压力，文学改编再也不能仅仅服务于创作者个人的艺术追求。主流观众的观影、收视喜好成为左右文学改编的首要因素，从作品的选择到剧本的改编创作，都必须向主流观众靠拢。从影视的制作、投资与收益之间的权衡比较来看，选择热门的通俗文学作品进行改编创作，是最能够保证盈利的首选。例如，热门小说《士兵突击》《蜗居》《失恋 33 天》《杜拉拉升职记》《媳妇的美好时代》等通俗文学作品，在文学造诣和艺术水准上可能不及苏童的《妻妾成群》或者

① 颜纯钧.论文学对电影的影响[J].福建论坛,2000(5).
② 许南明.电影艺术词典[M].北京:中国电影出版社,2005:37.
③ 张艺谋.谈艺录[M]//韩秀凤,晓海.为艺谋不为稻粱谋.长沙:湖南出版社,1996:389.

莫言的《红高粱》等作品,但是这些热门小说的题材更加紧贴时代的脉搏,或多或少都反映了当下社会的热点问题,语言风格更为通俗化,人物形象的设置也更加"草根"化,相比之下更能够引起大众读者的共鸣。改编而成的电影、电视剧也基本保持了原小说独特的风格,完成了观众对小说改编成影视作品的观影期待,这些因素也促成了改编之后的电视剧、电影的成功。

文学改编作品的通俗化也间接造成了改编电影的同质化,新时期通俗文学虽然数量繁多,种类各异,但是其中称得上精品的作品却不多,在一个时间段里出现了热门的文学新作后,紧接着就会涌现出一大堆类似的作品,如2011年根据网络穿越小说《步步惊心》改编而成的同名电视剧大热后,一时间"清朝穿越"热潮不断,同类型的电视剧一直霸占着电视荧屏。

(三)从改编到编造

文学改编一直存在着是否应该忠于原著,以及"忠诚"程度的争议,但对于名著的改编是否应该保持原著精髓内核问题,长期以来无论在理论界或者是创作界早已达成了一定程度的共识。但是,随着中国商业电影的成熟,也逐渐出现了导演或制片方过分注重市场,一味迎合观众口味,而在改编过程中不尊重原著,进行编造的现象。这些编造不仅没有继承原著的精髓内核,对待历史的态度上也开始不负责任地胡拼乱凑。

张艺谋在2006年执导的电影《满城尽带黄金甲》,改编自曹禺先生的代表作《雷雨》,改编之后的电影在故事情节、人物关系上与原著虽有相似,但原著的主体意蕴和精神内涵却被忽略掉了。《满城尽带黄金甲》把故事背景由原著中的民国时期改为了历史上的五代十国时期,人物身份由资产家和贫民改为了封建帝王和臣子,故事情节基本保持一致。《雷雨》展示了人生的悲惨,命运对人残忍的捉弄,作者出于一种"情感的迫切的需要","以一种悲悯的情怀来俯视这群地上的人们",通过两个在伦理血缘上有着千丝万缕联系的家庭,剖析了社会和历史的深重罪孽。其消解了原著中复杂多义的悲剧意蕴,将原著中鲁侍萍、周萍、鲁四凤等人的独立心理和性格弱化,改编为电影中仅为情节需要而设立的人物,消解了原著对于命运的探讨。电影把原著中单纯、纯洁、善良、富有同情心的周冲改编成电影中阴郁、野心旺盛的元成,电影有限的篇幅让这个人物非常干瘪,也再一次用极端化的改编策略把一个涉及社会悲剧的文本圈定为一个家庭悲剧。

《满城尽带黄金甲》曾一度被张艺谋看作是自己艺术生涯中非常具有创意的影片,但这部影片虽然赢得了票房,却失掉了民心,无论是评论界或是普通大众对这部影片的评价一路走低出乎张艺谋的意料,其根源和这种极端化的改编策略是有关系的。曹禺先生的《雷雨》是一部极具艺术水准的巨作,其文本内核有着独特性,《满城尽带黄金甲》的改编仅仅剥离了原著的外壳,再抽出几个主要人物,忽视人物性格的构成,消解原著主体的悲剧性,从而造成了改编的失败。

第二节　改编作品的选择原则

一、影视改编作品选择的标准

文学在某种程度上可以说是影视艺术的根源与母体，为影视的成长提供着丰富的艺术滋养。影视的产生和发展可以说是科学技术与艺术联姻，它的成长更是与文学息息相关。从艺术发展史的角度看，影视艺术自诞生之日起对文学的借鉴最多，从小说、戏剧、诗歌中汲取了很多叙事和表现手法，可以说文学构成了影视最坚实的基础。

那么，我们选择改编的文学原著，应该从哪几个标准上考量呢？

（一）作品的艺术内涵与自身价值

在影视艺术快速发展的今天，文学改编影视作品在影视艺术中占据大量的篇幅，被改编的作品形式也可谓是多种多样。文学小说改编影视作品，如列夫·托尔斯泰的《安娜·卡列尼娜》《复活》，罗曼·罗兰的《约翰·克里斯多夫》，维多克·雨果的《悲惨世界》，玛格丽特·米切尔的小说《飘》改编的电影《乱世佳人》，以及鲁迅的《阿Q正传》等，其复杂深厚的情感意蕴、深刻丰富的思想内涵、新颖独特的叙事方式，通过影视艺术的手法形象而生动地展现在大屏幕上。从中外影视的大量改编作品中可以看出，文学名著、畅销书以及小说一直都是改编者的宠儿。在畅销书的改编中出现了很多耳熟能详的作品，如根据托马斯·肯尼利的同名纪实小说改编的《辛德勒的名单》，迈克尔·赖顿的同名长篇小说改编的《侏罗纪公园》，温斯顿·格卢姆同名小说改编的《阿甘正传》，特·格拉斯同名小说《锡鼓》改编而成的电影《铁皮鼓》等影视作品受到了广泛的欢迎。戏剧改编如早期的根据果戈里戏剧《巡按》改编的《狂欢之夜》，高尔基戏剧《在底层》改编的《夜店》，还有散文如柯蓝的《深谷回声》被改编为电影《黄土地》；以及流行网络小说鲍晶晶同名小说改编为电影《失恋33天》等。

影视改编是一种艺术创作方式，无论是改编者还是被改编文学作品本身，都应该具有一定的艺术涵养。选择改编的文学作品首先应具有改编的思想价值，并适合影视艺术表现的内容和形式元素。改编者在欣赏文学原著并选择改编某部作品的时候，会与原作品建立一种情感上的纽带与艺术上的共鸣，他们选择的是该作品是否具有一定的艺术内涵或价值，而后在改编过程中改编者通常会主动发挥艺术想象力和独创性，对文学作品进行创造性的改编。其次，就改编者而言，他们在选择作品之后，通常会考虑改编作品所反映的生活年代或环境自己是否熟悉，改编作品的内容应该与改编者的生活积淀有某种程度的契合性。

文学与影视都是一种艺术的表现方式，但文学作品主要是靠文字来叙述的，读者在欣赏文学作品的时候主要是靠个人的主观想象力来对文学内容进行一定的想象和思考。正如"一千个读者心中就有一千个哈姆雷特",每个人的想法和思维方式、社会生活环境等各不相同,自然对作品也会有不同的感悟。而影视则是通过声音、画面等更加直观的形式,让观众更直接地理解和欣赏作品,体会作品内涵。因此,要注意通过艺术语言转换将文学的艺术价值在影像中再现出来。

(二)观众的喜好

文学作品与影视作品的表现媒介、方式的不同和受众欣赏程度的不同,决定了文学与影视剧中的故事表现具有不同的美学风格。影视剧通过画面呈现故事,直接作用于观众的视听感官,追求对真实生活的诠释。在影视剧本改编中,更注重选择那些具有通俗化故事、高强度情节、动作型人物、简洁性语言等特点的文学作品,以满足影视表现的需求。很多文学改编的影视剧作品,大都着眼于那些既在文学界和读者中获得好评,产生一定影响,有忠实读者和观众,同时作品本身又具有较强的故事性,题材新颖独特,内容贴近普通大众现实生活,反映普通老百姓的平凡人生故事的文学作品。当下影视市场日趋大众化,商业化的影视剧,在演绎故事时不仅将吸引观众的视觉效果表现放在第一位,同时又以观众的喜好、票房价值和收视率作为追求的目标。

"大众文化"是 20 世纪 90 年代以来逐渐发展起来并在社会中占据着重要地位的文化景观。"大众文化"是在现代工业社会中产生的、与市场经济发展相适应的一种市民文化。①当下影视作品是在商业性的氛围中成长,多数影视创作者以商业化为目的。在这样的文化语境中,影视改编便不自觉地遵循大众消费文化所要求的影视改编原则,即以"观众喜好"为改编的标准。改编者在改编的影视作品中,以追求讲述一个能让观众通俗易懂的故事,并获得观众的广泛认可为目标。这就要求在改编过程中改编者适度淡化文学作品中思想的深度,或者弱化人物形象的人性复杂度。想观众之所想,满足观众对影片内容及表现形式的期待,创作观众喜欢的作品。

辛夷坞的小说《致我们终将逝去的青春》的结局是林静和郑薇结婚了②,而电影《致我们终将逝去的青春》的结局却是郑薇并没有和林静在一起,至于陈孝正她也没有去选择,影片中郑薇的一句"青春就是用来怀念的",给观众留下了很多思考和想象的空间。同样在小说原著中,林静是一个十分迷人的角色,他很爱郑薇,一直以来郑薇都深刻在他的心里。影片中,林静这一角色的塑造被大幅度删减,电影不同于文学小说,影片中编剧和导演对林静这一角色的改编是明智的。同时对于依靠画面和声音来诠释情感的电影来说,它完成不了小说中关于人物心理的描写,影片中若出现过多类似小说中的心理描写,未必可以得到观众的理解和情感上的认同。

观众的喜好在很大程度上决定了影视改编作品的选择。影视艺术作为一种经济活动要

---

① 董雪.从文字到光影的嬗变——现代小说经典与电影改编研究[D].青岛:青岛大学,2010.
② 辛夷坞.致我们终将逝去的青春[M].南昌:百花洲文艺出版社,2013.

求票房回报,因此在影视改编中,改编者不得不为观众的喜好考虑,迎合观众的心理诉求和期待,体现大众娱乐价值,即观众喜欢的作品才是成功的作品。

二、影视改编的样式

(一)影视改编的对象

作为一种综合艺术,影视作品与小说、诗歌、戏剧、音乐、美术等众多艺术种类都有着密切的关系,其中文学与影视紧密相关,文学小说之于影视剧生产有着特殊的意义,即我们通常所说的"剧本(文学作品)乃一剧(影视作品)之本"。影视改编遵循电影电视艺术规律和表现特点,将文学形式的作品再创作为影视剧作。从众多影视作品中不难发现,影视改编的对象范围很广,如小说、戏剧诗歌、散文、新闻报道以及流行网络小说等。

文学与影视有着不同的叙事方式,文学用文字来激发人的思维从而产生形象和想象,而影视则直接用镜头叙事。苏联电影艺术大师普多夫金曾说过:"小说家用文字描写来表述他作品的基点,而电影编剧在进行这一工作时,则要运用造型的(能从外形来表现的)形象思维。电影编剧必须锻炼自己的想象力,必须养成这样一种习惯,使他所想象的任何东西,都能像表现在银幕上的那一系列形象那样的浮现在他的脑海。"[1]由此我们可以看出,文学思维与电影思维有着很大的差异,文学注重文字的意味以及对事件线性的安排,而电影思维则是既要考虑画面本身的叙事张力,又要注重不同画面组合起来所产生的视听及叙事效果。文学作品通过文字的表达给读者留下了很大的想象空间,通常读者在欣赏作品的时候会充分发挥自身的想象力,将文字语言在脑海中幻化为画面语言。而影视却和文学不同,它是通过画面来讲述故事,影视讲究直观形象的真实感。文学为影视提供了大量的素材,但在进行文学作品改编过程中,改编者往往会结合影视创作思维对故事进行重组,赋予文学作品本身并没有的视觉造型性。

以新闻报道改编为例,随着传媒业以及新媒体的快速发展,社会上一些真实事件通过快速传播能够很快的为百姓所知,社会新闻和焦点事件被改编成影视作品也成为影视改编的重要形式。我们都知道,及时性是新闻的特性之一,观众无论是在传统媒体电视、报纸、广播,还是通过当下快速发展的新媒体微博、微信等媒介,看到的、了解到的新闻都是新近发生或正在发生的事件。但这些消息类的新闻只是将事件大概交代给大家,很少去研究事件背后的故事,很少对群众关心的事件进行深入挖掘,但影视作品讲故事的方式与新闻报道的方式并不相同。新闻记者以收集事实和情报为主要目标,他们收集的资料越多,获取的信息也就越大,与此相反,影视注重的是这个事件能否吸引观众并对观众产生一定的影响。

影片《牯岭街少年杀人事件》导演杨德昌以20世纪60年代初台北的真实新闻事件为背景,这部将近4个小时的电影,呈现的那个年代的台湾好像一切都是灰色的,失落和绝望的情绪笼罩在城市上空。来自四面八方的外省人操着他们各自浓重的口音,山东话、上海话、

---

[1] 普多夫金.论电影的编剧导演和演员[M].何力,译.北京:中国电影出版社,1980:22.

苏北话、四川话……在这个城市奔波忙碌着。随军逃到台湾的家眷们形成了一个个被人们称为"眷村"的小村落,在这样一个城市里,小四、小明、小马等一群处于成长期和青春期的青少年,他们拉帮结派地出来混,影片中"小公园帮"和"217眷村帮"逐渐成了势不两立的对头。通过一系列的争吵、打斗、失望和伤心,故事中的人物有的成长,有的叛逆,影片中主人公小四在陷入友情和爱情的矛盾之后,与朋友闹翻,向心仪的女孩小明表白被拒后,失去理智的他将小明捅了7刀,致其当场死亡。小四被拘,初审被判死刑,由于此是国民党当局迁台后第一宗少年杀人案,各界纷争后,台湾高等法院更审为15年徒刑。

改编自真实新闻事件的《牯岭街少年杀人事件》,创作者以真实的事件为基点,选择以"成长的关怀"为主题,以特殊的时代特征和生活环境为背景,通过对主人公小四的刻画从而戏剧性地展现了整个新闻事件。新闻报道原始素材是影视改编的来源、怎样把新闻报道形成电影剧本?是一个值得思考的问题。在进行新闻事件的改编时,应该按照电影叙事的思维模式展开创作,突出电影的影像思维方式。从新闻报道原始素材中,找出一个主题、一个动作或一个人物,来展开影视剧本的创作,使这些素材可以编织成一个戏剧化的故事线,并使之有一定的视觉形象,由画面讲述故事,通过更加直观的形式来展现新闻事件。

不仅是新闻报道的改编,文学小说、诗歌、散文、戏剧等文学作品屡屡被改编为成功的影视作品,如冯小刚根据莎士比亚名剧《哈姆雷特》改编的电影《夜宴》,张艺谋根据曹禺的戏剧《雷雨》改编的电影《满城尽带黄金甲》等。文学作品和影视作品都是用独特的艺术方式去展现社会生活,表现人们现实生活的生存状态;两者都擅长运用巧妙的故事情节来渲染气氛,从而更好地吸引读者和观众,文学与影视这些共同的特点构筑了影视改编作品的基础。

(二)影视改编的原则

影视改编作品屡见不鲜,从众多改编的影视作品来看,影视改编并没有太多的特殊规定或统一标准,其方式方法是多种多样的。从某一层面讲,影视改编应该有一些改编者应当尊重乃至遵守的一般原则,但这些所谓的原则只能是建立在最宽泛基础上的一种柔性规范。

第一,改编过程中从人物、故事到主题,力图显现出原著的真实风貌,即"忠实于原著"。此类改编原则多以名著小说为主,如中国四大古典名著已先后被拍摄成电视连续剧,并创下了很高的收视率,在观众之中得到了很多的好评,这很大程度上得益于改编的成功。中国古代小说具有鲜明的民族风格,为中国老百姓喜闻乐见的通俗易懂的故事,同时具有中国传统文化特色,这些特点与作为大众文化的影视剧的特性十分契合。这类改编力图尊重和忠实于原著,从经典小说和历史小说中开发题材和故事的资源,让读者心中的经典形象更加直观化和具象化。

"忠实于原著"的改编应以不对原著构成重大艺术伤害为前提,遵循原著者的创作理念。一些经典名著其本身就具有巨大的市场号召力,无论改编成功与否往往都会受到读者的广泛关注,名著改编者将从原著中获益匪浅。因此,在改编过程中,影视作品应以原著为创作源泉,将原著的故事结构与任务形象作为编剧的蓝本。"忠实于原著"改编最有代表性的倡导者,应该是我国著名作家,曾经改编过许多经典名著的夏衍先生,他认为:"假如要改编的原著是经典著作,如托尔斯泰、高尔基、鲁迅这些巨匠大师们的著作,那么我想,改编者无论如何总得力求忠实于原著,即使是细节的增删、改作,也不该越出以致损伤原著的主题思想和他们的独特风格。"在谈到对鲁迅小说《祝福》的改编时,夏衍先生更是形容自己一直小心翼翼,"稍加一点也是战战兢兢的"[①]。对于文学作品改编成影视作品,虽没必要像邯郸学步一样一字一句照搬原著,但改编创作还是应该高度尊重作为名著的原著。一般情况下,很大一部分观众在观看那些由普通作品改编而成的影视作品之前并没有看过原著,所以对于原著和影视改编作品的比较也就无从谈起。即使是事先看过,对于原著的感情和印象也不会太深,因而对普通小说改编是否忠实于原著也往往不会十分在意。而对于经典名著改编的影视作品,如《红楼梦》《三国演义》《雷雨》等,其原本在读者心中已根深蒂固,当被改编成影视作品时,许多读者的心中都会形成固定的作品期待,并早已在内心形成了评判的标准,无形之中已给改编的影视作品制订了标准和规范。因此,对于名著改编的作品应该高度尊重原著本身。

第二,既忠实于原著的故事情节,又运用原著中的文学语言。与"忠实于原著"经典名著改编原则不同,此类改编多以网络小说和流行小说改编影视作品最为突出。近年来涌现出很多流行小说改编的影视作品,如电视剧《蜗居》《宝贝》《新恋爱时代》《门第》《甄嬛传》《宫锁珠帘》;电影《失恋33天》《分手合约》《那些年,我们一起追过的女孩》《致我们终将逝去的青春》等,网络小说及流行小说改编影视作品,已逐渐成为赢得观众注目的重要作品类型。

与文学名著改编不同,网络小说在影视改编过程中更加注重结合当下新媒体的优势,在改编过程中改编者会利用网络与网友进行一定的互动与交流,想网友与观众之所想,在改编中汲取网友意见。比如改编中角色类型的设定,改编者通常会选择自己认为合适的演员,然后将演员试妆照发布在网上,供各位对该小说改编感兴趣的网友参考投票,选择自己喜欢的演员;同时改编者会定期发布自己改编的作品,读者可以根据改编发表自己的观点和想法,改编者再根据读者的意见进行修改。这些读者、网友与改编者互动式的交流,一方面可以让改编作品更好地满足观众心理期待,另一方面也为改编作品起到很好的宣传作用。

网络文学与流行小说的影视改编基本都是以忠于原著为原则,在保证原著语言风格、内容基调、思想内涵以及人物特征不变的情况下,结合影视作品剧情以及对改编后播出效果的需要,对细节进行微小的改动或调整。如2012年热播历史题材电视剧《甄嬛传》的改编,就是在遵循原著基础之上,对人物进行更加细致的刻画和描写,更加突出地展现人物在某一时期内心的成长与性格的演变,同时这部影视作品改编的一大亮点就是遵循原著的语言风格,为作品的成功起到了事半功倍的效果。同样,台湾同名小说改编的电影《那些年,我们一起追过的女孩》,作者九把刀自编自导以作者自传式小说为原稿,回顾了一段关于青春的美好时光,这部影片虽然导演与原著小说作者为同一人,但并没有完全复制原著小说,而是紧紧抓住原著小说的精髓部分,表现众位人物深切的友谊、对心仪女生的爱慕以及对青葱岁月的

---

① 夏衍.杂谈改编[M]//电影论文集.北京:中国电影出版社,1979.

美好回忆,把握小说的情感氛围,遵循原著语言风格,改编后整部影片如小说一样受到观众的追捧。

第三,在忠实于原著的基础上,根据影视作品剧情需要进行改编。这是文学作品改编影视作品的一种简单的改良方法,它和忠实于原著,高度忠实原著本身的改编方法不同。此类改编首先从改编作品与原著的对应程度入手,在忠实于原著的基础上,原著只是作为一个故事梗概,从原著作品中找寻自己改编需要的人物、情节、故事等元素。当进行此类改编时,原著中叙事的进程,主要和关键人物的性格外貌等特征,作品的风格基调等,都需要谨慎考虑并选择合适的加入自己改编后的故事中。简单地说,此类改编不需要对原著逐段逐篇地转现,应根据改编后影视作品剧情的需要进行适当的增删。

这类改编通常有两个原则,一个是节选,一个是删减。节选是从原著中选出相对完整的一部分加以改编。此方法适合对原著中某一个特定的人物或特殊的事件进行单独的改编,它要求在改编过程中以原著中某一特殊人物和事件为中心进行集中叙事,一般适用于篇幅较长的著作。删减即删减那些原著中不适合影视作品剧情需要的部分,比如大量的议论性、说明性甚至是内心描写的段落,以及与改编作品不适应的部分和段落。删减是舍弃原著中并不适合改编的剧情内容,无论是名著改编的影视作品《红楼梦》《三国演义》,还是流行小说改编的电视剧《蜗居》《门第》《步步惊心》等,这些作品都不可能显现原著中所有的人物和情节。同时,删减并不是一味舍弃原著故事情节或人物,而是对原著的浓缩和提炼。如根据剧情需要删减某些情节,可以更好地完善影视作品的节奏感,增强视听表现;删减人物,可以更好地凸显影视作品中人物的典型性,从而更好地完成影视作品的改编。

第四,将原著视为启发灵感的由头,重新创作。在保持文学作品叙事核心及思想内涵前提下,对原著进行全新的排列组合,重新结构故事,整体突破原著的主体架构。在改编过程中,只是把原著视为启发灵感的由头,不受原文学作品中人物、故事以及主题的束缚,注重发挥改编者的创作自主意识。巴拉兹曾在《电影美学》一书中提出:"如果一位艺术家是真正名副其实的艺术家而不是个劣等工匠的话,那么他在改编小说为舞台剧或舞台剧为电影时,就会把原著仅仅当成是未经加工的素材,从自己的艺术形式的特殊角度对这段未经加工的现实生活进行观察,而根本不注意素材已具有的形式。"①巴拉兹认为,改编者在改编过程中应将文学作品原著作为改编的素材或元素进行全新的诠释,打破原著固有的风格,融入改编者自身风格特点,诠释改编者自身艺术理念。

以文学作品的情节故事为底本,避免生搬硬套,根据需要对原著进行删减、增改,另辟蹊径,另起炉灶,寻找更新颖的角度进行影视改编。在张艺谋早期作品《红高粱》《活着》及后来的《满城尽带黄金甲》,李安的《卧虎藏龙》,吴宇森的《赤壁》,冯小刚的《夜宴》以及陈嘉上的《画皮》中,因改编者与原文学作品作者风格及文化修养等不同,他们的改编与原著形成较大的差异。李安的《卧虎藏龙》根据王度庐同名小说改编,由于李安所生活的环境与他所

---

① 贝拉·巴拉兹.电影美学[M].北京:中国电影出版社,1986:247.

接受的中西方文化,让故事中的主人公李慕白更富于大侠气质,深得武林人士的敬仰与尊崇。在结构与人物关系上,电影突破了原著,将主人公李慕白与俞秀莲的爱情纠葛融入故事之中,使得故事更加曲折,人物关系更加复杂。虽然最后影片仍以爱情悲剧收场,但由于人物关系的重新建构,人物的性格内涵乃至电影的思想主题都超越了小说本身。这种改编原则从某一角度来讲,或许并没有完全摆脱原著本身,但与"忠实于原著"改编原则所取得的效果有着巨大的差异。改编者在改编过程中充分尊重了自己对原著的主观感受和想象,大胆而创新地表达了自己内心所想象的故事结构,以原著作为自己在改编中启发灵感的缘由,重新创作和收集素材,融入自身艺术理念和风格结构故事。

第三节　改编方法

一、主题与风格

对原著小说进行改编,首先要领会原著小说的核心精神,把握住小说的主题内涵与风格形式。国内知名编剧芦苇曾说过:"对改编者来说,最重要的是做到'有感而发,无感不发'。"一本小说看完后,要问下自己,这部小说哪部分最打动我,哪些段落最让我难忘,然后就可以从这些最主要的段落中抽取出你要表达的主题思想,对改编创造的部分实施进一步加工。

以王朔小说《动物凶猛》以及根据此小说改编而来的电影《阳光灿烂的日子》为例。小说《动物凶猛》主要讲述的是"我"和高氏兄弟、汪若海、于北蓓、米兰这些小伙伴们如何在"文化大革命"年代里肆意放纵青春、宣泄激情的故事。在"我"的眼中,家长是令人厌恶的,学校是无聊乏味的,用钥匙开锁进别人家是神秘和刺激的。整个小说都在彰显青年人在那个特定的年代里所激发的桀骜不驯的热血青春。而影片《阳光灿烂的日子》里,主人公"我"是代号"马猴"的马小军,以马小军与米兰的感情为主线,讲述了马小军及他的伙伴刘忆苦、羊搞、大蚂蚁、于北蓓这些人在 20 世纪 70 年代的中国北京所发生的成长故事。

对影片《阳光灿烂的日子》的创作过程,姜文讲:"看了这部小说,我内心有一种强烈的冲动。王朔的小说像针管扎进我的皮肤,血'滋'地一下冒了出来。我不能判断他的文学价值,我总是把文学变成画面,我自觉不自觉总是把小说翻译成电影。我一看到这部小说,就闻到了味儿,就出现了音乐……在《动物凶猛》中,我找到了我当时自己认为的一种真实,这种真实还是主观的……我一再强调我的迷恋,我的欲罢不能……我摸着我的心来写,来拍的,而我觉得王朔的小说也是这样一篇小说……王朔的小说就像是引线和炸点,把埋在我心里的东西炸开了。我每次在翻小说写剧本时,都是在找炸点,在炸开的瓦砾里面去找。王朔的小说有这样的爆破力。这对我来说是很重要的。炸开之后,有多少是小说里的,有多少是我自己的,我已经不是很清楚了。但是我知道,精神还在,因为王朔的小说,使我很清楚地摸到了这根筋。"①

读过小说《动物凶猛》的人应该都会在影片《阳光灿烂的日子》里找到很多小说中的场景,这些场景在影片里得到了很好的诠释与展现,也就是说导演对小说内容进行了既熟悉又陌生化的处理。"熟悉"是将小说中的场景进行了还原,无论是布景还是光影都很好地将小说内容呈现了出来。"陌生"是指将小说中的场景又进行了个人化的理解分析与二次加工,不论是演员的表演、布光的处理还是道具的设置都更为精细化。比如接下来在"叙事结构"部分,将针对"情节点1"的段落进行具体分析。

整个影片的基调温暖、火热,突出了那个年代人物特有的"阳光"般的火热情感与青春浪漫的革命情调。影片的风格基调最终是由影片主题所决定。《阳光灿烂的日子》里所散发的那种青春期特有的荷尔蒙气味与当时处在青春期的国家气质所呼应,激情、浪漫、疯狂的背后是导演姜文自身对那个年代、那样一群人物与他们所发生的故事的深刻理解。可以说《阳光灿烂的日子》的风格基调源于《动物凶猛》却又"猛"于《动物凶猛》,完全是非常极端化、个人化的风格贯穿于影片始终。影片的素材源于小说,又不同于小说本身,这就是改编文学中最重要的精神实质。

二、叙事结构

进行文学改编必然要遵循电影叙事原则。一部电影的格局可分为"开头、发展、结尾"三个部分。开头部分主要是用来交代电影的背景和主要人物出场。发展部分主要是充分展开故事和人物。结尾部分主要是结束电影,升华主题。

用来划分电影格局这三部分的"点"即是电影中至关重要的"情节点"。姜文把小说中纷杂的事件排序、提炼后,将三个情节点分别划分为"马小军初见'画中人'米兰照片""马小军绝望中强暴米兰""马小军遭众人唾弃,高台跳水"。改编剧本将着力点放在了主人公马小军的少年阶段,从幼年到少年的过渡巧妙地运用了"扔书包"转场,而从少年到中年的过渡则运用马小军高台跳水这一仪式性的场景暗示马小军与少年时期做了告别,影片也随之步入到结尾,"马小军们"的中年时期。

对改编者来说,从小说中准确提炼主题,精简人物、浓缩场景、设置悬念冲突无疑是非常重要的。如何把冗长的小说情节缩减得恰到好处,以满足影片120分钟的叙事需求,使之饱满又精彩,是考验改编能力非常重要的一个环节。

在王朔小说《动物凶猛》中,以第一人称"我"的成长经历将这些故事讲出来,里面难免会有大量的类似于日记体的个人感悟和想象抒怀。相比小说的散文化叙事风格,剧本的语法结构要凝练很多,剧本语言基本要遵循一句话代表一个镜头、一个画面的叙事原则。电影《阳光灿烂的日子》把小说中描写的情节大量删减、梳理、提炼后,以主人公"马小军"的幼年时空、少年时空与中年时空的叙事脉络铺开叙述,仅用"第一人称"中年马小军的声音作为旁白补充叙事。例如,在影片《阳光灿烂的日子》中,姜文将马小军第一次看到米兰的照片作为

---

① 姜文,等.诞生[M].北京:华艺出版社,1997:4-6.

"情节点1"。这个段落在王朔小说里也是重点着墨的段落。

以下是从小说与电影剧本中节选的"初见'画中人'"片段。

动物凶猛（小说节选）

我打开了这幢楼顶层的一家房门，走了进去。这家主人的勤谨和清洁使我很有好感。简朴的家具陈设井井有条，水泥地板擦得一尘不染、光滑如镜，所有的玻璃器皿熠熠闪烁；墙壁不像大多数人家那样乌黑、灰泥剥落，而是刷了一层淡绿的油漆，这在当时是很奢侈的。墙上没有挂伟大领袖的画像，而是用镜框镶挂了一幅黑白色调的杭州丝绣风景，上面是月光下浩渺的波光粼粼的湖水，一叶小舟，舟上有一个模糊的古代服饰的人影，一侧绣有一句古诗：玉田三万顷，着我扁舟一叶。

我很小的时候便很赞赏人们在窘境下的从容不迫和怡然自得。

这是一套两居室的单元，我先进去的那间摆着一张大床，摞着几只樟木箱，床头还有一幅梳着五十年代发式的年轻男女的合影，显然这是男女主人的卧室。

另一间房子虚掩着门，我推门进去，发现是少女的闺房。单人床铺着一条金鱼戏水图案的粉色床单，床下有一双红色的塑料拖鞋，墙上斜挂着一把戴布套的琵琶，靠窗有一张桌子和一个竹书架，书架上插着一些陈旧发黄的书，这时我看到了她。

我不记得当时房内是否确有一种使人痴迷的馥郁香气，印象里是有的，她在一幅银框的有机玻璃相架内笑吟吟地望着我，香气从她那个方向的某个角落里逸放出来。她十分鲜艳，以至于使我明白那画上没有花仍有瞪视花丛的感觉。我有清楚的印象她穿的是泳装，虽然此事她事后一再否认，说她穿的只不过是条普通的花布连衣裙，而且在我得到那张照片后也证实了这一点，但我还是无法抹煞我的第一印象。为什么我会对她的肩膀、大腿及其他皮肤的润泽有如此切肤的感受？难道不是只有在夏日的海滩上的阳光下才会造成如此夺目、对比鲜明、高清晰度的强烈效果？

现在想来，她当时的姿态不是很自然，颇有几分卖弄和搔首弄姿，就像那些小电影明星在画报上常干的那样。

但当时我就把这种浅薄和庸俗视为美！为最拙劣的搔首弄姿倾倒，醉心，着迷，丧魂失魄！除了伟大领袖毛主席和他最亲密的战友们，那是我有生以来第一次见到的具有逼真效果的彩色照片。即使有理智的框定和事实的印证，在想象中我仍然情不自禁地把那张标准尺寸的彩色照片放大到大幅广告画的程度，以突出当我第一眼看到她时受到的震撼和冲击。[①]

阳光灿烂的日子（剧本节选）

十四、米兰家　日　内

屋内，马小军进门，将门关上，他环顾房间。

---

① 王朔.动物凶猛[M].北京：人民文学出版社，2006：7-9.

(主观视线)屋内(右摇向左)。

碗柜门打开,马小军手入画端出一盘饺子,(摇中)他将饺子放在桌上坐下,吃饺子。

钟摆(摇上)表针指向两点半。

两个放了醋和酱油的小盘子,马小军的手入画将饺子在两个盘里蘸。

马小军躺在床上,靠着被子吃饺子。他巡视着屋内。

他坐起身看画外。

墙上挂着一个老式的军用望远镜,马小军入画,将它拿下将灰尘抹掉。

马小军将望远镜举到眼睛上,他在看。

(主观视线)屋内墙被拉近,模糊地转着。

马小军将望远镜的另一头对准眼睛。

(主观视线)屋内立刻变得宽大无比。

马小军掉转望远镜走向窗口。

(主观视线)远处的房顶拉得很近。

马小军放下望远镜看了看外面,又举起望远镜。

学校,(摇)楼门口几名女同学在写简报。

马小军继续看着。

(主观视线)楼门口,胡老师忽然出现,他急急忙忙地走着。

马小军在看。

胡老师匆匆地走着。

马小军在看。

(主观视线)胡老师加快了脚步。

马小军看着看着笑了。

(主观)胡老师抬头望天,接着低头看看,然后打了个冷战,抖了抖什么。

马小军开心地笑了,他继续看。

(主观视线)视线中不见胡老师的人影。

马小军继续寻找。

胡老师很舒服地原路返回,速度明显放慢。

马小军画外音:"姓胡的,你也有今天哪。"

马小军退着在屋内转圈。嘴里不停地发出各种声响。

(主观视线)屋子旋转(拉近)。

马小军掉转望远镜。

(主观)宽大的屋子在旋转。

马小军手举望远镜在旋转。

(主观)墙在旋转。

马小军发现了什么,停止旋转,他抬头看看。

钟表在摆动。

马小军迷惑的目光。

（主观视线）里屋。

马小军举起望远镜看。

（主观）一张脸划过。

马小军停下看画外。

（主观）里屋。

马小军手举望远镜慢慢地寻找。

（主观）一张微笑的脸慢慢划过。

马小军放下望远镜看里屋。

（主观）里屋。

马小军举起望远镜向里屋走去。

马小军右手举着望远镜，左手伸向前方。

马小军碰床摔倒，他抬头望去。

蚊帐后，一张微笑的脸，马小军背入画将蚊帐撩起。

马小军注视着画外的照片。

微笑的脸。

马小军站在外屋，他慢慢地抬起手。

马小军举起望远镜。

一张微笑的脸。（叠出）①

　　通过小说与剧本的对比之后不难发现，剧本的内容相对小说有了较大的整改。为了使影片叙事连贯，可看性加强，剧本里增加了小说中原本没有的细节。改编后，姜文把马小军与米兰的爱情作为发展段落的叙事主线，因此会弱化小说里其他人物与情节。对于马小军初见"画中人"米兰的段落也进行了十分用心的改良，添加了一些戏剧性元素进来。比如望远镜，马小军手拿望远镜偷窥胡老师小解，通过望远镜这一主观视角将房间的空间环境交代清楚，也是通过望远镜，马小军发现了米兰的照片。望远镜这一物象本身也具有内在含义：首先它是马小军的玩物，马小军用它偷窥胡老师小解满足了少年马小军的偷窥欲和短暂的"报复快感"；用望远镜发现米兰的照片，使得这个场景产生了某种很强的仪式感，也暗示了两人现实中的距离感。剧本里写马小军碰床摔倒，抬头看到帐子后面米兰的照片，他退到外屋，慢慢抬手举起望远镜，这些描述比起小说里虽然简单凝练很多，少了主人公心理活动的描述，但通过使用望远镜这一道具，使马小军发现米兰照片这个情境产生了某种仪式感，反而更好地外化了人物情感。我们似乎能看到马小军肃然起敬的神情，与他之前的小打小闹比起来，这一瞬间的改变是多么的神圣与庄重。从发现米兰照片这个情节点之后，马小军的生活开始发生了变化，而影片叙事也进行到了下一阶段，由"开头"阶段进入"发展"阶段。

① 姜文,等.诞生[M].北京:华艺出版社,1997:226-228.有删改。

三、人物塑造与场景、对白的处理

改编中，对人物进行提炼是十分必要的。比如《了不起的盖茨比》，菲茨杰拉德写成此书时，电影界无不看好，认为会成为卖座影片的素材。但是结果却非所愿。因为该书是以朋友之口来叙述盖茨比的故事。这个书里很关键的线索人物在影片里的安插，如果处理不好，反而成了累赘。所以在影片提炼人物时，重塑叙事人是非常关键的。

《动物凶猛》里，"我"的心理描写贯穿小说始终。高氏兄弟是山大王，汪若海是贰臣，于北蓓是狐狸精，米兰是交际花。在改编后，首先对人物的姓名进行了更改，"我"叫马小军，外号"马猴"；高氏兄弟更名为刘忆苦、刘思甜；汪若海等人被羊搞和大蚂蚁取代（较小说中他们俩对应的人物名称戏剧感增强不少）；只有于北蓓和米兰的名字没变。"我"马小军在改编后成为绝对主角，马小军的中年旁白贯穿始终，马小军和米兰的爱情故事也成了主线，当米兰出现后，于北蓓也消失了，只有情敌刘忆苦成了绝对配角，成了在感情中痛苦挣扎的马小军眼里的"肉刺"。另外，在改编后，也增加了新的人物，傻子"古伦木"的身影贯穿影片的始终，成为颇具象征意味的人物。

对小说里的一些场景，姜文在改编中也进行了"张冠李戴"的处理。比如小说里"拍婆子"的段落中，"我"是羞怯的，姑娘被旁人逗乐，但在改编后，马小军却成了主动方。在"高台跳水"的段落，小说里描写"我"浮起来后被当初遭他们痛殴的同学使劲踩踹，而改编后，马小军拼命游向岸边却被自己那些昔日的小伙伴们互相踩踹。小说里，刘忆苦等人被当时雄霸一方的"顽主"问话是发生在饭店里，而电影中把这一场景一并挪到了游泳池的场景中，如此集中矛盾冲突，使影片情节更加紧凑。

因此，在改编中，需要注意对小说场景的浓缩，重新设置安排冲突与悬念性事件；对序场的把握也十分关键，包括主要人物的出场顺序，这些都决定了后面故事的走向。"美丽的花要插在胸前"。序场要简单明了，又具象动人。

比如在小说第十章里，王朔用大量的篇幅描写"我"如何越来越厌恶米兰，并列举"我"做的各种让她不堪的把戏。在改编后，姜文挑出其中的主要段落，并调整了它们的次序后放入不同阶段里。例如，他将洗澡堂"耍流氓"的场景放到了"发展"部分打架斗殴段落后面，与小说中于北蓓澡堂洗澡遭他们偷看的场景合为一个场景。

还有"老莫过生日"的段落也是精简了的，小说中大量的旁白、对白也经过了处理，强化了叙事的紧凑性。这里要特别强调的是，王朔小说与其他文学著作的突出区别在于，王朔小说里的人物对白本身就非常的口语化，叙述部分的画面感非常强，书面性较弱，很多对白、场景可直接移植到电影里。若是原著里的人物对白与描述语言书面性很强，则需要加以整改。

以下是"老莫过生日"段落小说与剧本的对比。

动物凶猛（"老莫过生日"段落）

我邀请她和我一起做个游戏。她怕上当起初不肯。我就对她说这个游戏是测试一个姑娘是不是处女,她不敢做就是心虚。于是她同意做这个游戏。我告诉她这个游戏是我问她一些问题,由她回答,不是处女的姑娘在回答中会把话说漏。规则是我指缝间夹着一个硬币,每次必须先把硬币抽出来再回答问题。然后我把一个五分硬币夹在食指和中指间问她第一个问题:"你今年多大了?"她抽出硬币告诉了我。接着我问她第二个问题:"你和第一个男朋友认识的时候你有多大?"她也告诉了我,神态开始轻松。这时我把硬币夹紧问她第三个问题:"你和第一个男人睡觉时他都说了些什么?"她抽硬币,因我用力夹紧,她无论如何也拔不出来,便道:"你夹那么紧,我哪拔得出来。"旁听的人哄然大笑。

那天,我刚捉弄完她,把她气哭了,出了高晋家扬扬得意地在游廊上走。她从后面追上来,眼睛红红的,连鼻尖也是红的,一把揪住我,质问我:"你干吗没事老挤对我? 你什么意思?"

"放手,别碰我。"我整整被她弄歪的领口,对她道,"没什么意思,好玩,开玩笑。""有你这么开玩笑的么,你那是开玩笑么?"

"怎么不是开玩笑? 你也忒不经逗了吧? 开玩笑也急,没劲,真没劲。"

"你的玩笑都是伤人的。"

"我伤你哪儿? 胳膊还是腿? 伤人? 你还有地方怕伤? 你早成铁打的了,我这几句话连给你挠痒痒都算不上。"

"我哪点、什么时候、怎么招了你了? 惹得你对我这样?"

"没有,你没招我,都挺好。"我把脸扭向一边。

"可你对我就不像以前那么好。"

"我对你一向这样!"我冲着她脸气冲冲地说,"以前也一样!"

"不对,以前你不是这样。"她摇头,一双眼睛死死盯着我,"你是不是有点讨厌我?"

"讨厌怎么样? 不讨厌又怎么样?"我傲慢地看着她。

"不讨厌我就还来,讨厌我就走。"

"那你走吧,别再来了。"我冷冷地盯着她说,每个字都说得很清楚。

她低头沉默了一会儿,抬眼看着我,小声道:"能问句为什么吗?"

"不为什么,就是看见你就烦,就讨厌!"

她用锥子一样的目光盯着我,我既不畏缩也不动摇,坚定地屹立在她面前,不知不觉踮起了脚。她叹了口气,收回目光转身走了。

"你不是不来了么? 怎么又来了?"我一进"莫斯科餐厅"就看到米兰在座,矜持谨慎地微笑着,不由怒上心头,大声朝她道。

那天是我和高晋过生日,大家一起凑钱热闹热闹。我们不同年,但同月同日,都是罗马尼亚前共产党政权的"祖国解放日"那天。

"我叫她来的。"高洋对我说。

"不行,让她走。"我指着米兰对她道,"你丫给我离开这儿——滚!"

"你他妈滚不滚? 再不滚我扇你!"我说着就要过去,被许逊拦住。

"我还是走吧。"米兰对高晋小声说，拿起搁在桌上的墨镜就要站起来。

高晋按住她，"别走，就坐这儿。"然后看着我温和地说，"让她不走行不行？"

从我和米兰作对以来，无论我怎么挤对米兰，高晋从没说过一句帮米兰腔的话。就是闹急了，也是高洋、卫宁等人解劝，他不置一词。今天是他头一回为米兰说话："看在我的面子上……"

"我谁的面子也不看，今天谁护着她，我就跟谁急——她非滚不可！"

我在印象里觉得我那天应该有几分醉态，而实际上，我们刚到餐厅，根本没开始吃呢。还很少在未醉的状态下那么狂暴、粗野，今后大概喝醉后也不会这样了吧。

后面的事情全发生在一刹那：我把一个瓷烟缸向他们俩掷过去，米兰抬臂一挡，烟缸砸在她手臂上，她唉哟一声，手臂像断了似的垂下来，她捏着痛处离座蹲到一边。我把一个盛满红葡萄酒的瓶子倒攥在手里，整瓶红酒冲盖而出，洇湿了雪白的桌布，顺着我的胳膊肘流了一身，衬衣裤子全染红了。许逊紧紧抱着我，高洋抱着高晋，方方劈腕夺下我手里的酒瓶子，其他人全插在我和高晋之间两边解劝。我白着脸咬牙切齿地只说一句话："我非叉了你！我非叉了你！"

高晋昂着头双目怒睁，可以看到他肩以下的身体在高洋的环抱下奋力挣扎。他一动不动向前伸着头颅很像人民英雄纪念碑浮雕上的一个起义士兵。有一秒钟，我们两张脸近得几乎可以互相咬着对方了。

现在我的头脑像皎洁的月亮一样清醒，我发现我又在虚构了。开篇时我曾发誓要老实地述说这个故事，还其以真相。我一直以为我是遵循记忆点滴如实地描述，甚至舍弃了一些不可靠的印象，不管它们对情节的连贯和事件的转折有多么大的作用。

可我还是步入了编织和合理推导的惯性运行。我有意无意地忽略了一些细节，同时又夸大、粉饰了另一些情由。我像一个有洁癖的女人情不自禁地把一切擦得锃亮，当我依赖小说这种形式想说点真话时，我便犯了一个根本性的错误：我想说真话的愿望有多强烈，我所受到文字干扰便有多大。我悲哀地发现，从技术上我就无法还原真实。我所使用的每一个词语含义都超过我想表述的具体感受，即便是最准确的一个形容词，在为我所用时也保留了它对其他事物的含义，就像一个帽子，就算是按照你头的尺寸订制的，也总在你头上留下微小的缝隙。这些缝隙累积起来，便产生了一个巨大的空间，把我和事实本身远远隔开，自成一家天地。我从来没见过像文字这么喜爱自我表现和撒谎成性的东西！

再有一个背叛我的就是我的记忆。它像一个佞臣或女奴一样善于曲意奉承。当我试图追求第一个戏剧效果时，它就把憨厚淳朴的事实打入黑牢，向我贡献了一个美丽妖娆的替身。现在我想起来了，我和米兰第一次认识就是伪造的，我根本就没在马路上遇见过她。实际上，起初的情况是：那天我满怀羞愧地从派出所出来后回了家，而高晋出来后并没有立即离开。他在拘留室里也看到了米兰，也知道米兰认识于北蓓，便在"大水车胡同"口邀了于北蓓一起等米兰出来，当下就彼此认识了，那天晚上米兰就去了我们院。我后来的印象中米兰站在我们院门口的传达室打电话，正是第二天上午我所目睹的情景。

这个事实的出现,彻底动摇了我的全部故事情节的真实性。也就是说高晋根本不是通过我才见到了他梦寐以求的意中人,而是相反。我与米兰也并没有先于他人开始我们二者之间的那段缠绵,这一切纯粹出乎我的想象。唯有一点还没弄清的是:究竟是写作时的即兴想象还是书画界常遇到的那种"古人仿古"?

那个中午,我和卫宁正是受高晋委派,在院门口等米兰的。那才是我们第一次认识。这也说明了我为什么后来和许逊、方方到另一个亭子去打弹弓仗而没加入谈话,当时我和米兰根本不熟。

我和米兰从来就没熟过!她总是和高晋在一起,也只有高晋在场我才有机会和她坐在一起聊上几句。她对我当然很友好,我是高晋的小哥们儿嘛。还有于北蓓,我在故事的中间把她遗忘了,而她始终是存在于事实过程之中的。在高晋弃她转而钟情米兰后,她便逐一和我们其他人相好,最后我也沾了一手。那次游廊上的翻脸,实际上是我看到她在我之后又与汪若海在一起,冲她而发的。斯时米兰正在高晋家睡午觉,我还未离开时她便在大家的聊天声中躺在一旁睡着了。

那天在"老莫"过生日吃西餐时,没有发生任何不快。我们喝得很好,聊得很愉快。我和高晋两个寿星轮流和米兰碰杯。如果说米兰对我格外垂青,那大概是唯一的一次,她用那种锥子似的目光频频凝视我。我吃了很多炸猪排、奶油烤杂拌儿和黄油果酱面包,席间妙语连珠,雅谑横生,后来出了餐厅门便吐在栅栏旁的草地上。栅栏那边的动物园象房内,班达拉奈克夫人送的小象"米杜拉"正在几头高大的非洲公象身后摇着尾巴吃草呢……

高晋醉得比我厉害,又吐不出,憋在心里十分难受。下了电车往院里走的那段胡同道是我搀扶的他。他东倒西歪一路语无伦次地说米兰,说他们的关系。那时我才知道他们并不像我以为的那样已经睡了觉。他可怜巴巴地说他好几次已经把米兰脱了,可就是不知道接下来该干什么。他问我,我也没法为他当参谋,我对此也所知甚少,认为那已经很黄色了,不生小孩就是万幸了。再往下想,我不寒而栗。米兰是我在那栋楼里见到的那张照片上的姑娘么?现在我已失去任何证明她们是同一人的证据。她给我的印象的确不同于那张照片。可那照片是真实的么?难道在这点上我能相信我的记忆么?为什么我写出的感觉和现在贴在我家门后的那张"三洋"挂历上的少女那么相似?

我何曾有一个字是老实的?

也许那个夏天什么事也没发生。我看到了一个少女,产生了一些惊心动魄的想象。我在这里死去活来,她在那厢一无所知。后来她循着自己轨迹消失了,我为自己增添了一段不堪回首的经历。怎么办?

这个以真诚的愿望开始述说的故事,经过我巨大、坚忍不拔的努力已变成满纸谎言。我不再敢肯定哪些是真的、确曾发生过的,哪些又是假的、经过偷梁换柱或干脆是凭空捏造的。要么就此放弃,权当白干,不给你们看了,要么……我可以给你们描述一下我现在的样子(我保证这是真实的,因为我对面墙上就有一面镜子——请相信我):我坐在北京西郊金钩河畔一栋借来的房子里,外面是阴天,刚下过一场小雨,所以我在大白天也开着灯。楼上正有一些工人在包封阳台,焊枪的火花像熔岩一样从阳台上纷纷落下,他们手中的工具震动着我头顶的楼板。现在是中午十二点,收音机里播着"霞飞"金曲。我一天没吃饭,晚上六点前也没任何希望可以吃上。为写这部小说,我已经在这儿如此熬了两个星期了——你忍心叫我放弃么?

除非我就此脱离文学这个骗人的行当,否则我还要骗下去,诚实这么一次有何价值? 这也等于自毁前程。砸了这个饭碗你叫我怎么过活? 我有老婆孩子,还有八十高龄老父。我把我一生最富有开拓精神和创造力的青春年华都献给文学了,重新做人也晚了。我还能有几年? 我现在非常理解那些坚持谎言的人的处境。做个诚实的人真难啊!

好了就这么决定了,忘掉真实吧。我将尽我所能把谎撒圆,撒得好看,要是再有点启迪和教育意义就更好了。①

阳光灿烂的日子("老莫过生日"段落)

六十、莫斯科餐厅 夜、外

莫斯科餐厅外观

旁白:

8 月 23 日,罗马尼亚祖国解放日,那天也是我和刘忆苦的生日,我们俩同月同日,但是不同年。晚上我们奔了"老莫"。

哥们几个骑车快速划过。

六十一、莫斯科餐厅 夜、内

米兰走进转门口上台阶。

大厅里米兰走到桌子前,刘忆苦让座,米兰坐下,将两个包分别给刘忆苦和马小军。

米兰:"你们好!"

众:"你好! 够精神的。"

米兰:"见到你们格外亲。"

众:"噢? 格外亲!"

米兰:"瞧瞧,我给你们两位寿星带来了什么?"

米兰打刘忆苦的手:"哎? 手干净吗?"

刘忆苦:"你瞧?"伸出双手。

米兰:"好吧!"

刘忆苦将包打开。

羊搞:"哦!《普希金诗集》。"

刘忆苦将围巾带上。

羊搞:"像闹五四的。"

米兰:"哎! 冬天带着它去冰场帅不帅?"

---

① 王朔.动物凶猛[M].北京:人民文学出版社,2006:69-74.

众："帅！"

画外羊搞："这不是拍谁是谁，一个妞也跑不了。"

刘忆苦对米兰："谢谢！"

米兰："瞧你那样！光谢谢我就成了？"

刘忆苦："那还怎么着啊！"

米兰对马小军："看看你的吧！"

米兰看着画外的马小军。

大家围向马小军。

刘忆苦看着。

画外大蚂蚁："这种关怀……"

大蚂蚁："得算是无微不至了吧？"

马小军："你可算是造句造对了一回。"

羊搞："试试。"

画外刘思甜："我看这腰肯定合适。"

米兰："腰合适不就得了？"

刘思甜拿着泳裤："哎？那可不一定马猴？得试试。"

众："试试！试试！"

米兰："甭理他们，你就抓空练吧！我还等你来救我呢。"

马小军对米兰："得，那要这么着我也就不用谢你了，反正也是为了救你的命！再说刚才刘忆苦已经深情地表示谢意了。这也就代表我了。"

米兰："你可真没良心。"

马小军："那就算没有吧！"

画外刘忆苦："哎？同志，我们点的东西赶紧上来吧，人都来齐了。"

米兰："不忙，先给我们来点水吧。"

服务业小姐。

米兰、马小军等。

刘思甜画外音："哎？她怎么不说话呀！"

米兰："得，咱先玩咱的。"马小军："玩什么呀，有什么好玩的。"

米兰："想想啊！你不是主意多嘛！"

大蚂蚁"哎！要不咱们玩丢手绢，就拿马猴的红裤衩。"

众笑。

刘思甜："那叫丢裤衩。"（摇）马小军与米兰等。

马小军："哎？要不这么着得了，咱俩玩游戏。"

米兰："不许拿生日礼物乱糟蹋。"

马小军手将盒子扔向一边："不用这个，你放心，哎？你们谁那有钢镚儿？"

米兰:"干嘛?"

众人掏钢锁儿。

米兰:"赌钱哪!"

马小军:"这是当众考验你的诚实和勇气。"

米兰大笑:"啊——! 行,来吧。"

马小军:"我把这个锁子夹在这儿,向你提出一些问题。"

马小军:"你必须如实回答,要简短,而且要把这个锁子从我这抽走,好吧?"

米兰:"行,来吧,不许使坏。"

马小军:"第一个问题,你今年多大了?"

米兰:"不行,这个问题,我不能告诉你。反正比你们都大。"

马小军:"得,迁就你一把! 那你的生日是几月几号?"

米兰:"我是……"

大蚂蚁:"哎! 你先把锁子拔出来,再说呀!"

马小军:"对呀,看人大蚂蚁都记住了,来! 几月几号?"

米兰:"是 1 月 1 号,跟你是同一天生日。"

刘思甜:"好! 比你们俩罗马尼亚牛!"

刘忆苦笑着。

马小军从米兰手中将锁子抽走:"第二个问题,把锁子还给我,你和你第一个男朋友认识的时候是多大?"

米兰从马小军手中抽出锁子。

米兰:"嗯……16。"

羊搞:"嗯,够小的。"

米兰打羊搞。

马小军:"第三个问题。"

马小军:"你第一次和男朋友约会时他都说了些什么?"

米兰拿钢锁,马小军夹着不给:"他说什么?"

米兰:"夹得那么紧,我拔不出来!"

众笑。

米兰不明白地看着哥儿几个。

刘忆苦笑。

刘思甜笑。

女服务员笑。

米兰大喊:"好你个马猴,你不是人,你那么坏呀! 真没看出来!"并上手胡撸马小军的脑袋。

马小军将米兰的手打掉:"你打我脑袋干什么? 我又不是你儿子,本来就傻,越打越笨了。"

刘忆苦看着他们。

米兰伸手胡撸马小军的头。

马小军:"别动!"又一次将米兰的手打掉。

刘思甜看着画外。

米兰:"哎! 马小军为什么?"

米兰胡撸马小军的头,试图缓和一下。

马小军挥手将米兰的手打掉:"别碰我!"

米兰慢慢地放下手,她注视着马小军。

米兰主动地:"马小军! 你生气啦?"

马小军以为米兰伸手,他挥手阻挡落空。

马小军:"没生气,生什么气啊!"

米兰:"那你怎么就急啦?"

马小军:"谁急啦? 没急!"

米兰:"不是,我哪点儿,怎么招你了,你对我这样。"

马小军:"没有,没有,没招我,没招我,都挺好。"

米兰:"马小军,今儿大家都挺高兴的。"

米兰对马小军:"你拿别人开逗行,别人碰你一下怎么就这样。"

马小军:"我动口不动手啊! 你也可以来拿我开心啊!"

米兰:"你这样可不好!"

马小军:"我是不好!"

米兰:"我是说,你不像以前那么好了。"

马小军:"我以前对你这样,一直对你这样。"

米兰:"以前不这样。"

马小军:"你以前还不这样呢。"

刘忆苦盯着画外的马小军。

米兰问马小军:"你是不是有点儿讨厌我?"

马小军喝酒,没有回答。

马小军:"讨厌怎么样? 不讨厌又怎么样?"

米兰:"不讨厌,我们就好好过生日。讨厌,我就走了。"

刘思甜:"哎? 服务员同志! 我们的菜得上了吧? 大家都饿得不行啦。"

马小军:"那你走吧。"

刘忆苦低头不说话。

米兰对马小军:"能问问为什么吗?"

马小军:"不为什么。"

刘忆苦对画外马小军："马小军，你消消气儿。"

众劝马小军："算了算了。"

马小军："不行！让她走！"

刘思甜："马猴，算啦！人一饿就爱发脾气，我也犯急。"

马小军对米兰："哎！你怎么还不走？"

马小军对画外米兰："不是你自己说要走的吗？滚！"

米兰起身："我还是走吧。"被刘忆苦按下。

刘忆苦："就坐这儿。马小军别让她走成不成？看在我的面儿上。"

马小军："我今儿谁的面子都不看，谁要护着她我跟谁急！"

刘忆苦："马小军，你别给脸不要脸，我可没工夫搭理你。"

马小军站起身："我去你妈的，我简直就是冲着你！"

刘忆苦起身："我抽你丫呢！"抽马小军耳光，马小军反手抽刘忆苦，两人对抽耳光。

刘忆苦抽马小军。

马小军抢起酒瓶："我非叉了你。"

桌面瓶子被打碎。

马小军手拿破瓶冲到刘忆苦身边。

刘忆苦："我非剁了你！"哥儿几个上前拦都被两人挣脱。

马小军将破酒瓶刺向刘忆苦。

旁白：

哈哈……千万别相信这个，我从来就没有这样勇敢过，这样壮烈过，我不断发誓要老老实实地讲故事，可是说真话的愿望有多强烈，受到的各种干扰便有多么大，我悲哀地发现根本就无法还原真实。

记忆都是被我的情感改头换面，并随之捉弄我，背叛我，搞得我头脑混乱，真假难辨，我现在怀疑和米兰的第一次相识就是伪造的，其实我根本就没在马路上遇见她，那天下午，我和大蚂蚁受到刘忆苦委派，在院门口等米兰，才是我们第一次认识，这也说明为什么我和大蚂蚁玩什么瓦西里，而没参加谈话，因为我和米兰根本不熟。我和米兰从来就没有熟过。

天哪！米兰是照片上的那个女孩吗？还有于北蓓怎么突然消失了呢？或许她和米兰原本就是同一个人。

我简直不敢再往下想，我以真诚的愿望开始讲述的故事。经过巨大、坚忍不拔的努力却变成了谎言。难道就此放弃了吗？不，绝不能。你能忍心叫我这么做吗？我现在非常理解那些坚持诺言的人的处境，要做一个诚实的人简直不可能。

听，有时候一种声音或是一种味道能把人带回真实的过去。

六十二、莫斯科餐厅　夜、外

哥儿几个走近莫斯科餐厅外。

六十三、莫斯科餐厅　夜、内

哥儿几个进转门上台阶进餐厅。

旁白：

现在我的头脑如皎洁月亮一般清醒。好吧！就此继续我们的故事，先不管它是真是假，记得过生日那天，根本没有发生过什么不快，我和刘忆苦都很高兴，还轮流和米兰碰杯，哦，对，于北蓓也在，我差点又忘了，大家送了很多礼品，米兰对我格外亲切，那锥子般的目光频频凝视着我，后来我们都醉了。

吊灯。

各族人民大团结画像。

毛主席画像。（拉）各族人民大团结画像。

柱子。（移）哥儿几个吃着，喝着。

大蚂蚁、刘思甜、马小军等哥儿几个碰杯喝酒。

两杯相撞，杯子破。马小军喝酒。

米兰喝酒。

于北蓓、羊搞大笑。

米兰、刘忆苦喝酒，刘忆苦搂住马小军。①

通过对比，我们不难看出，不管是人物对白、旁白还是场景描述，改编过程中都做了精心的改动与调整，叙事节奏更加明快。对于改编，这里有一个形象比喻：当有人问米开朗琪罗怎么能从石头里凿出一个美丽的仙女时，他回答说，"仙女原本就藏在石头里的，我只是把不属于仙女的东西统统凿掉就是了"。改编者只是把不属于戏剧性的东西统统凿掉，本来就藏在另一种媒体里的真正的戏剧性便显露出来了。

其实改编文学与原著的关系就像是孩子与父母的关系，孩子的长相与习性往往带着父母的遗传基因，因此，孩子是酷似父母又不同于父母的独立个体。改编文学亦是如此。从编剧改编完成的那一刻，此作品就是具有独立生命的个体了。

下面我们再以《活着》为例，看看小说和改编剧本之间的差异，来分析一下剧本改编创作的方法。

一、空间结构的变化

《活着》的小说与电影在空间结构上有着本质的区别。

首先，在内容上。余华小说《活着》中，主人公"我"在年轻时获得了一个游手好闲的职业——去乡间收集民间歌谣。在夏天刚刚来到的季节，遇到那位名叫福贵的老人，听他讲述了自己坎坷的人生经历：地主少爷福贵嗜赌成性，终于赌光了家业一贫如洗，穷困之中福贵因母亲生病前去求医，没想到半路上被国民党部队抓了壮丁，后被解放军所俘虏，回到家乡他才知道母亲已经过世，妻子家珍含辛茹苦带大了一双儿女，但女儿不幸变成了哑巴。然而，真正的悲剧从此才开始渐次上演。家珍因患有软骨病而干不了重活；儿子因与县长夫人血型相同，为救县长夫人抽血过多而亡；女儿凤霞与队长介绍的城里的偏头二喜喜结良缘，

① 苏牧：太阳少年［M］.上海：上海人民出版社，2007：256-259.

生下一男婴后,因大出血死在手术台上;凤霞死后三个月家珍也相继去世;二喜是搬运工,因吊车出了差错,被两排水泥板夹死;外孙苦根便随福贵回到乡下,生活十分艰难,就连豆子都很难吃上,福贵心疼便给苦根煮豆吃,不料苦根却因吃豆子撑死……生命里难得的温情被一次次死亡撕扯得粉碎,只剩得老了的福贵伴随着一头老牛在阳光下回忆。

在张艺谋的电影《活着》中,故事定位在国共内战时期,福贵是当地一个显赫有钱家庭的长子,他天性懒惰,嗜好赌博。尽管妻子家珍多次威胁要离开他,福贵还是不能放弃赌博,很快就把财产输给了狡诈的皮影剧团的领班龙二,福贵的父亲气得一病不起,在龙二来讨要房契的时候被气死了。突然变穷了,福贵被迫沿街卖线。六个月后,福贵向龙二借钱,但龙二并没有借给他,只是把以前工作时的皮影给了他,让他自谋生路。后来福贵和他原来的长工长根带着那个皮影箱子,在乡下走街串巷靠表演皮影谋生。在一天演出的时候,他们碰上了蒋介石的国军,被强征入伍,悲惨的经历使福贵明白了生活的真谛。两年后,福贵投降了毛泽东领导的共产党军队,并被释放回家。

福贵回到已经被解放的村子,被告知他母亲已经死了,凤霞因高烧哑了,龙二被新政府定为恶霸地主,被枪毙了;福贵和家珍决定重新建设他们的生活。到了1958年,开始"大跃进",全民大炼钢铁。炼了三天三夜后,福贵正要休息,有庆的同学找到他,说是区长来了,老师让同学都去学校参加大炼钢铁。尽管家珍反对,福贵还是坚持把好几天没睡好觉疲惫不堪的有庆带到学校。那天晚上,福贵正在唱皮影戏,被告知有庆因为太困在学校的围墙下睡着了,被区长的汽车倒车撞倒的砖墙砸死了。当区长来参加葬礼表示歉意时,福贵吃惊地发现他竟然是春生,他过去最要好的朋友。

"文化大革命"开始了,福贵的皮影被斥为封建遗物,并被责令不得再进行皮影活动。春生被打成走资派,并遭到了批斗。一天晚上,春生来到福贵家的门外,坚持让他的老朋友收下他的存折。当福贵意识到春生想自杀时,试图劝阻他。突然,从未原谅过春生的家珍打开门闩,走了出去,冲着他大声喊道:"春生,你记着,你还欠我们家一条命呢! 你得好好活着!"在此期间,嫁给了二喜的凤霞要生产了,福贵和家珍连忙把她送往医院。

然而,他们发现医院里唯一的医生只是一些护士学校的学生,因为有经验的医生都已经被打倒了。二喜设法把一个有经验的老教授带到医院,但这个医生由于三天没吃饭,虚弱得连头都快抬不起来了,福贵给这个医生买馒头吃。凤霞生了,但随后却突然大出血,学生们手忙脚乱不知所措,而这时老教授因为馒头吃得过急,噎着不能动……孩子虽然健康地出生了,但凤霞却由于大出血死去了……

影片结尾,福贵对馒头说,"你是赶上好时候了,将来这日子就越来越好了"。40年,弹指一挥或是沧海桑田,无数黄面孔的、沉默的、坚忍的中国人就这默默地生活着。

通过对比,不难发现,在小说中,《活着》的主人公福贵生活在南方的一个农村,是一个地道的农民,生存的依靠就是土地,整个小说中"土地"这个空间对象就变得相当重要,通过"土地"把农民的生存状态和农民对土地的细腻感情表达得非常完美。

电影《活着》里,福贵则是生活在北方的一个城镇,变成了一个以表演皮影戏为生的普通市民。皮影戏比土地更有形式感,除了有光有色有运动,皮影戏还要人开口唱,这就使得电影的听觉语言也就丰富起来了,但是却没有了"土地"的伟大与细腻。

造成电影与小说空间结构不同的原因,可以从创作者的创作动机与个人经历来分析。首先,依据《活着》编剧芦苇回忆,在拍《活着》之前,张艺谋刚刚拍了两部农民电影——《菊豆》和《秋菊打官司》,因此想换换戏路子。这是其创作动机。

其次,张艺谋28年的生活都是在陕西这片黄土地上,这就为他改编江南农村为北方小镇提供了经验基础。张艺谋一直与底层劳动人民有着密切的接触,喜欢在电影中表现小人物在时代洪流中的生存状态,将他们的累和苦展现在观众的面前,因此他对于北方小镇的表演能够更加得心应手。

而小说作者余华的童年生活是非常孤独与不幸的,因此,在他的人生观里充满了对绝望、悲苦、无奈与丑恶的洞悉,所以他的作品基本上是以展现死亡为主题,结局时候所有的人物都先后死去,只剩下了孤独的福贵和一头老牛一起生活。因此,创作者也会依据自己的经历来探索自己熟悉的叙述风格。

二、创作元素的对比剖析

在对小说《活着》的改编问题上,最开始余华坚持自己改编,但效果并不理想。芦苇对此表示理解,他认为一部小说创作出来,付出了作者的全部心血,让他对自己的小说进行改编,这好比是让他对自己的孩子卸胳膊卸腿,怎么下得去手呢。所以,改编中很重要的一条就是对原著要"大卸八块,重新组构"。

芦苇认为,编剧在编写时需要做好"四抓"工作:第一抓主题,第二抓类型,第三抓人物,第四抓情节。

(一)抓主题

对于《活着》的主题,编剧芦苇这样认为:"首先,它表达了中国人的一种所谓的生存精神:为了活着而活着。活着本身就是目标与意义,这个主题相当深刻而准确,这是中国人的一种生存态度,也是一种生存习惯。中国电影从未去表现它,揭示它,《活着》是第一部。其次,它讲了一个普通中国人和一个普通中国家庭在历史巨变中所承受的磨难、所付出的代价,以及他们对这种悲剧的态度。他们实际上没有人意识到何以如此,这既是他们宽厚的一面,也是他们麻木的一面——换句话说,死都不知道怎么死的。"

《活着》是一部内容到形式上都非常中国化的电影,充分展现了家对中国人的那种特有的保护作用与无可替代的依赖情感,是人生命得以延续的港湾。

(二)抓类型

常见剧作类型与元素大致可以归纳为以下几类。

(1)恐怖:超自然力量、封闭空间、原罪;代表影片:《闪灵》。

(2)成长:成长阶段、与主人公不同的一群人、同一个目标;代表影片:《阳光灿烂的日子》。

(3)愿望:一个愿望、一个咒语、一个教训;代表影片:《美丽心灵的永恒阳光》。

（4）大麻烦：卷入一个困境、卷入一个灾难、卷入一场"生死搏斗"；代表影片：《虎胆龙威》。

（5）生活问题：一个生活难题、一个错误方法、真正解决问题的方法；代表影片：《克莱默夫妇》。

（6）伙伴情谊：一个有所"缺陷"的主人公、另一个具有"弥补"特点的人物出现、出现一种复杂情况；代表影片：《泰坦尼克号》。

（7）阴谋犯罪：一个"侦探人物"、秘密与欲望、主人公违背准则进行解密转折；代表影片：《七宗罪》。

（8）励志：一个看似"愚笨"的主人公、一个不适应的新环境、经历波折让潜能显现并成功；代表影片：《阿甘正传》。

（9）群体制度：有一个组织或者特殊行业，主人公可以选择做反叛型、天真型或是体制内的人物，作出选择：加入、毁灭或是自我消失；代表影片：《撞车》。

（10）超级英雄：有着特异功能的主人公、敌对势力、主人公受阻但最终反败为胜；代表影片：《蜘蛛侠》。

要知道，没有一种归类方式是十全十美的。在剧作过程中，我们难免会把很多类型相互融合。但是，总有一种类型是创作中的主要类型。像影片《活着》，它既是家庭生活片，又是一部传奇正剧。

（三）抓人物

当剧本的主题、类型确定之后，就要确定人物了。对人物进行透彻的分析，准确把握人物是进行剧作的关键。在改编《活着》的时候，芦苇对人物进行了深刻的分析，并及时与演员沟通。比如在剧中饰演家珍的巩俐，她希望这次的人物可以是一个贤妻良母，很规矩的、传统的妇人角色，区别于以往具有强烈个性的角色。于是，经过编剧、导演、演员三重理解与改编后的人物角色与原著的人物角色会形成一定的反差。与小说相对比较闭塞的个人化创作环境相比，改编剧本的创作更为开放，因为它面向的是电影观众，而电影有比较明确的量化标准，比如奖项或者票房。所以编剧、导演与演员之间会形成一种默契，而这种默契会直接影响到剧本创作的本身。

（四）抓情节

如之前所讲，主题、人物确定之后，故事就会按照一定的脉络往下进行。在对原著的情节进行提取的同时，要注意情节点的设置与矛盾冲突的安排。像之前在《阳光灿烂的日子》剧本情节中分析的那样，原来小说中的事件是非常零散无序的，经过改编之后，姜文提炼出了三个推进剧情发展的情节点，在此基础上让小情节层层叠加，使故事一步步推向高潮。《活着》的改编同样如此。除了对原小说作为素材进行提炼以外，编剧还会从生活中汲取素材。

比如电影《活着》中王医生吃七个馒头撑死的事，就是发生在张艺谋生活中的真人真事。而芦苇同样会把他在生活中发现的点滴情节有针对性地加入创作中。他觉得电影最终出现那么多让人潸然泪下的场景与台词,与他的生活阅历是分不开的。像电影里福贵一回家,发现女儿哑了,他说:我走的时候还好好的。就这样一句简单的台词却蕴含了非常饱满的人物情感在其中,让人倍感心酸。"情真意切"这四个字可以很好地概括这部电影的精神。

余华在《活着》里用了非常多的象征手法,但电影不能像文字那样讲寓言故事,必须通过视听语言完成叙事。于是,芦苇对其中的很多象征情节做了改动。比如小说开头是一个老头在喂牛,跟牛说话;在结尾的时候,老头还是在跟牛说话,因为除了牛之外,他没有其他的倾听者,这就是"对牛弹琴"的象征用法。但是芦苇不想就此拍一部象征意义的电影,他觉得小说里除了福贵活下来了,其他人几乎都死光了,家破人亡,他觉得这不符合一个正常的生活秩序,最起码在电影创作中,要考虑一个观众接受度的问题,一个生活故事。可以有人死掉,但也要有人活下来,这样才有希望,也比较符合中国人的审美标准。太灰暗的故事会让人在情感上难以接受。因此芦苇对原著的情节做了较大改动。

另外,比较突出的两点是道具与音乐上的运用对情节的空缺做了很好的铺垫与推动作用。像影片中皮影与皮影戏的箱子反复出现,可以说这是编剧与导演的一种个人情结,因为之前芦苇与张艺谋曾想拍一部专门展示陕西关中皮影文化的影片,但最终未能实现,因此在这个片子中得以圆满。其次,皮影在这个影片中的出现并未显得刻意多余,相反,它的反复出现使之与其他元素合在一起产生了某种反应,冲破了它原有的含义。再有,影片中板胡的主题曲让人物的情感更易突显,有升华影片主题的效果。《阳光灿烂的日子》中,姜文对主题曲的运用同样起到了这样的效果。影片里的那首《乡村骑士》间奏曲既是姜文对导演马丁·斯科塞斯致敬,也烘托了那个阳光明媚、青春激荡的夏日里马小军们的疯狂、心酸与悲苦的情感。可谓是画龙点睛之笔。[①]

第四节 案例分析

一、经典改编

长篇小说《芙蓉镇》,是我国当代著名作家古华先生的代表作。小说以"芙蓉姐"胡玉音的悲欢遭际为主线,表现了特定历史时期人民生活的升迁沉浮,揭露了"左"倾思潮的谬误危害,歌颂了十一届三中全会路线的胜利。改编而成的同名电影由中国著名导演谢晋执导,在1986年被搬上了银幕。谢晋力图通过宏大的历史叙事观照人情与人性,生动地刻画了在特定年代的中国普通民众的心灵和性格特点。

本节节选《芙蓉镇》原著小说中开篇部分段落,以及电影中由此改编而成的部分,结合本章第二节中文学改编一般性原则进行比较分析。

---

① 芦苇,王天兵.电影编剧的秘密[M].上海:上海交通大学出版社,2013.

芙蓉镇（小说）

近年来芙蓉镇上称得上生意兴隆的，不是原先远近闻名的猪行牛市，而是本镇胡玉音所开设的米豆腐摊子。胡玉音是个二十五六岁的青年女子。来她摊子前站着坐着蹲着吃碗米豆腐打点心的客人，习惯于喊她"芙蓉姐子"。也有那等好调笑的角色称她为"芙蓉仙子"。说她是仙子，当然有点子过誉。但胡玉音黑眉大眼如满月，胸脯丰满，体态动情，却是过往客商有目共睹的。镇粮站主任谷燕山打了个比方："芙蓉姐的肉色洁白细嫩得和她所卖的米豆腐一个样。"她待客热情，性情柔顺，手头利落，不分生熟客人，不论穿着优劣，都是笑脸迎送："再来一碗？添勺汤打口干？""好走好走，下一圩会面！"加上她的食具干净，米豆腐量头足，作料香辣，油水也比旁的摊子来得厚，一角钱一碗，随意添汤，所以她的摊子面前总是客来客往不断线。

"买卖买卖，和气生财。买主买主，衣食父母。"这是胡玉音从父母那里得来的"家训"。据传她的母亲早年间曾在一个大口岸上当过花容月貌的青楼女子，后来和一个小伙子私奔到这省城边界的山镇上来，隐姓埋名，开了一家颇受过往商客欢迎的夫妻客栈。夫妇俩年过四十，烧香拜佛，才生下胡玉音一个独女。"玉音，玉音"，就是大慈大悲的观音老母所赐的意思。一九五六年公私合营，也是胡玉音招郎收亲后不久，两老就双双去世了。那时还没有实行顶职补员制度，胡音乐和新郎公就参加镇上的初级社，成了农业户。逢圩赶场卖米豆腐，还是近两年的事呢。讲起来都有点不好意思启齿，胡玉音做生意是从提着竹篮卖糠菜粑粑起手，逐步过渡到卖蕨粉粑粑、薯粉粑粑，发展成摆米豆腐摊子的。她不是承袭了什么祖业，是饥肠辘辘的苦日子教会了她营生的本领。

"芙蓉姐子！来两碗多放剁辣椒的！"

"好咧——只怕会辣得你兄弟肚脐眼痛！"

"我肚脐眼痛，姐子你给治？"

"放屁。"

"女老表！一碗米豆腐加二两白烧！"

"来，天气热，给你同志这碗宽汤的。白酒请到对面铺子里去买。"

"芙蓉姐，来碗白水米豆腐，我就喜欢你手巴子一样白嫩的，吃了好走路。"

"下锅就熟。长嘴刮舌，你媳妇大约又有两天没有喊你跪床脚，扯你的大耳朵了！"

"我倒想姐子你扯扯我的大耳朵哩！"

"缺德少教的，吃了白水豆腐舌尖气泡，舌根生疮，保佑你下一世当哑巴！"

"莫咒莫咒，米豆腐摊子要少一个老主顾，你舍得？"

就是骂人、咒人，胡玉音眼睛里也是含着温柔的微笑，嗓音也和唱歌一样的好听。对这些常到她摊上来的主顾们，她有讲有笑，亲切随和得就像对待自己本家的兄弟样的。①

---

① 古华.芙蓉镇[M].北京：人民文学出版社，2006：3-5.

芙蓉镇(剧本)

片头曲(改编自嘉禾民歌《半升绿豆》)：

(女)半升绿豆选豆种呐,我娘那个养女不择家呀。妈妈呀害了我,妈妈呀害了我。

(男)碧水河水呀流不尽呀,郎心永在妹心呀头,哎哟,妹呀心头。罗罗里,来来来,嗯。

(男女)半升绿豆选豆种,我娘那个养女不择家。妈妈呀害了我,妈妈呀,妈妈害了我,害了我。罗罗里,来来来。

(《半升绿豆》原词:半升绿豆选豆种,我娘养女不择家。妈妈呀,害了我。千家万家都不嫁,偏嫁财主做三房。妈妈呀,害了我。嫁鸡随鸡,嫁狗随狗,嫁根木头背起走。妈妈呀,害了我。是谁订出恶规矩,吃人不把骨头吐!)

(芙蓉镇上临青石板街的胡玉音米豆腐摊,人来人往,客人不断。)

吃客甲:芙蓉姐,给我的多放点辣子。

吃客乙:我要醋。

胡玉音:(招呼刚来的客人,热情地)来了。

吃客丙:芙蓉姐子,给我多放点葱花。快点。

胡玉音:桂桂。

吃客丁:芙蓉姐子,我等了半天了,快点。

胡玉音:哎,来了。

吃客甲:放了没有?

胡玉音:放了。保险辣得你肚脐眼疼。

吃客甲:(开玩笑地)我肚脐眼疼,姐子你给治治。

镇民:哎,女老板,来碗米豆腐。多加点汤呀。

胡玉音:哎。来,天气热,给你这碗坤汤的。

镇民:(酸溜溜地)哟,芙蓉姐的手比米豆腐还要白嫩。

胡玉音:(半开玩笑地)讨厌! 是不是你媳妇这两天又没有罚你跪床脚,扯你大耳朵了?

镇民:(戏弄地)哟,我的耳朵倒想叫芙蓉姐来扯一扯哩。来扯呀,来。

胡玉音:(娇嗔地)去你的,缺德少教养的。(看到镇上大娘来到,赶紧热情招呼)大娘,您来了? 来,坐吧。(让熟客给大娘让座)起来起来起来。

大娘:(关切地)你好吗? 最近生意还不错吧?

胡玉音:嗯。(端着一碗米豆腐走近大娘,俯耳细语)给你多放辣椒了。

大娘:哟,好。

胡玉音:走了? 慢走。

吃客:下回见。

结合本章第二节提到的文学改编一般性原则来看,《芙蓉镇》电影剧本的改编基本上做到了相当程度的"忠于原著"。原著中这一部分着重介绍了主人公胡玉音,作者从正面、侧面十分翔实地描绘了一个身材姣好,"待客热情,性情柔顺,手头利落"的"芙蓉仙子"。在改编之后的剧本中可以看到,原著中大量的描述性、说明性文字等不适合运用影音手段表现的部分被删减;人物对话在保留下来的基础上有所增加,对白安排得十分紧凑,不仅十分全面地体现出了胡玉音的人物特点,同时也把原著里描述的那个生意兴隆的米豆腐摊子给活灵活现地呈现了出来。

在改编之后的电影剧本中可以看到,人物的对白延续了原著的语言风格,如胡玉音笑称自己店里的辣椒会"辣得肚脐眼疼",吃客与胡玉音之间带着点调情似的打闹等,把湘南农村地区人民性格中热情、爽朗、风趣等特点真实地呈现了出来。

《芙蓉镇》电影剧本改编在"忠于原著"的基础上,又适当地做了一些修改。除了前文中提到的对一些不适合影音表现的部分做了减法之外,在对白上也做了加法。例如,在电影剧本中增加了胡玉音对镇上大娘的照顾,体现了她性格中善良的一面。同时改编后的剧本上,在有些细节方面也做了调整,如把吃客对胡玉音的称呼由"女老表"改成了"女老板"。"女老表"是湘南地区的一种称谓,主要用来称呼自己的朋友和关系比较亲近的人等,考虑到直接搬到电影中会造成一定程度的理解困难,在电影中改成了"女老板"。这个称谓一方面更加适合胡玉音作为米豆腐摊子老板娘的身份,另一方面也符合原著中三年困难时期结束,农村经济逐渐复苏,私营业主渐渐有了立锥之地的时代背景,同时,也正是因为"老板"这个称谓,为胡玉音在之后的"文化大革命"浪潮中身陷困境埋下了伏笔。

二、学生改编作品

我们以前文所举微型小说《九级浪》为例,来看看下面这个剧本是如何进行改编创作的。

黎明之战(根据微小说《九级浪》改编)

郭桂玚[1]

【黑底白字。逐字敲出】献给战争中的无名勇士。或许他们的爱国方式并不可取,但依然值得尊敬。

人人皆可为英雄。

1　阳台　夜

法理斯拿着手机望向窗外,黑夜里窗户倒映出他的眼睛。

电话接通。

法理斯:(犹豫紧张)喂……

电话对面:(女声)您好,请问你是……

法理斯:是艾莲娜吗? 我是法理斯。

电话对面沉默。

法理斯不停地用手摩挲手机:我是想说……呃……那个,我们好几年没见了……嗯……

---

[1]　郭桂玚,四川师范大学影视与传媒学院广播电视编导专业 2014 级学生。

电话对面打断他：已经很晚了，我女儿还要睡觉，不能吵到她。

法理斯表情瞬间变了：我就说一句话……我想说……祝你幸福。

电话对面犹豫了一瞬，客气道：祝你幸福。

电话挂断。

法理斯看向窗外，窗户对面只有寥寥几家灯火明亮，孩子们的笑闹声从街上传来，伴有大人的呵斥声。

电话又响，法理斯接了起来。

电话对面：（男声）准备好了吗？

法理斯：嗯。

电话对面：那过来吧，路上小心。

2　房间　夜

老妇人在厨房煮咖啡，法理斯走过去，从后面抱住她的肩：朋友叫我有些事，得出去几天……照顾好自己，洗完碗你就去休息，好吗，妈妈？

老妇人温柔笑道：外面冷，喝完咖啡再出去吧。

法理斯：好的妈妈，旧街场还是雀巢？

老妇人：旧街场，你最爱喝的。

法理斯：谢谢，妈妈。

老妇人一边沏咖啡，咧开嘴笑，露出几枚豁口的牙：我更希望你像十几年前一样对我说，
嘿，老太婆，谢谢你的黑石油！

法理斯笑起来，抿了一口咖啡：咖啡很好喝，你是世界上最棒的母亲！

老妇人跟法理斯到门口，从衣架上拿了条围巾替他系在脖子上，然后吻了吻他的额头：去吧，我的好儿子。

法理斯出门，门关上后，老妇人突然掩面痛哭。

3　街道　夜

街上寂静，空无一人，街灯洒下金黄色的灯光印在马路上，法理斯哼着歌走在路上，摆正胸前的徽章。

街道尽头，几个同伴等在那里，旁边停着几辆半旧的吉普车。见法理斯走了过来，大家彼此笑着打闹。

一名中年人问：怎么样？和你母亲说了吗？

法理斯：我想没有必要让她知道，她一直吃有助于睡眠的药。而且，还有弟弟会陪着她。

中年人：好吧，明天我会去探望她的。这次你们几个去那，没什么问题吧？

众人：没问题。

几人相互拥抱握手，在中年人那拿了钥匙，纷纷坐进吉普车里。

法理斯：伙计们，我想我们得唱首歌庆祝一下。

洋葱头少年：《我的故乡》！嘿，从出生到现在都没几次唱过它。

众人高歌,法理斯在车窗上与众人挥手道别,几辆车纷纷往不同的方向驶去。法理斯踩着油门,拐进一条狭窄的街道。一个房间里,几名穿着美国军装的士兵看见了冲过来的车,惊慌大叫。

镜头拉远,刹那火光冲天。

爆炸声中,法理斯的歌声却尤为响亮。

[青年们满怀豪情为您独立奋斗,我们宁愿牺牲也不做敌人的奴隶]

画外音:世界和平报讯,2004年1月18日凌晨,巴格达市中心联军总部发生汽车自杀式袭击,数名美国士兵当场被炸身亡。据悉,此次自杀分子中的一名,为死于1996年自杀性爆炸事件爆炸分子的亲兄弟。

4　伦敦　日

(影出字幕:1991年)

艾莲娜背着旅行包茫然地走在英国的老式街道上,手拿一张纸条,对照着纸条上的地址一家家寻找着。最终她停在一扇老旧的门前,再看一眼地址,确认无误后便敲了敲门。

门打开,发福的房东太太探出头来。

艾莲娜:你好,我是米卡拉叔叔介绍过来……

房东太太:你就是米卡拉的那个来英国留学的侄女!我知道,米卡拉对我说过,来吧,好姑娘,我为你留了一间好房子,很多人想要租它我都没有同意呢。

房东太太带艾莲娜上楼,对面房门大开,房间被各种杂物以及书籍报纸堆满,留出丁点大的位置,刚好够男生专心致志地站在画板前画画。

房东太太:哦!亲爱的!让我来介绍一下,这位美丽的小姐是艾莲娜·路德维希,你的新邻居!

男生依旧画着画,几乎要把自己的头伸进画板里。

房东太太转过头无奈看向艾莲娜:他就是我跟你说的法理斯,别看他行为古怪,却是个难得一见的好小伙……话说回来,他也是来留学的,虽然不怎么见他去上课。

艾莲娜僵硬地笑,房东太太打开另一扇门,艾莲娜进门之前又看了一眼法理斯,对方依旧专心致志地画图。

5　咖啡店　夜晚

咖啡店的角落里,艾莲娜烦躁地挠挠头,在纸上写写画画。

艾莲娜暴躁地扔笔,捂脸:为什么还有入学考试,为什么我要报考数学。

服务生走过来:小姐?你是否需要帮助……因为你看上去不大好。

艾莲娜:啰唆(法语)……咳,我的意思是,不用了。

艾莲娜尴尬地伸手,掩饰性地拨了拨头发。

服务生:希望不会使你尴尬,我曾在法国游学。

对方这么一说艾莲娜更尴尬了,眼神四处乱瞟,食指不停摩挲着桌子上的计算本。

服务生:你从法国来?你看起来可完全不像是法国人。

艾莲娜:为什么?

服务生:法国女孩可不会这么正经地坐在椅子上和男生说话。

艾莲娜:那她们坐在哪?

服务生夸张地眨眨眼:他们坐在男孩的膝盖上!

艾莲娜失笑:确实是这样,看来你在法国没少受到这样的礼遇。

服务生看看手表:啊,抱歉,我们马上要下班了。

艾莲娜起身收拾习题,遗憾道:看来我的习题只有拿回去做了。

服务生低头看一眼习题:数学?为了入学考试?

艾莲娜:你知道的,在法国比较重视文学,数学对我来说实在是……

6　出租屋　夜

老旧的八角灯亮着昏黄的灯光,艾莲娜停在出租公寓大门前,手忙脚乱摸遍全身口袋,没带钥匙。懊恼地拍拍额头,抬手准备敲门。一只手突然伸过来打开,用钥匙打开房门。艾莲娜惊讶地回头,竟是在咖啡馆遇见的那个服务生。

服务生惊讶道:真巧,你是来找人的么?

艾莲娜:呃……我住在这。

服务生:啊,我知道了,你是今天新来的邻居。

两人进门,穿过走廊。

艾莲娜惊讶道:你不会就是那个……

服务生:法理斯。

艾莲娜:法……真拗口。好吧,你是阿拉伯人?

法理斯:伊拉克。

艾莲娜:听说最近伊拉克很乱?

法理斯:战争刚结束,乱是理所当然的。去年因为战争通信中断的时候,我几乎每隔一天都要和母亲发一次电报,确保她的安全。

法理斯拿出钥匙准备打开房门。

法理斯:要进来喝杯红茶吗?

艾莲娜:当然!

房门打开,杂物几乎将房间淹没,没有一点踏脚的地方。

艾莲娜调皮地眨眨眼:看来得我请你喝茶了。

7　伦敦

镜头快闪。

法理斯带着艾莲娜走过英国所有大街小巷。

在雨天里一起走过泰晤士河畔;在圣保罗教堂外等候着她做完礼拜;偶尔变一个蹩脚的小魔术讨她欢心……

8 餐厅 日

艾莲娜坐在座位上,放下手中的书,笑了笑:怎么突然过来了?

法理斯:呃……想请你吃法国菜? 咳,你几年没有回国应该很想念吧。去吗?

艾莲娜戏谑道:只是吃饭? 没有别的?

法理斯深吸一口气:咳,那个……还有。

法理斯捏紧了背后的玫瑰。

信差:请问哪位是法理斯先生。

话被打断,法理斯一脸不悦地看向门口突然出现的信差。

法理斯:难道这里还有两位先生?

艾莲娜喷笑出声,信差尴尬道:是从巴格达过来的加急信件。

信差走了,法理斯拆开信,面色突变。

艾莲娜:怎么了?

法理斯怔愣良久,似是不敢相信这个事实,茫然道:我哥哥,死了。

法理斯:他参与了一次自杀式袭击,开着吉普车,与三名美国士兵……同归于尽了。

法理斯双目无神:我想,我得回去。

9 野外 日

火车鸣着汽笛,开向遥远的远方。

10 街道 夜

法理斯将手中的徽章递给中年人。

法理斯:这是我哥哥留下的唯一的遗物,我希望,我能戴着它,继承他未完成的使命。

11 房间 日

法理斯放下笔,桌子上是一封刚写好的信,信展开在桌子上,最后一句内容如下:

——其实那天我早已准备好玫瑰,想告诉你我喜欢你。但是事发突然,那次的事就不了了之了,希望你能原谅。这个告白来得太晚,不知道你愿不愿意……

法理斯·阿齐兹

1999 年 5 月 28 日

法理斯将写好的信装进信封,准备贴上邮票的时候突然愣了一下。

回忆闪现:

艾莲娜仔细地将漂亮的邮票放进集邮册里。

法理斯问:你好像很喜欢集邮?

艾莲娜:当然! 你不觉得每一张邮票都是寄信人的希望吗? 收集邮票就是收集希望。

回忆结束。

法理斯翻箱倒柜找到很多邮票,挑出一张最漂亮的,将它仔细贴在信上。奔跑着穿过大街小巷,将信端正仔细地放进邮箱里,表情严肃认真就像是承载了全部的希望。

12 伊拉克

镜头快闪,法理斯和同伴们,时而穿着破旧的迷彩衣与美国士兵打游击战,时而混进平民里给美国驻军猝不及防的一击。

快闪结束。

在闲暇时，法理斯会跑到邮局询问有没有回信。一次又一次地跑去问，一次又一次地失望而归。

13 镜头闪回

电话对面：祝你幸福。

法理斯表情落寞地放下电话。

镜头切换。

母亲吻了吻法理斯的额头：去吧，我的好儿子。

街灯洒下金黄色的灯光映在马路上，法理斯走在街上，摆正了胸前的徽章。

爆炸声响，吉普车里，法理斯眼中倒映着火光，他喃喃：其实我是想问你，当年那封信，你收到了吗？

14 邮局 日

邮局工作人员在分类信件时，突然发现一封信上的邮票别样精致。工作人员把信封翻来覆去地看，目光在邮票上流连。

工作人员：就一封信，应该没事吧。

工作人员撕下邮票，将信偷偷揣在怀里，拿出门丢进了下水道。

法理斯一次次焦急地赶往邮局询问回信，一次次失望而归。

洁白的信封早已被污水弄脏，静静地漂浮在下水道里。

剧终

与原著相比，剧本做了较大幅度的再创作。原因很明显：一方面，以现在的眼光来看，原著故事的情节设计相对比较平庸，因为"小人"作恶而使恋人错失姻缘的套路不新鲜，送信、撕信、误会等动作链条也缺乏时代感；另一方面，原著就是一个略带伤感的校园青春爱情类型故事，如果严格遵循原著改编，在故事的立意或价值开拓上很难显出创作者的视野和境界。这篇发表于 20 世纪 80 年代的小说，显然时空语境极大地限制了故事表达的魅力。创作者首先非常聪明地大胆将时空作移植，进一步将爱情戏和战争结合起来，进而放大爱情戏的悲剧意蕴和艺术价值。剧本叙事架构也显示了创作者相对复杂、娴熟的时间处理能力，每场戏的剧作任务明确，场景之间的叙事关联逻辑性没有大的漏洞，人物台词也收放有序，显示了扎实的写作基本功。虽然故事时空、人物做了重新安排，但剧本故事的基本线、创意点和原小说是一致的，再创作既抓住了原著的主题精髓，也有较大的自由度。

▶第四章
纪录片脚本写作

第一节　纪录片制作流程

　　拍摄一部纪录片,绝非一件容易的事情,一部完整的纪录片是团队协同作战的结果,而制作过程所牵涉的步骤更是纷繁复杂。在筹划—拍摄—编辑—运营四个阶段中,筹划阶段具体工作包括:确定选题,做好选题策划、调研、采访,确定拍摄可行后确定拍摄重点,撰写建议书申请立项以获得资金资助,撰写拍摄文案,组建摄制组并做好各项拍摄工作的前期准备。现场拍摄工作是纪录片制作中最重要的环节,由于现场采访、同期录音、现场拍摄等工作基本上难以重复,因此对制作人员的现场掌控能力和采访、录音、摄制技巧均有很高的要求。纪录片的后期制作主要是纪录片的编辑工作,即将拍摄收集的音像素材按照导演台本构思剪辑成最终的成品,后期剪辑工作是纪录片创作过程中的"二次创作",是一项富有挑战性和创新性的案头工作,尤其是解说词的撰写决定着纪录片最终是否鲜活有趣,画面、声音剪辑技巧关系到纪录片最终是以何种风格呈现在观众面前。

一、策划

　　俗话说"好的开始是成功的一半",此话针对纪录片创作来说,揭示了纪录片前期筹划的重要性,而前期筹划中又以选题策划最为关键,选题策划就是要解决"拍什么"的问题,这是所有纪录片编导在创作过程中都必须面对的第一个问题。世界纪录片史上林林总总的纪录片将视角投向宇宙、自然、社会、科学、历史、人物等诸多领域,展现了多姿多彩的大千世界,然而对于编导来说,具体拍什么,什么样的选题才是观众喜欢的好选题,依旧是萦绕在他们脑海里需要多加思量的问题。

（一）选题

1.小处着眼，以小见大

初学者在确定选题时，切忌贪大求全，好高骛远，须量力而行，适可而止。现实生活中的确有很多的素材令人怦然心动，但仔细想来，这些选题若要拍成纪录片需要耗费大量的人力、物力与财力，不是初学者能掌控得了的，比如拍摄登山爱好者攀登珠穆朗玛峰、科考人员南极考察、东非动物大迁徙等，国际上已有的成功范例都是由庞大的摄制组完成，并且有充足的资金支持。云南艺术学院教师宋杰在其著作《纪录片：观念与语言》一书中，曾经提到他某年所带的纪录片毕业创作小组中有同学提出一个非常诱人的拍摄计划，就是前往该同学家乡的麻风村记录这些曾经患病村民的日常起居和目前的生活、精神状态。无疑，这个题材意义非凡，麻风病人和艾滋病患者一样，都饱受社会和世人的歧视、冷眼，即便他们康复后，也几乎不外出，而外面的人也害怕接近他们，所以这些患者几乎过着与世隔绝的生活，但是要将之拍摄成纪录片，首先需要考虑的就是拍摄者的健康问题。

初学者最好是将视线对准身边熟悉的人与事，因为熟悉的东西，拍起来才会得心应手。纪录片并非一定要纪录离奇的、非一般的事件与人物，纪录片的现实美学精神就是要求我们能从似水流年的平常生活中以小见大，见微知著，寻找潜隐在生活表象下面的，需要我们用独特的眼光去发现和探求的生活本质，比如学校里勤工俭学的贫困学生，校门口修鞋补鞋的老鞋匠，农村的留守儿童，城市里的空巢老人，患有自闭症的孩子或者脑退化症的老年人。对于初学者来说，尽量避免需要耗费大量资金和人力的题材，重大的社会历史性选题固然不错，但初学者往往难以掌控。

那么，现实生活中哪些素材可以作为纪录片选题呢？美国哥伦比亚大学电影教授迈克尔·拉毕格（Michal Rabiger）在其论著《制作纪录片》中，列举了纪录片前期选题时制作者需要反问自己的几个问题，即：

"（1）有没有哪个领域我已知之甚详，甚至有些见解？

（2）比诸其他任何可行的题材，我是否有强烈的情感系于目前选的题材？

（3）对于这个题材我是否能公正持平？

（4）对于这个题材我是否有强烈的意愿去做更多的学习？

（5）这个题材所强调的重要性对我有何意义？

（6）我在这个题材可见的特殊之处在哪里？

（7）为了吸引观众的注意力，我可以把影片的焦点缩到多小（或做到多深）？

（8）我能揭露什么？"[①]

2.寻找真正触动你内心的

从自己的兴趣出发寻找选题，无疑成功的概率会高很多。纪录片《最后的山神》《神鹿

---

① 迈克克·拉毕格.制作纪录片[M].王亚雄，译.台北：远流出版社，2002：58-59.

啊,神鹿》的导演孙曾田因为从小生活在牧区,与少数民族同胞感情深厚,因此特别青睐少数民族题材的纪录片,他的作品《最后的山神》以饱满的情感记录了东北大兴安岭一个鄂伦春家庭的变迁。除了兴趣之外,可操作性也是必须考虑的前提条件,如果是熟悉的题材,也是自己非常感兴趣的题材。但是已经被拍摄过多次,或者题材本身含金量并不高,这样的选题也难以迸溅出火花。创作者在面对一个选题时,需要先问问自己,自己执导这个题材,是着重表现人物的遭际和性格命运,还是透视时代的变迁,展现波谲云诡的历史风云,是呈现一个事件的发生、发展、高潮和结局,还是原生态地表现普通人的生活状态;如果是事件,要看其本身是否一波三折,是否具有明显的起承转合;如果是拍摄一个人物,其命运遭际是否具有代表性,拍摄者是否愿意将自己的故事搬上银幕,片中人物是否适合以镜头来表达。

如果是选择聚焦事件,通过一个事件的进程来反映社会变迁,我们就应该先审视事件本身是否具有张力,是否富有戏剧性。虽然纪录片以真实为本性,但是太过于平淡的事件依然不适合拍摄成纪录片,顶多只能成为电视新闻素材。纵观世界纪录电影史上的优秀纪录作品,其事件无不是引人入胜、曲折生动、跌宕起伏的,如美国纪录片《椅子》,纪录美国伊利诺伊州的黑人保罗·克朗曼被控谋杀,在即将被执行电椅处死之前,两位律师决定为他辩护,希望当局给克朗曼一个生还的机会,片子记录了律师为其奔走呼号、勇做辩护的过程,故事本身富于悬念,片子因为最后克朗曼是否真的被处以电刑而显得意味深长。

总体上说,纪录片可以展现转型时期的国家和民族命运、普通人的生活格局和命运轨迹,可以选择以环境作为载体,表现特定的思想、情感和情绪,类似王兵的《铁西区》。也可聚焦一次事件的来龙去脉,紧扣住叙事进程,呈现社会基层普通人的生存境遇,比如段锦川的《拎起大舌头》。还可以选择某个特殊的群体,比如艾滋病患者、脑退化症患者、留守儿童、空巢老人、渐冻人、自闭症患儿等,当然前提是他们的亲人愿意你去拍摄,不涉及任何法律道德问题,当事者愿意在镜头前呈现自己的生活现状,虽然这类选题的人文价值很高,但是稍不注意就容易流于空泛,流于煽情,所以不妨问问自己,你通过关注什么来寄寓你的思想和情感?是人物的性格还是命运遭际?是泛泛而谈还是以点带面?这些群体身上到底哪些地方真正撼动你的内心?总之,在接触任何选题前,势必需要反问自己,是否真的打心眼里喜欢这个题材,对这个题材是否有急于表述的需求。如果答案是肯定的,那么就有必要进入到题材的策划阶段了。

(二)策划

其实在确定选题之时,有一项工作是必不可少的,那就是调研采访。这项工作包括以下几个方面的内容:第一,确定拍摄对象愿意出镜参与拍摄,事先做好沟通工作,与拍摄对象建立良好的互信,让被摄者了解你的拍摄意图、拍摄重点、拍摄流程。第二,天气、气候、地理、环境、光线等因素对拍摄工作制约性大,拍摄前需要熟悉拍摄对象和场景。第三,收集尽可能多的背景资料和辅助资料,帮助你更好地了解拍摄对象。

当选题确定,调研采访工作也顺利完成之后,就进入到具体的策划阶段,策划是拍摄前对拍摄策略、拍摄行程、拍摄经费预算的具体落实,是为实施拍摄时有案可查必不可少的程序,策划的结果需要用书面文案的形式表述出来,该文案也是摄制组争取相关部门批准和经费支持所必须出具的立项策划书。

二、拍摄

现场拍摄在纪录片制作过程中尤为重要,而这一环节所牵涉的工作细节也极为丰富,对于现场工作人员来说,除了要熟练掌握基本镜头语言之外,还应该对现场采访、现场录音、现场拍摄应该具备的基本意识有所认知,更要对现场的突发状况具有灵活应对的能力。

(一)现场工作人员需要具备的能力与意识

对于灵魂人物——导演来说,需要具备以下基本素质和基本能力:首先,独特的艺术眼光和高超的制作技巧。严格来说,纪录片是精英文化,它需要导演在选题时独具慧眼,需要导演用视听语言进行反思和质疑,需要导演通过摄影机的“眼睛”和录音机的“耳朵”去观察世界,需要导演在作品中融入对人、对事、对生活、对文化的情感与态度,这些对导演的艺术涵养和技术功底都是莫大的考验。其次,真诚的创作心态和高屋建瓴的艺术视野。纪录片是“人”的艺术,是关注人类生存现状和地球历史沿革的艺术,它需要创作者以平和、平等、平常的心态,采取与被摄者平视的视角。同时,纪录片创作要求导演具备广阔视野,要能够从纷繁复杂的现实中提炼出人生的况味。最后,导演需要具备协调各种关系的能力。在拍摄现场具有敏锐的观察力,能及时把握现场的各种信息,迅速进行判断和选择,要具有与摄影、灯光师和录音师充分沟通的能力。

摄影师是纪录片摄制组里作用仅次于导演的角色,体力必须适应纪录片的长期拍摄。其次,摄影师必须具有一定的导演意识,能够及时地理解导演的意图,当和导演意见相左时,也能和导演很好地沟通协调。对于灯光师和录音师而言,专业是对其素质的最大要求。

(二)采访

1.采访者的准备工作

采访者可以是导演,也可以是专业的节目主持人,甚至还可以从拍摄当地选择,总之,他必须是一个具有亲和力的人,无论是穿着、眼神、表情、言行举止都让人信服,容易取得受访者的尊重和信任,话语表达能力强,语言流畅,能准确、简练、清晰地表达出问题重点,能很好地掌握现场谈话氛围,能从受访者的表现选择适宜的切入问话方式,并且还要有镜头感。

采访者在采访前一定要做足准备工作,比如,事先弄清楚今天要采访的对象,及其职业、年龄、家庭状况、爱好、经历、个性、观点、立场,事件的前因后果、来龙去脉等。把要采访的问题写下来,以防采访时因紧张而冷场。

2.拍摄中的采访

采访中采用什么样的提问方式因人而异,如果受访对象个性内向,不善言辞,行为拘谨,或者对方对你有所防备,很难放下戒心与你畅所欲言,那么需要采取"迂回"的提问方式,不妨先聊聊轻松一点的话题,比如对方当下正在做的事情,对方的兴趣爱好、收藏,对方的孩子,对方的家居装饰等,待彼此气氛融洽,消除隔阂感之后再切入主题。如果是直接面对政要、重大事件亲历者、名人,需要采访者有直面他们的韧劲和勇气,需要采访者在采访中能直逼内心,挖掘深层的故事,同时,要懂得倾听,以眼神、表情或者简短的话语作出回应,掌控好采访进程。

(三)拍摄

采用什么样的拍摄方式取决于影片的风格和经费的多寡。多机拍摄可以全方位地记录下事件的发生、发展情况,为后期剪辑带来更多的方便,但是也容易使影片机位变化太多,镜头更换频繁,让观众产生不真实感。不过对于一些活动频繁、活动范围广的拍摄对象,单机拍摄难以充分记录的情况下,多机拍摄是极为必要的。

另外,拍摄中是否使用三脚架取决于你的影片的风格,如果追求的是画面稳定,不摇晃,构图平稳,运动节奏缓慢,推拉摇移平滑,最好使用三脚架;如果追求的是灵活、机动,希望摄影师能够及时地捕捉现场事态的变化和被摄者的一举一动,那么最好采用肩扛摄影或手提摄影。

三、剪辑

(一)剪辑的步骤

在前期拍摄中有一项工作很重要,即回放每天拍摄回来的素材,确保当天的拍摄圆满完成,倘若有不满意的地方,第二天还可以补拍。当全部拍摄工作完成,准备进入剪辑工作时,首先需要完整地通看一遍。审视素材时,对素材的整体逻辑走向、框架结构要有明晰的认识,对素材中某一特别的人物、情节、细节印象深刻,应该及时做好记录。

第二步是做初步剪辑,将第一步做好场记的所有事件、场景动作、人物谈话列在纸上,通过摆弄它们来尝试各种逻辑关系。而第三步就是按照初剪的提示进行再剪辑,形成半成品。剪辑的第四步是精剪,在半成品的基础上进行最后的声画处理,将每个镜头、每段素材的出入点精确定位,尤其是处理细节问题,比如镜头的衔接、场景的过渡、段落的转接、声画关系的处理、配音配乐、字幕动画设计制作等。剪辑的第五步是撰写解说词,这是纪录片创作中一个必备的环节,有关解说词的撰写将在第三节详细阐述。最后一步是纪录片的合成与审片,合成主要包括声音合成与字幕合成,而声音合成又包括两个方面,配乐与解说词配音,配乐的过程中要注意现场同期声与配乐能否相得益彰,让作品更具艺术性。

（二）剪辑的原则

剪辑过程中，导演需不需要参与其中？答案是肯定的。导演参与了前期的策划和拍摄，在剪辑阶段参与进来不但能使工作顺利、圆满地完成，还可以通过剪辑检验自己在前期拍摄中的一些不足。好的剪辑师要懂得，剪辑是一种取舍，因此必须对素材进行删减、组合，但是这种组合必须符合生活的逻辑，时间上具有连续性，空间具有统一性，事物之间具有关联性，画面与画面的组接中，景别要匹配，色彩、影调要和谐。视觉节奏是剪辑时必须考虑的重要元素，一般来说，纪录片的视觉节奏与镜头出入点长短有关，也与解说词的节奏、影片的整体氛围、动作设置和时空关系有关，把握好影片的节奏问题，是一个剪辑师最基本的技能之一。

剪辑过程中首先要重点考虑解说词与画面的搭配是否流畅。其次，人物同期声在纪录片制作中越来越受重视，这种原生态的音响使得纪录片的真实性更强，人物同期声的剪辑，必须遵循的原则是语意完整、表达顺畅。再次，现场的声音可以阐释画面，传情达意，延伸画面之外的意义，对这种声音的处理能产生非同凡响的艺术效果。最后，配乐选择上，要力求与全篇主题、风格和谐统一，音乐与解说、音响之间的关系要主次分明、互相配合，切忌喧宾夺主，令观众听不清解说词和同期声。

第二节 纪录片文案写作

一、建议书（策划文案）写作

无论是初执导筒的制作者还是成熟大型的摄制组，在正式拍摄前都需要先获取某公司或某机构的财政支持，以便有充足的资金用于拍摄。而为了获得对方的肯定，需要提供策划文案（即建议书）证明你有足够的实力去完成这项拍摄工作，证明你策划的选题是富有意义，具体可行的。创作者编制策划书就是把整个纪录片策划的构思用文字和图表展现出来，形成一份供审批的"施工图纸"，提交给相应单位审核作为是否投资的参考依据。编制策划书大致从以下几个方面着手：

（1）拍摄缘起。刺激你制作纪录片的诱因是什么？有什么意义？有什么社会、文化和心理的背景？你试图通过这部影片揭示什么内容和阐述什么观点？因为策划文案是做给别人看的，因此必须让上级主管部门或者赞助商明白你通过影片想要传达什么思想，表达什么主旨，让他们明白作品所肩负的任务和追求的目标。

（2）拍摄对象的具体情况，与他们的沟通取得了哪些进展，主创人员构成情况，包括导演、摄影、录音、剪辑、制片等。

（3）策划书还须阐述片子的片名、题材、主题思想、背景材料,以及节目类型、长度、表现手法、制作技巧、技术手段以及包装推介等。尤其是表现手法,如果是以人物为主,如何从其身上的故事切入? 如何阐释其行为与其内心活动的关联? 如果是以事件为展示对象,如何安排事件的起承转合,使之富于张力? 是否足够了解事件发生、发展、高潮、衰落的转折所在? 如果是以环境为展示对象,类似《这里是北京》的电视纪录片,如何展示空间的独特质感、城市韵味儿与历史积淀?

（4）具体拍摄程序策划:前期准备工作如何? 人员安排和任务分工是否已妥当? 什么时候开机? 中途可能会遇到的变故? 是否具有危险性? 什么时候进入后期制作? 什么时候播出? 如何做商业推广?

（5）经费预算:大概需要的费用,费用的分配? 可能会追加费用吗? 最后的署名情况? 片子播出后预计的市场效益和成本回收、创收情况?

对于很多成熟的制作机构来说,策划书更多时候是制作人在参与预售和竞标——提案活动时需要提交的,策划书有时以动态 PPT 的形式呈现,国际知名的阿姆斯特丹国际纪录片节、釜山国际电影节,以及国内的上海电视节白玉兰奖、四川电视节金熊猫奖、中国（广州）国际纪录片大会以及北京 CNEX 纪录片基金会都有专门的纪录片预售环节,著名纪录片制作人范立欣曾说:“拿着创意去预售,就是降低风险。”

纪录片《盛世聊斋寂寞曲》的导演阐述

毕丽姿

一、片名初衷

提起蒲松龄,人们自然会想到他的《聊斋志异》,正是这部谈鬼说古,充满真善美的文学名著使他名扬四海,被世界誉为“短篇小说之王”。然而相较于蒲松龄留给后人,为人所乐道的聊斋故事而言,聊斋俚曲并没有为世人所熟知。相对于绽放的聊斋故事而言,它是在家乡一隅,孤自地存在着。故起名为《盛世聊斋寂寞曲》。

二、影片背景

聊斋俚曲是清初大文学家蒲松龄将自己创作的唱本,配以当时流传的俗曲时调而形成的一种独特的音乐文学体裁,是蒲松龄用淄川方言创作的说唱与戏剧作品,其形式类似今天的琴书说唱与地方戏,所用曲调是借用当时流传的几十种曲牌音乐（填词）演唱的。因蒲松龄的斋名为“聊斋”,故称“聊斋俚曲”,也有人称“蒲松龄俚曲”。2006 年 5 月 20 日,聊斋俚曲经国务院批准列入第一批国家级非物质文化遗产名录。依据“中国非物质文化遗产网”的“国家名录”记载,聊斋俚曲的流传地区主要在山东省淄博市,蒲氏家族及后人是其主要传承者。

聊斋俚曲是明清俗曲之集大成者,也是中国传统音乐的活化石。内容指向多为讽喻世情、扬善惩恶,所表现的主要是活生生的社会现实。如《墙头记》写父子关系;《姑妇曲》写婆媳关系;《慈悲曲》写母子关系;《翻魇殃》写邻里关系;《禳妒咒》既有婆媳关系也有夫妻关系,更是对“悍妇”形象的暴露;《俊夜叉》则描写了“悍妇”在特殊情况下的积极作用。聊斋俚曲还以特殊的魅力,不同程度地影响了其他姊妹艺术的发展,如以俚曲故事改编剧本的就有五音戏、柳子戏、川剧、京剧、秦腔、河北梆子等,影响广泛而深远。

作为国家首批非物质文化遗产,从遗产资源上讲,聊斋俚曲的失传主要是曲牌的失传,如果没有这些曲牌,那就不是俚曲,蒲松龄一共创作了51个曲牌,但按蒲家规矩,聊斋俚曲都是家族相传、口耳相授,由于没有文字记载曲调,很多曲牌都失传了,现存聊斋俚曲手抄本15种(原著佚失),均已整理、出版。靠口传心授的曲牌目前仅存有20世纪的部分录音,且又鱼龙混杂,有待于进一步鉴别真伪。而且目前会唱俚曲的人已渐趋衰老,俚曲研究者也寥若晨星,聊斋俚曲在当今社会面临着严重的传承危机,所以目前对聊斋俚曲采取措施进行抢救性的保护已经迫在眉睫。

如今为了让更多的人认识聊斋俚曲,接受聊斋俚曲,蒲家庄在建设聊斋城发展旅游业的同时,还在城内专门开辟了一处俚曲茶座。四位蒲氏后人定期在这里为游客表演俚曲唱段。但是与《聊斋志异》相比,聊斋俚曲的传承仍有很长的路要走。

三、表达的意义

聊斋俚曲是我国非物质文化遗产的一个缩影,是历史遗留给我们的精神财富。虽从不被关注到位列国家非物质文化遗产名录,但由于曲牌的失传,且目前会唱俚曲的人已渐趋衰老,俚曲研究者也寥若晨星,聊斋俚曲面临着严重的传承危机。拍摄相关的纪录片,希望能够让更多的人知道在《聊斋志异》之外,还有传唱了300多年的聊斋俚曲,能够借蒲老先生之言之行,一起探讨非物质文化遗产的传承问题。

1.人文历史意义

聊斋俚曲直接反映了蒲家庄及周边地区人民群众的历史、社会、劳动、风土人情、爱情婚姻和日常生活,是认识其历史社会、民风民俗的宝贵资料,具有极高的人文研究价值。

2.社会意义

聊斋俚曲生动地反映了封建时代晚期的人民生活,为群众所喜闻乐见,长期在当代社会中传唱流传,成为山东地区独树一帜的群众性艺术形式,是蒲家庄及周边地区人民群众生活中的亲切伴侣,是他们劳动的助手,交流情感、传播知识和娱乐消遣的工具。

3.艺术意义

聊斋俚曲以独特的魅力影响了其他姊妹艺术的发展,单以戏曲为例,俚曲故事改编剧本的就有五音戏、柳子戏、川剧、京剧、秦腔、河北梆子等,为其他戏曲创作者提供了丰富的创作灵感和素材。

四、导演阐述

1.影片主题

聊斋俚曲于2006年被列入首批国家级非物质文化遗产名录,素有明清活化石的美誉。而列为"遗产",既是蒲松龄首创的曲艺艺术的幸运,也不能不说是一种衰亡的标志。蒲章俊为聊斋俚曲的传承人,是蒲松龄第11代世孙、蒲松龄纪念馆名誉馆长。如何让唱了300多年的民间俗曲传承下去,是他现在思考的问题。虽然现在的蒲家庄,出于发展旅游的需要,一些年轻人也能唱几曲聊斋俚曲,但真正像他这样痴迷俚曲的人并不多,他有一儿一女,但对俚曲都很生分,还不能成为合适的接班人人选。

以点窥面,我国非物质文化遗产资源丰富,但是很多都面临着青黄不接、后继无人的尴尬。如何让古老的艺术焕发新的生命力,是我们所要探讨的问题。

2.影片的结构

采用顺叙的方式,依次呈现聊斋俚曲简介、蒲章俊家庭生活、教授徒弟及乐队排练、家庭教唱俚曲、对未来的展望五个部分。聊斋俚曲唱段贯穿全片。

(1)以聊斋俚曲的经典唱段引入,简要介绍蒲松龄及聊斋俚曲。

(2)蒲章俊从晨练、吊嗓子开始一天的生活,作为普通农村人,蒲打理家院的场景,作为传承人,蒲整理文献资料、考究曲牌等。

(3)记录俚曲茶座的演出情况,游客反馈。

(4)为将聊斋俚曲传承下去,蒲章俊所做的努力——教聊斋纪念馆的讲解员学唱,到聊斋俚曲演唱团做指导,教授唯一的徒弟邹锜等(穿插邹锜已成功举办的聊斋俚曲个人专场演唱会的情况),如有可能,可拍摄蒲章俊登台表演的台前幕后。

(5)个人采访部分主要展现蒲章俊对聊斋俚曲的展望,如打算成立一个聊斋俚曲社团,排练演唱聊斋俚曲,把聊斋俚曲发扬光大。

(6)蒲章俊在他家二楼的平台上,映着晚霞的余辉,清清嗓子唱一段《慈悲曲》,抑扬顿挫的唱腔唱出这位6旬老人试图留住记忆脚步的期待。

3.对主要人物的分析

通过对片中几个主要人物活动的记录,塑造人物形象,多角度完整展现聊斋俚曲传承过程中各个人物的特色。

蒲章俊为蒲松龄第11代世孙、蒲松龄纪念馆名誉馆长,第二批国家级非物质文化遗产项目代表性传承人。非物质文化遗产是活态的、流动的,而不是僵死的、凝固的。这种性质,决定了它的传承和延续,不像物质文化遗产那样有形可依,有据可查,而是像彩云飘忽不定。在一些领域,如戏曲等民间艺术,往往因传承人的逝世而消亡。因此,作为非物质文化遗产的戏曲,其传承和保护的核心是传承人。所谓"人在艺在,人死艺亡",就是这个道理。

国家级非物质文化遗产项目代表性传承人应承担六项责任和义务:一是在不违反保密制度和知识产权的前提下,向省级文化行政部门提供项目操作程序、技术规范、原材料要求、技术要领等非物质文化遗产资料;二是制订项目传承计划和目标任务,报文化行政部门备案;三是努力从事非物质文化遗产的生产、创作,提供高质量的非物质文化遗产作品及成果;四是认真开展传承工作,无保留地传授技艺,培养后继人才;五是积极参与展览、演示、教育、研讨、交流等活动;六是向省级文化行政部门提交项目传承情况报告。戏曲是高度综合的艺术形式,一个剧种的传承需要一个表演团体各方面的艺术人才,如编剧、演员、导演、音乐、舞美等。就演员而言,还有生、旦、净、丑等各个行当,在行当中还有各个不同的艺术流派。因此,就向世人展示"聊斋俚曲"而言,蒲章俊有话语的权威性,而且也乐于分享及交流。

邹锜,为蒲章俊所收的外姓徒弟,在传播聊斋俚曲方面做了很多的贡献,比如组织乐队、举办聊斋俚曲专场演唱会等,是聊斋俚曲发展传播的见证人。

4.配乐的选择

以乡人组织的乐队在排练时演唱的曲牌为背景音乐贯穿始终,既能展现整部影片纪实的氛围,又能烘托出聊斋俚曲古老的文化底蕴。

五、影片拍摄的问题

因为拍摄纪录片的变数很大,所以具体执行还需要在拍摄过程中不断调整。体裁为纪录片中的特写片,集中突出地介绍聊斋俚曲的传承问题,主要采用纪实拍摄。

1.拍摄操作

从镜头的稳定性考虑,可能需要三脚架的使用,尤其是在拍摄固定镜头时。而且要注意多角度、多景别的画面拍摄,以避免剪辑时画面不足或同景别镜头连接的可能。

拍摄:真实地记录。

声音的介入方式:同期声录入。

叙述方式:纪实拍摄。

2.拍摄方式

摄影:注意起幅落幅运动镜头。

主要采用纪实拍摄。

3.技术问题

声音的处理:混音、同期声。

色彩的处理:现场光线可能混乱——后期调光。

设备准备:DV、三脚架、收音话筒。

六、场景的处理设计

1.人物采访

(1)人物选择。

蒲章俊——蒲松龄第11代世孙、蒲松龄纪念馆名誉馆长,第二批国家级非物质文化遗产项目代表性传承人。

邹锜——蒲章俊外姓徒弟。

(2)人物特写。

拍摄场景1:蒲章俊与徒弟对唱时的脸部特写。

拍摄场景2:蒲章俊外孙唱俚曲时的表情。

拍摄场景3:聊斋俚曲走上大众媒体平台参赛,评委点评情况。

2.重要场景

拍摄场景1:蒲章俊的日常生活状况,练习书法、打理菜园、喂鸡等。

拍摄场景2:蒲章俊家庭里教唱俚曲的情况。

拍摄场景3:乐队排练的场景,乐器演奏的特写。

拍摄场景 4：蒲章俊与邹锜，师徒二人对唱的画面。

拍摄场景 5：参加比赛的场景。

拍摄场景 6：评委评论的画面。

3.其他

拍摄人物生活、劳动场景。

空镜头部分，拍摄蒲松龄纪念馆、聊斋园及蒲章俊住宅情况。①

二、拍摄大纲写作

拍摄大纲是拍摄前的脚本，是关于怎么拍摄，拍摄中视听场面细化的具体实施范本，是纪录片拍摄、采访、编辑的基础，拍摄脚本在进入最终剪辑环节时，虽然最终画面、采访、解说词、同期声、音乐、特技都以此来做最后的合成，但导演也会依据实际拍摄时的情况做适当的修改。拍摄提纲的作用在于为具体拍摄提供参考，它是对片子内容的大致安排，是导演构思的案头落实。与建议书不同的是，拍摄大纲不是给投资者审查使用，而是给摄制组的工作人员参照的拍摄流程。当建议书被投资机构采纳后，编导人员务必进行实地采访，落实某些细节工作，查阅相关资料再进行拍摄大纲的撰写，拍摄大纲通常由画面架构、采访、解说三部分组成，在确定画面内容结构时，需要形成段落层次的雏形，即先拍什么，后拍什么，段落与段落之间如何衔接，要说明对预期拍摄画面的内容构想，对应解说词、同期声所要拍摄的画面内容，景别、色彩、灯光、音乐都需要详细标明。尽管解说词在剪辑阶段才会重点撰写，但是在前期写作拍摄大纲时，同样需要事先撰写较为简单的解说词，而同期声与字幕同样需要在脚本正文中标明。

拍摄大纲没有固定的格式，成熟的纪录片制作者往往撰写非常简单的大纲，比如纪录片《疯狂英语》的拍摄大纲：

总体设想：

1.磅礴

2.感人

3.充满英语学习方法信息

参考片目：

1.张艺谋的万宝路广告片《贺岁锣鼓》

2.《阿甘正传》

3.《修女也疯狂》

4.杰克逊和麦当娜的 MTV

5.里芬斯塔尔的《意志的胜利》

6.《红军二万五千里长征》

7.《上甘岭》

---

① 毕丽姿.纪录片《盛世聊斋寂寞曲》导演阐述［D］.上海：交通大学，2013：6-11.编者对文字略有改动。

8.《泰坦尼克号》

需要安排活动的地点：

（1）新疆之星。建议：在新书改装完毕的情况下，可考虑对乌鲁木齐市和周边地区实施大面积集中轰炸，掀起英语学习狂潮！

（2）兰州大学。①烈士亭追忆：这是全国最神秘、最具有传奇色彩、最能对全国英语学习者产生吸引力的地方。②全校大演讲：可同时在兰州大学建立李阳-克里兹基金。①

这种非常简略的拍摄大纲只记录与拍摄有关的主要事项，仅仅只是拍摄工作的一个楔子，适用于具有丰富拍摄经验的团队，由于写得过于简略，需要制作者根据现场拍摄情况选择适宜的镜头的景别、角度等。

对于初学者来说，撰写详尽的、分镜头式的拍摄大纲是很有必要的。这种大纲把纪录片的画面内容和解说词同时写出，每一部分具体怎么拍也都事先做了细致的设计，这种大纲通常采用声画式脚本格式。它有两种形式：第一种是上下对应式脚本——画面与解说词按镜头顺序分段交替叙述，每一画面表述之后是该画面的解说词叙述，如科教片《生物进化》：

画面相继出现：松鼠、大象、蓝鲸、眼虫。镜头从眼虫拉开，生物进化示意图。

（解说词）"生物是进化来的，这个认识来得不容易，并且经过漫长、曲折的斗争过程，才被人们所承认。"

（画面）天空、云层、光芒四射

（解说词）"已经几千年了，总是认为：冥冥上天存在一个有人格有意志的神，是自然和社会的主宰。"

第二种是左右对应式脚本——脚本内容左（画面）、右（解说词）对应，如：

标题：七年未完成的拆迁		
画　面	声　音	其　他
平房（叠入） 平房（全景、中景） 记者出镜	同期声： 记者（董倩）： 　　像这种低矮、简陋、破旧的平房，在中国的农村、城乡结合部到处都是，它根本不会引起你的任何注意。但是，如果它换一个地方出现，你就会觉得有些奇特。比如说我身后这几间平房，它们在什么地方呢？这边是北京的三环路，往这边去是四环路，它们就在打通北京三环和四环之间的主干线上。本来这条路八条车道，到了这里，这几间房子一下子就占去了六条，只剩下两条给交通用。这几间平房的两边早就是高楼大厦，它的周围更是每天车来车往，可是，这几间平房就是这样，像时空错乱一样就戳在这里。为什么会出现这样的情形呢？	片头：《新闻调查》固定片花（45秒）

---

① 张元.英语也疯狂[M].北京:北京文化艺术出版社,2001:130-131.

续表

	解说：	
街头拥挤车辆 地区地图 路面情况（全景） 行人、司机情况（近景、特写）	曙光西路全长2 000多米，除了这片平房所占的路面，其他路段都已经贯通。如果全线通畅，开车走这条路只要五分钟就能够从三环到四环，但是，现在…… 　　一到上下班高峰，这段路就变成了停车场。从此起彼伏的喇叭声里，不难听出司机们的情绪。大公交、小汽车、电动车、三轮车、自行车、行人，共用着仅有的两条车道。 同期： 周修文（曙光里小区居民）： 　　讲述堵车时的不便利情况。	地图特技箭头标明
周修文从室内俯瞰街道 路面情况（全景） 周修文观望（远景）	解说： 　　78岁的周修文老人，就住在紧邻马路的曙光里小区，每天一推门，正对着的就是最拥堵的路段。曙光里小区总共6000多户，曙光西路是出入小区的必经之路，居民们都希望这片平房能早点儿搬走。 同期： 赵承增（曙光里小区居民）： 　　讲述民房对小区周边环境总体的不良影响。	室内采访
居民从楼内看街景 平房（全景、俯拍） 国际村（全景、摇镜） 路面情况	解说： 　　周修文老人和邻居们住在这里几十年了，目睹了周围的变迁。10年前，楼下只有一条窄小的泥石路，路对面密密麻麻全是平房。 　　现在，对面变成了一个名叫国际村的高档小区，在老人们的记忆里，正是由于它的开发，2003年，平房开始拆迁。到2005年国际村基本建成时，其他人都搬走了，唯独这几间房留在原地。	室内采访
	同期： 范先生（国际村小区业主）： 　　讲述不明白到底拆迁方是谁。 记者： 　　寻根究底追问。	
范先生、记者走路交谈 小区楼房（全景、摇） 小区人们的生活场景（中景、近景）	解说： 　　范先生是国际村的一位业主，2006年就买房入住了。当时，小区边的拆迁遗留户并没有引起大家的注意，没有人能够想到它会一直待到今天，交通的便利性和小区外环境都将因为它而打折扣。 同期： 记者： 　　追问平房对小区的不良影响。 范先生： 　　讲述自己的观点，点明对周边环境各方的不好之处。 　　……	室外采访
		室外采访

三、后期制作脚本

后期制作脚本是导演根据现场拍摄情况对素材整理加工的文字表达,是进入剪辑阶段后的参照物,虽然导演在拍摄前撰写的拍摄大纲中已经有脚本的雏形,也撰写了简单的解说词,但一旦进入剪辑阶段,导演必不可少的案头工作就是充实脚本,根据现场情况对脚本进行修改,加入同期声和完整的解说词,以及详细的镜头与动作。但是后期制作脚本不可替代导演的剪辑工作,虽然后期脚本撰写得都比较详细,但是导演在剪辑时依然有足够的想象空间。

纪录片《盛世聊斋寂寞曲》脚本

毕丽姿

解说:提起蒲松龄,人们自然会想到他的《聊斋志异》。正是这部谈鬼说古,充满真善美的文学名著使他名扬四海,被世界誉为"短篇小说之王"。然而蒲松龄留给后人的,不仅仅是聊斋故事。

同期:(蒲章俊)聊斋俚曲的渊源,是从明清时期,在社会上流传的那些,朗朗上口的民间小曲小调。蒲松龄把它采用过来,进行了再创作,加工之后写成了聊斋俚曲。聊斋俚曲的冠名应该这样说,曲子是社会上流传的曲子,词是蒲老先生创作的词。只有曲子没有词,不是老先生创作的词,称不上聊斋俚曲。也就是说,社会上流传的那些民间小曲,经过加工,蒲老先生填词而成的曲子,叫作聊斋俚曲。现在在社会上一提这个聊斋俚曲,还有好多好多不知道的。只知道蒲老先生的《聊斋志异》,不知道蒲老先生还有这个聊斋俚曲。可是在那个时候,老先生的聊斋俚曲在社会上非常盛行。尤其他的子孙后代,把这个传唱在社会上也是做了很大的努力。

字幕:蒲章俊,是蒲松龄第11代世孙。他看似是一个普通的老人,但他却不单单是一个普通的老人……

同期:(蒲章俊)我姓蒲,叫蒲章俊。蒲松龄是我的老祖,传到我这里是第11代了。

【走进日常生活的他】

同期:(蒲章俊)我现在已经退休了,原先我的工作单位是蒲松龄纪念馆。

同期:(蒲章俊)现在这个聊斋俚曲传播的方式啊,除了团队都有演出这样广泛的之外,再有是蒲家村的这个村委扶植这些老人学唱,老人学了之后回家去对子女进行教唱。再一个就是收徒,让徒弟再去带徒弟,这样一种滚雪球的、连锁的反应去传播聊斋俚曲。这基本渠道就是老师教徒弟,徒弟教徒弟;团队去演出;再是村里蒲老先生故里这些老人学唱来教自己的孩子,孩子再传孩子。从目前来说,从现在这个趋势看,聊斋俚曲不会有衰竭或中断的现象。

【教授徒弟,二人对唱】

同期:(蒲章俊)在我小时候学的时候啊,老人说啥呢,唱《玉娥郎》要悼悼着唱,咱现在说是要用颤音,唱的时候要掌握着这个;再一个唱的时候一定要用淄川的土语,他乡人要唱tuo xiang ren。

同期:(邹锜)我们应该说是一个工作室吧,今年正好是成立一周年。成立工作室的同时,我组建了自己的聊斋俚曲的伴奏,音乐的伴奏队,有11个人的乐队。

同期:(邹锜)我们主要是传承弘扬聊斋俚曲这一块儿。

同期:(邹锜)我们一开始就是由蒲章俊老师一字一句的开始教,教会了我以后我再教学生,最终我们在老地方成立之后,搬到聊斋俚曲的茶座。大家学的曲牌都差不多了,就根据聊斋俚曲的古复曲,我们现在正好排着一个重新改编的,叫《婆婆悔》,现在正好排着吧。

同期:(邹锜)聊斋俚曲我在80年代就听过,光听着好听但是很难唱不好唱。我想以后开场演唱会,所以在陈倩老师的建议下,把别的民歌给去了,就选了聊斋俚曲这一块儿。2007年开了个人专场聊斋俚曲演唱会,2009年出了碟子。不管怎么样,我觉得这个聊斋俚曲是越学越觉得有学头,越唱越有味道的感觉。我是张店的嘛,每次来以后都有不同的感觉,和老师在一块儿交流的时候啊,咱们淄川说话的土语啊得跟老师一句一句地、一字一字地去学。有时候我唱民歌,他们也说我唱的民歌有聊斋俚曲的味道。

同期:(邹锜)我觉得唱聊斋俚曲的收获就是,认识了淄川这帮乐队的朋友。我觉得收获最大的还是,蒲章俊老师一个字一个字、一个音一个音地给我抠,让我尽量唱得更加精确一点,更加有味道一些。

【家庭教唱】

同期:(蒲章俊)今天咱家庭教唱聊斋俚曲。过去,我们祖上就是这种面对面的传授,也没有本子,我小时候就像你一样坐在这地方听老爷爷唱。今天呢我就是你们的老爷爷,来教你们了。咱先唱个曲牌《银纽丝》吧,我先唱一句,你们跟唱一句,声音要和我和起来,别有高有矮的。就这样啊,学过的东西要经常地复习它,经常唱,觉得哪里不对劲的时候,再问问我,再巩固。这个《银纽丝》咱今天就唱到这了。

同期:(蒲章俊)那时候没有谱子,就靠老人一代一代地传唱。现在,他们有好多会唱的。这个工作主要是60年代的时候啊,我们市里的,淄博市里的好多文艺工作者来我们村里,抢救聊斋俚曲。找了好多老人,让老人演唱,他们从中把谱子记录下来了,有了谱子,可以在社会上进行流传,那些只要会简谱的人,拿过去一看就会唱。

同期:(蒲章俊)这个2006年,聊斋俚曲被国家评为非物质文化遗产之后,当时我知道的,我们区里有个老年活动中心,一个戏曲班、一个戏曲协会,为首的领导叫王世忠。他是老先生家乡人,他听到之后非常高兴,把那些老艺人们集结在一块,研究如何把老先生的俚曲发扬光大。连续开了几次筹备会,又开了几次学术研讨会,成立了聊斋俚曲艺术团,聘用了市里很多老的文艺工作者进行创作。团队形成以后,又召集了社会上热爱聊斋俚曲的艺人和年轻的爱好者,进行学唱和宣传。

【资料画面】

解说:其实也有一些非物质文化遗产,继承得还是不错的,比方说下面这个,我们来看看。

解说：今天下午在淄川区老干部活动中心，一出充满乡土气息的聊斋俚曲戏正在排练。让人感到惊喜的是，在这个排练队伍里，除了平均年龄75岁的退休老人之外，竟然还出现了五六个十几岁的孩子的身影。聊斋俚曲是地方色彩比较浓郁的曲种，是蒲松龄用方言创作的方言戏曲作品，以口口相传为主，曾经只流行于民间。

同期：(淄川区聊斋俚曲艺术团顾问　陈倩)蒲松龄家族是主要的传唱人，还有社会上的文人，再就是盲艺人。

解说：为了留下聊斋俚曲的曲谱和艺术资料，聊斋俚曲艺术团的陈倩等几位老人，开始收集和整理聊斋俚曲作品，并整理成册，为聊斋俚曲的传承留下了珍贵的文字资料。

同期：(淄川区聊斋俚曲艺术团顾问　陈倩)如果不收集不整理，聊斋俚曲肯定要慢慢消失了。

解说：不仅如此，2008年在淄川区相关部门的支持下，聊斋俚曲艺术团成立，并开始普及与推广这一民间艺术。

同期：(淄川区聊斋俚曲艺术团团长　王世忠)成立第一年，区政府就拿出了10万元资金，支持我们。

解说：经过申请，淄川区老干部活动中心免费为聊斋俚曲艺术团提供办公与排练场所。这些便利吸引了更多聊斋俚曲爱好者的加入，他们当中，很多只业余学习了不到两年，就可以登台演出。这帮孩子的加入，也为聊斋俚曲的传承增加了活力。今年11岁的韩晓霜也是被聊斋俚曲吸引来的，如今已经掌握了不少传统的曲目。与韩晓霜一样，这些孩子对聊斋俚曲的喜爱也得到了家长的支持。跟着爷爷唱大戏，让传统曲艺在孩子身上扎了根。

同期：(淄川区聊斋俚曲艺术团艺术指导　刘爱琴)孩子对这个聊斋俚曲一开始是不熟悉的，也不了解。通过排练，孩子们很感兴趣。

解说：现在经过传承和推广，聊斋俚曲走进了大学校园，走进了企业，也走进了更多淄川人的心里。

【参加"谁不说俺家乡好"——山东地方曲艺电视大赛】

同期：(主持人)75岁的老先生和11岁的孩子，带给我们的是一种聊斋俚曲的震撼，我们在此刻应该把掌声送给他们。小朋友，你喜欢聊斋俚曲吗？

(韩晓霜)喜欢。

(主持人)是什么让你想到学习聊斋俚曲的呢？

(韩晓霜)因为聊斋俚曲是我们家乡的艺术。

(主持人)说得多好。

(陈倩)60年代，我们淄博市文艺工作者挖掘整理了聊斋俚曲音乐，当时我们挖掘整理的时候，只收集到十多个曲牌，后来成为我们中国民间艺术当中的奇葩，大家都称它为"明清时代民间音乐的活化石"。我们要继承它，发展它，把它推出淄博，推到全省，推到全国，推到全世界，这就是我们的目标。

（主持人）好，我们相信聊斋俚曲有一天也会登上最高的音乐殿堂。

同期：（评委1）我真的很感动，非常非常感动。刚才老先生和小朋友演唱的时候，我看到的不仅仅是他们的一个演唱，更多的是一位耄耋老人和一颗幼小的心灵对家乡的热爱。我也相信会有越来越多的人更加喜爱它的，因为它的曲调真的是很优美，谢谢你们。

同期：（评委2）五十多个曲牌都没了，十多个曲牌要没有，你们也没了，你们功不可没啊。什么是我们的标识？什么是我们的名片？什么是我们自己？是文化！文化传承着我们的血脉，城市的血脉，而你们是传承这个血脉的传承人，从这个意义上来说，我们打分打多少分，比赛这个意义都不存在的，那太低太低了。我觉得你们应该赢得最高的荣誉，因为在这个意义上来说，淄博不会把你们忘记，山东不会把你们忘记，中国不会把你们忘记。

同期：（评委3）我们也希望现在有更多的、年轻的、主力的或者更小的朋友一起来学习这个，让我们的这些文化能够继续传承下去，这是最重要的。

解说：时至今日，在这些老人的无私奉献下，艺术团已获得许多省市级艺术奖项，聊斋俚曲也走进学校，很多孩子开始学唱俚曲，因为它是家乡的艺术。我们也真心地希望明天的聊斋俚曲能够传遍全国，走向世界。[①]

第三节　纪录片解说词写作

纪录片的解说词是配合纪录片播出的文字阐述，它可能是由解说者以语音方式呈现，也可能是以字幕的方式呈现。解说词对于纪录片而言意义重大，单纯的镜头表现往往难以达到记录世界的目的，解说词却能使纪录片达到深层次的阐述，能辅助观众对片子的解读，也是提升纪录片观赏性的手段。

一、解说词的性质

解说词在纪录片中首先承担着叙事的功能，对于任何纪录片来说，为了使观众迅速了解事件的起因、经过和结果，需要对事件所发生的地点、时间以及所涉及的人物等基本要素交代清楚，以纪录片《藏北人家》中的一个段落为例：

画　面	解　说
草原上的羊群，措那袁赶着羊群 草原的清晨，沐浴在阳光中的帐篷	措那家有将近200只绵羊和山羊，40多头牦牛和一匹马，这些财产属他们个人所有，措那的财产在藏北属中等水平

---

① 毕丽姿.纪录片《盛世聊斋寂寞曲》导演阐述［D］.上海：上海交通大学，2013：12-17.

在这个片段中,解说词很好地充当了"解说"的功能,为观众完整地交代了措那一家的财产状况,解说成为叙事的主导型因素,如果只有画面而没有解说,观众是很难了解这一切的。

但解说词如果只是充当着"解说"的功能,那它无异于新闻词汇,纪录片与新闻的很大不同之处在于纪录片除了真实记录外,或多或少,有意无意地都会对被摄对象作出主观评价,在有的纪录片中这种意图稍显隐晦,而有的纪录片却比较直白显露。例如,《舌尖上的中国》第四集《时间的味道》:

时间是食物的挚友,时间也是食物的死敌。

漫长的冬日里,有了脆辣、鲜甜的辣白菜的陪伴,再寡淡的日子,仿佛也会变得温暖、富足而且有滋有味。

对纯朴的苗家人来说,腌鱼、腊肉,不仅仅是一种食物,而且是被保存在岁月之中的生活和记忆,永远也难以忘怀。

这几段解说词起着抒情表意、提炼升华的功能,是编导对中国饮食赞美情愫的表露,对饮食背后的传统文化和国人生活智慧展现的点睛之笔。纪录片要想具备文化深度和思想高度,就需要仔细打磨解说词,尤其是在创造者想要在片子某个部分发表见解,表明爱憎态度以及对主题进行深化时,就需要借助解说词来提升片子的思想文化内涵,对于这种抽象复杂的内涵,画面是难以传递的,只能借助具有高度概括力与抽象性的文字。

纪录片虽然是客观记录大千世界的影像作品,但是这个"客观"也只能是相对客观,前期拍摄的丰富素材经过后期剪辑台的处理,纪录片就成为贯穿编导思想和情感的作品,而这种思想和情感更多时候靠解说词来承载,而纪录片的画面是编导利用蒙太奇处理后的成品,画面往往是跳跃、断裂、无序和散乱的,为了让画面连贯,就需要解说词这个红线穿针引线、承上启下。《舌尖上的中国》在不同地域的食物展示的转换中,解说词很好地处理了片子时空跳跃幅度太大的问题:

九月下旬,乌珠穆沁草原已经褪去了绿色。孟克和家人抓紧时间,赶在严冬之前进行最后的出场放牧。奶茶是早餐中永远的主角。砖茶、黄油、炒米,以及鲜奶是一锅奶茶的重要内容。奶豆腐是几天前做的。草原上的人离不开奶茶和奶豆腐。无法靠蔬菜和水果来补充的维生素和矿物质,都可以从这里获得。

一直向南,几千公里外的云南,几乎是同样的情形。白族人家用相似的手法转化这里的牛奶。乳扇被晾到院敞里风干,像是挂起了巨大的风铃。

这种远隔万里的默契,或许要追溯到蒙古人开疆拓野的年代。在 800 多年前,忽必烈时期的蒙古人远征到云南。定居至此的蒙古人也带来了遥远家乡的奶食味道。他们不会想到,这种转化的手法一直被流传下来,生机勃勃。

在这个片段中,画面由北方的大草原瞬间切换到西南边陲的白族同胞,空间转换大,容易让观众的思维跟不上,编导在这里设计了解说词"一直向南,几千公里外的云南,几乎是同样的情形。白族人家用相似的手法转化这里的牛奶",将一北一南中国两个地域的老百姓的生活进行了链接,指出他们在制作奶制品上的共同性,解说词很好地衔接了两者之间的转换。

二、解说词的语言特点及修辞手法

作为纪录片中重要的元素,解说词依靠对事物、事件和人物的描述和解说,直接诉诸观众的听觉,使观众在倾听的同时更好地理解画面。写好纪录片的解说词,是编导的一项重要工作,也是其应该研究的核心课题之一。

(一)语言特点

1.形象具体、切实有物

解说词是配合画面播出的语音阐述,当画面单薄且不够具体,或者编导要更深层次地表达一番见解时,解说词是必不可少的。

纪录片的解说词,绝对的真实性是必需的,不能为了增强片子的可看性而增加虚假内容,但同时解说词不等于新闻语言的客观理性,它应该要娓娓道来,让观众感觉亲切自然。解说词要注重艺术感染力,必须具有文学性,使解说词更形象、生动。

与新闻解说词不同的是,纪录片的解说词往往会不自觉地掺杂一些主观意识,前文提到解说词除了叙述、补充画面内容外,还能起着抒情达意、提炼升华的功能,这个时候就会融入编导自己的情感和主观评判,"解说词总会带有作者的倾向性,但这种倾向要通过事实的选择、词语的锤炼、句式的运用、修辞的技巧等表现出来"。同时解说词也要规避粗俗的语言,尽量少用或不用专业性词汇。由于解说词是配合画面播出的解释性文字,简洁明了是其必然要求,它最忌长篇大论,务求以高度凝练的话语在最短的时间内交代明晰。

解说词还有一个非常重要的标准就是准确,特别是涉及专业词汇或者数字时,尤其需要先做一番调查研究。例如,央视《走遍中国》栏目有一期《天府的记忆》第一集《天造天府》:

画　面	解说词
地球北纬30度两侧著名地域 沙漠 山清水秀的成都	这个刚刚诞生的蜀国首府成都,恰恰处在地球北纬30度线的南侧,而正是这条纬线的两侧,多少年来,一直是中外专家学者一个未解的巨大谜团。一系列难以解释的自然现象都出现在这里。喜马拉雅山、苏伊士地峡、埃及金字塔、北非大沙漠、密西西比河入海口、三峡、长江入海口,还有著名的埃及尼罗河、伊拉克的幼发拉底河也都出现在这条纬线的两侧地区,那么,中国的成都呢?处在北纬30度线两侧的地区,大都炎热少雨,常年干旱,甚至是无垠的沙漠,而成都平原却是夏无酷暑,冬无严寒,山清水秀,一片翠绿。

这段解说词对成都的地理位置做了形象鲜明而准确的介绍,它没有以传统的单一的方式介绍成都这个特别的城市,而是以地球北纬30度两侧的地域与成都的地貌作比较,很好地凸显了成都这个城市的与众不同之处。

2.亲切生动、韵味悠长

解说词是诉诸观众听觉的元素，应该通俗易懂、顺口顺耳，听来就应该像面前有人在娓娓道来一个动人的故事，或者像饭后的闲话家常、自然亲切，所以，解说词中应该尽量避免文绉绉的书面语。当然，对于一些历史、人文、政治类纪录片，有内容庄重、严肃的画面时，多用书面语，少用口头语是必要的。同时解说词切忌太过煽情，那样会显得比较做作。

解说词的风格纷繁多样，可以是平实的语言娓娓道来，如纪录片《邓小平》第一集《早年岁月》开场白："这是我们今天能见到的他最早的照片。邓小平 1904 年出生于四川广安，属龙，他 16 岁离开家乡，至今再没有回去过……由重庆往北，沿渠江而上，行船约 300 华里，就到了广安。"这段解说词开门见山、客观平实，带领观众悄然间走进伟人故里。也可以是写意风格，不满足新闻报道式的平铺直叙，追求文学色彩，叙事抒情并重，文字优美，隽永悠长，如《西藏的诱惑》《苏园六纪》《舌尖上的中国》，而政论式的解说词旁征博引、旗帜鲜明、主题集中，如《二战中的指挥官》《天启》。但无论是什么风格的解说词，都应该以人为本，情真意浓。

解说词必须具备纪录片视听语言的个性特点，必须与纪录片的画面、音响、音乐等配合，互相协调、相得益彰，还要配合画面的长短、节奏，音响和音乐的风格等因素。虽然解说词是编导所作的书面文字阐述，但是最终对观众来说，它是诉诸听觉的，耳朵听起来是否朗朗上口、生动悦耳也是很重要的，所以音韵美与节奏感也很重要，大众化、生活化、朗朗上口、明白晓畅，也是解说词必不可少的特点。"写解说词在音节的匀称上要讲究一些，尽量做到音节整齐、节拍相配、节奏鲜明、和谐入耳。二是要借助于一定的修辞方法，适当运用对偶、排比、重叠的修辞手法，做到语言整齐而不雷同，匀称而不呆板，这样就会增加语言的和谐美和节奏感。三是要注意语序的变化。一个普通的陈述句，改变一下语序，或者采用问句形式表达，往往可以加强语气，突出重点。"

3.含蓄简约、情景交融

为了促进观众对画面的理解，解说词应在深化、美化、延伸画面内蕴上下功夫，引导观众站在更高层面上思考问题，也就是阐释出画面的内在含义，升华画面主旨。

《舌尖上的中国》第四集《时间的味道》有这样一段解说词：

郑祥兴虾铺是经历四代人的百年老店，一直稳守大澳虾膏虾酱的领导地位。76 岁的郭少芬，大澳本地人，从 20 岁嫁到郑家开始，做虾酱已经有 50 年以上的经验。无论是虾膏还是虾酱，主料和辅料，其实就是再简单不过的银虾和盐。制作方法，也无非就是把虾和盐搅碎后放在竹筛上晒太阳。

老铺一直靠郭少芬和丈夫两个人打理，直到相濡以沫的丈夫在 2011 年去世。都说大澳是观赏日落最理想的地方，这里，指的也许不仅仅是风景。

这是盐的味道，山的味道，风的味道，阳光的味道，也是时间的味道，人情的味道。这些味道，已经在漫长的时光中和故土、乡亲、念旧、勤俭、坚忍等情感和信念混合在一起，才下舌尖，又上心间，让我们几乎分不清哪一个是滋味，哪一种是情怀。

这段解说的结尾一段，似余音绕梁般，营造了韵味无穷的宽广意境，观众由此展开想象的翅膀,思绪驰骋,浮想联翩。

(二)解说词的修辞手法

1.比喻、拟人、对比

当画面是观众并不熟悉的事物,或者直接解说可能会生硬、干瘪时,用比喻的修辞手法会使解说词妙趣横生、通俗晓畅。例如:

画 面	解说词
苍劲的椿树,浓密而翠绿的叶子掩映着层层石阶,一条弯弯的小路通向一栋静静的小楼	古老的椿树,每一圈年轮里都绕进了生命的旋律。 摘一片绿叶,她会轻声吟唱。 庄严的石台,每一阶梯,都像一个忠于职守的琴键,踏上去她会叮咚作响。 每到傍晚,静静的小楼里便传出了隐隐的琴声,那琴声如纱似雾,在杳无人迹的路上缭绕回萦。

这段解说词出自纪录片《小岛拾贝》,散文诗式的解说词营造了一种抒情唯美的风格,比喻、拟人修辞手法的运用更使得片子有蕴藉隽永、余味无穷的美感。

又如:

画 面	解说词
柳絮飘飞,造酒师傅在酒坛的封泥上撒上稻壳儿,一只只酒坛被搬运上船只,满载酒坛的船只驶向远方	当鉴湖水畔的柳枝注满了生命的浆汁,无数位百年师傅所配置的绍兴黄酒,也就造成了。 一坛坛绍兴黄酒装上船头,运往水乡各地,运往四面八方。 为了保护酒坛,在装运的时候,造酒师傅们在酒坛的封泥上,逐一撒上了一把深情的稻壳。 壳和米,本是同根生,本是一起长,而今日,稻壳完成使命,稻米酿成酒浆,一把花雨纷纷落,送你去小桥流水,伴你过百米湖塘,是几番祝愿的心情,是一曲离别的绝唱…… 回黄转绿的季节,绍兴飘满了酒香。 绍兴,就像一尊古老的酒坛,那历久弥新的文化便恰似余香不绝的千年陈酒。

这段解说词出自刘郎的纪录片《江南·千年陈酒》,是一部展现绍兴花雕酒酿造工艺,以及花雕酒背后的绍兴文化的纪录片,整部作品在一种缓慢的步调中介绍绍兴酒的酿造过程,画面舒缓平静,解说词自然流畅地抒发着对绍兴、对花雕酒、对江南文化的无比热爱。笔者摘录的这段解说词,以散文般优美抒情的语气向观众娓娓道来绍兴酒的制作程序,在一种安详、静谧的格调中体现了千年陈酒所寓意的文化内涵。而对仗工整、颇具韵律感的解说词,也增添了作品的诗情画意与思想哲理,其中的比喻句式——"绍兴,就像一尊古老的酒坛,那历久弥新的文化便恰似余香不绝的千年陈酒"则更是深刻地揭示了作品的主题。

拟人的修辞手法通常用在表现动物、植物或者更为抽象的自然物象上,如:

水珠,小小的水滴,一滴,两滴,三滴,无穷滴水珠,源源不断地向着东方跳跃,一路跳跃,一路结伴,越结越多,终于汇成一条汹涌澎湃的世界大河。——《话说长江》

对比修辞手法,也是解说词凸显画面信息,挖掘画面内涵,强调编导褒贬的一种修辞手法,能使创作者所要表达的好恶、观念、情感得到观众的认知。

刘郎的《西藏的诱惑》中有这样的解说词:

多少寺院荒废了,只剩下:一堆残砖,一块断瓦,一片鸟羽,一支鸦翎。

多少寺院又拔地而起,但只见:一派香火,一檐金瓦,一桌祭品,一对旗幡。

2.排比、对偶、反复

修辞中排比、对偶、反复地使用,能够形成强烈的节奏感、韵律感,解说词采用这些修辞手法,能使解说词悦耳动听,使全文叙述畅达,文气贯通。排比手法使句式整齐、气势雄浑、节奏鲜明、感染力强,一气呵成的排比句式,节奏鲜明,气势强劲,令人心潮澎湃。在电视纪录片《祖国的旗》中,编导也采用了排比句式宣泄强烈的情感:

整整 35 年了,整整 35 个春秋了。

你和我们一起度过了一个又一个欢快的节日;

你和我们一起参加了一次又一次庄严的仪式;

你和我们一起迎送了一批又一批来访的贵宾;

你和我们一起出席了一个又一个盛大的集会;

35 年,你凝结了整个中华民族情,你温暖了亿万颗中国心。

这组内容相连、结构相同、语气一致的句式,渲染了编导对国旗的拳拳深情,能很好地激发观众的共鸣。

对偶这种修辞手法是字数相同、结构相同的语句成双成对地结合在一起,工整醒目,节奏和谐,富于韵律美,听来朗朗上口,刘郎的《西藏的诱惑》中也大量采用对偶的修辞手法:

西去者盈半百,生还者仅几人……

个人是这样渺小,天地是这样广阔……

不登崇山,不知天高,不下深谷,不知地厚……

这几句对偶句式对仗工整,音节和谐,产生了非同寻常的气势与韵味。

3.设问、反问

提问通常用在需要加强语气、强调画面的地方,目的是引起观众的注意,启发观众的思考。设问与反问都是故意发问,设问是自问自答,反问是问而不答。央视《探索·发现》栏目曾经制作过一系列《秘境追踪》的节目,针对世界上一些奇闻怪事展开探索,其中的一集《你的感官欺骗了你》解密美国科罗拉多大峡谷"魔鬼公路"缘何发生一连串交通事故的原因,编导撰写的解说词中用了一连串的设问句式,一步步地将观众期待事件真相的心理推向高潮,一步步地营造出悬疑的氛围。

纪录片《潜水日记》中有一段运用设问修辞的解说词：

对潜水发烧友来说，多一个潜水员，就多一个海洋环境保护者；

对一些海洋旅游的开发商来说，多一个人玩海，就是多了一份利润和收入；

可是，对于大海来说，海洋旅游的开发是福还是祸呢？

修辞也是纪录片塑造原生态生活中立体、丰满、充满个性的人物的手段，修辞更是加强纪录片艺术性，形成审美反应的重要方法。当然，除了上述列举的修辞手法外，解说词也可以运用夸张、互文、引用、通感、象征等手法，只要用得巧，用得妙，都可以使解说词锦上添花。

三、解说词的谋篇布局

解说词的创作，如小说创作一样，要注意谋篇布局、起承转合，要和纪录片的画面有机配合，相得益彰，除了要注意开头结尾的开阖之道外，还要使内容充实有趣，富有艺术感染力，如此便能形成声画一体的电视节目架构。

（一）解说词要注意与画面的配合关系

作为配合画面播出的解说词，在什么地方出现为宜？也就是说，编导在为画面搭配解说词时，什么地方用解说词比较合适呢？

简单来说，解说词是必须依附画面而存在的，它和画面是相互补充、相互加强的关系，创作解说词时必须注意解说词与其他表现手段，尤其是与画面之间的配合关系，凡是画面已经交代清楚的内容无须再用解说词赘述，只有当画面难以表达清晰，或者编导想抒情达意、提炼升华之时，解说词才具有真正的用武之地。画面往往是形象具体的，解说词为了与画面相配合，"一般应从具体的事物逐步写到抽象的概念，从看得见的事实逐步写到看不见的道理、思想和观念"①。

《舌尖上的中国》第六集《五味的调和》中有一个段落：

画　　面	解说词
烟雨迷蒙，素琼与丈夫、儿子在地里摘辣椒 各种红通通、火辣辣的川菜 素琼将摘下来的辣椒摆在市场上出售	素琼是个菜农，也是绝对的一家之主。在四川，许多妇女都像素琼这样开朗、坚韧、果断，汉语里，人们用"泼辣"来形容这种性格。四川盆地气候潮湿，多阴雨，住在这里的人，正需要辣椒的刚猛热烈。 在川菜中，无论是作主料、辅料还是作调味料，辣椒都是宠儿，它给川菜烙上了鲜明的印记。素琼特意推迟了辣椒的种植和采摘，果然在冬季里卖出更好的价格，这种精明让她丈夫十分佩服。

这段解说词中，"素琼是个菜农"属于交代性质的解说，而"也是绝对的一家之主"则属于画外延伸的解说，"在四川，许多妇女都像素琼这样开朗、坚韧、果断，汉语里，人们用'泼

---

① 谭天、陈强.纪录片制作教程[M].广州：暨南大学出版社，2011：164.

辣'来形容这种性格"属于解说词对四川女性的评价。用解说词表达理念时,应该根源于画面,并落实在具体的细节上。纪录片解说词表达抽象概念、理性思想时,一定要找准一个生发出去的点,由画面到画外,由具体到抽象,同时这种抽象理念的表达要点到为止,要给观众留下足够思考和回味的余地,要有效地吸引观众观看画面,要使画面与解说词相得益彰。值得注意的是,这段解说词首先立足于"现在",介绍素琼的身份,然后对"过去"的四川妇女的优良品质进行了赞扬,继而对川菜中辣椒的地位做了补充说明,最后又回到"现在"的画面,依据画面讲述素琼的精明、能干。

运用解说词补充画面无法交代的背景资料,或者对纪录片表现对象的过去、将来进行阐述时,同样需要从画面生发开去,从具体的画面过渡到抽象的延伸。纪录片《最后的山神》中有这样一个片段:

画　面	解说词
山林中,孟金福夫妇的家	这种用几根树干做支架,用兽皮围起来的住处,鄂伦春人叫"仙人住"。这是孟金福夫妇在山林中的家。 　在过去的千百年中,鄂伦春人就这样世代生息在大小兴安岭,一直过着从远古沿袭下来的游猎生活。不知道鄂伦春人在山林中生活了多少世纪,他们的族名鄂伦春意为山林上的人。

这段解说词首先是对画面进行阐述,对孟金福夫妇住所特征的解说切实、简练。接下来解说词对画面无法表现的内容进行补充说明,"在过去的千百年中,鄂伦春人就这样世代生息在大小兴安岭,一直过着从远古沿袭下来的游猎生活",这句话对鄂伦春这个少数民族的生活习俗做了解释,而"不知道鄂伦春人在山林中生活了多少世纪,他们的族名鄂伦春意为山林上的人"既有编导情感的抒发,也有对鄂伦春族名由来的解释。这段解说词从具体的鄂伦春人山林中的住所的解说过渡到抽象的对鄂伦春人千百年来生活习俗的感慨,从看得见的画面延伸到画外看不见的观念,画面与解说词配合得天衣无缝,有理有据,试想,这段解说词倘若没有前面的第一部分,光听第二部分那着实会让人丈二和尚摸不着头脑。

（二）解说词的开头与结尾

万事开头难,无论是写小说还是写解说词,开头落笔有神,则事半功倍。解说词的开头是给全篇定基调的重要一笔,因此很多编导往往在写开头时,是写了又弃,弃了又写,反复斟酌。古人说"起句当如爆竹",意思是文章开篇之句要如爆竹爆炸般响亮,才能吸引读者的兴趣。

解说词的开头一定要抓住要害,迅速切入主题,当然,在切入主题之前,可以先"顾左右而言他",先介绍主人公身边的人和事,或者他/她的事迹,因地制宜、因时制宜、因片制宜,巧妙地借助画面内容,进行机智风趣的解说词创作,如《画家韩美林》《雕塑家刘焕章》的开篇解说。对于一些抒情意味较浓郁的纪录片,解说词开头可以先写景状物,烘云托月,营造氛围,构造视听和谐统一的声画艺术场景,令观众陶醉而引人入胜地走进片子的意境。当然,巧妙地设置悬念也可以迅速抓住观众的注意力,让其欲罢不能,如《走进科学》《探索·发现》《王刚讲故事》《说事拉理》等专题栏目往往采用的是设置悬念、引人入胜的开头方式,有好奇心的观众开始就被牢牢吸引,难以割舍,不得不追踪而下,直至真相大白。有些纪录片开篇即直抒胸臆,褒贬时事,提出问题,先声夺人,这种解说词往往高度概括,简练明快,一语中的,如《舌尖上的中国》开篇,"中国拥有世界上最富戏剧性的自然景观,高原、山林、湖泊、海岸线。这种地理跨度有助于物种的形成和保存,任何一个国家都没有这样多潜在的食物原材料。为了得到这份自然的馈赠,人们采集,捡拾,挖掘,捕捞。穿越四季,本集将展现美味背后人和自然的故事",这个开头言简意赅,开门见山。

解说词的写作开头是"首句标其目",结尾处当然是"卒章显其志",好的收尾词能达到余音绕梁、三日不绝之美感,在余音袅袅中让观众回味无穷。很多纪录片结尾处的解说词都有深化主题、卒章显志的特点,《舌尖上的中国》共七集,每一集结尾处解说词都是对该集主题的升华,是画龙点睛之笔。而有的结尾,解说词更是上升到哲学层面,编导通过对事物的敏锐观察,对生活的深刻感悟,对人情人性的深刻洞察,迸发出思想的火花,运用饱含哲理的语句,发人深省,隽永悠长,比如纪录片《雕塑大师刘开渠》:"作品,是他生命的一部分,是他精神的寄托,是他形象的再现。雕塑大师的作品,他的理想、志向、情操,都融合在其中,这就是雕塑大师的雕像。像泥土一样质朴,像石膏一样洁白,像白玉一样坚贞,像青铜一样永恒。给历史造碑的,是人,给人造碑的,是历史!"这段结尾解说充满哲理意味,含蓄隽永,余味无穷,能很好地激发观众品味、思考、领悟艺术与人生的关系,人生与历史的关系。

(三)解说词的风格

解说词通篇应该具有统一的风格,即便它作为思维跳跃性的产物,内在也应该风格一致。解说词大致有三种风格:

写实性解说词,比如央视《探索发现》《走进科学》制作的电视纪录片或者专题片,重视客观记录,重视同期声和现场声,淡化主观色彩,偏重新闻记录。

写意性解说词,比如《西藏的诱惑》《话说长江》,散文诗式的解说词,文学色彩较浓,抒情成分较多,而《舌尖上的中国》的解说词,叙事、抒情并重,依靠解说词营造了优美、隽永的意境,写意性也较强。

政论性解说词,比如《复兴之路》《二战启示录》《天启》《二战中的指挥官》,政论片往往就政治、经济、军事、文化等领域中的某一现象、某一观点、某一热点做深入探讨,这些纪录片采用情景再现的手法,解说庄严、厚重,有内在力度,政论与纪实结合,哲理与激情交融,旗帜鲜明,铿锵有力,掷地有声。

针对不同类型、内容、风格的电视专题片,解说时一定要在韵味、情调、吐字用声、表达方法上存在差异,所以解说词的写作既要遵从解说词创作的一般规律,又不能太过于拘泥,要表现出极大的灵活性和创作个性。解说词的写作技巧包含了扎实的文字功底和浓厚的文学艺术修养。一篇优秀的解说词,节奏鲜明、感情真挚、内蕴深远、文辞优美。优秀的解说词是编导从社会、文化、哲学、艺术等角度去挖掘提炼而成,是编导文学底蕴、历史积淀和生活感悟综合的结晶,"一篇优秀的电视解说词不一定是运用了多少排比句、多少古文诗句、多少成语典故,更不是华丽辞藻的堆砌,但它首先应当是读起来朗朗上口,品起来别有滋味,集语言的新鲜性、评说的深刻性和文字的可读性于一体,并使通篇文章的语言美感与画面镜头的艺术美感结合得完美和谐"。

第四节　案例分析

大型美食纪录片《舌尖上的中国》自 2012 年 5 月登录央视综合频道《魅力纪录》栏目和央视纪录频道以来,引发一波又一波观看热潮并掀起热议,报纸、网络上的评议之声不绝于耳,甚至使"舌尖体"在百姓生活中流行开来。该纪录片选取中华美食大观中独具特色的地方美食,通过这些美食的制作来呈现食物背后人的故事、味道的故事、文化的故事,不仅展现了许多特色食材的获取和烹饪过程,也透视饮食背后中国人的仪式、伦理、趣味等方面的文化特质。

《舌尖上的中国》画面精致、丰盈,有力地强化了美食的诱惑性,看来令人垂涎欲滴。摄影师喜欢采用大光圈、浅景深来突出被摄主体,当辣椒、馒头、螃蟹、鱼、松茸、豆腐等食材呈现在镜头中时,近景特写镜头,浅景深拍摄成为摄影师的利器,尤其是特写镜头被多次运用,片中的单珍卓玛在采摘结束来到收购站后,由于此次采摘的松茸品质不高,画面定格在她焦急神情的画面上,大光圈浅景深的拍摄淋漓尽致地反映了当时她急切的面部表情,在收购站内人们的各种喜悦、焦虑的表情都刻画得极为到位。影片中还运用大量远景、全景展现祖国的大好河山,比如南方的梯田、北方的冰河、高原的青稞,祖国的山川、林地、湖泊和海岸线都被我们尽收眼底,美不胜收。

隐喻性镜头的运用提升了作品的艺术美感,第二集《主食的故事》中,卖黄馍馍的老黄和妻子在陕北窑洞里过着闲适自在的生活,当镜头表现这一情况时,插入了一只猫正慵懒地伸着懒腰的镜头,似乎在隐喻着老黄夫妻平淡闲适的生活。这种隐喻镜头的使用,和解说词的解说相得益彰,丰富了纪录片的画面内容,富有艺术趣味。

影片中不乏一些做工精细、卖相上佳的美食,比如螃蟹、芋头、藕做的菜品,但也不乏一些简单而略显粗糙的美食,比如馒头、黄馍馍、面条,对于质地粗糙的食物,拍摄时光线是柔和的,这使得简单的食物也富有诱惑性,拍摄一些油腻的美食,比如甜皮鸭、奶豆腐、火腿和咸肉,光线富有穿透力,以此来呈现食物油滑细腻的一面,尤其是从火腿上切下来的薄薄的肉片,在光线映射下格外精致透亮。影片中还运用到逐格镜头,比如云彩迅速掠过山川,阴晴迅速转换,几秒钟让一个馒头发酵,竹笋破土而出的画面,而片中许多主观镜头更是令人震撼,比如水桶出水井的画面,做泡菜时菜叶飞向我们眼睛的画面,这使得影片真实性、逼真性更强,动感更强。

色彩的巧妙运用强化了美食的诱惑力,无论是金色的麦穗儿,嫩绿的稻谷,白茫茫的冰雪,湛蓝的大海,还是白面、黄馍、红辣椒、大白菜、油光光的火腿和烤鸭,无不具有强烈的视觉冲击力,徽州毛豆腐长出白白的细小绒毛,广州人阿洪的黄澄澄糖葱薄饼出炉,黄土高原上老黄的糜子磨面,诱人的橙黄色令人垂涎三尺,肌红脂白、肉色鲜艳的金华火腿,红通通的川菜麻婆豆腐,亮晶晶的民俗糖人,色彩时刻冲击着观众的味蕾,视觉语言传达出声音所无法实现的美感。

除去视觉上的饕餮盛宴,《舌尖上的中国》贯穿始终的人文情感,更是令观众倍感亲切、熨帖。片子并未围绕美食的制作工序亦步亦趋地介绍,也未大而空地宣扬饮食文化的博大精深,而是从美食背后的制作工艺和生产过程入手,配合平常百姓的生活,把视角对准了食物以及制作食物的普通人,通篇充满浓厚的生活气息、草根气息。片子最打动人心之处,在于质朴安然的中国原味、原始纯粹的情感诉求、和谐合一的家国情怀与玄妙精深的生态智慧。

食材、主食、转化、储藏、烹饪、调和、生态,《舌尖上的中国》通过七个切面,讲述食物与中国人的关系,食物背后的中国人情味道,一种美食一段故事。《舌尖上的中国》为观众呈现了一个异彩缤纷、变化多端的食物世界,不同地域、不同民族、不同风俗的有关食物的故事,人们对食物的样貌、口感的追求,处理和加工食物的智慧,中国人对食物的深厚情感。无论是食材的获取、烹饪、储藏,还是食物的味道、香气和色泽,都具有非物质文化遗产档案价值。

"民以食为天",中国人的生活中,做菜占据了很大一部分时间,通过做饭、吃饭,中国人形成了含蓄内敛的情感表达方式,《舌尖上的中国》通过天南地北的风土、人情、地理、美食的呈现,将食物背后的人情故事予以张扬,看后内心熨帖而温暖。影片里有妈妈为子女做的"妈妈菜",比如金顺姬在北京家里做的韩式泡菜,四川妈妈给子女们每年做的豆瓣酱,浙江妈妈给孩子们做的年糕;有父亲与儿子一起完成的美食,如云南老黄和儿子一起做的诺邓火腿,有藏民和儿子做的黑陶;有夫妻间的深厚情谊,如以做黄馍馍为生的老黄夫妇的感情,还有相濡以沫以做豆腐球为生的姚贵文夫妇的质朴情感;有乡民间的深情厚谊,比如有贵州村宴中邻里乡亲相聚一堂的乡情;普通中国老百姓的质朴情感,通过一道道美食得以还原,恰到好处地诠释了中国人的伦理文化,体现了一种原始的、纯粹的美。

《舌尖上的中国》一方面展现大自然是以怎样不同的方式馈赠人类食物,同时展现中国老百姓如何在世代相传的传统生活方式中,通过各种不同的途径获取食物来呈现我们如何与自然和谐相处。第三集《转化的灵感》中,姚贵文与王翠华是一对靠做豆腐谋生的夫妻,二人勤勤恳恳,甘于平淡,解说词巧妙地借豆腐与水的关系来比喻姚、王二人的生活态度与品格,"中国人相信,水能滋养人的灵性和觉悟。这一点就仿佛水对豆腐的塑造。两者间有一种不可言喻的共通"。中国古人称赞豆腐有德,吃豆腐的人能安于清贫,而做豆腐的人也懂得"顺其自然"。卓玛上山采摘松茸,每采摘一个松茸后,总要小心翼翼地用松针盖好菌坑,

▶第五章
电视文学片脚本写作

第一节　范畴与概述

一、界定

（一）创作语境

　　电视与文学的结缘由来已久，但现在被普遍认同的"电视文学"概念则是兴起于20世纪80年代中后期。1984年，江苏电视台将美国著名作家欧·亨利的同名小说《最后一片叶子》改编成电视小说，得到了著名戏剧家陈白尘的盛赞；不久，奥地利作家茨威格的小说《看不见的珍藏》、朱自清的散文《荷塘月色》等先后被改编成电视小说、电视散文，江苏电视台在全国首开电视文学节目之先河；各大地方台先是有了相当数量的各类电视文学作品、专栏节目，而后引起了全国电视业界的关注与重视。90年代，电视文学获得了长足发展，并以1998年中央电视台《地方文艺》推出的"98全国首届电视诗歌散文展播"为标志达到了创作高峰，1999年中央电视台创办的《电视诗歌散文》栏目也很快成为中国内地电视文学创作的中坚力量。

　　电视文学兴起于这一时期并非偶然。一方面，80年代是精英文化引领社会文化思潮的黄金时代，文学的声音尤其洪亮，从伤痕文学、反思文学、改革文学、寻根文学到先锋文学，一波又一波的文学流变不仅成为文化圈津津乐道的焦点话题，也使得文学作家们成为社会瞩目的人群；另一方面，改革开放后，电视在中国大陆迅速普及，而彼时并无市场经济概念的电视从业人员，大多也秉持着知识分子的精英理念，将《西游记》《红楼梦》《四世同堂》等文学名著搬上荧屏,风靡全国的电视纪录片《话说长江》等也都充满着浓郁的文学气息。在此背景下,"电视文学片"这种逐渐成型、成规模的节目样式,也就呼之欲出、应运而生了。

学界一般公认,20世纪80年代到90年代初,电视主导的是严肃文化,扮演的是"精英启蒙"的角色,承担着"社会教化"的功能。那时,电视文化同整个中国文化一样,坚持思想上的启蒙主义、现实和历史的批判、美学上的现实主义,对人文理想的追求一直是当时荧屏上的基本主题。但进入21世纪后,电视文学创作出现了新状况:在百舸争流的中国电视发展大潮中,电视文学似乎总显得内敛和含蓄。常有论者将电视文学比作电视领域的兰花,而花中君子、空谷佳人"难入寻常百姓家"。一方面,消费时代的来临、商业逻辑迎合大众口味的种种选择,对于整个传媒业界生态都带来"娱乐化""快餐化"的冲击影响;另一方面,电视文学逆潮流而动,竭力守住空谷幽兰的"自留地"。一方面,艺术观念日渐开阔,制作水准益愈精良,佳作频出;另一方面,"电视文学的'生存空间'和'本体特性'面临被压缩与消解的危险"①。电视文学走到了一个需要总结和反思的瓶颈关口。

在当下语境中,电视文学片的创作似乎已失去了昔日辉煌,但从一个新的视角来看,也未尝不是一种解放和超脱。在各种大众传播系统组成的社会里,文化竞争的激烈性和消费的多样性,反而能使电视文学清醒地认识到自身的实际处境,这种生存的危机感和创新意识迫使传播者的创作采取更加开放、更加宽容的态度,借鉴"他山之石",吐故纳新,继续在探索里拓展生存空间。

(二) 与纯文学创作的异同

文学与电视最大的不同就在于,电视形象是"已在眼前"的,而文学形象则是"如在眼前"的,不管是在作者的创作过程中,还是在读者/观者的接受过程当中,需要主体调动自身的经历与经验进行转化和拓展。② 从纯文学到电视文学,其中很重要的一点,就是话语的转换和创作思维的转换。

电视文学产生之后,同时就具有了独立的、独特的文化品格,既不同于单纯的电视,又不同于单纯的文学,也不等同于电视与文学的简单相加,而是在融合过程中兼具了电视与文学的部分特性,又产生了独立于两者之外的新元素,从而成为一个新的个体。由此可见,电视文学并非文学的附庸,不是简单地用画面来"解释"或者"表演"文句。在这里,电视不是为文学服务而存在的,而是与文学具有同等地位的创造者,它对文本的诠释可以理解为是一个再创造的过程。同时,它在深层次上融入了文学的神韵,因而具有与普通电视作品不同的文化格调。并由于这种独特的文化格调与艺术元素而产生新的审美接受,要求它的受众既具有一定的影视鉴赏能力,又具有相当的文学鉴赏能力。同时,对电视文学而言,它所追求的

---

① 王宜文.2004年度中国内地电视文学类作品的喜与忧[J].电影艺术,2005(3):47.
② 刘玉秀.关于电视文学的几点思考[J].理论界,2004(3):192.

往往是一种偏唯美的、拥有较高文学精神与文化格调，并关注人以及人的心灵的风格。也就是说，走的是一条艺术的、文化的道路。当然，电视作为一种大众化的媒介，加之视听语言的特殊性，亦不能过于阳春白雪，一味地曲高和寡。也就是说，在纯艺术与大众化之间，要走出一条新路来。①

在各个环节上，电视文学均应考虑到两者的结合问题，并尽可能地汲取各自的长处，形成优势互补。首先，从技术性上看，电视可称为一种"技术的艺术"。无论是前期或者是后期创作过程，为了达到理想的艺术效果都需要强大的技术参与和支撑，对于文学而言，在技术层面就相对简单得多。因此往往会出现这样的问题，文字上短短几句，电视上就需要大动干戈才能够表现出字内句外的意蕴。而且技术的高度发展大大促进了电视手段的日新月异，在这一层面上，再创作会形成一种新的艺术美感。其次，从形象性与想象空间上看，电视为其观众提供了形象的画面与音效，直观地呈现在观众面前，而文学采用的是抽象的文字符号。再次，从时间性的角度来看，观众是随着电视音画的不断变幻而行，可以将之比作一场不停歇的奔跑。对于文学而言，其阅读虽然也有一定的时间过程，但文字本身是静止的，读者可以根据情况或快或慢，可以反复阅读体会，也可以停下来细细品味，因此其接受可以将之比作一次悠闲的漫步。电视文学的传播借助于荧屏，在创作过程中，可以有意识地利用音画节奏的疏密安排、朗诵表述的抑扬顿挫以及字幕的某些处理等各种手段达到理想的效果。总而言之，对于电视文学而言，最大的问题在于如何在运用各种电视手段与文字相结合时，营造出艺术美的意境，并尽可能地拓展其想象空间。

（三）内涵与定义

中国传媒大学高鑫教授指出，电视文学，就是文学的电视化，或者说，是被电视化了的文学。所谓电视文学，主要是指通过特殊的屏幕造型手段，运用文学创作的一般规律，形象地反映生活、塑造人物、抒发情感，给观众以文学、审美情趣的电视艺术作品。徐舫州教授则认为，电视文学是通过特殊的屏幕造型手段对以文字符号为传播手段的文学作品进行艺术化的二度创作，使之转化为具有声画特质的屏幕作品，既保留文学创作的一般规律，又通过画面、音乐、音响、解说和表演等多种处理手段来介绍文学作品，丰富、拓展并延伸了文学的艺术表现空间的电视艺术作品。② 陈国钦等人则在《电视节目形态论》中提出，所谓电视文学是指运用电视艺术的表现手段，将文学作品搬上电视屏幕，使之具有浓郁的文学氛围，给观众以文学审美情趣的电视艺术作品。项仲平、王国臣在《广播电视文艺编导》中指出，电视文学是指具有较浓厚的文学色彩的作品，经过电视化的处理，形成电视小说、电视散文、电视诗歌、电视报告文学等。它们都是以介绍文学作品为主，通过电视中多种处理手段来介绍文学作品，以提高文学的观赏性的电视文学节目。

---

① 王玮,袁坚.在"阳春白雪"与"下里巴人"之间——关于电视文学的几点思考[J].电视研究,2002(2):53.
② 徐舫州,徐帆.电视节目类型学[M].杭州:浙江大学出版社,2006:108.

在这几个具有代表性的界定中,"艺术氛围""文学色彩""电视化""审美情趣"成为认定"电视文学"的主要关键词。从业界前些年有口皆碑的名篇名作如《胡杨祭》《荷塘月色》《李清照》《狂雪》《西部畅想曲》等作品来看,电视文学确实以其短小的形式,浓郁的抒情氛围而区别于其他电视节目,既注重语言文字的魅力,也强化蒙太奇镜头语言所体现的复合表现手法,以展现文学作品的内在意蕴。[①]

二、特征

中国传媒大学高鑫教授曾举过一个恰当而有趣的例子。他说:"100个人阅读《红楼梦》,他们心中就会有100个不同形象的林黛玉,而1000个人同时看一场《红楼梦》的电影,他们心中装的却只有一个林黛玉的形象。"这形象生动地说明了文学性与电视性的核心不同。那么,电视文学片脚本写作中的主要特征体现在哪些方面呢?

(一)文学思维的转换

文学是抽象的、模糊的,电视是具象的、直观的,脚本创作首先要面临思维方式的调整与转换。电视文学创作者所面对的并非漫不着边际的生活,而是一种既定的版本——已经对生活进行过艺术归纳提炼的作品。与电视剧改编文学作品不同,文学作品只是电视剧创作的一种素材,改编者在这些素材中进行重新体验、发现、取舍,最后进行重新拼装——电视艺术的归纳;电视文学的创作则不然,它原状保留了文学作品的叙述过程和叙述全部,创作者只对它进行判断和演绎,这种演绎、阐发的过程,就产生了电视文学表述层面上的思维结构。因此,电视文学创作者首先要对原著予以"作品已经是这样,本该是这样,只能是这样"之类的审美判断,并且用电视的思维加以演绎、阐发开来,形成一个新的版本:电视文学作品。由此可以说,对原著的演绎性创作构思,亦即文学的审美判断与实现这种判断的过程,是电视文学创作的一个重要特性,也是显示其艺术创作特征和艺术创造价值的一个重要方面。电视文学的演绎性构思,更主要地集中在思维结构的表现层面上。用视听造型去蕴含创作者自己的一种审美认识,这是电视文学创作的真谛。[②]

(二)后期思维的化入

电视文学是一种创造性的艺术活动,其本身是一种创造性行为。一部电视文学作品的诞生,从构思创意到脚本写作,从拍摄到剪辑,从导演到表演,从画外音的艺术表现力的扩张到表象层面叙述的演绎性艺术构思,整个过程都体现了电视文学的创作者对于美的一种发现、阐释和创造,它不仅可供单独阅读欣赏,更是供后期摄制使用的"施工蓝图"。因此,预先将后期的摄像思维、剪辑思维、配音/配乐思维、演员思维、导演思维化入写作过程,带着之后

---

① 张健,诸丽琴.消费主义语境下电视文学节目的生存悖论[J].中国电视,2010(7):53-57.
② 韩祝鹏.论当代电视文学创作的结构美学——兼议景国真、杨宪泽电视文学创作的叙述手法[J].艺术百家.1995(3):94-99.

阶段的视角和思维倒回来"反哺"之前的创作阶段,无疑是大有神益的。

例如,电视抒情长诗《狂雪》在改编成电视文学分镜头脚本的写作过程中,原文中鬼子残忍地杀害中国同胞的情景,脚本的镜头设计并没有按字面的意思真实地再现血淋淋的杀人场面,而是用"意象修辞"的手法,先出现几滴溅到墙上的鲜血,随着杀人的继续,画面上的血越来越多,继而充满整个画面。通过这一艺术化的处理,刺目的血不但让受众感受到真实,也有力地唤起了受众对那段苦痛历史的记忆,更以后期思维化入脚本创作的智慧,成功地为作品拍摄的可行度与操作性提供了更适宜便利的条件;而且,这种手法还将受众的想象由画面内引向了更广阔的画面外,有效地拓展了屏幕空间,增强了画面的表现力;再者,回忆—联想—思考,这样的过程又对理解和升华文本的内涵起到了巨大的作用,而这恰恰是电视文学创作者孜孜以求的 1+1>2 的艺术效果。[①]

(三)影像思维的呈现

电视文学的重要特征是,运用电视手段来表现、演绎文学。电视文学是以实物代替想象,以镜头画面代替想象画面的虚构的文学作品。它需要演员或"替身"来进行表演,但又不是靠表演来演绎作品。它需要大量的同期声、音乐、效果声,但又不太讲究声画严格对位,不追求真实效果,而追求一种动感、一种意境。一言以蔽之,它是影像化的,是具体直观生动的,这要求我们的脚本写作,也要具备"可视性""画面感"。

电视是声画合一、视听兼备的。文学语言有时会用一两句话跨越几千年的历程。这时候,电视文学可以用丰富的影像手段如各种空镜头、音乐、字幕、解说等来表现。在审美心理上,是通过视与听两种感官途径,从而达到心理感受;在表达手段和艺术构成上,电视艺术的审美心理又独具个性。首先,给人以视知觉的冲击,通过"蒙太奇"剪辑,以镜头语言的变化,直观地表现事物的形态特征,这是报纸、广播等其他媒介所不具备的。其次,是声音的真实感。电视是视听结合的综合语言、画面、解说、音乐、音响等诸多因素同时作用于观众的视听感觉,延伸画面,使之更富有空间实感、扩大信息含量、渲染气氛、提炼升华主题、连接画面实现声音蒙太奇,使人们在观看电视节目时,既能看到优美的画面,又能听到与之相应和的声音,从而更加真切地感受到作者所要表达的情感意蕴和思想内涵。

例如,汪曾祺先生写"我的家乡是一个水乡……水影响了我的性格,也影响了我的作品风格。"在电视文学片《梦故乡》的脚本创作时,就特意设计了拍摄日落时的高邮湖作为全片的开头。画面上,闪烁的波光、静静的芦苇,一只小船悠然而过,金色的夕阳悬在天空。画面被处理为金黄色调,呈现出一幅安宁祥和的湖上美景,形象生动地表现了梦一般的水乡。

三、价值

生活在 21 世纪的今天,影视艺术作为一门知识已不再只是艺术类院校、专业学生的必

---

① 邱昊.从诗意的想象到诗意的具象——浅谈"意象修辞"手法在电视文学中的运用[J].曲靖师范学院学报,2003 (5):69-70.

修课,而应该成为高等教育甚至中等教育的一项内容。随着经济全球化而来的文化全球化,随着电子信息技术的发展,影视艺术的影响正呈现出有增无减的趋势。一个生活在21世纪的现代人,应该掌握电脑,懂得网络,也同样应该了解影视。我们可以不是专家,不是专业从业人员,但我们仍需了解影视艺术,因为这至少有助于我们完善知识结构,提高文化素养。

而了解影视艺术可以有多种方式,其中之一就是通过对电视文学的学习而增进了解。当然,电视文学并不就是影视艺术,但二者的关系非比寻常:一方面,影视艺术是电视文学产生的前提,没有影视艺术也就没有电视文学;另一方面,作为影视作品摄制的基础,文学脚本质量的高低对于影视作品的成败有着重要的决定作用。事实上,对于一般学习者来说,由电视文学入手去了解影视艺术不无优越之处。当然不是作为专业来掌握,不需要特别了解影视的具体制作,因为通常人们谈论最多的,也不外乎是故事情节、人物性格、精彩对白等文学色彩较强的部分,至于导演艺术、表演艺术、摄制技巧、音乐元素等虽也有所提及,毕竟不如前者。而且,由于人们通常都或多或少具备一定的文学基础,因此由电视文学入手,相对而言,理解、接受要容易得多。

其实,专业学生学习电视文学的主要意义也就在此。学习了解电视文学,不仅有助于在一定程度上了解影视艺术,了解作为影视艺术之构成部分的文学脚本,同时还可以更好地了解文学。我们既可以将电视文学视为影视艺术的一部分,也可以将电视文学看作传统文学发展的一个分支。应该看到,电视文学固然有依附于影视艺术的一面,但也有相对独立的一面。也就是说,对于电视文学脚本,忽视其本体,一味依赖摄/制/导/演等的二度创作特性固然不对,而看不到电视文学也可以作为案头文学来阅读、欣赏,同样是有违客观事实的。常常会有这样的情况,一部电视文学片被成功搬上荧屏之前或者之后,其文学原著或者原创的电视脚本可能早已印刷发行,也可能会再版出书,读者也不会因为尚未或已经看过电视作品而对印刷脚本不感兴趣,因为这二者各有特色。而在对电视文学与传统文学进行比较的过程中,我们不但可以了解电视文学自身的文体特征,更可以由此看出传统文学在写人状物、抒情达意、反映社会现实等方面的优势和局限,从而加深对整个文学的认识。此外,一个电视脚本就是通过图像、对话和描述来讲故事、抒情达意的,并且把这些叙事、抒情、表意的需求放入一个蒙太奇思维建置的结构环境之中。电视文学自身具有未完成性,是影视艺术制作的第一阶段,尽管也可以作为文本来阅读,但毕竟是为了拍摄作准备的,从文学脚本到搬上屏幕,其间会有相当的化学反应与变化,这种变化既有纯粹技术性的,也有基于不同表现形式而导致的,更有摄/制/导/演等的二度创作导致的。①

基于上述考虑,我们认为,关于电视文学的本体研究相对戏剧和电影而言是不足的,对于电视文学脚本写作中的技巧学习与思维训练又是非常必要和迫切的,而专业教学中也缺乏较为系统、应用性强的写作教材,因此,厘清电视文学脚本创作中自身具有的特征和规律,进行较为系统细致的分类研究,梳理各种写作技巧与方法,调整转换写作思维,结合典型案

① 邹红.影视文学教程[M].北京:中国人民大学出版社,2004:3.

例展开解读和剖析,展开针对性/操作性强的教学设计和各种实训,在当下高等教育专业教学中应该是很有应用价值和现实意义的。

第二节　题材与类型

一、电视小说

电视小说作为一种电视文学片的典型样态,最早产生于 20 世纪 50 年代的苏联。60 年代我国也有了自己的电视小说。1964 年,北京电视台少儿部把著名作家管桦的小说《小英雄雨来》首次搬上了电视屏幕。最初的电视小说完全忠于原著,画面、字幕与解说等分别在视听方面对原著文字进行原汁原味地再现,不失其文学性。1978 年起,中央电视台少儿部开办了"文学宝库"专栏,将中外文学名著搬上屏幕,制作成电视小说,曾先后播出了鲁迅先生的《故乡》《孔乙己》,安徒生的《卖火柴的小女孩》等十几部作品。这些声画并茂的作品,受到了广大观众的欢迎,中国的电视小说开始走向成熟,80 年代进入"成熟期"。1984 年,江苏电视台一批年轻的编导在"文学与欣赏"栏目中,将美国作家欧·亨利的同名小说《最后一片叶子》改编成电视小说,把小说与电视进一步以崭新独特的艺术表现方式结合起来,诗化与审美的意境和氛围,让电视观众充分领略到文学的艺术魅力。[①]

最后一片叶子(节选)

[美]欧·亨利

老贝尔曼是住在她们这座楼房底层的一个画家。他年过 60,有一把像米开朗琪罗的摩西雕像那样的大胡子,这胡子长在一个像半人半兽的森林之神的头颅上,又鬈曲地飘拂在小鬼似的身躯上。贝尔曼是个失败的画家。他操了四十年的画笔,还远没有摸着艺术女神的衣裙。他老是说就要画他的那幅杰作了,可是直到现在他还没有动笔。几年来,他除了偶尔画点商业广告之类的玩意儿以外,什么也没有画过。他给艺术区里穷得雇不起职业模特儿的年轻画家们当模特儿,挣一点钱。他喝酒毫无节制,还时常提起他要画的那幅杰作。除此以外,他是一个火气十足的小老头子,十分瞧不起别人的温情,却认为自己是专门保护楼上画室里那两个年轻女画家的一只看家狗。

苏珊在楼下他那间光线黯淡的斗室里找到了嘴里酒气扑鼻的贝尔曼。一幅空白的画布绷在个画架上,摆在屋角里,等待那幅杰作已经 25 年了,可是连一根线条还没等着。苏珊把琼西的胡思乱想告诉了他,还说她害怕琼西自个儿瘦小柔弱得像一片叶子一样,对这个世界的留恋越来越微弱,恐怕真会离世飘走了。

---

① 项仲平,王国臣.广播电视文艺编导[M].杭州:浙江大学出版社,2003:145.

老贝尔曼两只发红的眼睛显然在迎风流泪,他十分轻蔑地嗤笑这种傻呆的胡思乱想。

"什么,"他喊道,"世界上竟会有人蠢到因为那些该死的常春藤叶子落掉就想死?我从来没有听说过这种怪事。不,我才没功夫给你那隐居的矿工糊涂虫当模特儿呢。你怎么可以让她胡思乱想?唉,可怜的琼西小姐。"

"她病得很厉害,很虚弱,"苏珊说,"发高烧发得她神经昏乱,满脑子都是古怪想法。好吧,贝尔曼先生,你不愿意给我当模特儿就算了,我看你是个讨厌的老……老啰唆鬼。"

"你简直太婆婆妈妈了!"贝尔曼喊道,"谁说我不愿意当模特儿?走,我和你一块去。我不是讲了半天愿意给你当模特儿吗?老天爷,像琼西小姐这么好的姑娘真不应该躺在这种地方生病。总有一天我要画一幅杰作,那时我们就可以都搬出去了。"

"一定的!"①

改编脚本(节选):

第四场 砖屋顶楼(冬日内)

旁白:老贝尔曼是住在楼下底层的一个画家。他60多岁了,有一把像米开朗琪罗的摩西雕像上的胡子,从萨蒂尔似的脑袋上顺着小鬼般的身体卷垂下来。贝尔曼在艺术界是个失意的人。他耍了40年的画笔,还是同艺术女神隔有相当距离,连她的长袍的边缘都没有摸到。他老是说就要画一幅杰作,可是始终没有动手。除了偶尔涂抹了一些商业画或广告画之外,几年没有画过什么。他喝杜松子酒总是过量,老是唠唠叨叨地谈着他未来的杰作。他还是个暴躁的小老头儿。喝了酒的老贝尔曼摇摇晃晃来敲门……

贝尔曼:(敲门)苏珊,小苏珊小姐!

苏 珊:(开门)啊,是你!老贝尔曼。

贝尔曼:我跟你说,昨天那幅画,我卖了三美元。

苏 珊:哎,你怎么又喝酒了呀,老贝尔曼?(责怪)

贝尔曼:像我这样一个天才艺术家,作品只卖三美元,他们有眼……

苏 珊:(接上)不识泰山!(哈哈!嘘!)老贝尔曼,你轻点,轻点好吗?琼西她刚睡着。

贝尔曼:噢……(看着她的眼睛)你哭过了?是谁欺负你了?(扬扬拳头)

苏 珊:不,不是的,是琼西,医生说她得了很严重的肺炎。

贝尔曼:肺炎?(疑惑)

苏 珊:她恐怕是很难治愈了。(她眼睛红了,泪水滑了下来)

贝尔曼:别哭啊,想想办法,哪怕,哪怕把我老贝尔曼给当了,(拍拍胸脯)也要把琼西的病治好!

苏 珊:可是,她说等窗外常春藤上的叶子都掉了,她也就要走了。她本来就柔弱瘦小得像一片叶子,她对这个世界的留恋是越来越少了。我真害怕,害怕她真的离世飘走。(颤抖)

贝尔曼:人怎么能和叶子相比呢?琼西,她是个善良的姑娘啊,她这么年轻,那么美丽,她的画这么有灵性。

---

① 欧·亨利.最后一片叶子[M].石向骞,译.合肥:安徽人民出版社,2012:219.

琼　　西：(说着梦话)最后一片叶子,掉下来了,真的要掉下来了……

苏　　珊：琼西、琼西。

贝尔曼："什么话!"他嚷道,"难道世界上竟有这种傻子,因为可恶的藤叶落掉而想死?我活了一辈子也没有听到过这种怪事。你怎么能让她脑袋里有这种傻念头呢?唉,可怜的小琼西小姐。"可怜的孩子,她病得不轻啊。(摇头,心疼)

苏　　珊：她整天都在发烧,满脑子胡思乱想的。

琼　　西：(昏迷呼喊)噢,我看到最后一片叶子飘下去,飘下去了……

苏　　珊：琼西,琼西。(带着哭腔喊)　音乐响起……

贝尔曼：最后一片叶子,可怜的琼西。噢,上帝,为什么让这么可爱的姑娘在这里生这么可怕的病呢?如果,如果我能够挣到钱的话,一定要让你们搬出这里,一定的。最后一片叶子,它不会掉下去的,一定不会!(若有所思)

以上两段分别节选自原著小说和改编脚本《最后一片叶子》,通过对比不难得出,电视小说一般具备以下要素及特征:人物、环境、事件、结构、语言。①

1.人物

每个人物的出场,都既要具备社会意义,也要有个性色彩。换句话说,这个人物的职业背景、身份特征是什么,他/她又有哪些性格特点、前史后传? 这些信息应该在人物第一次出场就有比较清楚明确的交代或暗示。比如上述例子中的贝尔曼,从简洁的旁白中,从剧情的穿插描述中,就可以知道他是一个穷困潦倒、郁郁不得志,但善良、乐于助人的老画家,他的夙愿就是画出一幅旷世杰作。

此外,如何将人物塑造得活灵活现、惟妙惟肖? 如何让受众认同这个人物? 首先要从刻画人物的细节着手,比如上例中的琼西,剧中有很多表现她奄奄一息、失去生存意志的细节刻画,比如她反复梦呓"最后一片叶子真的要掉下来了",比如苏珊的眼泪、贝尔曼的摇头等表情动作的侧面反映,不断烘托强化琼西的病态病容,让人心生怜悯,获得观众的"移情"反应和认同感。而且,从一开始就把人物命运置入一个困境当中,或者一个紧张冲突的关系矛盾之中,也是营造悬念感,增强观众兴趣和认同的常见手法。《最后一片叶子》中,琼西面临的死亡威胁、苏珊的手足无措、贝尔曼的若有所思都能引发受众对人物命运进一步的关心。

2.环境

常言道,人是环境生存的动物。环境在一部剧中通常有双重意味:一是作为背景而存在,使人物的存在有个明确的依据,这包括社会环境、自然环境、人文环境等,围绕人物成长发展的一切背景;另一层则是作为一种"有意味的形式"存在,相当于一个无声的、特殊的角色形象存在,因为它的时时"在场",在与人物的冲突或和谐中,建立起一种内在的联系,以推动剧情的发展,增强艺术感染力。

《最后一片叶子》中,关于环境的表述其实着墨不多,但却依然重要。比如在上述节选段

---

① 沈贻炜.广播电视文学写作教程[M].杭州:浙江大学出版社,2005:127-156.

落中,只有两处涉及环境的表述:一是在旁白中提到老贝尔曼住在"楼下底层";二是苏珊诉说琼西病情时提到"窗外常春藤上的叶子都掉了"。寥寥几句,却反映出了人的生存境况、季节气候等信息——"楼下底层"四个字折射出老贝尔曼居住处的简陋逼仄、光线暗淡,暗示人物的生存境况窘迫;"常春藤上的叶子掉了"则反映出剧情此时应该处于秋冬季节。更为隐蔽的一层刻画是,"窗外常春藤上的叶子都掉了"在剧中是一个贯穿始终的"悲观幽灵",正是由于它的时时"在场",才导致琼西的悲观厌世,为老贝尔曼最后的杰作埋下了重要的伏笔,因此,这一个无声的、有意味的环境,为烘托氛围、衬托人物、推进剧情、增强电视小说的视听魅力起到了重要作用。

3.事件

事件在剧中一方面是情节的基础,另一方面又跟生活素材紧密相关。一系列相互关联的事件构成剧中情节,而其中很多情节的具体展开,又从生活中的原型、经验等提炼升华得来,所以与事件相关联的,一是原始素材的视听化处理,二是情节的编织安排。

比如在上述《最后一片叶子》节选段落中,原著小说中"苏珊在楼下他那间光线黯淡的斗室里找到了嘴里酒气扑鼻的贝尔曼","苏珊把琼西的胡思乱想告诉了他"等文字表述是一脉相承、一气呵成的,主线就是突出琼西认为自己会随着窗外的常春藤落叶一起飘逝的情节。而改编脚本中,这一段其实由三个小事件构成情节:喝了酒的老贝尔曼跑来找苏珊诉苦(作品只卖三美元),二人交谈中带出琼西生病的事情,琼西认为自己会随最后一片叶子飘逝。这里对原著小说的调整改动,既增加了曲折生动的叙事效果,又融合了真实生活的顺理成章,尤其是在情节的编织安排过程中,特别注意了细节的捕捉,如在苏珊与贝尔曼谈话过程中,两次写到琼西:"(说着梦话)最后一片叶子,掉下来了,真的要掉下来了……""(昏迷中呼喊)噢,我看到最后一片叶子飘下去,飘下去了……"看似不经意的闲荡一笔,实则巧妙穿插琼西的反应,强化她孱弱的病态和几近崩溃的心理。

4.结构

情节的支撑就是结构。怎样开头?怎样结尾?剧本的线索,线索之间的衔接,情节的开端、发展、高潮等如何设置安排?都属于跟结构有关的问题。结构就是视听语言中的蒙太奇,是对人物在剧情故事中一系列事件的取舍选择、排列组合。一般而言,不论是松散的开放式结构,还是严谨的闭合式结构,抑或错综交叉的复线式结构,注意起承转合的节奏与进度是非常重要的。

比如在上述《最后一片叶子》节选段落中,原著小说中关于贝尔曼这个人物的交代,用了一段文字直接描述了他的外貌、性格特征,以及他郁郁不得志的窘迫处境;在改编脚本中,有两个改动:一是改用旁白的形式对贝尔曼这个主要人物作了"小传"式介绍;二是增加了他"一幅画只卖三美元"、郁闷喝酒、找苏珊诉苦的情节,这样,既对原著小说的文字思维进行了视听化转换,增加了人物塑造、细节描摹的生动性,更是通过层层演进、一波三折的设置安排,达到了剧情结构的起伏有致、匠心独运。

5.语言

电视小说首先面临的是文字语言向视听语言的转换,既要具备画面感、动作性,又要有多维度、多形式的声音表现。作为剧本语言,由两部分组成,一是叙述性语言,一是人物语言。所谓叙述性语言,是需要写作者有画面意识,要把语言写得视觉形象鲜明生动,以利于导演的二度创作和演员的充分发挥;人物语言,则一般包括对话、独白和旁白等形式。既要生活化、口语化,又要个性鲜明;既要能推动剧情发展,又要兼具文学性和审美意蕴。

《最后一片叶子》改编脚本的节选段落中,"扬扬拳头""她眼睛红了,泪水滑了下来""颤抖""昏迷呼喊""若有所思"等叙述性语言,形象刻画了人物的动作、表情、神态、心理,直观生动,对于演员表演、导演把控等方面的帮助是不言而喻的。此外,改编脚本以"旁白"的形式,对原著小说中贝尔曼这个人物的描述作了删减压缩处理,不仅简明扼要地交代了老画家的外貌、性格、处境、夙愿等信息,还用"喝了酒的老贝尔曼摇摇晃晃来敲门……"来引出剧情的下一步发展演进,颇具动作性和画面感,为营造全剧氛围、塑造人物形象起到了良好的效果。

需要特别强调的一点是,对于细节的处理是电视小说脚本写作中非常重要和关键的。细节虽然看似微小,但并不代表"微能量",新鲜独到的视角选择、个性鲜明的人物形象、起承转合的叙事结构、新人耳目的视听元素、巧思设置的悬念起伏等,均可于细微处见光芒,微小细节穿插在剧情之中,能构成一个又一个的亮点。《最后一片叶子》改编脚本的节选段落中,无论是琼西的梦呓、苏珊的眼泪、贝尔曼的失意诉苦,还是接连掉落的"窗外常春藤上的叶子"、调整删改的旁白处理,都旨在通过细节呈现,将电视小说的人物、环境、事件、结构、语言等必备要素进行深度的打磨润色,共同服务于脚本写作的视听化。

二、电视诗歌

诗歌作为一门表现人内心世界主观情思的语言艺术,为了实现语言符号系统与表现对象的对应,采取了某种程度的语言变形造成模糊多义的效果。"电视诗——通过特定的屏幕造型语言,集中凝练地反映生活,抒发创作者的主观思想感情,画面清新,诗句凝练,富于想象,强调节奏,具有诗的空灵意境和朦胧美的电视文学样式。"[①]

电视诗歌这种新的文学样式,是近年来电视发展过程中一种新的探索和尝试,它通过视听语言和文学语言的双重表达,极大地拓展并延伸了语言文学的表现空间,给人一种清新的审美意味。20世纪80年代初,新加坡电视台制作的一组唐诗欣赏系列节目启发了中国电视人,国内电视屏幕上很快出现了创新的电视表现形式——电视诗歌。其后诞生了一些固定栏目,如江苏台的《文学与欣赏》,辽宁台的《三原色》,中央电视台的《地方文艺》《电视诗歌散文》等,每年各地都出现一定数量的电视诗文作品,颇具声势,为电视诗歌的发展推波助澜。

电视诗歌是诗歌与电视的结合。它把诗歌化作视听艺术,积极追求意境和情韵,意境和情韵是其灵魂。电视诗歌对思想意念的表达充满浓郁的抒情意味。电视诗歌时限性很强。

>>> 153

---

① 高鑫.电视艺术学[M].北京:北京师范大学出版社,1998.

电视诗歌比电视剧要短得多,一般来说比电视散文也要短,常常只有几分钟。在单位时间内,它的信息量是最多的。时限性决定了电视诗歌的重要特征:短小精悍、言简意赅。集视听各种元素于一身的电视诗歌,呈现给人们的是极强的视觉冲击力、听觉冲击力,并在极短的时间内通过声音与画面给人留下极其深刻的印象。

游子吟

[唐]孟郊

慈母手中线,游子身上衣。

临行密密缝,意恐迟迟归。

谁言寸草心,报得三春晖!

双栏脚本:

画　面	声　音
夜晚,屋内,蜡油灯芯的特写,由虚变实	同期声:灯芯燃烧时偶尔"噬噬"的声音 音效:窗外几声虫鸣
夜晚,屋内,母亲坐在灯前缝衣的全景	
针线穿梭、手部动作的特写 字幕:第一句,竖排版,画右逐字淡入	配音:慈母手中线 音乐:《念亲恩》(伴奏版)淡入
孩子在一旁看书的中景 字幕:第二句,竖排版,画右逐字淡入	配音:游子身上衣 音乐:《念亲恩》(伴奏版)淡淡铺垫
母亲缝衣、孩子看书的双人剪影中景	
母亲咬断线,抖抖衣服,再查看边角,继续细心缝制的近景	配音:临行密密缝 音乐:《念亲恩》(伴奏版)淡淡铺垫
针线穿梭、手部动作的特写 字幕:第三句,竖排版,画右逐字淡入	
母亲拽了拽衣服四边,看缝得是否牢固,充满慈爱地看了一眼身旁的孩子,双人中景	
孩子趴在桌上睡着了,母亲起身把缝好的衣服整齐叠好,想了想,又打开包袱,在里面塞了几双鞋垫和几张皱皱巴巴的纸币,全景	配音:意恐迟迟归 音乐:《念亲恩》(伴奏版)淡淡铺垫 音效:窗外几声虫鸣 报晨的鸡叫声
镜头从母子摇至窗边,一棵大树笼罩着一棵小树,树影婆婆的剪影,全景 字幕:第四句,竖排版,画右逐字淡入	
拂晓,天色微白,晨雾中安静的村庄,空镜头,俯拍全景	

续表

画 面	声 音
清晨,屋门口,母亲帮孩子背上包袱,中景	配音:谁言寸草心 音乐:《念亲恩》(伴奏版)淡淡铺垫 音效:布谷鸟叫声
孩子迈出几步,回头,跟母亲挥别,近景 字幕:第五句,竖排版,画右逐字淡入	
母亲目送孩子的背影渐渐远去,全景	
家在画右角落处的空镜头,远景 字幕:第六句,竖排版,画右逐字淡入	配音:报得三春晖 音乐:《念亲恩》(伴奏版)淡出
雾岚散去,草木茂密,流水潺潺,阳光云影,空镜头,拉开至远景	

以上分别是唐代诗歌《游子吟》的原文和双栏脚本,通过对比不难得出结论,电视诗歌一般具备以下要素及特征。

1.视觉造型

电视诗歌具有极强的时限性,短短的几分钟内,创作者必须充分利用各种手段来表达自己的思想,形成强烈的视觉冲击,以达到感染受众的目的。这就决定了电视诗歌视觉形象构成的多元性和创作手段的多样性——必须在单位时间内,根据作者的创意,利用人物、景色、物体、光线、色彩、影调、构图,甚至是字幕、特效等一切视觉可以感受得到的元素,创作出源于生活又高于生活,情景交融,诗在画中的电视艺术和时空转承的视听作品。

上述电视诗歌例子《游子吟》的双栏脚本中,母亲、孩子、蜡油灯芯、针线、树影、村落、晨雾、流水、阳光、云影、字幕、淡入淡出的特效等,既吻合了诗歌所描绘的情景,又以高度整合、凝练的方式完成了视觉形象造型。既是"能指",也是"所指",画面元素将本体和喻体合二为一,呈现了多元意味的可能性。

2.听觉造型

声音是电视诗歌听觉造型最直接的载体,认识声音,并挖掘声音的艺术潜能,对电视诗歌具有重要的意义。声音是通过声音的构成要素及各要素之间的组织关系即"声音蒙太奇"来创造丰富的、立体的声音形象。声音不仅带给人们真实还原的感觉,还可以带给人们一种写意的感受,它们或烘托情绪,或深化主题,或刻画形象,或激发想象力等。在更多的情况下,声音是以一种写意的方式去深化视觉效果或补充画面、烘托画面的。电视诗歌中的声音构成要素是人声、音乐、音响,当这些元素有效地结合在一起并服务于电视诗歌时,它将产生不同凡响的艺术表现力。人声与音响出现在电视诗歌中时,常常给人一种真实感。人声及音响作为情节与创作意图的表现元素,人声应该纯正清晰、标准完美、声情并茂、以情动人;音效或补充画面信息、强化真实感,或增加诗歌意趣;音乐则或深沉大气,或细腻写意。[①]

电视诗歌例子《游子吟》的双栏脚本中,对诗歌内容的人声配音、淡淡铺垫的《念亲恩》配乐以及虫鸣鸟叫、灯芯燃烧的音响效果,三层声音此起彼落、相辅相成,以"声音蒙太奇"的多重听觉造型,既还原了诗歌内容所表现的真实情景,又配合画面抒发了感念亲恩的情怀,营造了具象又深远的意境。

3.韵律与节奏

诗歌是以抒情言志为第一生命的。无节奏无以成诗,节奏韵律的安排是传达诗歌情感的有效手段。韵脚和平仄音节是体现诗歌节奏旋律的主要方面。在乐曲中,往往一个音组反复重现,使旋律在统一之中带有回环之美。诗歌的韵脚与这样的音组起着同样的作用。平仄章节的相互间隔交替,使声调的抑扬、长短、舒促错落有致、变化鲜明,诗歌的声情之美才得以显示。诗歌的音调节奏,对于诗意的补充、诗情的展示,实在是一个很重要的因素,好的韵律可以让诗意展示得更加充分、饱满,让诗歌具有更加强烈的震撼人心的力量,人甚至可以因此被"唤起狂热,平静下来,受到激励,激起欢笑,激起痛苦,激起任何一种感情"[②]。

一般来说,电视诗歌的节奏和韵律是受镜头长度、景别大小、运动方向、运动速度等因素的影响。不论是由长短不一的镜头组接在一起的外部蒙太奇,还是只有一个长镜头构成的内部蒙太奇,以上元素都会起到良好的作用。电视诗歌时长有限,因此无论是外部蒙太奇构成的节奏性,还是内部蒙太奇构成的节奏性,都应该是张弛有度、均衡有序的。例如,电视诗歌《游子吟》的双栏脚本中,在画面衔接、晨昏过渡、景别变化、运动速度等的灵活变换、节奏舒缓,并与配音、配乐、音效等声音元素协调一致,通过电视化的视听手段,较好地把诗歌内在和外在的节奏与韵律都展现出来,符合受众的审美习惯与心理。

4.时空与意境

电视诗歌既是时间性的艺术,也是空间性的艺术。它富于想象,较多地采用抽象的、表现性的、写意的手法,具有空灵意境和朦胧美感。时空自由、亦虚亦实的意境美是电视诗歌创作的审美要素之一。简而言之,意多为声,境多为画,声画的有机组合才能构成意境之美。文字是固定的,应该让电视诗歌超越诗作原有的文字美,使它在电视化的过程中变得更加韵味悠长,这就应该注重充分发挥创作的想象力,营造出有意味、能延伸的画面,令人过目难忘、回味无穷。注重意境的创造,既需要优美的画面形成的诗意氛围,也需要动听的音乐、配音及音效所形成的立体效果。

电视诗歌例子《游子吟》的双栏脚本中,"蜡油灯芯的特写,由虚变实","镜头从母子摇

---

① 余春杭.电视诗歌的声画艺术探微[J].当代电视,2006(7):69.

② 李泽厚.美学三书[M].合肥:安徽文艺出版社,1999.

至窗边,一棵大树笼罩着一棵小树,树影婆娑的剪影,全景","雾岚散去,草木茂密,流水潺潺,阳光云影,空镜头,拉开至远景"等表述,即是运用象征、比喻等手法,通过镜头运动、虚实变化、景别转换等影像语言的设计,达到渲染烘托情感、联想升华意境的典型例证。

需要特别强调的一点是,"蒙太奇组合"在电视诗歌脚本写作中非常重要和关键。电视诗歌蒙太奇不满足于镜头组接,而是将蒙太奇思维提升到情节、线索、故事层面,使电视诗歌的叙事、抒情结构具备平行、对立等特征。两条线索交替发展、互相映衬,用蒙太奇表现画面的外在运动感和节奏感,使诗歌内在的情感张力得到较大限度的发挥。电视诗歌蒙太奇大致可分为叙事蒙太奇和表现蒙太奇,叙事蒙太奇有平行蒙太奇、交叉蒙太奇、复沓蒙太奇、积累蒙太奇以及颠倒蒙太奇;表现蒙太奇有对比蒙太奇、隐喻蒙太奇等。电视诗歌蒙太奇的这些方式,可以不断扩大蒙太奇的叙事功能、语义功能、节奏功能和抒情功能。[1]

三、电视散文

中国电视散文的发展从 1984 年起步探索至今,已走过二十多年历程。20 世纪 80 年代初,江苏电视台率先拍摄了电视散文及其他电视文学作品(电视诗歌、电视小说等),如完成于 1984 年 6 月的《荷塘月色》取材于朱自清的同名散文,此片当年获得中央电视台"综合文艺奖",1993 年首届全国电视散文大赛三等奖,成为电视散文中的经典作品之一。这些作品得到了著名作家陈白尘的首肯。从此江苏台一发不可收,90 年代初开播了《文学与欣赏》电视文学节目,并播出了一系列经典作品。

1998 年农历正月初五,中央电视台《地方文艺》栏目在经过一年的酝酿和准备之后,推出了"98 首届全国电视诗歌散文展播",高鑫在《荧屏艺谭》中指出,该展播将一批优秀的电视诗文,宛如一批集束手榴弹,通过几个频道的电子冲击波,在屏幕上反复播出,从而使电视诗文占有了屏幕,赢得了观众。这是继江苏电视台《文学与欣赏》栏目之后,又一个引起广泛影响的电视文学品牌栏目。如果说江苏台的《文学与欣赏》是电视文学的开拓者和探索者,那么,中央电视台的《电视诗歌散文》则因为其传播的覆盖面和权威力量,而成为电视文学的引导者和推动者。中央电视台 1998 年至 2000 年连续举办的三届全国电视诗歌散文展播、评比、颁奖活动在全国形成了广泛的影响,涵盖了 30 个省 200 多家电视台,并带动全国其他地方台的电视文学栏目的开办,除坚持了十多年的江苏台的《文学与欣赏》之外,又有了辽宁电视台的《三原色》(1995)、青岛电视台的《人生 TV》,以及山东电视台的《午夜相伴》(1996)、浙江电视台的《文学工作室》(1998)、重庆电视台的《文苑漫步》等。电视文学节目的日渐增多,有力推动了电视诗歌散文的创作,为电视文艺增加了一个全新的艺术品种,开辟了一个崭新的创作领域,同时,中国的电视文学作为一个独立的电视艺术形态也随之初步形成。

---

[1] 张智华.电视诗歌的主要特征及其创作[J].中国电视,2002(2):17.

电视散文,是电视和散文的有机结合体,是散文作品的电视化。它最为突出的特征,一是文学语言的形象化,即"既把文学语言表现的对象转化为可感可见的画面形象,又忠实地还原文学语言";二是具有丰富的联想性,即周星在《诗与画的交响——关于电视诗歌、散文艺术的思考》中指出的,"在触目可见的声画形象背后富有想象的内涵"。电视散文的创作,就是抓住散文作品电视化过程中的这些特点,把文学形式的内涵、情调和意境用电视手段加以艺术表达和再创造,产生一种更具魅力的艺术形式,它是一种新的艺术品种,而不是二者的简单相加。

荷塘月色(节选)

朱自清

这几天心里颇不宁静。今晚在院子里坐着乘凉,忽然想起日日走过的荷塘,在这满月的光里,总该另有一番样子吧。月亮渐渐地升高了,墙外马路上孩子们的欢笑,已经听不见了;妻在屋里拍着闰儿,迷迷糊糊地哼着眠歌。我悄悄地披了大衫,带上门出去。

沿着荷塘,是一条曲折的小煤屑路。这是一条幽僻的路;白天也少人走,夜晚更加寂寞。荷塘四面,长着许多树,蓊蓊郁郁的。路的一旁,是些杨柳,和一些不知道名字的树。没有月光的晚上,这路上阴森森的,有些怕人。今晚却很好,虽然月光也还是淡淡的。

路上只我一个人,背着手踱着。这一片天地好像是我的;我也像超出了平常的自己,到了另一个世界里。我爱热闹,也爱冷静;爱群居,也爱独处。像今晚上,一个人在这苍茫的月下,什么都可以想,什么都可以不想,便觉是个自由的人。白天里一定要做的事,一定要说的话,现在都可不理。这是独处的妙处,我且受用这无边的荷香月色好了。

曲曲折折的荷塘上面,弥望的是田田的叶子。叶子出水很高,像亭亭的舞女的裙。层层的叶子中间,零星地点缀着些白花,有袅娜地开着的,有羞涩地打着朵儿的;正如一粒粒的明珠,又如碧天里的星星,又如刚出浴的美人。微风过处,送来缕缕清香,仿佛远处高楼上渺茫的歌声似的。这时候叶子与花也有一丝的颤动,像闪电般,霎时传过荷塘的那边去了。叶子本是肩并肩密密地挨着,这便宛然有了一道凝碧的波痕。叶子底下是脉脉的流水,遮住了,不能见一些颜色;而叶子却更见风致了。

月光如流水一般,静静地泻在这一片叶子和花上。薄薄的青雾浮起在荷塘里。叶子和花仿佛在牛乳中洗过一样;又像笼着轻纱的梦。虽然是满月,天上却有一层淡淡的云,所以不能朗照……①

分镜头脚本(节选):

---

① 朱自清.朱自清散文精选[M].武汉:长江文艺出版社,2009:51.

镜号	拍摄内容	景别	时间	技巧	音乐	解说词	备注
1	外景(夜) 夏夜皎洁的月亮	特	5"	暗转			
2	夏夜被微风拂动的荷塘	全	5"	浅入—平摇—切	笛子曲《秋湖月夜》		效果声：蛙声、蝉鸣
3	明亮的月光洒满小院里，主人公坐在躺椅上乘凉	全	25"	横移—切		【独白】这几天心里颇不宁静。今晚在院子里坐着乘凉，忽然想起日日走过的荷塘，在这满月的月光里，总该另有一番样子吧。	
4	屋内环境	全	5"	平摇—切		月亮渐渐地升高了，墙外马路上孩子们的欢笑，已经听不见了；妻在屋里拍着闰儿，迷迷糊糊地哼着眠歌。	
5	女人在屋里拍着小儿，断断续续地哼着催眠曲	全—特	20"	切	音乐渐弱		
6	主人公轻手轻脚地进入，披了长衫，带上门出去了	近—中	10"	伴随摇—淡出		我悄悄地披了大衫，带上门出去。	开关门的吱呀声
7	月光下，荷塘边，蛐蛐与蛙声组成的夏夜的交响曲，S形的小道 主人公沿着小路缓步前行	全	18"	平摇—切	音乐渐起	沿着荷塘，是一条曲折的小煤屑路。这是一条幽僻的路；白天也少人走，夜晚更加寂寞。	蛐蛐声、蛙声
8	荷塘边，随风婆娑的树影	全—中	14"	推—淡出		荷塘四面，长着许多树，蓊蓊郁郁的。路的一旁，是些杨柳，和一些不知道名字的树。	
9	蜿蜒的小路	全	15"	垂直摇—切	音乐稍弱	没有月光的晚上，这路上阴森森的，有些怕人。今晚却很好，虽然月光也还是淡淡的。	

续表

镜号	拍摄内容	景别	时间	技巧	音乐	解说词	备注
10	路上独自踱步的主人翁	全	15″	切		路上只我一个人,背着手踱着。这一片天地好像是我的;我也像超出了平常的自己,到了另一个世界里。我爱热闹,也爱冷静;爱群居,也爱独处。	
11	人物上半身	近	12″	伴随摇—切			
12	月下独走的主人翁	全	35″	垂直摇—切		像今晚上,一个人在这苍茫的月下,什么都可以想,什么都可以不想,便觉是个自由的人。白天里一定要做的事,一定要说的话,现在都可不理。这是独处的妙处,我且受用这无边的荷香月色好了。	
13	月下荷塘	全—近	5″	浅入—推—切	音乐渐起		
14	塘中出水高高的荷叶	特	17″	平摇—切		曲曲折折的荷塘上面,弥望的是田田的叶子。叶子出水很高,像亭亭的舞女的裙。	
15	层层叶子中间,零星的白花	近	25″	平摇—切		层层的叶子中间,零星地点缀着些白花,有袅娜地开着的,有羞涩地打着朵儿的;正如一粒粒的明珠,又如碧天里的星星,又如刚出浴的美人。	
16	微风吹来,满塘的荷叶在风中摇摆	全	5″	切	音乐渐起	微风过处,送来缕缕清香,仿佛远处高楼上渺茫的歌声似的。这时候叶子与花也有一丝的颤动,像闪电般,霎时传过荷塘的那边去了。叶子本是肩并肩密密地挨着,这便宛然有了一道凝碧的波痕。	微风声
17	微风中颤动的叶子与花	特	28″	切			

镜号	拍摄内容	景别	时间	技巧	音乐	解说词	备注
18	叶子底下的水波	近	14″	淡出		叶子底下是脉脉的流水,遮住了,不能见一些颜色;而叶子却更见风致了。	水波声
19	月下,整个荷塘在微有薄雾的风中微摆	全	3″	切			叶子摇曳的沙沙声
20	月光倾泻在荷叶、荷花上	近	10″	平摇—切	音乐渐起	月光如流水一般,静静地泻在这一片叶子和花上。	
21	笼罩在薄雾里的荷塘	全	5″	切		薄薄的青雾浮起在荷塘里。	
22	薄雾里的叶子和花	特	12″	平摇—切		叶子和花仿佛在牛乳中洗过一样;又像笼着轻纱的梦。	
23	满月被淡云遮住	特	13″	转黑		虽然是满月,天上却有一层淡淡的云,所以不能朗照。	

　　以上两段分别节选自散文《荷塘月色》原文和分镜头脚本,通过对比不难得出结论,电视散文除了取材更广泛、篇幅更从容外,不管是视觉造型(荷塘、树影、小路、白花、水波、满月等),还是听觉造型(解说声、配乐笛声、虫鸣蛙叫声等);不论是诗意与情韵(唯美的画面、色调与影调的营造、舒缓的镜头运动等),抑或哲思与意境(情绪氛围的烘托、借物借景的抒情咏怀、意味隽永的留白等),其所需具备的要素及特征与电视诗歌都有很多共通之处:想象自由、情感丰沛、虚实相间。电视散文以具象化的电视视听语言,将看似微小散碎、时空跳跃的声画素材拾掇起来穿连成串,缝合成为浑然的一体,予人美感与回味。

　　需要特别强调的一点是,"形散神不散"的结构是电视散文脚本写作中非常重要和关键的。由于不受题材格式的限制,散文的结构最为灵活多样,可以叙事、抒情、言志,但并不意味着可以散漫无稽,应该是形散而神不散,既能散得开,又能收得拢。多数散文的篇幅都比较小,如果不对内容作系统的组织安排,过多的枝蔓和变化会显得杂乱无章。成功的散文往往言简意赅,戛然而止,给人以灵活多变而又干净利落的感觉。将精巧的立意、构思以电视化手段体现出来,可强化、放大作品的表现效果。但电视散文的外在形式通常是松散的,即"形散",特别是抒情类作品那朦胧、灵动的感觉和意蕴,以电视手段表现难度颇大。这就要求创作者在立意上狠下一番功夫,以明确集中的"意"统一全文,即"形散神不散"。要在吃透原文内涵的基础上精心立意,使作品意象丰满、内涵深刻。

　　电视散文形式的布局多种多样,有纵式的,有横式的,有网状的,有对比的,有逐层深入的,有曲折迂回的,不一而足。总体而言,就是要能够有散有聚,能放能收,纵横跌宕,疏密相间,舒卷自如,摇曳多姿。电视散文的发展需要明确自身所具有的属性特征:第一,它利用了电视这一大众化的传播途径,视听语言是一种综合性语言工具,而电视是视觉文化中最为活跃的视觉内容形态之一;第二,散文是文学中情感最为自由的表意方式,融记叙、写景、抒怀、言志、评述为一体,"散文的特点就在于以自由灵活的形式,达到形散而神不散的审美特色①。"

第三节　方法与步骤

无论是哪一种类型的电视写作工作,在其创作准备过程中,有些法则、技巧、步骤与思路是共通的。而这些法则、技巧、步骤与思路,往往是对电视节目从内容到形式的全面把控,并不可以离开节目的整体创意构想,以及电视体系中其他因素的影响而单独考量。当然,也并没有什么一成不变的固定模式,它需要因地制宜、因时制宜,根据不同节目的实际需要而灵活处理。外部条件和环境的任何一点变化,都会引起思路上的相应变动。电视文学脚本写作也遵循这一规律,不同于个人的文学创作,不能以不变应万变。其中最重要的是每个步骤环节处理要准确与安排要适当。

一、创意构思——"切"

许多电视从业者都有一个深切的体会:节目若能选择一个好的角度,那么就成功了一半。换句话说,脚本写作在最初的创意构思阶段,如果能找准一个新颖独特的切入点(或曰角度),那么还没动笔,脚本写作就成功了一半。

万事开头难。初学者在创作脚本时最感困难的问题往往有:觉得没什么可写,或者不知该写什么才好,或者同样的题材不知道怎样入手才能不"撞车"、不雷同等。的确,在日复一日的创作过程中,真正鲜为人知的题材、别人没有想到过的角度,其实很难遇到,甚至是可遇而不可求的。电视从业者平常接触到的,多数是常规的题材、相似的题材、别人做过或正在做的题材,要怎样做才能避免步人后尘、拾人牙慧,给观众耳目一新的感受呢?其实,任何一个司空见惯的题材,都会有多方面的对应关系,比如社会的、功利的、审美的、心理的、历史的、道德的……我们接到一个选题,一定要像看一个魔方一样,把它的六个侧面都反反复复看上几遍,经过对照、比较,选择一个最佳的色块开始转动。如果你选择得好、选择得对,就转动得快,成功的可能性就大。否则,就转动得慢,成功的概率就低。②

既然问题的关键在于选择一个切入点、一个新颖独特又恰当的角度,那么有哪些方法和

---

① 彭吉象.艺术学概论[M].北京:北京大学出版社,1995:380.
② 徐帆,徐舫州.电视策划与写作十讲[M].杭州:浙江大学出版社,2009:157.

步骤可资借鉴呢?

一是积累。艺术植根于生活,厚积才能薄发。生活是散乱芜杂、丰富多彩的。检验一个脚本作者的水平和能力,就看你能否选出别人熟视无睹,认为平淡无奇的生活,一经你提炼表现出来,又令人惊喜无比,引起强烈共鸣,让他或她心想:"自己每天就生活在其中,为什么没有留心注意到?"有些人常常感叹自己写不出东西,只见树木不见森林,说白了,很大原因就是因为没有留心生活,不接"地气"!早有名言告诫我们:"生活中并不缺少美,只是缺少发现美的眼睛。""世上无难事,只怕有心人。"说到底,生活阅历很重要,同样重要的还有作者对生活保有高度的艺术敏锐力。无论是普通老百姓还是领袖人物的生活,其表面状态都是平淡无奇的,很少天然就具有戏剧性的情况。日常的生活现象只有通过作者的感受思考,才能够显示出一定的意义和艺术价值。对生活感受思考程度的独到深刻与否,决定着作者对创作素材的采掘能力。此外,每个人都必定有自己涉猎面的局限性,能将古今中外各路题材均驾驭得很好的作者是不存在的。素材的来源和积累素材的方式、渠道是多方面的。人们通常认为,最重要和最宝贵的创作素材是采自作者亲身经历和体验过的生活。这一观点当然是正确的,但在创作中仅凭这一点却远远不够。所以,对于一个学习或从事专业的人来说,必须善于在立足于直接的生活体验的同时,去开拓广阔的间接的创作素材源泉。要做到这一点,除了勤奋用心之外,很重要的是要对生活有热情、感兴趣,保持一颗好奇心,因为只有"广撒网""宽眼界",才能"厚基础""深开掘",才能切中创意构思的那个点。[1]

二是选择。广泛占有材料之后,面对纷繁复杂的大量素材,容易"乱花渐欲迷人眼",这时候"沙里淘金"的判断、筛选、取舍就很重要了。

首先,立足最熟悉的生活,选择最擅长驾驭的题材。选材的第一要义,是要衡量自己对该类题材所要表现的生活范畴的熟悉程度。作者未必只能描写亲自体验过的生活,但必须以自己的生活体验为基础,为立足点,因为艺术想象脱离生活就容易走向虚假,比如让一个从未出过国门的人写一个发生在国外的留学生故事,如果他不做大量了解工作的话,势必会写得勉强而僵硬。

其次,选择"最有感觉"的。对于某个题材或者角度是否有创作激情,是决定能否写好它的又一重要因素。只有当写作者对所要讲述的那些事情、那些人物怀有强烈的情感爱憎,具有不吐不快的倾诉冲动,才有可能使未来的作品情蕴深厚、撼人心灵。饱含激情的写作对于作者来说是一种享受,缺乏激情的写作却是一种味同嚼蜡的折磨,只有在激情洋溢的状态中,才能使作者有克服种种创作困难的无穷动力。

再次,排除第一反应,不用第一选择。人们在接到题材后产生的直接反应,往往是一种定式思维与"套版反应"。在这种反应下作出的决定和选择,往往是人人皆知的"大路货",缺乏新鲜感,因此一定要将直接的第一反应暂且搁置,想方设法、上下求索、另辟蹊径,看看有没有可能寻找到更新的角度。

最后,选择最具可行性的题材或角度。这就要求写作者要带着后期创作的思维来写作

---

[1] 王国臣.影视文学脚本创作[M].杭州:浙江大学出版社,2009:42.

前期的文学剧本。一方面,要考虑艺术表现和技术操作的可行性,即所写的内容场景能否顺利地转换为影像语言,导演、演员、摄像、剪辑、配音等工作能否达到效果;另一方面,也要适度考虑市场生存的存活率,以及人、财、物等经济成本是否能达到后期要求等,多方权衡之下作出的选择,可能才会具备多重保障。

三是捕捉。创作灵感虽然总是在偶然的状态下出现,但是它的产生是建立在长期的生活感受和职业性艺术思维锻炼的基础之上的,是大量的艺术积累和创作准备的结晶与迸发,它的出现是偶然中的必然。作为一个脚本创作者,要捕捉灵光乍现的创作灵感,其艺术思维的闸门便不能只在写作时才开启,而要处于经常性和习惯性的备战状态,时刻准备着对有关信息作出职业性的条件反射。当灵感的火花闪现时,就要及时捕捉它,不让它稍纵即逝。哪怕当时只有很粗略的一个念头,一个很朦胧的设想,或者只有几句不连贯的话,只要预感到它是有艺术发展价值的,就应当马上记下来,而且需要持之以恒,俗话说,"好记性不如烂笔头",这些随笔记录,很有可能成为日后脚本的创作出发点。[①] 此外,在积累和占有大量创作素材的情况下,也要善于在浏览熟悉材料的过程中激发、捕捉灵感。一方面,根据设定的主题和方向进行选择和取舍;另一方面,要善于发掘隐藏在素材内里的那些更为鲜活、更有意义的信息,也许一次偶然的发现和挖掘,会改变整个写作思路和侧重点。

四是设置。要求用几句很简洁的话就能概括出整个脚本的大体结构或情节内核,即确立起写作思路最基本的主线和方向,以高屋建瓴之势,起到提纲挈领的作用。好莱坞编剧有一条黄金准则——用一句话能说清的故事才是好故事。其实,对于电视文学脚本的写作也有相同之处。将零散的原始生活素材凝聚、筛选、取舍,再重新组织成一个脚本的第一步,是要设置或者是抓住这个脚本的内核。这类似于传播学里"议程设置"的概念,我们写作文学脚本,先抓住一个整体上的核心点、一个大致的发展方向,然后再进一步填充血肉,细化润色。需要强调的是,这个内核不是一下子就能找得着、抓得住的,需要作者在充分掌握素材的基础上反复推敲、琢磨,设计多种构思方案;而在构思与设置的过程中切忌思维的僵化、固执和懒惰,不能只认定一个构思方向想下去,不向四面看看,顺着一条道走到黑,也不能因为已经取得的构思是历经千辛万苦的,就想努力维持而不愿舍弃和推翻。不论是设置电视小说的故事大纲、故事梗概、人物小传,还是安排电视散文的篇章结构、起承转合,或是设计电视诗歌的风格基调,抓住"文眼诗魂",确立内核/方向,都为成功撰写电视文学脚本孕育了一个胚胎。

荷兰的纪录片大师伊文思,其创作的《桥》和《风》等都是举世公认的纪录名片与精品。让我们来看看他在创作《风》之前想到的部分材料:(法国南部海岸凛冽的北风)它沉睡了;它醒了;它刮起来;它在音乐声中上路;它把人、动物和自然界唤醒;它改变着他们;它使一切都运动起来;它激怒了人们;它改变了颜色;它使人们的精神受到刺激;它寒冷;它带来了健康;它被期待着;它被渴望着;它受到欢迎;它变得使人恼怒;它是被诅咒的;人们可以看到它的消失;它使万物变得干燥;它使人感到不舒服;它发出声响;它是虚弱的;它是强健的;它发

① 王国臣.影视文学脚本创作[M].杭州:浙江大学出版社,2009:42.

出刺耳的尖叫;它安静下来;它脱去衣服;它摆动着;它发火了;它影响了语言风格;它使渔民们感到恐惧;它掀起了连天的海浪;它阻止了工业的飞跃发展;它引起了火灾;它扰乱了运输;它嘲笑着;它嬉戏着……

之所以不厌其烦地把这些内容一一摘引,主要是想有一个生动的案例来说明,伊文思是如何积累素材、筛选取舍、捕捉灵感和设置内核的。无影无踪的"风",看不见,摸不着,怎么拍?这个选材的切入点首先就很别出心裁。接下来,凡是与"风"有关的材料先尽可能想到,随手记下,想到哪里,记到哪里,也可能没有逻辑联系,也可能重复雷同,也可能根本没用,这都无关紧要。回头再对这些散乱的素材进行甄别分析,选择其中最有价值的材料使用。伊文思之所以能够把看不见、摸不着的"风"拍得有生命、有个性,与他之前的精心准备、积累选择、随时捕捉灵感并清晰设置内核有直接的关系。①

二、范本参照——"破"

片子的气口切准了,素材积累足了,整体上的创意构思心里也有谱了,接下来很重要的一个步骤,就是要站在成功案例的肩膀上借鉴学习。正所谓不破不立,范本、格式作为创作的参照,不是简单一味地采用"拿来主义"或"剑走偏锋",而是要触类旁通、举一反三;要有所扬弃地消化吸收,取其精华,去其糟粕;更要突破创新,不走"同质化"的套路和死路。艺术创作的规律要求既要在"情理之中",又要在"意料之外";既合情合理,又能出奇制胜。

一是逆向法。即在脚本写作时转换视角,从"陌生化"的角度重新审视选好的题材,学会尽量站在不同的立场,以不同的身份,从不同的面向来观察事物、思考问题,多问一些为什么,多试一下行不行,摆脱惯常的套路与定式,从反向的维度,找寻与众不同的写作方式和表现方法,在质疑、挑战、尝试、突破的过程中往往能另辟蹊径。

陌生的称呼

上午,局党委吴书记正在办公室批阅文件。

一个戴眼镜的人轻轻推门进来:请问,吴明同志在吗?

吴书记头也没抬:不在。

那人又问:请问,他到什么地方去了?

吴书记有点不耐烦了:不知道!

那人抱歉地点点头:对不起……

那人退了出去。

门又被敲响了。

吴书记有些恼火:谁?!

办公室王秘书的声音:吴书记,是我。

吴书记:什么事,进来说!

① 徐帆,徐舫州.电视策划与写作十讲[M].杭州:浙江大学出版社,2009:156.

王秘书进门后,身子一闪:吴书记,有人找。

吴书记抬头,看见刚才来过的那个人。

那人十分礼貌地赔着小心问:吴书记……您,就是——吴明同志吧?

吴明心头一怔:啊啊……原来是找……

那人:您,吴书记……

吴书记尴尬地:是、是……我叫……①

上述示例中,即是打破了惯性思维,从"同志"到"书记",分别以两个不同的称呼作前后对比,辛辣地讽刺了担任"局党委书记"管理职务的吴明在潜意识中习惯成自然的"官本位"思想,创作者能够在脚本写作时以小见大、转换视角,用"陌生化"的角度审视与重新思考"官场怪现状",塑造了生动鲜活的人物形象,在逆向法中展现情节设置冲突的戏剧化效果。

二是简化法。文学原著或者某些原创的文学剧本往往有大量描述性、形容性的篇幅,那么当我们在改编分镜头脚本时,就得将之做一个合理的转换和简化,摘去对于拍摄、剪辑而言冗余的渲染复沓段落,改之以简洁明了的台词动作与神态心理、画面内容概述(如场景风貌、影调等)、声音说明(如配乐、音效等)、必要的技巧(如推、拉、摇、移等)、特效(如叠化、淡入淡出等)、字幕等。此外,原著中的某些段落/人物关系等也需要删减压缩,合并同类项,因为电视这种"一次性"的传播特性不同于传统文学审美的反复回味,要求脚本创作就要将之调整为适合电视屏幕呈现的"一目了然"状态。一句话,视听语言要做减法,突出重点。

三是填空法。填补空白也是在尝试一种新的可能性。例如,改编卡夫卡著名的小说《变形记》,惯常的思维是梳理出场景,用第三人称的视点来写作这一荒诞怪异的故事,但如果能够换一种思维,以第一人称的视点来设计整个分镜头脚本,从头至尾以主观镜头呈现,直至片尾才回到客观视角,揭示"哦,这原来是一场梦"。这个写作方法在某种意义上就与之前的写作范本、惯例等区分开来,在人称视点上也填补了一定的创作盲点或曰空白。当然,可填之空很多,题材空白、角度空白、镜语空白、基调空白、样式空白……甚至文学原著中"留白"予人回味之处,也可以发挥想象、填补创新,将"如在眼前"转换成"已在眼前",跃然屏上。

四是重组法。即是重新的排列组合,说白了,就是脚本写作的"蒙太奇"思维。将好的、适合表达主观创作意图的素材、方式、参照范本、格式规范等全盘考虑,然后"妙手缝合",将之打通、串联、优化,还得不生硬、起承转合要自然。例如,马致远的元曲《天净沙·秋思》"枯藤老树昏鸦/小桥流水人家/古道西风瘦马/夕阳西下/断肠人在天涯",每个词组就是一幅画面,其间的顺序微调、影调设计等,就可以在脚本写作时充分考虑,不一定完全按照原著的排列顺序来表现,另外还可以借鉴参照其他电视散文、电视诗歌的脚本范例,比如昏黄的色调、大远景/拉镜头的景别设计、人物剪影表现"孤寂""断肠"等手法,只要适合,并能达到事半功倍的效果,都可以信手拈来,编织进自己的脚本当中。再如电视剧《一地鸡毛》,是根据作家刘震云的《一地鸡毛》和《单位》两篇小说改编而来——两篇小说都是从一件小事入

① 王国臣.影视文学脚本创作[M].杭州:浙江大学出版社,2009:155.

手,来展示人物的生活状态,电视将两者的内容糅到一起,对情节进行重新排列组合,巧妙完成了新的叙事。

方法介绍之后,再来具体看看一些写作格式与范本。按照不同形态和功用,可将脚本分为三种类型,即文学脚本、分镜头脚本和完成台本。

文学脚本是电视文学片的基础,是未来电视片的框架,对其主题、人物、情节、结构以及风格等作出明确规划。一般而言,写作者往往有较强的表现欲望,希望脚本有更强的文学性和可读性,而导演看重的是可拍性,注重脚本的情节和结构,讲究视觉效果,文学色彩在拍摄中往往会被剥离开去,写作者与导演对脚本的不同要求,也就形成了两种文学脚本样式,一种偏重文学性;另一种则偏重镜头感。

偏重文学性的脚本特点如下:

(1)脚本不但是可供拍摄的(习惯上称为"可拍性"),而且也很注意文字语言的修辞和文采。它既为导演拍摄提供了基础,又能成为一种普通读者阅读的文字读物。

(2)往往以场景的时空变化来划分脚本的文字段落,但不在每次时空转换的时候标明时间、地点之类,而是通过对情节的描述自然而然地体现出来。

(3)不对拍摄技术作明确的规定(比如注明"特写""推""淡出"之类),而是通过对艺术形象的直接描写把内容暗示出来。

1921年1月的一天,午后。伦敦,泰晤士河畔,码头上。

冬天的伦敦,细雨中,浓雾渐渐散开,但湿气还是时时扑面而来。接船的人群中,徐志摩身着深灰色长大衣,外裹一件雨衣,戴着礼帽,衣领也都翻立起来。他右手挎着一把长柄雨伞,左手捧着一束鲜花。一旁,站着刘叔和,也是一身御寒的衣着。

一会儿,一辆黑色小车驶近,停下,陈西滢从车窗内探出头来,抬手向徐志摩打了个招呼:"志摩,我先去把车停好。"说完,小车慢慢向停车场驶去。

停好了车,陈西滢向着徐志摩、刘叔和走来。

徐志摩:"来,来,西滢兄!叔和,这位就是陈西滢先生,说好了今天介绍你们见面的。"

刘叔和走向陈西滢:"久仰,久仰!志摩早就说了,您是大名鼎鼎的吴稚老、吴稚晖老先生的外甥!"

陈西滢:"叔和兄的大名,我陈西滢也早就如雷贯耳了。今日相识,十分荣幸。"

徐志摩:"好了好了,都那么客气做什么?以后,大家还要互相关照才是。"

刘叔和:"我们也算得上'同是天涯沦落人'了。不,这话不对,志摩的家眷一会儿就到,他不算沦落人了,不与我们为伍了!"

偏重于镜头的脚本特点如下:

(1)编剧把提供导演拍摄作为自己唯一的责任和目的,并未特别准备使自己的脚本成为一种文字读物。因此,多采用对动作或画面的直接白描,不追求文采,可读性不强。

(2)以场景(另有"双栏式"结构,即一边是画面内容,一边是声音表述,如解说词)来划分文字的自然段落。在每段之首专用一行文字标明场号,场面发生的地点、时间等。

（3）明确地从技术上规定拍摄的方法，甚至详细地对摄制组的其他创作人员（导、演、摄、录、美、服、化、道等），也作出许多较为具体的指示。

1.外景。泰晤士河口，日落。

风声呼啸。远景。小男孩匹普沿着河口岸边跑来，他沿着弯曲的小道跑向摄影机，摄影机用跟摇镜头拍摄。小道旁边竖着一个把犯人尸体示众的绞架，匹普经过绞架时抬头看了一眼。渐化。

2.外景。教堂墓地，匹普的中景。

他拿着一束冬青枝，爬过倒塌的石墙。当他从墓地和老坟旁边走过时，摄影机跟着他摇向右方。他走向其中一块墓碑，在它面前跪下，摄影机继续摇拍——现在是他的中景。

3.中景。

匹普跪在坟前，风还在呼啸。匹普拔掉一棵凋谢的蔷薇丢在一旁，又重新拍好土，然后把那束冬青枝放在坟顶上靠近有字的墓碑旁。树枝的折裂声。

分镜头脚本亦称导演脚本或导演台本，是导演案头工作的集中表现，是将文学性内容分切成一系列可以摄制的具象镜头的一种脚本。具体来看，导演对文学脚本进行分析、研究以后，将未来片中准备塑造的声画形象，通过分镜头的方式诉诸文字，就称为分镜头脚本。其内容一般包括镜号、景别、摄法、画面内容、台词、音乐、音响效果、镜头长度等，画成表格，分项撰写。若是有经验的创作者，写作时在格式上也可灵活掌握，不必拘泥于此。分镜头脚本是导演对电视剧全面设计和构思的蓝图，是摄制组统一创作思想，有序开展工作的主要依据，它有利于保证摄制工作的计划性、可行性。

29.高墙外　（春　夜　外）

正面长焦：

鲁大领着十来个胡子呼啸着骑马冲来

鲁大命令："抢家伙什，以枪声为号！"

30.杨家大院　前院　（春　夜　外）

摄影棚拍：

杨雨田步履从容地向碉楼走去

他的眼中闪着仇恨的怒火

31.高墙外　（春　夜　外）

带侧背的大全：

鲁大站在高坡上，举目眺望

近摇近：

几个持枪的胡子躲在半截墙后边准备射击

32.高墙上　（春　夜　外）

摄影棚拍：

旗杆上，红旗猎猎

杨雨田走上城垛,放眼望去

33.高墙外　　(春　夜　外)

正中推近:

高头大马上的鲁大神情阴郁,紧锁眉头

他身后,众胡子严阵以待

鲁大信手抖抖手中的长鞭,鞭梢在空中挽了个漂亮的鞭花,发出震耳欲聋的一声脆响,众胡子扛着圆木吼叫着向大门冲去

完成台本被称为镜头记录本,是在整部作品拍摄完后,由场记完成的工作。其任务是把拍成并定了稿的电视片中一切技术、艺术内容,原原本本地记录下来,并详细注明每个镜头的时长、位置。它的格式与分镜头脚本基本相同,但对场景只作简略提示。

镜 号	带 号	景 别	摄 法	画面内容	台 词	音 乐	音 效	时 长	备 注

三、量体裁衣——"立"

电视文学片的脚本创作,在经历了前期积累了丰富的素材,找准了着手的切入点,参照并扬弃了格式范本等步骤,"破旧"之后便开始步入实质性的"立新"建置阶段,要根据选定的题材、角度、方式、风格等主观需求进行"量体裁衣"了。不论是电视小说、电视散文,还是电视诗歌,无外乎两种情况:要么在已有的基础之上根据原著开展改编工作,要么完全"从无到有"地依据题材构思的需要进行原创。

电视文学片的改编作品,即是要运用电视独有的思维方式,遵循影视艺术的创作规律与特性,将其他体裁的文艺作品改写为电视脚本。采用改编的办法,一是可以融汇各种艺术的优势与特长;二是可以扩充电视创作的题材领域;三是可以普及、扩展各种文学名著的影响。文学原著的艺术魅力与其独特的文字语言风格相关,而电视脚本则通过造型风格产生这种魅力。有时,改编者为了忠实于原著,而追求与原著艺术风格及语言风格的相似,造型风格同语言风格一样,除了必须做到统一、鲜明、生动之外,最重要的是要与作品所表达的主题、题材和情感倾向相一致。

麦琪的礼物(节选)

[美]欧·亨利

一块八毛七分钱。全在这儿了。其中六毛钱还是铜子儿凑起来的。这些铜子儿是每次一个、两个向杂货铺、菜贩和肉店老板那儿死乞白赖地硬扣下来的;人家虽然没有明说,自己

总觉得这种掂斤播两的交易未免太吝啬,当时脸都臊红了。德拉数了三遍。数来数去还是一块八毛七分钱,而第二天就是圣诞节了。

除了倒在那张破旧的小榻上号哭之外,显然没有别的办法。德拉就那样做了。这使一种精神上的感慨油然而生,认为人生是由啜泣、抽噎和微笑组成的,而抽噎占了其中绝大部分。

这个家庭的主妇渐渐从第一阶段退到第二阶段,我们不妨抽空儿来看看这个家吧。一套连家具的公寓,房租每星期八块钱。虽不能说是绝对难以形容,其实跟贫民窟也相去不远。

下面门廊里有一个信箱,但是永远不会有信件投进去;还有一个电钮,除非神仙下凡才能把铃按响。那里还贴着一张名片,上面印有"詹姆斯·迪林汉·扬先生"几个字。

"迪林汉"这个名号是主人先前每星期挣三十块钱得意的时候,一时高兴,加姓名之间的。现在收入缩减到二十块钱,"迪林汉"几个字看来就有些模糊,仿佛它们正在考虑,是不是缩成一个质朴而谦逊的"迪"字为好。但是每逢詹姆斯·迪林汉·扬先生回家上楼,走进房间的时候,詹姆斯·迪林汉·扬太太——就是刚才已经介绍给各位的德拉——总是管他叫作"吉姆",总是热烈地拥抱他。那当然是好的。

德拉哭了之后,在脸上扑了些粉。她站在窗子跟前,呆呆地瞅着外面灰蒙蒙的后院里,一只灰猫正在灰色的篱笆上行走。明天就是圣诞节了,她只有一块八毛七分钱来给吉姆买一件礼物。好几个月了,她省吃俭用,能攒起来的都攒了,可结果只有这一点儿。一星期二十块钱的收入是不经用的。支出总比她预算的要多。总是这样的。只有一块八毛七分钱来给吉姆买礼物。她的吉姆。为了买一件好东西送给他,德拉自得其乐地筹划了好些日子。要买一件精致、珍奇而真有价值的东西——够得上为吉姆所有的东西固然很少,可总得有些相称才成呀。

房里两扇窗子中间有一面壁镜。诸位也许见过房租八块钱的公寓里的壁镜。一个非常瘦小灵活的人,从一连串纵的片段的映像里,也许可以对自己的容貌得到一个大致不差的概念。德拉全凭身材苗条,才精通了那种技艺。

她突然从窗口转过身,站到壁镜面前。她的眼睛晶莹明亮,可是她的脸在二十秒钟之内却失色了。她迅速地把头发解开,让它披落下来。

且说,詹姆斯·迪林汉·扬夫妇有两样东西特别引为自豪,一样是吉姆三代祖传的金表,别一样是德拉的头发。如果示巴女王住在天井对面的公寓里,德拉总有一天会把她的头发悬在窗外去晾干,使那位女王的珠宝和礼物相形见绌。如果所罗门王当了看门人,把他所有的财富都堆在地下室里,吉姆每次经过那儿时准会掏出他的金表看看,好让所罗门王妒忌得吹胡子瞪眼睛。

这当儿,德拉美丽的头发披散在身上,像一股褐色的小瀑布,奔泻闪亮。头发一直垂到膝盖底下,仿佛给她铺成了一件衣裳。她又神经质地赶快把头发梳好。她踌躇了一会儿,静静地站着,有一两滴泪水溅落在破旧的红地毯上。

她穿上褐色的旧外套,戴上褐色的旧帽子。她眼睛里还留着晶莹的泪光,裙子一摆,就飘然走出房门,下楼跑到街上。①

改编脚本节选:

第一幕　圣诞前夕　客厅

人物:德拉,苏珊

场景:桌子上放着一元八角七分,德拉焦急地在屋里走来走去。

旁白:一元八角七分是我们的女主角德拉从杂货店老板、菜贩子和肉店老板那儿一分一分扣下来的,为的是能省出点来给吉姆——她的丈夫买份称心的礼物。这个每周八美元的公寓极其简陋。然而女主人德拉一头瀑布似的美丽秀发和男主人吉姆祖传的没有表链的金表却让所有的人美慕——当然,这也是他们唯一的骄傲。

德拉:(拿起桌上的一元八角七分)一元八角七分,怎么办? 我能做什么呢?

德拉无奈地摇摇头,走到椅边,慢慢趴下,呜呜地哭了起来。

"咚咚咚"敲门声响起。

德拉:(擦了擦眼泪)谁?

苏珊:我,苏珊。(两手放背后)

德拉开门,苏珊进。

苏珊:(拿出两个苹果,送德拉面前)德拉,圣诞快乐!

德拉:谢谢你,苏珊,也祝你圣诞快乐!(一手摸头发,一手拿着钱)

苏珊:你的头发真漂亮,我要是有你这样漂亮的头发,那该多好啊。连王妃见了都会美慕我!

德拉:是吗?

苏珊:嗯! 就算是在经营头发的店里,我也从未见过比这更好看的头发了!

德拉:(叹气)可是这有什么用呢? (停顿,深思……)你刚说什么? 经营头发的店里? (恍然大悟)我知道了! (转身,抓起外衣,戴上帽子)谢谢! (飞奔而下)

1.改编对象与选择

(1)原著要具有下列条件,才比较适合于电视改编:①有较高的审美价值;②有较大的社会效应,得到尽可能多的观众的关注与喜爱;③原著与改编者的创作个性、生活经验有较多的一致性;④原著的内容要具有较强的画面感和运动感。

(2)改编对作者(编剧、导演)的要求:①需要对原著熟悉与了解,其中最重要的是改编者的生活积累问题;②改编者还需要具有丰富的知识、杰出的想象力、精湛的艺术才能、深厚的文学艺术修养,以及对影视艺术规律的熟练掌握与运用。

---

① 欧·亨利.最后一片叶子[M],石向骞,译.合肥:安徽人民出版社.2012:20.

2.改编的原则

（1）相似性原则：最基本的时代背景、情节事件、人物性格、人物关系等，必须与原著保持一种相似性，否则就容易造成对原著的歪曲、篡改。

（2）整体性原则：是为了重新构造一个独立的艺术整体，因而，对原著的修改、加工、创造，都须服从总体的需要，以此为核心，确定作品的主题、人物、情节、结构、场面、细节、风格等。

（3）影视化原则：必须尽量避免、删除、转化原著中那些不能通过视听手段加以有效表达的内容，还需把原著的内容转化为视听形象。

3.改编的方法

（1）再现式改编：比较准确而完整地再现原著的主题、情节、人物性格、人物关系，以及风格、情调等。关于历史或异域的文学名著改编，还应注意既不违背时代与环境的真实，又能适应于今天的现实。再现式改编要对原著进行必要的浓缩（主要对长篇作品）、扩充（主要对短篇作品），或挪移（主要对中篇作品）。

（2）节选式改编：改编者根据自己的创作需要，从原著中节选出一段相对完整的事件、情节，以及一组相对完整的人物，改写为电视脚本。在不违背总体真实的前提下，将原著的某些片段经过处理，适当吸收原著其他部分的内容，构成一个新的整体。

（3）取材式改编：改编者根据自己对生活的理解，只摄取原著的题材和大意，再进行重新构思、组合和再创作，形成一部新的作品。

（4）重写式改编：所谓重写，是指改编完成后的电视脚本，一方面仍以原著为基础，受原著所提供的叙事框架和主题、题材、人物等限制；另一方面又要根据改编者自己的审美理想、创作意图、艺术个性，对原著进行增改、删减、重组，形成与原著既有紧密联系，又有明显区别的作品。这种改编既可以充分吸收与发挥原著的成功经验，将其融汇于脚本创作中，又可以显示出改编者鲜明的主体意识与审美个性，改编者在重写中可以较为充分地表现出自己的创造性、想象力。

电视文学片的原创脚本，其创作规律与电视制作的复合性、综合性特征密不可分。当我们把电视文学看作"用电视手段完成的文学"时，实际上已经暗含了电视创作与传统文学创作的相同与相异因素：相同因素在于两者的"文学性"，相异因素则是由二者的物质媒介所决定的。传统文学的物质媒介是语言文字，依附于原著的改编脚本要平衡"文学性"与"电视性"，要"戴着镣铐起舞"，电视文学的物质媒介则是以镜头运用为核心的，融合了多种视听元素的复合系统。这导致电视文学片脚本原创与改编的诸多差异。电视脚本的特性，就是要符合电视传播媒介的属性，作者应该充分考虑到脚本的文学性与应实行交织的双重特征。也就是说，在脚本创作过程中，应有既不同于传统文学创作，又区别于戏剧剧本创作的"影视思维"，要有"为屏幕写作"的自觉意识。如果说文学创作是"通过心灵达到形象"，电视创作则要"通过形象达到心灵",那么,尤其是电视原创脚本在构思与创作的过程中,必须充分运用"由外向内"的思维方式,充分运用蒙太奇思维,注重视觉造型,并把声音作为脚本操作的重要元素。[1]

隐形(节选)

杨霓颖[2]

第二场　夜里　小酒馆外的长形走廊上　马路上不时传来喇叭声

推开玻璃门,一股冷意迎面而来,杨绵双手环抱,拉紧了大衣领口。背后热闹的嬉笑声渐渐消失,手机早已恢复平静,她好似不在意似的,趴在石栏上,静静地看着车来车往的马路。半晌,她跺跺脚,低头从口袋里摸出一包皱巴巴的红双喜,抽出一根放在嘴里,"啪嗒"一声打起火,轻触烟丝,燃起火星。

依旧是熟悉的味道,她嘴角浮起一丝笑。其实也是有不同的,杨绵想起毕业酒那晚……

第五场　(回忆)白天　阳光灿烂　操场边

悠长的走廊仿佛一下子变成了七年前的操场,刺眼的阳光代替了眼前原本昏暗的灯火。

杨绵一个人抱着拿给胖子、狗皮他们篮球队的矿泉水走回篮球场,刚跨进铁门,眼前一黑,一个篮球啪的一下便打到她脑门上。她晃晃悠悠没站稳,向后倒去,数个水瓶哗啦啦落了一地。

忽然,背后一双手稳稳地扶住了她。她包着眼泪,双眼通红抓着对方的手向后看去,逆光下身后的张凯像是被镀上了一层柔软的光晕。

电视文学创作的一般性规律与要求,与电视文学的主题与人物、情节与结构、冲突与悬念、细节与场面等基本元素密切相关。如果把主题与人物比作电视文学作品的灵魂与核心,那么情节与结构应该是其骨骼,冲突与悬念就是其血脉,细节与场面则很像是一个人展示出来的面貌与肌肤,是电视文学最直观的因素之一。只有把握好艺术创作规律与电视传媒本质属性的双重考量,才能创作出生气盎然、审美独特的脚本蓝图。

四、精耕细作——"磨"

电视文学脚本基本建置好之后,接下来便是打磨润色、精耕细作了。方式技巧有很多,这里介绍几种最主要、最常见的具体方法。

(1)画面化表现。由于画面和文字作用的表达介质不同,其表达方式也不同,从而使画面语言具有了自身的独特性。这种独特性表现在:第一,画面语言是可视性语言,具有形状、大小、颜色、运动形态和空间感,这就拉近了画面与读者(观众)之间的关系,比起文字语言更易使观众产生身临其境的真实感。

---

①　邹红.影视文学教程[M].北京:中国人民大学出版社,2004:157.

②　杨霓颖,四川师范大学广播电视编导专业2010级学生。

第二,人们在画面理解和表达上具有多义性和宽泛性。

一个风扇转动的近景画面

可以表现为:

A.天气很热

B.坐在风扇旁边的人感到凉快

C.电能转换成风能的一个实例

D.房间的摆设

E.家用电器等

画面的这种多义性使我们在编写分镜头脚本时有了更多的画面选择,使表现形式更加多样化和复杂化。对于电视观众来说,画面在表义上的多样性容易使他们对画面的理解产生偏差和歧义,从而影响画面的表达效果。所以熟悉画面的多义性并正确利用这一特点,准确设计每一个画面(或一组画面)是非常重要的。

第三,画面的主体不一定是画面语言叙述的主语。当我们用文字语言表达一句话时主语是显而易见的,但画面表达却不同。例如,上述风扇转动的画面,当它表达"天气很热"时,作为画面主体的"风扇"就不是画面语言(天气很热)里的主语。这里,画面内容(风扇转动)与画面语言(天气很热)是一种逻辑上的因果关系。可见,画面语言绝不等同于画面内容。画面语言只是通过或借助画面内容来表达的,它与画面内容之间有一种直接或间接的联系和联想关系。

第四,画面的组接方式直接影响画面语言的含义。对文字语言,把句子的成分前后倒装并不太影响主要意思的表达,但画面编辑时的前后颠倒会产生完全不同的意义。有关这方面的例证很多,不再赘述。

(2)尺度把握。俗话讲,"话有三说,巧说为妙"。所谓巧,是指说话时对尺度的把握恰到好处。电视画面语言的处理也应该把握尺度。画面语言首先应准确,在表现尺度上既不能过头也不能欠缺,更不能似是而非。

表现学生课间活动的两组画面

A:1.中景:一教室大门,下课铃声响

2.中景:教室内,学生起立离开座位

3.近景:学生走出教室门

4.全景:操场上挤满了学生

5.近景:几个女生在踢毽子

6.近景:几个男生在打乒乓球

B:1.全景:空荡荡的操场,下课铃声突然响起

2.近景:笑嘻嘻的学生从教室蜂拥而出

3.特写:操场乒乓球桌旁,一男生手挥球拍喊另一同学

4.特写:一同学跑着穿过花花绿绿的人群

5.近景:几个女生在踢毽子

6.全景:操场上挤满了喧闹的学生

比较上述两组画面的描写可以看出,A组画面由于景别的单一和画面语言的死板,没有把中学生那种活泼的精神表现出来,从而使画面的表现力显得不足;B组画面较好地运用了景别上的差异和画面主体的表情,使学生的青春气息跃然纸上。同样,画面上的过分渲染和夸张也会破坏画面的意境,影响表达效果。

(3)张力营造。一是单个画面的分镜头脚本设计本身除画面主体和必要的环境背景外,不可有其他与画面无关的东西存在,换句话讲,容纳在画面里的元素都应有助于画面语言的表达,是画面语言的有机构成部分。二是一组画面的分镜头脚本设计之间具有逻辑上的必然联系,能用五个画面表达的绝不用第六个画面,能用十秒交代清楚的绝不拖到第十一秒。要像中国山水画一样有"留白",在画面设计中把握画面语言所产生的对人心理上的引力,我们将这种力称为画面的"张力"。"张力"是由画面主体性质和画面之间的组合关系而产生,是引导观众注意的焦点。

1.农庄,一条静静流淌的小溪。

2.溪旁,一只小鹿正低头饮水。

3.从远处农庄传来人们干活的声响,小鹿抬起头。

4.一个半大小孩拿着枪从家里出来,蹑手蹑脚地靠近溪边的小鹿。

5.小鹿掉转身子。

6.小孩藏在灌木丛后,举枪瞄准。

7.小鹿没有发觉,仍低头吃草。

8.蓦地传来嘚嘚马蹄声,骑马人从画外飞驰而来,小鹿惊起,逃走。

9.小孩扫兴地直起身,望望远方,转身向家里跑。

这一组精彩的画面设计对小鹿所处的危险境地作了恰当的描述,情节抑扬延宕,具有很强的画面张力和情感冲击力,给人以箭在弦上之感,从而紧紧抓住了观众心理,引起观众对小鹿命运的强烈关注。[①]

(4)伏应设置。伏应法,或曰藏露之法,是指事先设置一个看似无特别意义的情节或细节,让人先是漫不经心地掠过,并不认真觉察,待到后面情节有了重大或奇异的突变时,才回过神来——原来前面早有铺垫或者暗示。这种技法的使用,既可以使叙事发展新异奇妙、出人意料,又会让观众觉得真实自然,本在情理之中。

---

① 房国栋.多媒体·画面语言如是说——探讨电视教学片脚本的写作[J].西北工业大学学报:社会科学版,2002,22(2):86.

运用"伏应法"要注意两点:一要"伏(或藏)"得自然不露痕迹,脚本写作时要让观众不经意、不自觉,否则容易被猜中或识破,破坏审美期待的"陌生化快感";二要"应(或露)"符合生活逻辑或因果关联,不可勉强造作。要应得巧妙,出人意料,又在情理之中,要在"真实感"上下功夫。

下面列举的,虽然是动画电影的剧作分析,但因其很适合此处"伏应"的例子,故借"他山之石"一用,供大家换一种思维角度来考虑写作方法之创新。

《疯狂原始人》中的编剧门道(节选)

……也正因为其主流甚至普通的风格和素材,才更显示出了极为高超的编剧技巧。笔者看后比较激动,觉得确实值得自己,以及对动画编剧感兴趣的朋友研究,因此按照一个粗糙的拉片方法,对剧情模块进行了排列和解析。值得说明的是,因为笔者看的是非正片,因此在人物命名、时间轴的差异上,难免有些瑕疵。时间线划分允许5分钟以内的误差。

《疯狂原始人》剧情长度90分钟,标准的动画电影体量,因为用幕结构划分略显粗糙,笔者将其情节划分为12个模块。

……

2.3—10分钟

这场戏的目的性非常明显,首先是将克鲁德家族的几个不同人物予以亮相,父亲的顽固加经验老到,奶奶的癫狂,女儿的叛逆和勇敢,妈妈的传统贤惠,弟弟的胆小,妹妹的疯狂都得以凸显。同时也交代了故事的背景潜台词,生活艰辛,食物获得很难(小伏笔)。这么多人物只用了一场戏就亮相完成,所采用的都是很具象化、很极致的表现手法。仅10分钟不到,就已经完成开场。而从视觉效果上来说,可以发现整个场景动态十足,完全是运动镜头,辅以紧张的音效,搭配恰当。这也说明了动画的"拟真"确实对技术依赖相当大。并且相对的,节奏越紧凑,信息量越多,整个的效果也会越好。

3.10—20分钟

吃完饭引出太阳落山,女儿想爬山看外面的世界。紧接着的戏就是父女冲突,女儿赌气外出,认识男主角,这部分的故事和前后联系非常紧密,既传承了上面夕阳爬山的情节,同时也埋设了整个故事后半部分的主要外部冲突——旧的世界将要毁灭,主人公和自然对抗。男主角在这里出现两项功能:一个是作为男主角在片头亮相,他的身份先做铺垫和悬念;另一个是引出整个故事的外部冲突——旧世界的毁灭。这个故事用的是主事件信息前置的手法,先作信息铺垫,再让后面的事情自然发生,主要是因为动画观众接受故事的能力较弱,信息反馈需要时间,同时也是因为后面的场景精彩,不担心会泄气(要是真人电影这样交代主事件似乎就有点冒险)。

……

6.30—45分钟

男主角用火救人,加入团队,帮助狩猎。这一部分是递进序列,一方面展现了男主角的聪明;另一方面也铺垫出了女主角对男主角的情感变化,以及父亲对男主角的稍许不满。比较有趣的是,这个动画中不同叙事模块间的衔接非常自然,用火驱赶鸟,拯救主人公是承前,接着失火是启后,而且这场戏本身还是动态感很强,具有表演成分的重场戏。可见信息的压缩和节奏的掌控是非常重要的。小红色食人鸟这个点,后面还会用到。

7.45分钟

关于故事的中间点,非常标准地出现在45分钟,故事的腰部。这场戏时间不长,但是非常重要,通过讲故事的桥段,具象化地表现除了父亲外全部家庭成员接受男主角。本身既是对前面情节的照应,即父亲用讲故事维持家庭团结,同时也是对后面部分高潮处剧情悬念作铺垫,"跟着太阳,能让老虎飞上天"怎么做的呢?往后看吧。

8.45—55分钟　55—60分钟

这同样是一组叙事序列,主要说两件事:一个是父亲的"愚笨"和少年的"聪明"对比,加深了二人的内部矛盾。另一个地方是对前面25分钟情节的捡起来再利用,比如那些拳击猴子用香蕉解决,金刚鹦鹉、剑齿虎用高跷解决。游泳的场景其实很重要,甚至比前面教人穿鞋更重要,因为此时已经是除去父亲的全民参与了,还记得2、3模块间全家人愚挂起来洗澡的那场戏吗?其实已经交代了整个家族的改变,一场小戏,往下衔接非常自然,到了55—60分钟这里,通过迷宫交代了全家人在运用大脑后的进步,妈妈和奶奶学会了模仿小花青蛙过迷宫。弟弟克服了胆怯,收服了一只松鼠混合鳄鱼狗。父亲见状也想要搞创新。

9.60—70分钟

说的是父亲想搞创新,结果闹出笑话适得其反,和女儿决裂(伏笔),最后和男孩的矛盾爆发,这里爆发的桥段转化是掉入沥青里,男孩交代了自己的父母背景,前面15分钟、30分钟闪现的是关于"独居"的谜团揭开。这里再多说一句,伏笔不是点了扔下最后才说出来,伏笔本身也要考虑观众的接受程度,不能伏太久了就忘了。这里情节的处理是父亲和男孩两人做了一只木偶吸引剑齿虎。解决了旧有矛盾,同时也给结局留下新的伏笔。后面再说。

……

11.80—85分钟

高潮的下半部,笔者把这部分的主要情绪摘出来,称为"激动"。前面感人吧,激动吧,观众哭了吧,意图达到了,故事没直接讲完,而是先用一场黑暗中,父亲和剑齿虎成为好朋友的戏稳定一下观众情绪。(哭完了,该激动了!)父亲自己做了一个小红鸟飞船。这部分用到了30分钟的小红鸟。45分钟的"老虎飞上天"的段子,55分钟的宠物狗道格拉斯,65分钟的沥青,还顺手救起了5分钟的小黄鼠狼,然后集体千钧一发飞到了浓雾里。

这里我必须得说,这是一个非常值得学习的高潮的设置:首先,一口气20分钟高潮段落有点太赶了,于是把高潮一分为二,前半段,主要是情绪上的高潮,让人感动,后半段则是事件上的解决,让人激动。整体既让人哭出眼泪,又不忘了动画整体的轻松风格。而这些前面情节点埋设的信息,都在高潮85分钟点上全面串联,让整个故事的结构更加精巧。要知道,这可是逃亡冒险的故事啊,那些走过的路没有走马观花地扔了,而是全部用上了!确实很精彩。

12.85—90分钟

尾声,最后的几分钟就是故事的尾声了。全家人骑着各种动物,奔驰在美丽的海边沙地。故事中主要的人物和动物露脸,结尾同样是动态的,把技术和艺术再次统一,而且还是用了独白的手法,首尾照应。

小总结:《疯狂原始人》的故事看着简单,实际上,那些分钟标号的脉络,都是可以用表格和数据呈现的。在我自己的研究里,我尝试了用纯图表和不同颜色把情节点拆分排列,你会发现故事结构的稳定与合理更加直观,简直就像某种经过设计的图案。

我推荐这个故事来进行学习研究,不是说它的剧情有多吸引人,而是因为本身故事素材有限的情况下,还能做得这么好。

▶第六章 广告脚本写作

第一节　广告脚本的界定与概述

一、广告脚本的由来

早期的广告人发现,在完成广告创意的过程中,即使用长篇大论的文字也难以充分准确地表达创意的灵魂,越是长篇赘述越不能抓住思维的缰绳。为给人以明确的视觉呈现效果,提高后期拍摄效率,在最短的时间吸引受众,尽量减少文字的抽象性、模糊性,准确表达创意,因此,从电影文学剧本中有所借鉴,用蒙太奇思维来进行构思,用镜头语言来叙述,从而慢慢采用了一种按镜头顺序进行撰写的广告脚本,其形式颇似电影文学剧本。

二、广告脚本的定义

广告脚本,也称文本,是广告创意及传播策略的文字阐释、创意设计的雏形、广告预想画面的文字表达,是一条影视广告从最初的抽象概念到变成一部电视广告之间的桥梁,通常是以文字和平面相结合的方式出现。它的最终完成目的是塑造广告产品形象、传播信息内容、优化产品特性,因此既包含了广告文案精髓阐释的文字说明,又是广告构思及完成拍摄的基础蓝图。一般指电视广告脚本。

广告脚本,从某种程度上说,等同于广告文案写作。与广告文案相比,其不同之处在于,广告脚本是在文案完成基础上的更加详细的创意设计。在形式上更类似于平面广告的草图设计,按照出现的时间,分为剧情(画面)说明、台词、解说、景别、音乐、镜头运动方式等,确保其他工作人员在拿到脚本后,能快速、准确地了解其创意的具体情况。

好的广告脚本将凭借独特的创意和富有吸引力的技巧手法传达广告信息，其重要性不言而喻。然而，作为一种实用性与艺术性相结合的特殊文体，作为一种传播方式最为灵活多样，覆盖面又如此广阔的写作样式，要掌握广告脚本的写作要点，并非易事。

三、广告脚本写作的性质及意义

现代广告，是一种目的强烈的信息传达过程，它的最终目的是通过对信息的有效传递，使消费者记住自己的产品，并完成购买行为。而在这个资讯发达的时代，信息空间越来越拥挤，人们的生活已进入一个高度符号化的状态，对符号的理解和消费甚至超过对物质实际功能的需求。所以，对产品信息填鸭式的宣传已经不能适应时代，现代广告脚本写作的研究意义在于，通过对其的研究，使读者了解，在广告脚本中，单纯的文字加图像式的产品信息介绍还远远不够，只有根据不同时代背景传达与消费者审美相契合的符号信息，才能立于不败之地。

正如前文所述，广告脚本是指广告创意及传播策略的文字阐释与预想画面形成的传播效果的文字表达。尤其在电视广告中，由于电视广告文本基本是由图像和文字组成，两者看似独立却又相辅相成。因此在广告中，广告文案的作用已经转变成为配合图片营销而对其进行说明和阐释，而不仅仅是单纯依据文字的力量，自说自话地标榜产品。通过文字加图片的效果整合，从而将产品的潜在信息传达给消费者。

这就给广告脚本写作者提出了更高的要求，集中体现为：

（1）必须具备广告策划与创意表现的专业能力。

（2）具有一定的画面表述能力，能将广告创意最大限度地还原为镜头语言。

第二节　广告脚本的形式、类型

前文已经介绍了依据发布媒体的不同，分为电视广告、广播广告、网络广告、报纸杂志广告等形式，而本章主要以电视广告为分析对象。为了更加全面、系统地了解电视广告脚本，这一节将从更加细化的角度进行分门别类地研究。

依据不同的分类角度，对广告的研究视角也有多种，而只有将研究视角更加细化与明确化，才能准确地对其进行研究。

一、按照发布形式区分

发布形式是指电视台为客户提供播放广告的一种宣传方式，为了使客户更好地选择自己广告播出的时间，达到良好的广告效果，在广告的经营项目和内容方面，电视广告发布的主要形式有以下几种。

（一）特约播映广告

特约播映广告是电视台为广告客户提供特定的广告播出时间,客户通过订购这类广告时间,让自己产品的广告在指定电视节目的前后或节目中间播出的一种广告宣传方式。在形式上,甚至有可能是纯声音的广告方式,即广告语的播报。比如《中国好声音》的特约播映广告就是"加多宝凉茶",其广告语为:"《中国好声音》由凉茶品牌守护者,正宗凉茶加多宝为您特约播出。"

（二）公益广告

公益广告是一种免费的广告,主要是由电视台根据各个时期的中心任务,制作播出一些具有宣扬社会公德、树立良好的社会风尚的广告片。公益广告没有刺激购买的任务,旨在宣扬某种价值观,达到警示人们的效果,如"节约粮食""反对贪污浪费""孝敬父母"等。

（三）经济信息

经济信息是电视广告的一种宣传方式,是电视台专门为工商企业设置的广告时间段,是专门为客户宣传产品的推广、产品鉴定、产品质量咨询、产品联展联销活动,以及企业和其他单位的开业等方面的宣传服务的。

（四）直销广告

直销广告是电视台为客户专门设置的广告时间段,由厂家或者代理商直接操作,以电视节目形式出现的产品信息介绍。在播放形式上,是一种录播的信息广告,是对厂商事先录制的产品广告进行反复诉求,加深受众记忆同时诱惑其付诸购买行动。此类广告有情节,有故事,经过精心设计和包装,利用这个时间段专门为某一个厂家或企业制作,向广大观众介绍自己生产或销售的产品和商品。既含信息,又有广告,欣赏性、娱乐性较强,一般选在收视率较高的频道和时段插播,如"E 人 E 本全手写电脑"就是一个典型的直销广告。

（五）文字字幕广告

文字字幕广告只是在电视屏幕上打出文字并配上声音的一种最简单的广告播放方式。这种广告样式单一,采用最为直接、简单的方式,向客户推送产品信息。

二、按照片型区分

片型,即电视广告结构的形式,它直接体现了广告的整体创意,是创意与观众见面的直接表达。在选择电视广告片型时,要注意结构形式要符合广告创意的要求,符合广告产品的诉求点,广告的主题思想是否对产品的宣传有利,能否使观众接受等。

（一）新闻报道型广告

新闻报道型广告是运用新闻报道的形式，以纪实的手法把有新闻价值的商品信息记录下来，通过电视进行广告宣传的一种方式。

（二）示范证明型广告

示范证明型广告主要通过名人、专家和产品使用者去说明和验证广告产品的功能和优点，以及产品能给消费者带来什么好处，分为引证式和名人推荐式。

（三）悬念问答型广告

悬念问答型广告是由一个疑问者提出问题，再通过回答解决问题的广告。在这类广告中提出的问题，大都站在消费者的角度考虑设问，是消费者最为关心的问题。

（四）生活片段情感型广告

生活片段情感型广告是人们生活中对某种商品的谈论和评价的事实做小品式截取处理，通过电视技术把其中的一部分加以艺术加工，再现于电视屏幕的现实写照的一种广告制作手法。生活片段情感型的广告非常常见，一方面是由于其内容及表现方式贴近生活，容易和受众拉近距离，从而更有利于产生购买动机；另一方面是因为这一类型的广告在操作流程上，最容易实现，通过实景拍摄及简单后期制作就可以完成，规避掉了炫目后期包装的费用及时间。

（五）气氛型广告

气氛型广告是巧妙利用某个节日，或通过特定的场所、特定的情景来营造生活和人的情感氛围的广告制作手法。

（六）动画及电脑特效型广告

动画及电脑特效型广告是通过动画及电脑特效来表现天马行空般的想象，往往在视觉上更滑稽，内容上多为实景难以呈现的场面，也可以有更多创意的发挥空间。在众多的实物表现形式的广告里，这也是令人耳目一新的表现方式，比如脑白金的动画广告：老太婆穿着草裙扭来扭去（动画人物），令受众耳目一新，反而取得更好的广告效果。

三、按广告的表现形式分

表现形式，即广告中创意内容的直观表达方法，是广告呈现给观众的直接样态。表现形式的学习是广告脚本写作过程中的重中之重。选择对的和好的表现形式完成广告创意，一个优秀的广告脚本就呼之欲出了。

（一）故事式广告

故事式广告是用故事介绍产品或表达理念,规避以理服人的宣教,用讲故事形式来表达商品与受众的关系,使观众产生共鸣。广告是一门与时间赛跑的艺术,好的广告是要在尽量短的时间里,使观众产生与产品或广告营造的理念的认同。在有限的时间里,要讲一个生动的故事,不仅人物关系与事情发展要交代清楚,还要在其中表现商品特性或品牌魅力,其困难程度不言而喻。下面分析两个故事式的广告。

《德芙巧克力》广告脚本

镜号	景别	镜头运动方式	画面描述	解说词	音乐音效	字幕	时间	商业价值
1	近景	固定	顶上挂有铃铛的门被打开	无	音乐铃铛声	无	1秒	
2	近景	固定	在梯子上整理书籍的女人朝门的方向看去	无	音乐	无	1秒	
3	中近景	摇	穿着西服的男人走了进来,并四处张望	无	音乐	无	1秒	
4	近景	固定	女人发现男人,于是马上转过头	无	音乐	无	1秒	
5	全景	拉摇	男人边走进来边继续四处张望,这时女人哼了一声,于是男人看见了女人	无	音乐	无	2秒	
6	近景	固定正反打	女人刚走下梯子,男人站在梯子旁对女人说了句"嗨",女人看了看男人,说了句"是你啊",然后将自己手上的一摞书扔到了男人手上	男人:"嗨。"女人:"是你啊。"	音乐	无	5秒	
7	近景	固定	男人接过书,看着女人,女人走向柜台	无	音乐	无	1秒	
8	近景	固定	女人走到柜台,男人也跟了上去,并问女人	"订的书到了吗?"	音乐	无	2秒	
9	特写	固定	女人抬头看着男人	无	音乐	无	1秒	
10	全景	固定	女人和男人对视,然后男人意识到了什么,点了点头并反应道:"哦……"	"哦……"	音乐	无	2秒	
11	近景	固定	男人一边说,一边从西服上衣口袋里拿出一个东西	"对了。"	音乐	无	1秒	
12	特写	固定	男人的手将德芙巧克力放在桌子上,并朝前推了过去,说	"给你的。"	音乐	无	2秒	

续表

镜号	景别	镜头运动方式	画面描述	解说词	音乐音效	字幕	时间	商业价值
13	特写	固定	女人一边接过巧克力一边说	"谢谢,还没到。"	音乐	无	3秒	
14	特写	固定	男人抬头看了眼女人,说了句"啊?"然后又低头	"啊?"	音乐	无	2秒	
15	近景	固定	男人拿起书,对着女人:"额……"	"额……"	音乐	无	1秒	
16	特写	固定	女人非常惊讶地伸出手去	无	音乐	无	1秒	
17	特写	固定	女人一把抢过男人手上的书,男人说	"这不就是?"	音乐	无	2秒	
18	特写	固定	女人将书放在桌子上,露出书名,然后用德芙巧克力将书名盖上	无	音乐	无	2秒	
19	特写	固定	女人对男人说话,同时将刚才的一摞书拿了起来	女人:"说了还没到。"	音乐	无	2秒	
20	近景	固定	女人将一摞书放在男人手上,然后继续做自己的事	无	音乐	无	3秒	
21	特写	固定	男人抬头看着女人	男人:"这……"	音乐	无	1秒	
22	特写	摇	女人看着男人,忍不住笑了出来,然后马上低头看着其他方向	无	音乐	无	1秒	
23	全景	固定	男人抱着一摞书对女人问	"那你觉得,我还要等多久啊?"	音乐	无	2秒	
24	特写	固定	女人看着男人,问:"你很急呀?"	"你很急呀?"	音乐	无	1秒	
25	脸部特写	固定正反打	男女对话	男人:"哦,不会不会。"女人:"那你可以去别家找找。"男人:"我可以等的。"	音乐	无	7秒	
26	近景	固定	女人点点头看着男人	无	音乐	无	1秒	
27	全景	固定	男人对着女人,边笑边离开了	无	音乐	无	3秒	
28	近景	固定	女人拿起德芙巧克力看了一眼,然后偷偷看了眼男人	女人:"明天再来试试吧。"	音乐	无	3秒	
29	近景	摇	男人转过身笑了两声,然后出了门	"呵呵。"	音乐	无	3秒	

续表

镜号	景别	镜头运动方式	画面描述	解说词	音乐音效	字幕	时间	商业价值
30	近景	固定	女人吃了一口巧克力,这时巧克力颜色开始从女人的左肩蔓延出来,女人满意且高兴地走出画面,接着巧克力颜色铺满整个画面	无	音乐	无	8秒	
31	特写	固定	德芙巧克力出现在画面正中,下方字幕	女生旁白:"德芙,纵享丝滑。"		德芙,纵享丝滑	3秒	

　　故事式的表现方式,是用讲故事的形式来表达商品与受众的关系,多数体现为一则相对完整的故事情节,但也可以作一些模糊化处理,表现片段式的生活化情节,呈现出一种感觉或状态。比如巧克力,其商品属性总是与浪漫、爱情等美好情节相联系。以上这则《德芙巧克力》广告,就讲述了一个男顾客和女店员之间的暗恋故事,并将这种少女怀春的美好与品尝德芙巧克力"纵享丝滑"的口感结合起来,收到了幽默故事化的表现效果。故事式的表现方式并不是说一定要讲一个多么完整的故事,它可以通过对话或字幕等方式,简单交代一下人物关系,切忌事无巨细一一说明,喧宾夺主,最重要的是要将故事与产品相结合,因此,故事式的表现方式大多呈现为生活片段的情节节选。

　　如果说《德芙巧克力》广告主要靠对话构造了整个故事,情节还不够完整、细腻的话,那么下面这则《爱心传递:孝敬父母》的公益广告,则非常好地还原了生活情景,营造了一个比较完整的故事情节,同时其情节也与"孝敬父母"的主题,贴合得天衣无缝,摆脱了宣讲式的说教,让人感动之余,对"孝敬父母"的主题产生了深深的认同感。

《爱心传递:孝敬父母》公益广告脚本

镜号	景别	镜头运动方式	画面描述	解说词(对白)	音乐、音效	字幕	时间
1	近景	固定	孩子的脚在水盆中,一双大手在给孩子洗脚		舒缓音乐(贯穿全场)		1秒
2	中景	固定	孩子的母亲给孩子一边擦脚一边讲故事	母亲说:"小鸭子游啊游,游上了岸。"	孩子笑声		3秒
3	近景	固定俯拍	孩子快乐地在床上打滚,十分欢乐		孩子笑声		3秒

续表

镜号	景别	镜头运动方式	画面描述	解说词(对白)	音乐、音效	字幕	时间
4	近景	固定	母亲转身开门欲出去	母亲说:"你自己看,妈妈待会儿再给你讲。"			5秒
5	近景	固定	孩子躺在床上看书				3秒
6	中景	固定	母亲拎着一桶水进了另一个房间		沉重走路声		5秒
7	近景	固定	孩子很好奇,就紧跟着也出了门				3秒
8	近景	推	孩子的母亲正蹲着在给孩子的奶奶洗脚(奶奶正面)	奶奶说:"忙了一天了。"			9秒
9	特写	固定	奶奶将孩子母亲的头发(母亲正面)	奶奶说:"歇一会儿吧。"母亲笑了一笑说:"不累。"			11秒
10	近景	固定	孩子倚在门边看着这一切				4秒
11	中近景	上摇	母亲舀着水给奶奶洗脚,奶奶微笑的脸	奶奶叹了口气,同时母亲说:"妈,烫烫脚对您的腿有好处。"			17秒
12	特写	固定	孩子看到这番情景后,转身跑了出去				5秒
13	近景	固定	母亲回到孩子房间打开门,空空的房间里风铃叮铃作响		风铃声		4秒
14	近景	固定	母亲好像听到孩子的声音了,回头看				3秒
15	中近景	慢拉(慢速)	孩子端着一盆水由远及近走来				8秒
16	特写	固定	孩子笑逐颜开	孩子说:"妈妈,洗脚。"			4秒
17	特写	固定	母亲用手捋头发,露出了欣慰的笑容	画外音:"其实,父母是孩子最好的老师。"			8秒

续表

镜号	景别	镜头运动方式	画面描述	解说词(对白)	音乐、音效	字幕	时间
18	近景	固定	坐在板凳上的孩子给坐在床边的母亲洗脚	孩子对母亲说:"妈妈,我也给你讲小鸭子的故事。"			5秒
19	近景	淡入淡出	字幕			将爱心传递下去	8秒

这则"孝敬父母"的爱心广告尽管没有商业盈利性质,属于公益广告,却平易近人、朴实生动,避免了一般公益广告的说教面孔。在表现形式上,选取了"洗脚"这一普通的生活场景,对现实写照做艺术加工处理,使观众轻松的融入情境之中的同时,又感同身受,因此牢牢地抓住了人们的眼球,使人过目不忘。

(二)时间式广告

时间式广告的表现形式,在商业广告中尤其多的表现为用纪录片或怀旧式的叙事手法,向受众交代时代进展与商品的关系。也可以将"时间"本身作为表现因素,深化主题。

《雅马哈钢琴》广告脚本

镜号	景别	镜头运动方式	画面描述	解说词	音乐音效	字幕	时间	商业价值
1	特写	固定	全屏黑白交替变换		*Kiss the rain*		6秒	
2	特写	拉	一只手在弹奏着钢琴,黑白键在跳动		音乐		6秒	好品质
3	全景中景	拉摇	在海边,潮水涌向岸边,一个男人穿着花衬衣、沙滩裤,闭着眼,非常享受,轻松地演奏着,海风吹乱了头发		音乐		8秒	浑然天成的品质与历史感
4	近景	固定	男人慢慢演奏完,手指停下来		音乐		3秒	
5	特写	固定	眼睛缓缓睁开				2秒	
6	全景	拉摇	音乐厅,观众席,先是没有声音,都望着舞台,接着雷鸣般的掌声		掌声		5秒	受众青睐

续表

镜号	景别	镜头运动方式	画面描述	解说词	音乐音效	字幕	时间	商业价值
7	全景	固定镜头	男人非常诧异地望向观众席,环顾整个音乐厅				4秒	
8			黑频,广告词	低沉台词		Place yourselves among them——Yamaha	4秒	

　　"过去的才是美好的"已成为受众的一大普遍心理,怀旧情结往往展现了商品与时代递进的关系,使其历久弥新的宝贵价值得以呈现。在《雅马哈钢琴》广告中,一方面,雅马哈品牌历经时代考验而经久不衰,已拥有一定的知名度;另一方面,钢琴作为商品本身的特性,容易引发怀旧的情感。因此,广告很好地利用了人们的怀旧情结,使受众在强烈的感染中给予对广告本身的深切关注。广告并没有急于直接表现商品的质量、品牌等信息,更对钢琴音色、音准等质量信息只字不提,而是很好地利用了商品本身的特性,使得广告画面与音乐融为一体,营造了一股浓郁的怀旧风,钢琴家陶醉于对过去美好岁月的回忆之中,钢琴的质量之好不言而喻。

　　另一种时间式的表现形式,是将"时间"本身作为表现因素,深化主题,强调某种理念、心态、情绪等。不同于商业广告中对商品质量、品牌、特点等信息的明确宣传,公益广告往往针对某种看不见、摸不着的理念、情节等,因此更需要通过广告这种视听语言,将其视觉化,以理服人,以情感人。比如,"感恩母爱"的公益广告,表现母爱的伟大,号召人们感恩母爱,珍惜母爱。"时间"在这则广告中,成为一种表现因素,使得母爱这种感情更加伟大。

《母亲节》广告脚本

镜号	景别	镜头运动方式	画面描述	解说词	音乐音效	字幕	时间
1	全景	固定	秋天铁轨两旁的树木一片枯黄,一个年轻妇女牵着小男孩的手站在铁轨上		忧伤的音乐		2秒
2	中景	固定	小男孩拉着妈妈的手,一步一跳在铁轨上行走,只能看见妇女一只手牵着小男孩,另一只手提着一个米黄色大行李箱		忧伤的音乐		4秒
3	中近景	固定	小男孩跌倒,妇女急忙放下行李箱,去扶起小男孩		忧伤的音乐		3秒
4	特写	摇	妇女抱起小男孩,小男孩的鞋带松开了		忧伤的音乐		1秒
5	特写	固定	一双手为一双白色鞋子系上蝴蝶结		忧伤的音乐		3秒

续表

镜号	景别	镜头运动方式	画面描述	解说词	音乐音效	字幕	时间
6	远景	拉	妇女站起身来,提起行李箱,牵着小男孩的手向远处走去的背影		忧伤的音乐		3 秒
7	全景	固定	妇女低头牵着小男孩提着行李行走在铁轨上		忧伤的音乐	小时候,你牵我的手	4 秒
8	近景	固定	牵着的两只手,向远处走去的背影		忧伤的音乐		2 秒
9	全景	摇	小男孩站在山坡上眺望,整个村庄映入眼帘		忧伤的音乐		2 秒
10	全景	固定	一个成年男人和一个老年妇女迎面走来,一阵风把老人颈上的围巾吹开		忧伤的音乐		3 秒
11	近景	固定	男人停下脚步笑着为妇女系上围巾		忧伤的音乐		3 秒
12	特写	固定	男人的手牵起老人的手		忧伤的音乐	长大后,我牵你的手	4 秒
13	全景	拉	男人牵着老人走在斑马线上,阳光灿烂		忧伤的音乐	感恩在心,母爱是最永远的依靠	9 秒

(三)印证式广告

印证式广告是用知名人士、专家学者、普通亲身体验者来印证商品的用途及好处,以达到有口皆碑的效果,但广告的技巧必须高明,否则受众会怀疑被访者言辞的可信度及真实性。从受众心理学上看,社会心理学家卢因提出了群体动力论,指出受众常处于群体和环境所带来的压力中,易产生趋同的心理。如《SK-II》广告,汤唯、李心洁等演员为其广告代言人,通过他们的带动作用使消费者放心消费,在解说词、画面场景等方面,都尽量贴近生活。如汤唯的解说词:"用的时候滑滑的,摸上去还有砰砰的声音。"通过他们的亲身经历印证产品的可信度及真实性。

(四)示范式广告

示范式广告是用比较或示范的手法,表现出商品过人之处或独特的优点。比较直接的示范式方法,由于所需的时间过程较长,因此常见于电视购物类的广告中,通过每一步骤、产品作用、效果等示范,将其特点展示给观众;另外也有相对间接的示范式,即将产品的作用、效果等特征运用于广告情节中。

《firefighter 止咳糖浆》广告脚本

镜号	景别	镜头运动方式	画面描述	解说词	音乐音效	字幕	时间	体现的商业价值
1	中景	固定	电影院里,电影屏幕上男女主角在接吻。这时观众席上女观众转过脸闭上眼睛准备与一旁的男同伴接吻	无	电影里浪漫音乐的同期声		3秒	止咳的必要性
2	近景特写	推	正在接吻的一瞬间,男同伴立马扭头转向一边儿避开,捂住咳嗽的嘴巴	无	滑稽音效,男人转脸的时候声音变化	这时你需要……	5秒	快速止咳(见效快)
3	中景特写	推	夜晚,在摄影棚里,新郎抱着新娘表情很尴尬,新郎憋得涨红了脸	摄影师:"新郎看镜头,笑一个。"	滑稽音效,男人憋红脸的时候声音变	这时你需要……	8秒	快速止咳(见效快)
4	中景	固定	夜晚卧室内景	无	喘息声		2秒	止咳的日常实用性
5	近景	跟、推	有人开门,卧室内的男人吓得赶紧裹床单躲进房间的衣柜里,从门缝里惊慌失措地看,男人在用手捂住嘴巴,焦躁不安	无	男人皮鞋声停住,钥匙转动锁芯声	这时你也需要……	6秒	快速止咳(见效快)
6	中近景	推	清晨,客厅里,男人睡眼朦胧地坐在餐桌前吃早餐,顺手拿起在手边的止咳糖浆喝一口,女人在门口换鞋,转身走过来,对男人做吻别,后马上转身离开	无			4秒	止咳的日常实用性
7	近景	特写	女人还未走出门,又转身回来与男人长吻		舒缓的音乐	这时你更需要	4秒	味道清新

这则《firefighter 止咳糖浆》广告,用比较、示范的手法,模拟浪漫、尴尬、紧张等日常生活场景中,止咳的必要性与重要性。广告摆脱了传统说教式的宣讲,绘声绘色地表现出该商品在止咳效果快速、味道清新等方面的过人之处,将广告产品独特的优点在生活场景中一一展现给观众。

（五）比喻式广告

比喻式广告是用浅显易懂、人所共知的比喻，引出产品的主题。

《iPhone》手机广告脚本

镜号	景别	镜头运动方式	画面描述	解说词	音乐音效	字幕	时间	体现的商业价值
1	中	固定	女孩正把洗好的衣服搭起来		鸟叫		2秒	
2	远	固定	乌云密布		打雷声		2秒	
3	特写	固定	女孩担心的表情				1秒	
4	特写	固定	突然想到办法的表情				1秒	
5	特写	固定	手指在天空中划过				2秒	
6	远景	固定	随着手指在天空中划过，乌云密布转晴天				2秒	
7	特写	固定俯拍	女孩开心的表情				2秒	
8		固定	黑屏+手机+字幕			"iPhone 再一次改变一切"	3秒	

这则《iPhone》的广告采用了比喻式的表现方式，女孩辛辛苦苦洗好的衣服在外面晒。突然，乌云密布马上要下雨了。女孩担心自己洗好的衣服会被淋湿，于是她想到了一个好方法……广告巧用苹果手机滑动屏幕的方法，比喻就像乌云一拨见阳光一般，只要使用苹果手机，好运自然来。

（六）幽默式广告

幽默式广告是用幽默风趣的语言或手法，含蓄地宣传商品的特征，使受众在轻松愉快的气氛中领会与接收广告信息。具体化为带有某种讽刺意味式的幽默化表达和喜剧式的幽默化表达。

《可口可乐——边界》广告脚本

镜号	景别	镜头运动方式	画面描述	解说词	时间	音乐音效	字幕	体现的商业价值
1	全景、中近景	固定镜头	不同国家的两个士兵在边境线上来回巡逻		7秒	未知音乐贯穿		

续表

镜号	景别	镜头运动方式	画面描述	解说词	时间	音乐音效	字幕	体现的商业价值
2	全景俯拍	拉	在两个士兵巡逻的途中,士兵A那方的一片树叶飘过了边界线		4秒	未知音乐贯穿		
3	近景	固定	树叶被士兵B用剑刺了回去		4秒	未知音乐贯穿		
4	近景	固定	士兵A回到自己的岗位后,拿起了一杯可口可乐出来喝		3秒	未知音乐贯穿		
5	特写	固定	士兵B看着A,两个人对视了一会		7秒	未知音乐贯穿		
6	全景俯拍	拉摇	A拿起一瓶可乐准备给B,但因为边界线,二人在线上纠结了一会儿		10秒	未知音乐贯穿		
7	中近景俯拍		最后A将可乐放在靠在边界线的那边,用剑改变了边界线的范围,二人便一起喝起了可乐		15秒	未知音乐贯穿		可口可乐产品跨越国界的魅力
8	中景全景	推拉	两个士兵喝完可乐后,把边界线再次用剑恢复原状,又默默地像之前一样巡逻		6秒	未知音乐贯穿		
9		固定	出现一个可口可乐的标志性小瓶子		3秒	未知音乐贯穿	Open happines	

在这则《可口可乐——边界》的广告中,用讽刺式的幽默,通过严肃庄严与诙谐幽默的反差,来表达可口可乐跨越国界的独特魅力。

以下这则《DQ冰淇淋》的广告,则采用滑稽式的幽默表达方法,展现广告产品本身与其品牌的魅力。

《DQ冰淇淋》广告脚本

镜号	景别	镜头运动方式	画面描述	解说词	音乐音效	字幕	时间	体现的商业价值
1	特写	固定镜头	手拿勺子刮下冰淇淋	无	交响乐	无	1秒	DQ冰淇淋产品的松软度

续表

镜号	景别	镜头运动方式	画面描述	解说词	音乐音效	字幕	时间	体现的商业价值
2	特写	跟	手拿着勺子上移	无	交响乐	无	1秒	
3	近景	固定镜头	一个戴着大檐帽子的优雅的女人闭着眼享用着DQ冰淇淋	无	交响乐	无	3秒	
4	近景	上移	优雅的女人拿勺子舀出一勺冰淇淋	无	交响乐	无	1秒	
5	特写	固定镜头	勺子上的冰淇淋掉了	无	交响乐	无	1秒	
6	特写	上移	优雅女人低头看	无	交响乐	无	1秒	
7	近景	上移	冰淇淋掉在了身旁一尊半躺下的男性雕塑的手部,男性雕塑的手放在腹部	无	交响乐	无	1秒	
8	特写	固定镜头	优雅的女人抬起头	无	交响乐	无	1秒	
9	近景	固定镜头	优雅的女人笑着将头偏向右侧	无	交响乐	无	2秒	
10	特写	上移	男人的一双手握着一把大剪刀在修剪灌木丛	无	交响乐	无	1秒	
11	近景	固定镜头	一个在修剪灌木丛的男人的侧影	无	交响乐	无	1秒	
12	小全景	固定镜头	优雅女人背对着镜头坐着,头向着男性雕塑的手部低下	无	交响乐	无	2秒	
13	近景	固定镜头	修剪灌木丛的男人回头瞧了一眼又低下头,之后又猛地抬起头	无	交响乐	无	1秒	
14	近景	固定镜头	优雅女人埋头舔着掉落在男性雕塑手上的冰淇淋	无	交响乐	无	1秒	DQ冰淇淋难以抵挡的诱惑
15	近景	固定镜头	修剪灌木丛的男人伸长脖子张望	无	交响乐	无	1秒	

续表

镜号	景别	镜头运动方式	画面描述	解说词	音乐音效	字　幕	时间	体现的商业价值
16	小全景	固定镜头	(修剪灌木丛的男人主观视角)看到一个半躺的男性雕塑的背影和优雅女性的帽子在男性雕塑的腰身上方晃动	无	交响乐	无	4秒	
17	近景	跟	优雅女人抬起头,表情惊讶	无	交响乐	无	2秒	
18	近景	固定镜头	修剪灌木丛的男人会心一笑	无	交响乐	无	2秒	
19	小全景	固定镜头	(修剪灌木丛的男人主观视角)在男性雕塑旁俯身的优雅女人慢慢坐直并向后转身坐好	无	交响乐		2秒	
20	近景	固定镜头	优雅女性尴尬地用手将嘴角的白色冰淇淋擦掉	无	交响乐	无	3秒	
21	特写	固定镜头	一盒打开已吃了几口的冰淇淋,旁边放着印有冰淇淋名字"DQ"的盒盖	无	交响乐	无	4秒	DQ冰淇淋的品牌展示
22	字幕		黑底白字广告语	无	交响乐	"冰淇淋,顾不上体面了"	3秒	

(七)悬念式广告

悬念式广告是用悬念手法使其广告内容提高受众的注意力及好奇心,然后带出商品。但是悬念设置要恰到好处,有的悬念一看就明,连三岁小孩都"蒙骗"不了,因此无法引起读者关注;有的则是无病呻吟,悬念过头,故弄玄虚,让人看了大倒胃口。这样的悬念不仅不能达到目的,甚至还会弄巧成拙,叫读者反感。悬念要顺其自然,如果为了悬念而人为设置悬念,可能会适得其反。

比如联想继2000年借用悬念广告成功推出新网站后,2004年联想又借用奥运射击冠军杜丽推出打印机。联想的悬念广告遍布北京——靶心上一个醒目的10环,"谁打的?——9月15日就知道"。观众莫名其妙,不知所云,作为广告也就顺利地营造了一种悬念,使观众有兴趣进一步探究商品。

（八）解决问题式广告

解决问题式广告是将一个难题夸张，然后将商品介绍出来，提供解决难题的答案。比如海飞丝洗发水的广告。广告一开头就提出了问题：头屑洗不干净，怎么办？接下来就"去头屑"的核心问题，展开解答，对商品的各个性能作了介绍和推销。

（九）名人推荐式广告

名人推荐式广告是让知名人士来介绍、推荐商品，利用他们的聚焦力和号召力，来影响目标受众的态度，产生信赖感，刺激购买欲。由于偶像崇拜的主要心理动因是认同，受众认同和模仿偶像各个方面的特质，甚至希望自己的外表打扮、行为举止、生活理念都与偶像保持一致，利用偶像的名人效应，可以达到很好的正面推荐效果。

《阿萨姆奶茶》广告脚本

镜号	景别	运动方式	画面	解说	时间	音乐、音效	字幕	商业价值
1	全景	固定	坐在一个小花园的蓝色凳子上，手拿报纸，遮住脸。把头从报纸边探出（笑）		1秒	猫叫声：喵~	我的一百件好心情	
2	近景	固定	趴在桌子上，一手拿着阿萨姆奶茶的瓶子向前推出。桌上放有一只金色的小木马		1秒	音乐	甜甜的下午阳光	
3	近景	固定	左手拿颜料盘，右手拿画笔，在镜子上画画		1秒	音乐		
4	特写	固定	镜子上一个胡子，画笔向上扬起		1秒	音乐		
5	近景	固定	站在镜子前，胡子刚好在嘴唇上，皇冠还在头顶。俏皮地眨一下眼		1秒	金币落地的声音	遇见小王子	
6	全景	固定	在草坪上跳舞（转半圈），身后有一幢洋房，脚下有花		1秒	音乐		
7	特写	固定	头发飞舞		1秒	音乐		
8	全景	上摇	手拿捧花，举向头顶，站在一个高度和腿差不多的花柱后面，花柱像裙摆		2秒	音乐	花与爱丽丝之约	

续表

镜号	景别	运动方式	画面	解说	时间	音乐、音效	字幕	商业价值
9	中近景	推	右后边一棵树,蔡卓妍右手拿束花,侧着身子,向上跳,镜头左边有一大只木偶鸟(靠近镜头)		2秒	音乐		
10	特写	固定	蔡卓妍拿着塑料棒吹泡泡		1秒	音乐		
11	中景	固定	左手拿瓶,右手吹泡,靠近镜头有五只金鱼在游动		1秒	音乐	我的游乐园	
12	近景	固定	脸和泡泡,用手托住泡泡		2秒	音乐		
13	中景	固定	手拿大相框,放在长颈鹿模型的脖子处,向后退,后面是一大片绿叶		1秒	音乐	24岁的生日礼物	
14	中景	推	手拿大相框,放在长颈鹿模型的脖子下方,向前进		1秒	音乐	24岁的生日礼物	
15	近景	摇	左手拿相框,右手叉腰,头望向天空		1秒	照相的声音"咔嚓"	24岁的生日礼物	
16	全景	固定	一排灰色的房子,一只很大的红高跟鞋模型在房子前面。主人公手拿小相框将高跟鞋框起来		5秒	照相的声音"咔嚓"		
17	近景	固定	主人公站在镜头前,一手拿阿萨姆奶茶,一手拿小相框		3秒	照相的声音"咔嚓"		
18	特写	固定	将瓶子上的"阿萨姆奶茶"几个字装进相框		3秒	音乐		
19	全景	上摇	坐在高跟鞋的鞋尖部分,一手放在眼睛上面,看向天空		4秒	音乐		
20	远景	固定	天空中出现爱心云朵		2秒	音乐		

镜号	景别	运动方式	画面	解说	时间	音乐、音效	字幕	商业价值
21	中景	固定	一座木桥上,两人背对背向前走,男生靠近镜头,女生远离镜头		4秒	音乐		
22	特写	固定	男生站在花园中		2秒	音乐		
23	中近景	固定	女生在男生身后,身子向后仰,表现出陶醉状		5秒	音乐	他身边……	
24	全景	固定	木桥上的两个人影,右边的影子向左边的影子靠近,脑袋搭在左边影子的肩上		5秒	音乐	他身边……有我	
25	全景	固定	两人的正面闭着眼睛,男生站在左边,女生站在右后边(头歪着)		3秒	音乐		
26	特写	固定	阿萨姆奶茶形成的旋涡	一口顺滑	2秒	音乐	一口顺滑	香醇视觉
27	近景	固定	右手拿着奶茶喝一口,闭眼,做享受状	遇见所有好心情	6秒	音乐	一口顺滑,遇见所有好心情	好口感
28	远景	固定	左侧阿萨姆奶茶瓶身,蔡卓妍坐在房顶上,有风吹过	统一阿萨姆奶茶	6秒	音乐	顺滑好心情(左侧)统一阿萨姆奶茶	

  知名人士往往有两种方式推荐产品:一是正面推荐式。口播商品广告语,直接、正面推荐商品,这种方式的优点是直接、干练,能有效节约广告时长,但有种强加于人的强迫感。另一种方式是将故事情节与明星效应结合,将前文所述的故事化表现方式与明星的某种特质相结合。这种方式的优点是便于受众理解,从而更有利于产生认同,而缺点则在于所需广告时间较长。例如《阿萨姆奶茶》,就是讲一个单纯清新的女孩的少女情怀,利用蔡卓妍的名人效应,给人以清新自然之感,收到了不错的效果。广告本身有一些故事情节,但更多的是表现一种感觉和情节片段,展现了蔡卓妍活泼可爱、清新自然的个人风格,并将之与阿萨姆奶茶的特征相匹配。

(十)特殊效果式广告

大部分特殊效果式广告,由于商品本身的特质或品牌本身所具有的营造较为特殊的氛围,尤其在音响、画面、镜头等方面需要追求独一无二的场面效果,而这些特殊效果多数难以靠实拍画面达到。因此,为了使受众在视觉方面产生新刺激,留下难忘的印象,采用特技处理方式虚构画面。

《卡地亚之圣诞故事——追寻猎豹的足迹》广告脚本

镜号	景别	运动方式	画面内容	时间	音乐、音效	字幕
1	中景	固定	一只卡地亚传奇象征的小猎豹在一扇大门前左右踱步	2秒	神秘效果的音乐	
2	中景	固定	小猎豹快步跑到门口	2秒	神秘效果的音乐	
3	特写	推	小猎豹两前掌撑门,想要把门打开	3秒	神秘效果的音乐	
4	中景	固定	门缓缓打开,门后面的光慢慢透过来	5秒	神秘效果的音乐	
5	近景	推	小猎豹面向门外,门外是一片银装素裹的世界,雪花漫天飞舞	4秒	神秘效果的音乐	
6	全景	移	一片白茫茫的世界,雪花飞舞,雪地里有很多冰雕的小圣诞树	2秒	神秘效果的音乐	
7	中景	固定	小猎豹从一棵圣诞树后走出来	2秒	神秘效果的音乐	
8	近景	移	小猎豹缓缓向前走,走到一个大冰块前	4秒	神秘效果的音乐	
9	中景	固定	从冰块里看到小猎豹回过头去向后走	2秒	神秘效果的音乐	
10	全景	移	小猎豹在雪地里铺满卡地亚礼品盒的小路上走着,雪花飞舞,路上留下了一串小猎豹的脚印	4秒	神秘效果的音乐	
11	中景	拉	小猎豹坐在堆满礼品盒的大圣诞树下舔舐自己的爪子	4秒	神秘效果的音乐	
12	近景	摇	镜头由圣诞树下方摇至顶端	5秒	神秘效果的音乐	
13	中景	固定	镜头定格在天空,现字幕	8秒	神秘效果的音乐	"Catier Winter Tale"

卡地亚创立于 1847 年,是当今世界著名的珠宝制作商。美洲豹是卡地亚最为钟情的形象,它体型修长精瘦,姿态优雅高贵,结实的筋肉爆发着无限的动力,绿宝石般透明的双眼,散发着深奥莫测的神秘,卡地亚珠宝从美洲豹的身上找到很多灵感,设计出了多款纯金、钻石、祖母绿以及黑玛瑙或黑漆镂空雕刻的经典珠宝。为了展现其珠宝的精致设计与传奇经典,在这则广告中,几乎没有实景拍摄,因为只有采用特殊效果的合成,运用流畅的线条与明澄的色彩,才能展现美洲豹狂野又驯顺的双面风貌,用珠宝完美地从另一个角度衬托出女性华丽又娇贵的特质,从而不辜负高级珠宝的工艺神韵。

(十一)符号理念式广告

在消费社会中,人们重视身份表征,从某种程度上认为:消费符号＝身份象征。身份有差异,所消费的商品也有差异。人们由实用性消费逐渐转向符号消费,体现为购买的不仅是商品的实用价值,更多的是其符号意义。比如香奈儿、爱马仕等奢侈品品牌的广告,向人们宣扬的绝不仅仅是包、香水本身,而是一种时尚、高贵、奢侈、自由的生活品位或理念,从而引导并鼓动人们进行一种炫耀性的价值理念消费,暗含着消费本身是一种彰显身份的过程。

仍旧以上述"卡地亚珠宝"广告为例,卡地亚作为著名的珠宝制作商,被誉为"皇帝的珠宝商,珠宝商的皇帝",其品牌声誉可见一斑。广告《卡地亚之圣诞故事——追寻猎豹的足迹》中,小猎豹在铺满卡地亚礼品盒的雪地里飞奔,雪花飞舞,路上留下了一串脚印。广告中对卡地亚珠宝的质量、做工、历史等优势只字未提,是因为珠宝本身就是符号消费的产物,而广告旨在突显卡地亚品牌的珠宝设计理念,及其历经数年仍坚持追求并演绎着的美的真谛:美在于简单而不在于繁复,在于和谐而不在于冲突。

第三节　广告脚本的写作方法

前面介绍了广告脚本的定义、种类、表现形式,采用理论加例子相结合的方式,使我们对广告脚本有了一个较为清晰和明确的认识。本节将在此基础上,更加系统地总结广告脚本写作的流程、注意事项,以及总体要求,并暂时抛开纸上谈兵的各种定义束缚,实战训练初学者如何完成一个广告创意的脚本写作。

电视广告所独具的蒙太奇思维和影视语言,决定电视广告文案(脚本)的写作既要遵循广告文案写作的一般规律,又必须掌握电视广告脚本创作的特殊规律。因此需要读者明确以下几点,理清思绪。

一、脚本写作的总体要求

电视广告脚本细分为文字脚本、图画脚本、分镜头脚本三类。三类脚本的表现重点不同,在操作流程上则是层层递进的关系,脚本的最终完成形态就是分镜头脚本,因此,本节就文字脚本和图画脚本进行简要介绍和说明,主要针对分镜头脚本的写作展开讲解。

文字脚本把广告所采用的类型(代言人式、故事式、示范式等)、表现手段(人物、情节、台词、音乐等)、广告语及出现时间方式等一一交代清楚即可,这也是在整个广告的文案策略拟定以后的进一步细化。

图画脚本则是将文字脚本的内容视觉化、听觉化、可操作化。比如文字脚本中可以写"浪漫清新"的格调,那么在图画脚本中,就需要把这四个字转化为画面,是蓝天白云、小桥流水,还是嬉笑打闹的情侣? 在分镜头的脚本中,则需要进一步细化为是否为画面配音乐、音效或解说? 持续多长时间? 有无字幕等?

二、广告脚本写作的基本内容

广告脚本写作的总体要求是必须用详细的语言和画面,描述出广告文案策划所需要的结果。其需要完成的构成元素包括:

(1)描述画面的文字(即对镜头需要表现的主体展开简短的画面说明)。

(2)描述画面的运动方式(包括景别变化、拍摄角度和镜头运动)。

(3)要突出的解说词(如配音、旁白、对白等)或字幕。

(4)需要渲染的气氛(如特殊的音乐或音效)。

(5)画面所占用的时长。

三、广告脚本写作流程

根据前面几节所罗列的各项脚本写作的表现方法及形式,电视广告脚本的写作流程大致是:首先,确定商品或品牌的基本创作目标及市场分析,即预想达到某种效果,这是脚本写作的规划图,为后续的各项流程指明方向。

其次,明确广告片型、种类、目标受众定位,以及大体主题、表达方式,这是脚本写作的基石。没有广告定位、受众、主题的确立,就无法形成完备的创意。

再次,完成内文写作,即文案主体部分的策划写作,广告创意的完整表达。这是整个脚本写作的灵魂所在,广告的与众不同之处就在此得以表现。内文包括广告商品或品牌所要表达的大致情节、感觉,广告的标题、标语等。

最后,是广告脚本的分镜头写作,即将文案策划中的想法落实为每一个画面表现。它所要表述的要素有景别、镜头运动方式,画面大体内容、字幕、音乐音效、解说词,画面持续时间及它所预想达到的商业价值。

(1)首先了解广告的文案策略。文案策略与目标受众有关。创作目标、基本格调等内容的陈述,是广告创作方向的指南针,也是广告脚本写作所需的完成背景。只有了解了文案策略,才能在此基础上做好更加细化的脚本写作,但是文案策略本身并不属于脚本写作。其基本格式如下:

| 1.商品或品牌名称: |
| 2.日期: |
| 3.AE(客户经理): |
| 4.目标受众: |
| 5.基本创作目标:(必须到达何种效果) |
| 6.支持理由: |
| 7.格调: |
| 8.广告主题: |
| 9.注释: |
| 10.AE(客户经理): 签字同意 |
| 11.创意总监:签字同意 |
| 12.其他: |

（2）明确文案策略的基本事项。再分析研究相关资料,明确广告定位、目标受众,确定广告主题后,完成广告文案写作基本事项的书写,具体格式如下:

| 1.标题(其形式包括主标题、副标题、特别标题) |
| 2.内文(文案的主体部分) |
| 3.标语(体现品牌定位与价值主张的广告语) |
| 4.随文(有关产品的信息,如电话、地址等) |

（3）写好广告解说词。在了解了广告的文案策略后,要根据其定位、主题、传播对象、拟达到效果等方面,撰写解说词。广告解说词,也称广告词或广告语。它的构思与设计,从某种程度上说,将决定电视广告的成败。正如前文所述,电视广告种类繁多,可以没有音乐和字幕,甚至没有情节,但几乎每一则电视广告都有广告解说词。广告解说词在传播学上的意义在于,首先是用听觉来补充视觉不易表达的内容,给画面加分;其次在于揭示和深化主题,从而进一步强化品牌或信息内容。好的广告解说词往往一语中的,广为流传,是整个广告创意的结晶,具有很高的流传性、流行度、朗朗上口,老少皆宜。

广告解说词的种类,包括画外音解说、人物独白、人物之间的对话、歌曲和字幕等。解说词的应用可根据创意和主题的需要,只取其中一、二类,不一定包罗万象,贪多求全。下面是总结出的广告解说词写作的法宝:

①以人物独白和对话出现的解说词,它的重要特征是偏重于"说",朴素、自然、流畅,尽量生活化,体现口头语言特征,切忌采取教条式的口吻。

比如《面条鲜》的解说词：

"你家买面条鲜了吗？"

"大家买面条鲜了吗？"

"吃面，就用面条鲜！"

《面条鲜》的广告语采用的就是对话型的解说词方式，它确实是在"说"，但却偏重于自说自话，因此不免有一种刻板、教条和强势的感觉，难以给观众留下深刻印象。

②旁白或画外音式的广告解说词，有两种风格可供选择：一是娓娓道来的叙说，或者抒情味较浓重的朗诵形式，走抒情路线，以情动人，感染观众；二是逻辑严密、夹叙夹议的理论说道，以理服人，说服观众。这类型的解说词往往专注于强调自身产品的优势，每一句的编排都具有较强的针对性，一方面表扬自己，另一方面也针砭同类型其他竞争产品。

比如《加多宝》广告："怕上火，更多人喝加多宝。10罐凉茶，7罐加多宝。配方正宗，当然更多人喝！"在褒扬自身产品质量及口碑的同时，不忘字字句句都明显针对其竞争对手"王老吉"。

当然，这种以理服人型的解说词，也可以营造出较为轻松、自然的气氛。比如广告《碧浪洗衣粉》的解说词，代言人小S一边缓缓走向屏幕，一边说"洗衣粉真的可以做到不褪色吗？为此，我请教了专家。"通过一系列的产品性能说明，最后由小S口播产品口号："碧浪，亮洁如新！"其解说词就是典型的通过逻辑严密、夹叙夹议的理论说道，以理服人，进而利用代言人的明星效应，说服观众。

与对产品特性作功能性介绍或说明不同，有的广告解说词不专注于对其性能的说明，改打抒情牌，以情动人，感染观众。比如《茅台》广告，解说词中对其产品的好处一字不提，反而达到一语中的的效果，"国酒茅台，酿造高品位的生活"。

还有的广告解说词，采用抒情味较浓重的朗诵形式，为了突显其解说词的与众不同，形成强烈印象，还配以与其产品解说词音节、音律相吻合的音乐。比如《银鹭》饮料的广告，其解说词"银鹭，爱的味道"，就配合了简短的音阶"53.4321"。

③以字幕形式出现的广告解说词，要体现书面语言和文学语言的双重特征，并符合电视画面构图的美学原则，既朗朗上口，又具备简洁、均衡、对仗、工整的书面文字特征。通常既有书面字幕，又配合旁白或代言人人声，对字幕形式的口号加以强调。如《波力海苔》的广告语："海的味道，我知道！波力海苔！"孩子们天真可爱的押韵童声配以黑底白字的字幕，让人印象深刻。

④广告解说词中的标语口号，有着画龙点睛的作用。要求尽量简短、容易记忆、便于流传、合辙押韵，最好能做到与广告整体风格、广告明星风格、时代特点相贴合。如《居然之家家具城》广告："装房子，买家具，我只到居然之家。"买家具，受众最看中的是其品质保证，这与其代言人陈宝国在影视剧中一直以来所塑造的高大、刚正不阿的正直形象不谋而合。在广告中，为与其家具产品更为贴合，更有"家"的味道，甚至把陈宝国夫妇一起请作代言人。

当然,以上几种解说词的表现形式是对目前广告解说词的大体分类,在实际操作中,广告解说词的使用方式并不一定严格按照分类标准执行,比较随意,甚至将各种类型解说词的优势兼而取之。比如广告《美肤宝》,就兼取了口头解说词和字幕形式解说词的优势,广告代言人利用其明星效应播出广告语:"美肤白,新汉方,让美透出来!"同时也配以解说词字幕出现,给人较为深刻的印象。还有的广告是将其产品信息一字不落地以最快速度用解说词念出来,采取最直白的方式达到广而告之的效果。

(4)分镜头脚本的写作。电视广告是以视觉形象为主,通过视听结合来传播信息内容的,如果说上述广告文案策略、文案的写作,是在主题、目标受众及创作目标分析大体确定之后的文字表达,那么分镜头脚本写作则是运用蒙太奇思维的叙事表达。将广告策划者头脑中的画面用文字语言表达出来,需要具有直观性、形象性,容易化为视觉形象的特点。具体格式如下:

镜号	景别	镜头运动方式	画面描述	表现类型	解说词	音乐音效	字幕	画面持续时间	体现何种商业价值
1									
2									

在上述表格中,按镜头出现时间为序,运用语言文字描绘出一个个广告画面,使声音与画面的和谐,即广告解说词与电视画面的"声画对位"。此外,由于电视广告是以秒为计算单位的,每个画面的叙述都要有时间概念,所以还必须考虑时间的限制。镜头不能太多,必须在有限的时间内,精确有效地传播出所要传达的内容。

需要注意的是,上述表格的格式并不是唯一的,还可以根据具体需要有所删减。比如"体现何种商业价值"一栏,可以填写洗发水的滋润效果、亮泽效果或者价格便宜等产品商业价值特点,较为适合实用目的性强的广告,但对于一些着重表现某一抽象理念,或者渲染其品牌价值的广告,则并不适用。

总之,分镜头脚本写作应充分运用感性诉求方式,调动受众的参与意识,引导受众产生正面的"连带效应"。为达此目的,脚本必须写得生动、形象,以情感人、以情动人,具有艺术感染力。这是电视广告成功的基础和关键。

下面,以好迪洗发水30秒"自信篇"分镜头脚本为例。

《好迪洗发水》广告脚本

镜号	景别	镜头运动	画面描述	解说词	音乐、音效	字幕	画面持续时间	体现何种商业价值
1	中全	俯拍固定	类似灯箱状的图画框里镶嵌着李玟红发的动感造型照片,旁边则站着真人版李玟	舞台上的我,需要精彩多变	动感节奏的音乐	无	4秒	市场需求代言人宣讲

203

续表

镜号	景别	镜头运动	画面描述	解说词	音乐、音效	字幕	画面持续时间	体现何种商业价值
2	近	俯拍下摇前推	精华素颗粒飞向李玟的秀发中,镜头下摇,推成李玟头发特写,头发健康润泽、闪亮柔美(三维特技)	含有更多精华素活力因子,令秀发丝丝顺滑,柔柔亮亮更健康	动感节奏的音乐	无	8秒	质量保证
3	近景	微仰固定	在造型前卫的舞台通道,李玟和舞伴们充满活力的登台瞬间	无	动感节奏的音乐	无	2秒	产品附属价值体现
4	近景特写	平视固定	李玟在舞台上自信的神情,秀发飘逸、动感	如此完美的秀发	动感节奏的音乐	无	4秒	产品附属价值体现
5	全景	平视跟	李玟和舞伴在舞台上活力四射的舞蹈瞬间	无	动感节奏的音乐	无	4秒	产品附属价值体现
6	特写	平视固定	清澈的水柱冲刷出了好迪精华素洗发水的包装及LOGO(三维特技)	无	动感节奏的音乐	无	5秒	新型产品的市场推广
7	中近景、特写	平视推	李玟热情奔放的舞姿,一头健康飘逸的长发随之飞舞,头发丝丝润滑	令舞台上的我表现更为出众	动感节奏的音乐	无	10秒	质量保证
8	中近景	俯拍固定	舞伴们在激情四射的舞蹈中,甩起长发	无	动感节奏的音乐	无	2秒	产品附属价值体现
9	近景	平视固定	李玟一边抚弄着男舞伴的黑发,一边跳舞	无	动感节奏的音乐	无	2秒	新的市场需求
10	特写	平视固定	李玟的手抚过那舞伴黑亮、健康的头发	无	动感节奏的音乐	无	3秒	新的市场需求
11	特写	平视固定	李玟手触秀发,舞动着展示自己的秀发	无	动感节奏的音乐	无	5秒	代言人宣讲
12	近景	平视固定	清澈透亮的水中,四只包装精致的好迪洗发水(三维特技)	好迪精华素洗发水(旁白)	动感节奏的音乐	好迪精华素洗发水	8秒	新型产品的市场推广
13	中景	平视固定	舞蹈者摆出集合造型,齐声对镜头说台词	好迪真好(旁白)	动感节奏的音乐	无	4秒	市场需求

续表

镜号	景别	镜头运动	画面描述	解说词	音乐、音效	字幕	画面持续时间	体现何种商业价值
14	特写	平视固定	李玟转身对镜头甜美微笑	大家好才是真的好	动感节奏的音乐	无	8秒	代言人宣讲
15	特写	平视固定	广州好迪企业标志	广州好迪（旁白）	无	广州好迪	4秒	产品形象强调定格

第四节　案例分析

《高露洁——冰爽牙膏》广告脚本

镜号	景别	镜头运动方式	画面描述	解说词	音乐	字幕	画面持续时间	体现何种商业价值
1	远	固定	阳光的清晨，周杰伦伸着懒腰	我的感觉渴望震撼	激情音乐		2秒	
2	中	固定	卫生间里，睡眼惺忪的周杰伦，照着镜子，梳妆台上放着一支高露洁牙膏	我用高露洁冰爽牙膏	激情音乐		4秒	
3	近	固定	高露洁牙膏	它的冰级震撼力	激情音乐		2秒	效果显著
4	特写	推	周杰伦看着牙膏中"冰爽珠子"瞬间发酵（特效）	来自无数冰爽珠子，能瞬间爆发	激情音乐		4秒	新配方
5	近景	固定	胸间飞出冰爽珠子，周杰伦腾空翱翔从家中飞到楼下（特效）	带我进入冰爽新境界	激情音乐		3秒	
6	中	固定	翻过冰爽珠子做成的彩虹，带着冰爽珠子飞过高露洁的巨大广告牌（特效）	"哇"	激情音乐		2秒	
7	中	固定	周杰伦吹出牙膏中"冰爽珠子"，散落到粉丝中		激情音乐		2秒	

续表

镜号	景别	镜头运动方式	画面描述	解说词	音乐	字幕	画面持续时间	体现何种商业价值
8	特写	固定	粉丝享受的表情		激情音乐		2秒	受众多
9			冰爽珠子从周杰伦脸上飞过,周杰伦享受的脸(特效)	非一般冰爽震撼	激情音乐		3秒	
10	近景	固定	周杰伦拿着牙膏	新高露洁,冰爽牙膏	激情音乐		2秒	品牌升级
11	特写	固定	高露洁牙膏正面	冰爽口感,前"爽"未有	激情音乐	冰爽口感,前"爽"未有	6秒	

广告脚本是一条影视广告从最初的抽象概念到变成一部电视广告之间的桥梁。它的最终完成目的是塑造广告产品形象,传播信息内容,优化产品特性,因此既包含了广告文案精髓阐释的文字说明,又是广告构思及完成拍摄的基础蓝图。

然而,广告脚本又不等同于广告文案写作,广告脚本是在文案完成基础上的更加详细的创意设计。在形式上,更类似于平面广告的草图设计。好的广告脚本将凭借独特的创意和富有吸引力的技巧手法传达广告信息,简而言之,就是内容为王,创意制胜。

我们通过《高露洁——冰爽牙膏》的广告脚本写作作案例分析。首先,确定商品或品牌的基本创作目标及市场分析,即预想达到某种效果。1896年高露洁是最先生产软管牙膏的厂家之一,其收购GABA股份有限公司,巩固了在欧洲的口腔护理业务,全球雇员近10万。至此,高露洁由一家1860年的纽约香皂公司发展成为今天消费者最为信赖的全球领先品牌。高露洁——冰爽牙膏是宝洁公司推出的新产品,为配合高露洁公司的牙膏市场推进计划,高露洁——冰爽牙膏将塑造独特的市场计划,并以全新的方式推向市场。预想效果为保持并发扬高露洁公司的品牌形象,为高露洁牙膏的销售做宣传。预想目标是使高露洁的品牌更响亮,使高露洁公司的销售额有一个飞跃。

其次,明确广告片型、种类、目标受众定位,以及大体主题、表达方式。高露洁品牌牙膏的主要消费群集中在低收入者及年轻人,而老年人对牙膏品质一般有着特殊需求,比如消炎、止痛或巩固牙龈健康等,而高收入者则偏向使用国外品牌牙膏。因此《高露洁——冰爽牙膏》采用明星代言的方式,采用个性和创意的表达方式,试图给消费者留下深刻的印象。在片型上选择多种片型相结合的方式,包括动画及电脑特效+生活片段情感+明星示范证明,综合展示产品。在广告主题方面,围绕"冰爽"二字展开包装,突出其冰爽牙膏的独特口感。在表达方式上,则主要采用了名人推荐式与特殊效果式的结合。用代言人周杰伦介绍推荐商品,利用其聚焦力和号召力,来影响目标受众的态度,产生信赖感,刺激购买欲,以达到很好的正面推荐效果。在特殊效果方面,主要在对牙膏的冰爽特质及使用感受上做了动画效果,使画面动态生动,夸张活泼。

再次,完成内文写作,即文案主体部分的策划写作,广告创意的完整表达。包括广告商品或品牌所要表达的大致情节、感觉,广告的标题、标语等。《高露洁——冰爽牙膏》采用明星实景和动画效果相结合的方式,描述了明星代言人周杰伦清晨起床在使用了高露洁冰爽牙膏以后,心情清新畅快,尤其是牙膏中的冰珠因子,更是加入薄荷精华,开启了畅快好心情的一天。广告标语为"冰爽口感,前爽未有"。

最后,是广告脚本的分镜头写作,即将文案策划中的想法落实为每一个画面表现。它所要表述的要素有:景别、镜头运动方式,画面大体内容、字幕、音乐音效、解说词,画面持续时间及它所预想达到的商业价值。

▶ 第七章

影视评论写作

第一节　影评概述

一、何谓影评

影评，就是电影评论或电影批评。什么样的文章是本书所定义的影评？我们用四篇影评来具体说明。

成人的视角·孩童的世界

——评纪录片《幼儿园》

当我们弯下腰审视孩子的同时，我们也审视了自己和这个世界。

导演张以庆用他的镜头带我们走进湖北武汉一所普通的寄宿制幼儿园。幼儿园的生活是琐碎的，孩子们的成长是缓慢的。然而，就在这些平凡简单的穿衣、吃饭、打闹、嬉戏当中，我们用成人的视角去看孩童的世界，那个世界里也折射出我们自己的影子。

影片《幼儿园》并没有展现出成人一厢情愿所认为的，孩子就是无忧无虑，就是简单快乐，他们也有他们成长的无奈与烦恼、现实与苦涩。当心算班的优等生熊经纬第三次心算卡壳时，我的心底浮现出一丝丝酸楚；当胖胖的小男孩陈方正说是在爸爸妈妈爷爷奶奶老师的帮助下长高时，我暗暗惊讶并感叹幼儿童真的丧失；当孩子们正童言无忌地说着"开飞机、丢炸弹，炸死×××××"，转过身来春游时，就喝着可口可乐，参观生产流水线，看美国广告片，我恍然，原来孩子们面对的是跟成人一模一样的社会。

这种展现与对比，既是导演敢于用真实的镜头、真诚的创作态度去面对孩童的世界，也是他机智巧妙地运用了彩色色调和黑白色调的双线结构来构架整个故事。在幼儿园里的日常生活里,导演采用了自然光、绿墙红地,颜色鲜明,用不打扰的观察式拍摄手法,去捕捉生活的细节与感动;而另一条结构线索,是对孩子的采访,使用黑白色调,用参与式的拍摄手法,在成人审视的目光中,孩子们俨然一个个小小的思想者,他们的回答,衬托出时代的变迁在一代人身上的烙印,让这部记录孩子"生活碎片"的影片,多了几分厚重的力量。

除了影片的双线结构设计精巧之外,影片在声音的处理上也匠心独具。北方曲调的《茉莉花》作为影片的主题音乐,反复出现了五次,一开始音乐是柔美的、抒情的,配合孩子们天真烂漫、童趣盎然的生活场景,观众的心情是愉悦舒缓的。随着孩子们生活画卷的展开,与孩子们的对话,我们逐渐看到他们也有烦恼,也有受成人受时代影响的过早成熟,所以,到后来《茉莉花》的曲调再次响起时,音乐的氛围变得有些压抑、沉重,杂糅了百般滋味在心头。

最后,影片还有一个很大的亮点是外景的虚化处理。在影视片中,有虚焦镜头也是常见的,但《幼儿园》这部影片几乎把所有的外景地——操场上的户外活动、孩子们捡拾落叶、大门口人们晃动的身影等,都被刻意地虚化,这不得不说是导演张以庆的大胆创新和妙笔生花。外景之虚突出内景之实,使观众更加关注孩子们在幼儿园里面的生活,更好地为主题服务。此外,对于孩子们来说,外面的世界本身也是朦胧的、模糊的,用虚化的方式去处理外景,既符合孩子们眼中的世界,也使得影片更加诗化和空灵。

正如影片的开头所说:"或许是我们的孩子,或许就是我们自己……"导演通过双线的结构、彩色和黑白的两种色调、音乐的反复吟唱以及实景虚景的交替出现,把琐碎细小的幼儿园生活编织得紧致而细腻,充满寓意而又令人回味无穷。(作者:罗勤)

一周全球票房:《钢铁侠3》破7亿霸气连冠 《致青春》居亚

势头强劲的漫威科幻片《钢铁侠3》全球累计票房突破7.75亿美元

时光网讯 上周的全球票房市场在没有强劲新片的情形下,由《钢铁侠3》一枝独秀。随着本片在北美的正式上映,上周《钢铁侠3》在73个地区以逾3.48亿的票房蝉联冠军。截至5月9日,《钢铁侠3》的全球票房已经高达7.75亿美元。

华语爱情片《致青春》也不甘示弱，凭借在国内的超强人气，一周拿下5 353万元，杀至票房榜亚军位置；《疯狂原始人》以2 081万的票房排在季军位置。两部新片《瓦达拉枪战》与《密西西比河上的玛德》分别以806万和340万的票房排在榜单第六位和第十四位。

华丽转身

洁尘

华丽转身，具备这种姿势的女人须得两个条件：一是美貌；一是才华。还要有一个前提，转身的决心和毅力。就一个女艺人来说，退出娱乐圈，或入了商海发了大财，或嫁了人家相夫教子，或遁入空门青灯黄卷，都是一种选择；但也真就是一个退字。退也没有什么不好，只是在世人眼里稍微凄凉了点。其实，人生对任何人来说都是一个退，对这些曾经处在风口浪尖上的女人更是一种良好的归宿。可是，转身，且还要华丽，从一种聚光到另一种聚光，总是汇集着世人的景仰这就太难了。

杨惠姗就做到了。

杨惠姗这个名字于当下的人们可以说是陌生的，她是前台湾金马奖影后、亚太影展影后，代表作是《玉卿嫂》《我这样过了一生》。人们喜新厌旧，当下出炉的新贵还记不过来呢，谁还记得从前的风光？当然，我等资深影迷除外。现在，杨惠姗是国际水晶玻璃制造行业的翘楚，可是，这是一种行业的荣耀，于公众来说，她还是一个陌生的名字。当一尊绝妙的水晶玻璃作品放在你面前时，杨惠姗这个名字是隐约的、含蓄的，犹如水晶玻璃迎光闪烁背后的那种羞涩。

我一直关注杨惠姗是因为她的《玉卿嫂》。在这部改编自白先勇小说的影片中，杨惠姗的表演臻入化境。在台湾女演员中，我认为有两个人是可以一直演到老的，一个是归亚蕾，一个就是杨惠姗。归亚蕾依然在演着，作品水平参差不齐；杨惠姗演了一百四十多部电影（这个数字真可谓恐怖），绝大多数是烂片子，但有了几部精品在那搁着，足以不负后冠。但是，就是在脱胎换骨完成精品之后，她将后冠掷了，戏服脱了，干干脆脆地息影了。作为一个演员，她算是有了交代，特别是对那些个烂片以及把她给看扁了的人，有了一个交代。这一息影就真是息了，关了灯不说，还卸了幕布。女艺人中一不顺心就嚷嚷着息了的，也多了，大多息个半年一年的便为了"不让观众失望"说话不算数地又出来了；有点定力的，息个三年五载的，也就熬不住了。说息了，就真息，这种人物真是罕见，山口百惠是一个。杨惠姗是息了影，但准备着另一种亮相，这么有心有劲的女艺人，也是罕见。

11年后，她再次出场，身份是——艺术家。要说，前面的杨惠姗是艺术家、电影表演艺术家（这词在大陆使用一般是针对过气明星的客气话，要用在当红明星身上，他们非杀了你不可）；这一次，她是中国琉璃艺术家。所谓中国琉璃，其实就是水晶玻璃，冠以"中国琉璃"之名，是杨惠姗给自己承继的这门自汉代以后就基本断裂的艺术一个传统上的归宿。

杨惠姗的琉璃作品是相当出色的，据行内人士说，正因为她半路出家的特点，使得其作品少了许多科班人士不自觉的束缚和羁绊，呈现出天然且自由的意趣。在我的观感里，杨惠姗作品的出色还得益于她的伴侣、事业伙伴。当年《玉卿嫂》《我这样过了一生》的导演、现在的经纪人张毅题的作品名,比如,"大愿""第二大愿""悲悯""无言这美""众妙""教风云焉能不起""南瓜思考"等。这是一种互动的关系,标题因作品而具象,作品由标题而衍生,张毅的飞扬和杨惠姗的内敛,两种不同类型的才华结合,使得琉璃这种人前风光美艳人后血汗铺路(真的出汗,因为高温,真的流血,因为极易受伤)的艺术出了光彩。

一个女明星的余年,深居简出就算是很不易了,如果要她辛苦,那是一种难为。我说这话绝没有一点挖苦的意思。任何人,一旦成为明星,就被抛出了日常生活的轨道之外,这个抛,是主动,也是被迫。从绚烂归于平淡,不是异秉之人谁会心甘情愿?所以,我对杨惠姗的惊讶和赞美完全因为她是一个特例,一个超标的特例。

当然,杨惠姗还是幸运的,换个人,耗得起心血,但耗不起钱财。十年,对于一个艺术家来说,也不太长,我们听过太多皓首穷经一生无获的悲惨故事。张毅说:"诚恳到了,机缘也就到了。"说他们两人幸运,就是因为很多倒霉蛋诚恳到了,机缘永远不到。我想,杨惠姗和张毅做的不是别的,是琉璃。

见过琉璃吗? 美艳吧? 这个必然结果也相当美艳吧!

1999.11.27[1]

还记曾经的"青春"——回忆《致我们终将逝去的青春》

昨晚我还一直为郑微感到难过。曾经疯狂地追求阿正,面对感情直来直往,爱恨分明,为追求自己的幸福不顾一切。然而工作后,再次遇到林静和阿正,这两个生活永远安稳向成功目标稳步迈进的男人,都曾因实现目标而放弃郑微,回过头来发现最珍惜的还是郑微,一个勇往直前,大哭大笑的女孩子。我想那样的郑微真是惹人爱的,连我都开始喜欢这样爽朗的小飞龙,或许人是念旧,没得到的总是最好的,永远忘不了最初的悸动,像朱小北、阮阮也是如此。

多少人都长大了。阮阮说:"我长大了,他还没有。"她说的是赵世永,看起来无瑕的孩子,叫阮阮姐姐,最终无法摆脱家庭的布局。阿正其实也是如此,我有点气,回来后的阿正为什么没有勇气和郑微再走在一起,至少要让郑微知道他与欧阳的关系是假的,为什么人总是无法如年少时坦诚。造成了那么多误会、纠结,渐渐地也就不去理会它们,尽管心里纠缠,却终将冲不破,所以错失。

大多数女人都没有嫁给最刻骨铭心的那一个。但是如郑微自己所说,她得到林静,并非不爱,何须伤感?

始终觉得爱情是女人的全部,是男人的一部分。

以上四个案例都是围绕电影来写作的,但非常明显给读者的感受是不一样的。

案例一《成人的视角·孩童的世界——评影片〈幼儿园〉》从影片的叙事结构、色彩、音乐以及虚化处理四个角度来分析这部纪录片,详尽系统、专业深刻。

案例二来自国内做得比较好的专业电影资料库——时光网,梳理了一周全球票房排名

---

① 洁尘.华丽转身[M].成都:四川文艺出版社,2008:55.

前十五的影片,让观众选片看片有个直观的感受。

案例三《华丽转身》选自成都本土作家洁尘的电影随笔集,文笔清新感性,亲切随意,有一种娓娓道来的感觉。

案例四《还记曾经的"青春"》是对电影《致我们终将逝去的青春》的观影感受,抒发了自己对爱情的看法,浅显通俗。

由此,我们可以做一个简单的分类:

案例一是电影评论;案例二是电影报道;案例三是电影随笔;案例四是电影观后感。

可见,不是所有与电影相关的写作都是影评。

本书所定义的电影评论,简称影评,是指对一部电影的主题、叙事结构、演员的表演,以及导演表达思想所运用的视听语言如色彩、光线、拍摄手法、声音等进行分析和批评,又称电影批评。影评重在"评",要深入分析和挖掘出影片的主题或社会意义,要有专业的知识背景,灵活运用视听语言的各个元素论述影片的艺术风格、造型表现和电影语言。要有广博的文、史、哲知识,把对一部电影的评论放置到某种电影类型、某个时期进行分析,或进行中西方对比研究,或对某个导演的创作风格作整体性研究,或对一定范围内的影片作专题研究等,这便是本书所定义的影评。

案例二的"时光网讯"几个字,类似于报纸的"本报讯",属于电影报道,汇集新鲜的影视资讯,扫描影市动态,追踪影人活动,揭秘拍摄花絮,推荐新片看点等,具有时效性、娱乐性、服务性的特点。

案例三的电影随笔,如同该书的序言里所说:"借对电影故事的复述,和对角色(包括演员)的品评,抒发的是自己对生活的感受和对艺术的见解。"[①]因此,电影成为写作者言说的窗口,或抒情或议论,乘影评之车而来,折射出人生的哲理和艺术的光芒。

案例四是观后感,重在写"感",表达方式以抒情、记叙为主,内容多为观看影片之后把具体感受和得到的启示写成的文章。所谓"感",可以是从作品中领悟出来的道理或精湛的思想,可以是受作品中的内容启发而引起的思考与联想,可以是因观看而激发的决心和理想,也可以是因观看而引起的对社会上某些丑恶现象的抨击。

二、写好影评的基础

现在,观看影视成为人们尤其是青少年娱乐和获取文化知识的一种重要方式。大家在看过影视之后,并不一定就能够正确解读影视语言并作出分析与评判。大多数人所作出的分析评论,一般只是感悟式的、点评式的,很少人能作出深入细致的阐释。这说明喜欢观看影视并不一定能写影评,或者写好影评。电影理论家麦茨就曾经说过一句意味深长的话:"电影之难以解释,正是因为它的易于看懂。"影评写作不仅仅是对影视艺术作品浅层次地"看懂"或评价一句"好"与"差",而应是对影视艺术作品内在意蕴的准确把握和深入的理

---

① 洁尘.华丽转身[M].成都:四川文艺出版社,2008:6.

解,或者是对影视文化现象作出透彻的评述和分析。

那么,从喜欢观看影视作品,到能写影评,写好影评,应具备什么样的基础呢? 大体说来,应具备和满足以下几方面的基础:①专业知识;②文、史、哲、艺知识;③语言表达。

(一)专业知识

专业知识是作为一个影视批评者必备的学术素质,否则他将无法全面深刻地对影片作出正确的判断和剖析。

比如法国导演让-皮埃尔·热内于 2001 年拍摄的《天使爱美丽》,相信是许多影迷推崇的影片,以下三篇影评(笔者摘录了一些片段)分别从不同的专业角度分析了影片的出彩之处。

范文一:《浪漫纯真的情感表现:〈天使爱美丽〉电影音乐赏析》 (熊莹,南昌航空大学音乐学院,载于《电影文学》2011 年第 23 期。)

影片的配乐师恩·泰亚逊喜欢运用简单质朴而又具有别样风情的配器手法,以手风琴为该音乐的主要灵魂,配以钢琴、吉他、钟琴及小提琴等乐器,组成具有相当层次感的配器风格。恩·泰亚逊还为影片特别创作了一首属于爱美丽的主题音乐,中文译为《爱美丽的华尔兹》(LaValse d' Amelie),选取具有典型欧洲色彩的乐器——手风琴来演绎故事。手风琴是从欧洲传入我国的一种西洋乐器,能表现丰富的和声旋律,同时能够表达出一种独特的地域文化色彩,成为一个国家、一个民族对于音乐审美的载体,有时也可以对影视人物形象或者情节起反衬的作用,用来烘托特定历史时期所要表现的剧本内容。在该片中爱美丽的主题曲有多种版本的主题变奏,充分体现欧洲人独特的审美情趣。恩·泰亚逊选择了三拍子经典风格的华尔兹来诠释女主人公的内心情感。华尔兹又名圆舞曲,原指一种两人相拥旋转的交际舞,电影中爱美丽就跳着欢快的舞步,为周遭的人带来欢愉,满足他人的愿望。虽然女主人公从小一个人玩,长大后也不太善于与人沟通,但她有着天使般善良而且丰富的内心情感,三拍子的圆舞曲式音乐风格能够恰到好处表达爱美丽的内心感受。

范文二:《用爱和色彩描绘一个童话——论述〈天使爱美丽〉的色彩与情感表达》(毕苏羽,中国传媒大学,载于《当代电影》2009 年第 7 期。)

色调,从某种意义上来讲,可以理解为摄影基调的核心组成部分,一种基调往往充斥着创作者的情感,而这种情感的表意属性,通过视觉传达,会透彻观众的心扉。理解一种颜色背后的含义,是一个极其复杂而深邃的过程。一部影片,通常在摄影基调的处理上都会非常谨慎,一种基调往往定位了一种情感属性。在这部影片开头,摄影师却采取了一种大胆的尝试,把两种基调轻轻地混合在一起,强调以暖色调为主,同时把互补颜色并列放置,强调色彩的对比与变化。这些巧妙的暗示通过片头和字幕体现出来,而且贯穿影片始终,使观众在影片结束后仍会留有油画重彩式的多重绚烂色调的记忆。这一暗示可谓别具匠心,在色彩基调的铺垫上也恰到好处。

整部电影构图完全是油画重彩样式,从女主角黑色的瞳孔与鲜艳跳跃的红唇可见一斑。色彩配合人物的情绪变化,黄绿色的画面,犹如一幅幅老照片,将 20 世纪巴黎的景致慢慢舒展开来,使淡淡的怀旧风格一目了然。色彩随着音乐流动,我们感受到了在法国暖暖的阳光下的一份和谐与平静。有些色彩像是电影化了的印象派绘画。

产生于 19 世纪 60 年代法国的印象派，以 1874 年莫奈的《印象·日出》为代表，强调人对外界物体的光和影的感觉和印象。色彩是随着观察位置、受光状态的不同和环境的影响而发生变化。同时印象派着重于描绘自然的刹那景象，使一瞬成为永恒。《天使爱美丽》中反复出现的"玻璃男人"的绘画是印象派绘画标志性人物之一雷诺阿的《船上的午宴》，这一细节也算是影片对法国印象主义的一种膜拜。以画人物著名的雷诺阿，善于把轻松悠闲的气氛和甜美的田园风格结合起来，很少见到痛苦和宗教色彩。这也是印象派绘画的另一特点，是继文艺复兴以来，法国文化思潮在艺术上的又一典型映射。色彩、光线与画面结构的安排并不是科学性的分析光线，而是带给观者以愉悦的感觉。让-皮埃尔·热内的浪漫主义情怀借助爱美丽的无限幻想得以实现。用近似于印象派绘画的色彩，描绘出一个小女孩单纯敏感、渴望爱和幸福的内心世界。

范文三：《从电影〈天使爱美丽〉谈电影叙述中的蒙太奇技巧》（康菊霜，中国地质大学，载于《电影评介》2012 年第 5 期。）

叙述性蒙太奇按照情节的发展、时间、空间、逻辑顺序以及因果关系来组接镜头、场面和段落，表现了事件的连贯性，推动情节的发展，同时引导观众理解内容，是电影中最基本、常用的叙述方法，具有脉络清晰、逻辑连贯的优点。蒙太奇的叙述方法在具体的操作中还分为连续蒙太奇、平行蒙太奇、交叉蒙太奇以及重复蒙太奇等几种具体方式，在《天使爱美丽》这部影片当中所运用的叙述蒙太奇主要有平行蒙太奇和交叉蒙太奇。平行蒙太奇：这是一种分叙式表达方法，将两个或者两个以上的情节线索分头叙述，而统一在一个完整的情节之中。这种方法有利于概括集中，节省篇幅，扩大影片的容量，由于平行表现，相互衬托，可以形成对比、呼应，产生多种艺术效果。在影片中，童年的爱美丽遭到邻居的捉弄，于是她便在邻居看球赛时趁机拔天线报复。

由此可见，基本的专业知识储备是很必要的，可以帮助我们窥探到影片的细节，使普通观众在观影结束之后，通过具有专业素养的影评进一步深入了解影片的深意，解释观众的疑惑，引导情感的升华，得到心灵的洗涤。

如何把这些专业知识灵活运用到影评的写作过程中，将在第二节详细展开论述。

（二）文、史、哲、艺知识

杨绛说：读书，是隐形串门。

除影视专业知识外，文、史、哲、艺方面的知识也是必备之需。它可以使我们的影评根基更加深厚，视野更加广博，而这些知识是平时的累积和生活阅历的增长所获得的，并不能一蹴而就。

范文一：《在东方与西方之间：〈魂断蓝桥〉的文化符号学诠释》（张祖群，载于《西北工业大学学报（社会科学版）》，2012 年第 3 期）

西方影片《魂断蓝桥》是一部爱情经典剧作，但故事的最初发生地却是在东方。文章以"蓝桥"为考察对象，探讨了东方与西方之间，对应的不同文化意象、能指与所指。为此，对

《魂断蓝桥》进行三重解读：①中国古代《魂断蓝桥》有两个版本，分别是春秋战国版本《蓝桥相会》和唐传奇版本《蓝桥记》。②从东方看西方，作为一种能指的翻译影片名，它的爱情悲剧主题和贞操观念、门第观念、为情殉身、才子佳人定式等却天然地指代了东方文化传统中爱的所指。③从西方到东方，两次改编成中国化的同名沪剧，是爱情母题在全面抗战和改革开放等语境下进一步的深入"所指"。最后总结认为：不论是在东方还是西方的蓝桥能指，蓝桥作为一个爱情的代名词和文化符号，如同一种文化定格，永久驻留在人们的记忆深处，它的"所指"就是不同语境下的同样的爱情悲剧和对应爱情的相同的价值观。这启示我们，对于爱情要坚守诺言和不离不弃。（注：本段文字为文章摘要）

范文二：《名著改编与经典代读——论新版〈红楼梦〉电视剧的成败得失》（詹丹、孙逊，载于《文艺研究》2010年第12期）

新版电视剧对宝玉、黛玉、宝钗以及凤姐等主要人物的言行处理，演员们对角色的体会把握，多有不够准确处，经不起观众的仔细推敲。比如书中写贾环所出谜语不通，本来是众人一起哄笑的，但电视剧改为宝玉大声起念，引得众人哄笑，贾环羞愧，一时间让宝玉成了取笑贾环的领头人，完全不符合宝玉做人的一贯原则。还有，宝玉在黛玉身边闻到一股幽香，原著中是拉起她的袖管来闻，而到了新版电视剧中，却是凑近她身前到处乱闻，表演如此夸张，破坏了作者渲染的"意绵绵静日玉生香"那种美感。关于黛玉，其抛父进都，书中写她坐在轿内，隔着纱窗看京城风貌，电视剧却改为掀起窗帘往外探视；又让她饭后面向观众漱口等，都是在处理上失之粗疏的。对宝钗的形象把握，同样有此不足。这里仅举一例：宝玉去探视病中的宝钗时，闻得有一股幽香，问宝钗熏的是何香，宝钗想了一想，说是早起吃的冷香丸，故有此香气。而在新版电视剧中，把宝钗想一想，改成宝钗拿起自己袖管闻了闻。内服的冷香丸，是跟宝钗的气质连在一起的，所以，不能从自己身上具体的哪个部位闻出来，更不应从袖管上闻得。原著中写宝钗想一想，恰是神来之笔，但新版电视剧中，改为宝钗闻自己的袖管，人物的神韵，因此消失。

范文三：《三问电影〈赤壁〉》（沈伯俊，载于《文艺研究》2009年第6期）

一部真正优秀的电影，一部希望"具有世界水平的电影"，绝非仅仅是一种视觉享受；它必须具备丰厚的文化内涵、深刻的人文精神、强大的心灵震撼力。电影《赤壁》在这方面虽然付出了一些努力，但值得评说之处仍然不少。本文从三个方面提出质疑：其一，是据史改编，还是故事新编？其二，是历史正剧，还是娱乐传奇？其三，是史诗归来，还是商业盛宴？吴宇森没有实现自己设置的艺术目标，留下了种种遗憾。正视这些缺陷与不足，全面而客观地评价其得失，对于从事名著改编或古代题材新编的艺术家们来说，无疑具有非常重要的意义。

一问：是据史改编，还是故事新编？

吴宇森一再宣称，电影《赤壁》是根据史书《三国志》改编的。我认为，这主要是一种宣传策略。

文学经典《三国演义》早已深入人心，家喻户晓。当今的任何一位艺术家，要想创作三国题材作品，都要或明或暗、或深或浅地受到《三国演义》的影响；然而，任何一位有志气、有自信的艺术家,都不愿意照搬《三国演义》,而要力求有所创新和超越。这是完全可以理解的,也是应该的。为此,他们常常打出"根据《三国志》创作"的旗号,电影《赤壁》也是如此。但是,实际情况究竟如何呢?

其一,吴宇森和编剧真的精读过陈寿撰写的史书《三国志》吗?当《赤壁》上集公映,在成都举行媒体见面会时,有记者问吴宇森《三国志》的作者是谁,他竟一时回答不出。对于一个以两年时间全力投入此剧的导演而言,这未免令人惊讶。其二,吴宇森几次对记者和观众说:羽扇纶巾本来是周瑜的。这也是似是而非的说法。综观《三国志》全书,并无关于诸葛亮、周瑜衣着服饰的记载;现存最早的有关诸葛亮衣着风度的形象记载,见于东晋裴启所撰古小说集《语林》,其中写诸葛亮在渭滨与司马懿相持时,"乘素舆,著葛巾,持白羽扇,指麾三军,众军皆随其进止"。因此,《三国演义》写诸葛亮羽扇纶巾,具有充分的历史依据。再参照《世说新语》等书的记载,可知持羽扇、戴纶巾乃是魏晋时期许多士大夫的共同爱好。北宋苏轼的名作《念奴娇·赤壁怀古》写道:"遥想公瑾当年……羽扇纶巾,谈笑间,樯橹灰飞烟灭。"正是根据这一带有普遍性的现象,想象周瑜破强敌于谈笑之间的潇洒风度,绝非认定羽扇纶巾原本只属于周瑜。吴宇森的话,其实来自读东坡词的印象,而非依据《三国志》。这说明,他对此书并未真正熟读。

由以上三篇范文我们不难看出,文、史、哲、艺知识对我们分析影片有着至关重要的作用,范文一正是因为作者有中国古典文学的知识,才能赏析出一般观众所不能看出的"蓝桥"意蕴,蓝桥在中国古代是有典故的,唐代裴铏所作小说《传奇·裴航》中,主人公裴航和云英就是在蓝桥相遇后结为连理,所以"蓝桥"被赋予美好的内涵,成为爱情的宝地。观众看到《魂断蓝桥》这个片名就知道是关于浪漫爱情故事的影片。同时译者还增加了一个互文指涉,就是"魂断",暗指女主人公最后自尽在桥上这样一个悲剧的结尾。

范文二建立在熟读《红楼梦》小说文本的基础上,才能看出影视改编的得失成败,着重阐述了改编文学名著,应对人物形象有深入把握,而不能拘泥表面形似却忽视了原著的内核精神。

范文三由我国权威的三国专家撰写,厚重的古典文学学术背景使《赤壁》在他的法眼之下一问、二问、三问皆处处捉襟见肘,全面而客观的评价让创作者能够从中汲取营养,提高其历史知识、哲学意识以及美学修养,对于从事名著改编或古代题材新编的艺术家们来说,有着非常重要的意义。

因此,阅读中外文学史、中外文艺理论、中外哲学史、中外美学史、中外艺术史,增强我们的文化素养对于写影评来说是大有裨益的。

(三)语言表达

当拥有专业知识和文、史、哲、艺知识的储备之后,我们最终需要用文字来记录对影像的感知。写影评其实也没有什么高深和神秘之处,跟写散文、议论文、记叙文一样,最重要的其实就是四个字"文从字顺",把你所看到的影视现象和想表达的观点,用精练、准确、优美的文字来表达,并且注意谋篇布局和上下文的衔接。有不少学生在写影评时容易犯的一个错误就是简单罗列,把看到的一部影片的特点像回答简答题似的,一一列举,没有整体构思,读起来干瘪枯燥。那么如何提高自己的语言表达能力呢? 可以从以下两个面着手。

1.学习范文

"依葫芦画瓢",是初学者最简单可行的方法。就像我们学写毛笔字有"描红"一说,仔细揣摩优秀的影视评论作品,甚至可以全文背诵,"读书百遍,其义自见",别人是如何开头、立论、布局、过渡、结尾的,评论角度有哪些,优美语句有哪些,精彩段落有哪些,看看别人的文章传达了什么,又是如何传达的。

2.广泛阅读

影评写作也是写作的一种,不同文体的阅读对我们遣词造句、谋篇布局很有帮助,并逐渐形成自己的文风。广泛的阅读也可以在影评写作时帮我们打开思路、联系对比,让自己的影评更具广度和深度。

3.勤写多练

"熟能生巧"的道理适合于各个行业,影视写作也不例外。经常投入写作实践当中,才能把写作的方法技巧转化为自己的能力,否则只会停留在空谈中。多练习写作也讲究方法,比如可以给自己布置不同的写作任务:看一部完整的影片,先自己写一篇完整的影评,再从影视期刊里找来一篇优秀的范文对照读解,哪些是自己点评分析到了但没有范文组织语言表达得好,哪些是自己没有注意到的影片细节之处,但范文有很精辟的分析等;还可以只看某部影片很精彩的段落,写对一个段落的分析;又或者对一部影片从不同的角度进行分析,写两篇不同的影评;再或者对影片进行改写,用以练习文笔。

总之,语言表达能力既需要长时期、多方面的累积,也需要掌握方法来自我训练,得到提高,只有综合运用专业知识和文、史、哲、艺知识,再辅以良好的语言表达能力,才能为写好一篇优秀的影评打好坚实的基础。

第二节 影评的类型

电影已经成为大众娱乐休闲的主要方式,看完一部或好或烂的电影,也许你会想知道别人是如何评价这部影片的,在发达的网络资源上随手一翻检,对影片的评论很多,知名网站如时光网、豆瓣网等;杂志如《大众电影》《看电影》《电影画刊》等,刊载的都是与电影相关的内容;还有一些是学术型期刊,如《当代电影》《电影艺术》《北京电影学院学报》都是国内比较优秀的专业电影期刊。在不同的领域有不同的人进行不同类型的影视评论,即使面对同一个影视文本,写作者的身份和素养、评论的角度和深度、文章的功用和目的不同,文章的风格和内容也会大相径庭。根据写作主体和创作目的的不同,我们简单介绍一下当下运用得比较多的四种影视类型:学术型影评、电影报道、电影推介和网络影评。

一、学术型影评

学术型影评一般偏重于理论研究,对影视作品和影视现象有全面系统、深刻透彻的思考和分析,揭示蕴含在其中的带有规律性的特征。例如,笔者 2011 年发表于《新闻界》第 5 期的一篇影评文章《从〈最爱〉看顾长卫的电影世界》,就从顾长卫的新片《最爱》着手,比较分析《孔雀》《立春》两部影片,探讨了顾长卫电影的空间设置、人物塑造和主题价值三个方面的内容,揭示出顾长卫电影的创作特征。如文章的结尾这样写道:

从《孔雀》到《立春》再到《最爱》,当我们走进顾长卫的电影世界时,发现最难能可贵的是导演一以贯之对现实的关注,在封闭的空间环境里用一种极端化情境叙事来铺展出冲突性极强的个人与环境、个人与个人的对峙。顾长卫的电影空间不是"寓言式"的,而是贴近中国现实的千万个小城镇或农村的缩影;顾长卫的电影时间不是历史的宏大叙事和完整阐释,而是攫取时间长河中的碎片与插曲,描绘普通人的失落与悲伤;顾长卫的电影里总是留有一丝希望,敬重每一个追寻梦想的生命。纵然《最爱》有不尽如人意的地方,但在喧嚣的商业大片洪流中,顾长卫所坚持的电影创作态度,正因其稀少而尤显弥足珍贵。

学术型影评一般不局限于一两部作品或一部作品的某一个方面,常常是评述一段时期的作品,或某种类型的作品,或跨文本研究,或某种电影现象,或电影产业等。学术型影评有宽广的视野、深厚的理论、严密的论证,至少应该具备现实功能和历史功能两个方面,即电影批评是导演和观众之间的桥梁,批评具有把电影作品推介给读者的功能,通过电影批评,使影片的美学和艺术内涵被更多的观众所理解和接受,当然,同时也使观众可以洞悉到影片的缺憾和不足,并由此对电影艺术家形成反馈性意见以便利于随后的创作。电影批评的历史功能,即电影批评是使电影作品与电影史发生联系的纽带,通过电影批评,把具体的影片置放在一个宏观的历史背景之下,使用客观和历史的尺度确立其在电影史中的地位,以确定其是创新还是沿袭,是永恒还是昙花一现。[①]

二、电影报道

作为一名观众,我们往往是通过电视、报纸、网络等各种媒体获悉电影信息,因而电影报道的精彩与否也在一定程度上影响了票房的高低。电影报道一般出现在影片正式上映前的宣传阶段,注重报道的轰动效应和宣传力度,激发观众的观影兴趣。例如,2016 年 11 月 3 日源自时光网上的一则电影报道:

万达公布《比利·林恩的中场战事》全国高帧率影城列表

万达发布《比利·林恩的中场战事》全国支持高帧率放映的影城列表,将有 6 家影城放

---

① 史可扬.我们需要什么样的电影批评[J].渤海大学学报,2011(5).

映 120 帧/3D/2K 版本,212 家影城放映 60 帧版本。

时光网讯 《比利·林恩的中场战事》将于 11 月 11 日在国内同步北美上映。作为 11 月颇受关注的影片,其关注度一方面来自于李安导演的金字招牌;另一方面是因为这部影片首次开创了 120 帧的电影制式,无疑是电影史上的一次重要突破。这部划时代新作对于影院的硬件要求提出了新的挑战,万达院线已经为高帧数影片的放映作好全面准备。截至目前,全国至少有 212 家万达影城,1 458 个影厅将放映 60 帧《比利·林恩的中场战事》,6 家万达杜比影院将放映 120 帧版本,为消费者提供更原汁原味的李安新作。

目前,中国观众只能在 9 家影院欣赏到 120 帧的《比利·林恩的中场战事》。其中万达影城占到 6 家。此外,万达院线还提供 60 帧《比利·林恩的中场战事》放映,覆盖全国 212 家万达影城,1 458 块银幕,目前支持放映 60 帧设备的万达影城已经进入调试和升级状态。

从有声电影诞生到现在近百年的时间,电影放映技术一直在改变升级。从单声道到立体声,从 5.1 声道到全景声,从 2K 到 4K,从 2D 到 3D,人们见证了电影发展的革新之路,而帧数的变革或许是电影技术发展道路上的最后一个领域。目前代表画面流畅度的帧数还停留在有声电影诞生时确立的 24 帧,技术狂人彼得·杰克逊和卡梅隆曾尝试 48 帧、60 帧电影的探索与创作,而李安导演一步到位,以殉道者的姿态将 120 帧做到极致。在面对争议时,李安坚定地表示"120 帧就是电影的未来"。

从这篇电影报道可以看出,它的写作方式类似新闻报道,首先必须有一个夺人眼球的标题,用最简洁的文字将报道中最有价值的、最生动的内容展示给读者,标题要富有动感和冲击力。其次,在内容上提供给观众最新、最准确的信息。在内容上还可以透露一部分剧情以吸引观众,但剧透不能过多,要有意设置一些悬念,吊足观众胃口,让观众走进影院。再次,为增加宣传效果,还可以配以精彩海报、剧照、宣传预告片等,该篇报道之后可以附上一些相关信息的超链接,丰富信息量和满足不同读者的阅读需求,还可以增加互动式宣传板块,预热观影人群。最后,这类电影报道必须是持续的,例文中的影片将在 2016 年 11 月 11 日上映,而早在 2014 年就开始有对影片《比利·林恩的中场战事》的相关报道,直至影片正式上映后,还会有相关报道,继续加强观众对影片的关注度,影片上映后写的关于电影的相关内容报道,细分的话,我们称之为"电影推介"。

三、电影推介

电影推介比电影报道更加详细,参照北京师范大学艺术传媒学院史可扬教授的说法:"电影推介经常出现在一部影片小范围点映之后,尚未全面上市之前。小范围点映的受众一般是专家学者、圈内人士、媒体和部分普通观众。文中开始出现一定的价值评判,但并不过激,主要功能是给潜在的观众介绍这部影片,推荐或不推荐大家前去影院观看。电影推介的另一功能是为普通电影观众提供有关影片的背景知识,如电影的类型与风格、导演的资历和其他作品、影片的故事背景等,以期为有意前去观影的读者作好观影准备。总而言之,电影推介的目的在于为观众的观影作好一定的知识准备但又在一定程度上保证观众的新鲜感和好奇心。"①下面这篇范文就很好地体现了电影推介的功用：

徐娇《大明猩》今日上映　五大看点影片全解析

由华谊兄弟出品，金容华导演，成东日、徐娇主演的3D/CG巨制《大明猩》已于今日全国公映。《大明猩》集结亚洲顶尖电影力量，组建"300人亚洲电影特效梦之队"，历经2年筹备，7个月拍摄，1年后期制作，耗资2 000万美元，全程3D实拍，诚意打造"影史第一只3D大猩猩"。

7月17日韩国率先击球，7月18日中国全面开赛，而无论在中国还是韩国，《大明猩》都未映先热，全面表现出明星击球手全垒打的超强实力。据悉，《大明猩》在韩国的周末预售毫无悬念夺冠，占同比23.8%，力压同期上映的好莱坞大片《环太平洋》和《速度与激情6》，这两部片占比分别为21.1%和18%，分居亚军、季军。而作为中韩首度联手合作推出的商业巨制，《大明猩》的喜讯可谓中韩双打，截至7月17日晚8点的不完全统计数据，《大明猩》首日全国排场已超过22%，稳居同期第一的位置，票房前景大好。

看点一：非转制年度最佳3D效果

看点二：380万根毛发根根有戏

看点三：戏里戏外众月捧"猩"

看点四："超憨直男"大明猩

看点五：大明猩战斗力爆棚

《大明猩》7月18日一击成名，笑中带泪励志热血一夏！

这篇推介文章先是用数据说话，简单介绍了影片的制作团队和幕后花絮，随后分五个看点详细介绍该影片的可看之处（因篇幅有限省略了具体内容），使观众产生强烈观看的意愿。所以，电影推介是电影报道的进一步延伸，对观众的观影导向起到一定的作用。当然，电影推介也不尽然都说好话，反例也经常存在，有时正反双方还会出现口水战，引发观众的好奇心，到底影片如何，自己走进影院一探究竟。

四、网络影评

当普通观众走进影院一探究竟之后，可能会对之前的报道、推介有共鸣或反驳，也想抒发自己的看法，发达的网络，让普通观众大有广阔天地可以发挥。网络影评一般比较随意，有对其中某一点进行三言两语地点评，有对导演或演员的评头论足，有对情节中的疑难点进行释疑，有对影视作品的主题抒发自己的人生经历、生活感悟等。文体上也五花八门：短评体、散文体、诗歌体、随笔体、书信体、杂文体、微型体等不拘一格。这些在网络上发表的影评，与专家学者、娱乐记者发表的影评相比，虽碎片化、非专业，却恰恰是电影批评领域中最公正、最有力和最富有创造力的一种类型，它们往往言辞犀利、灵活自由、诙谐活泼、短小精悍，在网络上平等随和的影迷互动交流中，迸发出许多民间智慧。这里摘录两篇网络上的精彩影评：

---

① 史可扬，王臻.当下电影批评的类型划分与定位[J].浙江传媒学院学报，2010(6).

致青春：青春逝去，无人生还

青春是宣言书，青春是宣传队，青春是播种机，但在《致青春》里，青春是一则墓志铭。如果说，《阳光灿烂的日子》和《那些年，我们一起追过的女孩》里，青春是用来被怀念的，那么在《致青春》里，青春就是用来被埋葬的。

《一九四二》与《少年派》：一个世界的两个角度

李安是个老到的导演，他的美好暗含残酷，真细品下来，心有童真之余，这一次的他，是个影像世界里的悲观主义者；冯小刚自来是个直来直去的人，此番他再现悲悯却藏有希望，哪怕在讲述这个残酷的故事，他也不忘提醒你还有个叫明天的东西，是历史过后，我们生活的今天的美好。

这是一件很有趣的事情，导演实际上都是造梦者。至于电影，更是他们所编织的种种梦境。如果说《少年派》这个梦有点美，《一九四二》这个梦有点灰。但是不得不承认，让你入美梦和吵醒你看现实的人，都不是坏人。电影里的梦有好几层，现实的世界有黑白。年终岁尾的旁观，微博网络的围观，电影院外排着队的等待一观。你又如何知道这不是梦？只不过梦里看了美若幻境咪咪发笑，梦外面对现实冷汗直滴罢了。但好在，只要灯光未亮起，字幕没升起，梦就不会醒。有电影的生活，多好。

从以上这些例子看出，学术型影评、电影报道、电影推介、网络影评，风格各异、功用有别，写作方法也大不相同。

第三节　怎样写影评

一、评论的步骤

当我们着手开始要写一篇影评，首先在观影前要做一些基本的准备工作，接着看电影时需要一个安静的环境，集中精力，边看边记下重要的笔记；然后按照笔记上的关键词梳理思路、理清脉络、确定主题，最后就可以开始动笔了。那么具体在每一步时应该如何做？我们将在这一章节里详细展开。

（一）观影准备

比如要写一篇关于电视电影《高甲第一丑》的影评，看到片名，我们需要做的准备是收集资料：什么叫"高甲"？"丑角"是京剧里的一种角色吗？起什么作用呢？这是一部传记片吗？传记片有什么基本特点呢？我还看过其他哪些传记片呢？可否与这部影片进行对比分析呢? 等等。在观影前可以自设问题,在观看影片时就更容易理解剧情、挖掘主题、扩散思维、纵横捭阖,在之后写作过程中自然地融入这些自设问题,因为这些问题也基本上是你的读者所想关心和了解的。

我们可以尽可能多地在观影前作一些准备,收集充足的资料,阅读一些与影片相关的背景材料,自问以下问题:

影片的片名和故事情节有什么关系?

这部影片属于哪种类型?

这部影片的导演是谁? 是他(她)的处女作吗? 转型作吗? 或是他某部影片风格的延续?

这部影片的主演是谁? 是他(她)的处女作吗? 在他演艺生涯中有突破之处吗?

这部影片的摄影是谁? 有什么独特的风格吗?

这部影片的音乐制作是谁? 音乐在影片中起什么作用?

这部影片以何种方式开场?

这部影片为什么以这种方式结束画面?

这部影片与我看过的同类题材影片有什么异同?

这部影片有哪些细节打动了我?

带着这些问题去观看影片,并且一边观看影片,一边进入第二步:记好笔记。

(二)记好笔记

要想写一篇好的电影评论,重复观看影片是很有必要的。比如刚才所举例子当中写关于电视电影《高甲第一丑》的影评,对于什么是"丑角",借剧中人物春师傅之口,就详细阐释了丑角的分类,这就需要我们重复观看影片记下这些重要的台词。

由于电影是瞬间即逝的活动影像,因此在记笔记时只能用一些自己能看懂的速记法记下某个场景或镜头的细节,在第二次观看影片时进行补充。比如电影《深呼吸》的观影笔记:

深呼吸1,第6分钟。

深呼吸2,第1小时20分。

深呼吸3,第1小时34分。

重复观看影片后做的补充笔记:

深呼吸1,第6分钟,老陈砸了核桃站起来时,头昏,妻子穆春红叫他:"深呼吸",点题。

深呼吸2,第1小时20分,陈博文前女友生孩子,在穆春红车上,穆叫她"深呼吸",又一次点题。

深呼吸3,第1小时34分,陈博文走出监狱,做了个深呼吸的动作,第三次点题。

深呼吸既是片名也是影片几次情节的转折点,观看影片做笔记时,应该对此作些记录,便于之后写评论时展开论点。

笔记一般是按照观影的时间顺序,零碎地记下一些有关情节、台词、镜头、色彩、光线、转场、声音等比较特别的地方,但是我们不可能按照笔记的内容和顺序一一展开对影片的评论,这就需要进一步梳理我们的笔记,理清思路,确定写作主题。

（三）确定主题

写影评切忌面面俱到,有的同学用罗列的方式——镜头一如何、镜头二如何,场景一怎么样、场景二怎么样,或者按部就班从影片开头讲了什么一直写到影片结局是什么,成了影片内容的复述,这些写法都不可取。

要使影评凝练,有深度和力度,必须确定一个写作的主题,然后围绕着它来写。例如,笔者2006年发表于《电影艺术》第2期的一篇影评《丢失灵魂的影片——谈电影〈长恨歌〉的改编》,就紧紧围绕《长恨歌》从小说到电影的改编,导演关锦鹏在改编过程中从场景的拍摄、人物的设置、人物命运的安排都丢失了小说最重要的灵魂,成为一次失败的改编。摘录文章中一小段对人物设置的评论:

再者,小说改编成电影,不可避免地会有许多繁枝细节被去掉,是为了让叙事更加紧凑集中。所以在人物设置上,小说中有些人物消失了,如外婆、阿二、萨沙、严师母;有些人物被合二为一了,如导演和程先生合并为程先生,吴佩珍和蒋丽莉合并为蒋丽莉,老克腊和长脚合并为老克腊。这些人物的删除和合并,是因为小说的容量非常大,而电影要在100多分钟把故事讲清楚并不是件容易的事。这些改动基本符合人物本身的精神气质,那么即使改动后那个人物所属的外在故事形态有变化,而其中内在包含的灵魂般的东西一脉相承,也是可行的。然而,我们遗憾地发现,电影中增添的人物却在无形中削弱了对主人公的表现力度。程先生多了一位贤良淑德的妻子,王琦瑶用金条换来了一个身患绝症的丈夫。小说中的程先生自从在照相馆里遇见王琦瑶之后,就对琦瑶自始至终,绝无二心,那曾经是"王琦瑶的万事之'底',是作退一步想的这个'想'"。王琦瑶在历经李主任、康明逊这两个男人之后,身心都已是千疮百孔,靠着时常去旧货行变卖衣物为生。两人一别竟12年,在茫茫人海的街头偶遇,程先生依然如故,王琦瑶却身怀六甲。阅读小说的时候,我们不仅为程先生重情重义、坚贞执着而震撼、感动,也为王琦瑶的飘零身世而惋惜同情。重逢以后,程先生一直在琦瑶身边悉心照料,从怀孕、分娩到坐月子,陪伴琦瑶度过了最难熬的日子,我们可以从中感受到在动乱的岁月里(此时正值三年困难时期),这份相濡以沫、细水长流的感情的难能可贵。然而,改编成电影,却凭空硬要塞给他们一人一个妻子或丈夫,删掉了程先生悉心照料王琦瑶那段感人至深的情节,对人物刻画的力度明显减弱,不仅灵魂丢失了,谈不上"神似",即使是躯体的演出,也是走了样的"肉身"。

所以,要想写好一篇影评,确定好主题是非常关键的。主题是对一部影片基本价值的判断,所找的其他细节都是作为证据来论证观点。那么如何确定你的主题呢?首先可以从擅长的方面入手,比如对色彩比较敏感,可以分析一部影片的色彩运用,如《论〈旺角黑夜〉的色彩叙事》《电影色彩的意义》《浅析动画影片〈僵尸新娘〉中的色彩运用》等;如果你对声音有所研究,可以专门针对影片的声音进行阐述,如《音画结合的典范之作——电影〈社交网络〉配乐分析》《电影声音设计的减法思路》《史诗的音乐爱情的悲歌——影片〈云水谣〉的音乐评析》等;如果你对某个导演情有独钟,也可以做导演的专题研究,如《视觉文化观照下的周星驰无厘头电影》《梦境与游戏:索菲亚·科波拉的电影世界》《李安华语作品文化解读》等。其次,如果某部影片或某个导演在某方面很有特色,也可以作为写影评的切入口,比如影片《英雄》的色彩分析、《让子弹飞》的配乐分析、对王家卫电影中的时间艺术的探析、对吴宇森暴力美学的反思等。再次,还可以把某部影片放置到更大的语境中去探讨它的美学意义,如《从〈叶问〉看香港动作电影的新变化》《大众化电影的项目策划与类型创作——从〈人再囧途之泰囧〉说开去》等。总之,找到一个好的主题,是影评写作成功的关键,围绕着这个主题,就可以动笔了。

(四)开始动笔

在作好了观影前的准备,边看电影边记好了笔记,逐步理清思路,确定好主题之后,就可以动笔了。动笔常常是最困难的一步,我们会用其他借口来拖延动笔,诸如想再看一遍影片或者还需要收集更多的资料。这个时候,我们可以督促自己先写一个大纲,按照大纲的顺序来组织文章,当然也可能在写作过程中有更新的想法改变写作大纲,这都可以灵活处理,重要的是围绕主题写下去。也许初稿不那么完善,没有关系,把文章放置一段时间,回过头来再次修改,并且检查错别字、标点符号、引用文献,使文章尽量达到自己最好的水平。

二、评论的角度

(一)评主题

主题是一切文学艺术作品所共有的要素,电影也不例外,从主题来构思一篇影评是我们最常见的方式。一部影片从不同的角度来分析,可能有不同的主题,就像鲁迅评论《红楼梦》一样:"经学家看见《易》,道学家看见淫,才子看见缠绵,革命家看见排满,流言家看见宫闱秘事……"这说明主题有多元性,我们在分析时也应该拓展思维、深入挖掘。评主题时,还可以结合该导演其他作品,看他是否沿袭了自己的一贯创作思路。例如,笔者发表于《新闻界》2011年第5期的一篇影评《从〈最爱〉看顾长卫的电影世界》,就结合了顾长卫的其他两部影片《孔雀》和《立春》,得出顾长卫一以贯之地对人性的关注,对平凡人的生活心怀敬意。

从《最爱》看顾长卫的电影世界(节选)

主题:每一个生命都有存在的价值和意义

《孔雀》的结尾是一个长镜头,高家三兄妹带着孩子去动物园看孔雀开屏,在这个极具意象性的镜头里,他们都没能看到孔雀展开它高傲的羽毛,待他们离去,孔雀缓缓地抖动华丽缤纷的羽毛,此刻唯有观众看到了开屏的孔雀,悄然寂寞地展示它的美丽,一如姐姐曾经的梦想,在某个不为人知的角落花开花落,虽渺小微弱,但值得敬重钦佩。

《立春》里的王彩玲是《孔雀》里"姐姐"的延续,作为自己城镇里的异己者、孤独者、反抗者,与姐姐卫红想成为一位翱翔在蓝天的女伞兵一样,王彩玲想唱到北京、唱到巴黎歌剧院的梦想,从不被人理解,只遭到现实的打击与践踏。被现实撞得头破血流的王彩玲在影片结尾看似已经向现实生活低头,走进婚介所,收养有兔唇的残疾孤女,为了给女儿做手术而当上了卖羊肉的屠夫,然而即使俯身世俗甚至粗鄙的现实生活,王彩玲也不忘带女儿到北京天安门,两人欢快地拍手唱儿歌,王彩玲的思绪已经飞到中央歌剧院的大舞台。此时即便王彩玲的梦想只是在梦里实现了一瞬间,我们都对梦想的追寻者心生敬意。

比起《孔雀》和《立春》略带感伤的叙事调子,《最爱》几乎是一种浸入骨髓的悲凉,染上热病的商琴琴无论有什么样的梦想,在一开始便注定是悲剧。于是"趁活着我们结婚吧",是琴琴能够选择的超越生死的唯一出路,死了,在另一个世界也能有个伴儿。琴琴所面对的困境超过《孔雀》里的姐姐、《立春》里的王彩玲,在毫无希望的末世里她勇敢地活着,直到最后用自己的身体温暖得意,先走一步到了天上。顾长卫认为"琴琴和得意是这个时代当中提炼出来的人物,有很强的时代气息和特点,是这个时代很典型的一种人物。我还是很欣赏他们,他们身上有很多很美丽的东西,有很多让人艳美的方面,还不能够简单地评价是好人还是坏人。"片尾的"彩蛋"或许是导演顾长卫想要表达的某种立场,当所有字幕已经结束,顾长卫出现在镜头里,蹲坐村口正要点燃鞭炮,突然在山那边一颗鞭炮"啪"的一声爆炸了。或许,顾长卫相信正如旁白小鑫所言:"在你们那边,村人们在一起,在这边,我和叔婶还是一家,和到了这边的村人们在一起,我们也吃饭种地、过日子,闲下来大家说笑听戏,还讲故事",顾长卫一以贯之,"对平凡人的生活心怀敬意",即使在充满末世情结的艾滋病村庄,也为他们勾画了一个美好的天堂。因为在他看来,每一个生命都有存在的价值和意义,这种对生命的态度也启迪着观众,反思我们与世界的关系。

我们在评主题时,可以尝试从以下几个方面着手:

片名有什么特殊的含义?隐喻了怎样的主题?

该部影片的主题跟我看过的其他影片有无比较的可能性?

该部影片的导演还有没有其他影视作品,有无类似的主题表达?

影片中有哪些细节突出表达了主题?

该部影片的主题是多层次的吗?在评论时由浅入深、层层深入剖析。

(二)评人物

人物是一部影片的灵魂,人物演绎得精彩与否往往决定着一部影片成功与否,所以在各大电影节上有一个重量级的奖项就是影帝影后,也是演员们为之奋斗的最高荣誉。

关于电影中的人物形象分析与评论,我们可以从哪些方面着手呢?先来看一篇范文。

张艺谋电影的色彩造型

《大红灯笼高高挂》是第五代导演张艺谋具有强烈造型意味的电影作品,其中色彩对人物的刻画起到了很重要的作用。在这部电影中,张艺谋所追求的是夸张至极的画面造型,强烈震撼的视觉效果以及新颖别致的电影语言。那红形形的灯笼高高挂起,刺眼夺目的红色激发起妻妾们的欲望,与阴森森的陈家大院的蓝色形成对比;女人们五彩斑斓的服饰,大太太的紫色雍容华贵,二太太的黄色金碧辉煌,三太太的红色妖娆艳丽,四太太的淡蓝清新素雅,她们如此婀娜多姿,与之形成鲜明对比的却是始终一袭黑衣、幽灵般的令人不寒而栗的陈家老爷,让人感到这些鲜活的生命将被窒息,自由的人性将被扭曲。

如果说《大红灯笼高高挂》让人看过之后倍感压抑,那么抒情诗般的《我的父亲母亲》便吹来了一股清新之风,那一幅幅流金溢彩的乡村画卷,让人沉醉其中,流连忘返。深秋金黄色的树林里,年轻的母亲一次次奔跑穿梭其间,采用了高速摄影(慢动作)的镜头,诗意化地处理母亲对父亲的爱恋与倾慕之情;母亲身穿红袄,系着绿色的发结,笑盈盈地倚在门框旁等待父亲来吃派饭,柔和的金色阳光洒在母亲身上,定格为父亲脑海里"最美丽的一幅图画";在漫天雪地里,母亲穿着父亲最喜爱的红棉袄,望眼欲穿地等着父亲回来,包裹在围巾下只露出一双渴盼的眼睛,而眉毛、睫毛上都挂满了白霜,正如宋代诗人王安石在《咏石榴花》中所说:"浓绿万枝红一点,动人春色不须多。"母亲在茫茫白雪中的"一点红",深深打动了观众的心。整个影片就是用一个个点睛的细节串联起来,没有宏大的叙事,也没有错综复杂的故事情节,那些诗意化的细节如同一阵阵涟漪在心头泛起一圈一圈的波纹,荡漾开去……试想如果没有色彩,没有母亲织的"红",送饭用的青花碗,父亲送的红发夹,这些饱含了感情的色彩,母亲至真至纯的初恋该是多么的黯淡无光啊。[①]

从人物造型着眼,人物的服装、发型设计、道具使用等都可以反映出人物所处的环境和性格特点。比如《大红灯笼高高挂》里巩俐饰演的四太太颂莲,从刚嫁入陈家当小老婆时一身装束白衣黑裙,两条辫子上还系着蓝色蝴蝶结,清清爽爽一个大学生模样,到后来被卷入明争暗斗的妻妾之争里,服装也艳丽起来,映衬出人物思想的变化。《我的父亲母亲》里的红棉袄、红发夹、织的"红",都注入了浓浓的爱意,让整部影片充满了诗意,像一泓清泉,慢慢地沁入我们的心田,渗透、滋润,然后升华。

上述案例抛砖引玉,为我们评论人物提供了一些思路,比如可以抓住影片中的主要人物进行单人评述,如《叶问》《梅兰芳》《桃姐》《杀手里昂》《阿甘正传》《林肯》等片名就是人名,基本上我们写影评的切入角度就是人物分析。再如《集结号》《金陵十三钗》《飞越老人院》《建国大业》《可可西里》等影片是人物群像的描写,我们就应该将人物分组或分出侧重,探究人物背后所代表的深层含义,使影评更有深度。

在评论人物时,我们还可以考虑以下一些角度:

人物的造型包括服装、发型、化妆等对塑造人物起到了什么作用?

---

① 罗勤.张艺谋电影:"两极"美学现象与"极致"导演思维[D].成都:四川师范大学,2005.

人物的语言包括台词的内容、方言的选择等对塑造人物起到了什么作用？

镜头的景别、运动形式、拍摄角度、镜头长短等对塑造人物有什么影响？

光线的方向、强弱以及光效追求在刻画人物时有何独特之处？

（三）评结构

导演是如何讲故事的，这也是我们写影评时一个很好的切入点，因为有的时候一个简单的故事，因为讲述方式的独特，会让整部影片增添许多魅力。根据李显杰教授《电影叙事学：理论和实例》里对电影叙事结构的划分，可以分为以下五种结构。

（1）因果式线性结构：这是最经典的"情节结构"模式，即按照开端、发展、高潮、结局的顺序来组织情节，时间向前推移，事件因果联系环环相扣。大量的影片都以这种结构来讲述故事，如《魂断蓝桥》《乱世佳人》《罗马假日》等。

（2）回环式套层结构：指以叙述上的多层叙述线索为叙事动力，以时间方向上的"回环往复"为主导的结构模式。"回环"指的是时间上，不再按照线性时间，即事件本身的自然逻辑次序推演，而是人为地扰乱顺序，重新安排，对一个事件或一个人物从不同角度、不同侧面予以反复讲述，不断地绕回头来重新观照。这种结构的基本叙述特征是时间线索上的环形轨迹，情节结构上的叠加性质和故事结局上的开放性或曰不确定性。黑泽明导演的《罗生门》以及奥逊·威尔斯导演的《公民凯恩》就是典型的回环式套层结构，多视点、多层次的叙述方式，带来文本叙述的复杂性，使影片具有了耐人寻味的哲理深度。

（3）缀合式团块结构：指整体上无连贯统一的中心贯穿情节，而是通过几个相互间并无因果联系的故事片段连缀而成的影片本文结构。吴贻弓导演改编自台湾作家林海音的同名小说《城南旧事》就是由三个互不相干的平凡生活琐事连缀而成，散文化的处理方式使影片朴实、含蓄，流淌着一种"淡淡的哀愁，沉沉的相思"。

（4）交织对比结构：指的是该结构模式虽然也遵循情节发展的线性时间顺序，但却同时设置了两条或两条以上的叙述线索。各条线索之间，以具有明显不同风貌、不同取向的事件和人物构成或明显或错综的复杂性对比关系，通过这种对比性张力的运动，推动本文的叙事进程，架构本文的叙事主题。例如，《一江春水向东流》《云水谣》《末代皇帝》《美国往事》《英国病人》《如果爱》《法国中尉的女人》等都有两条或两条以上的叙述线索，交织对比前行，共同推进故事的演进，表达主题。

（5）梦幻式复调结构：指的是以一系列梦幻段落为贯穿主线，构成影片本文的"对话"关系的结构模式。其基本特征是：以时间线索上的复调性，构成叙述上的对位或对峙关系；以心理现实流动为叙述动力的"情节"线，强调心理活动与现实事件的内在联系，以及二者之间的呼应和对话关系；并往往以隐喻性的梦幻段落为结局。通常这类影片的艺术境界比较高，富有深刻的哲理性，如瑞典导演伯格曼的《野草莓》，意大利导演费里尼的《八部半》，法国导演阿仑·雷乃的《去年在马里昂巴德》，构筑了现实与梦幻的复调式对话与撞击，披露和揭示人物的深层心理，展示和开掘人物自我的反思意识和内在情怀。

下面这篇范文正是从结构的角度来分析影片,摘录其中一段如下:

昆汀的故事——低俗的小说(节选)

魏宇昕①

从影片的叙事结构上看,影片由三个故事"文森特和马莎的妻子""金表""邦妮的处境"和开头、结尾五个部分组成。在整个故事框架中,昆汀选择了改变传统好莱坞叙事模式,将线性的时间顺序打乱,重新排列组合,打破观众原有的观影习惯。将影片处理成首尾呼应的环形叙事模式,开头即是结尾,影片各个故事穿插其中,都对中心主题进行一个侧面的补充说明,从而在各个方面都有对其进行揭露和展现,拼贴出一部后现代的影片。

三个故事之间独立成章,没有必然的联系,实际上,看似不相干的三个故事其实就是一个故事,看似不相干的偶然事件都可以改变人物的命运。如布奇和马莎的巧遇,朱尔斯经历的"神谕"等。而导演用杀手文森特作为线索串联起整个故事,使得整个叙事精巧而不混乱。在整部电影中,第一个故事"文森特和马莎的妻子"与第二个故事"金表"是两个不同的故事,时间发展上基本延续了好莱坞传统的线性讲述方式,只是在其中穿插了倒叙,是为了铺垫故事的发展,而第三个故事"邦妮的处境"以及开头和结尾则完全打破了时间和空间的发展顺序,将朱尔斯和文森特在餐厅遇到劫匪的情节分开,放到电影的开头和结尾。

回到主题上,昆汀在《低俗小说》弱化了原有故事的时间逻辑,产生出全新的逻辑顺序,也就是我们所看到的电影顺序:预谋、杀人、诚惶诚恐、新的恩怨、告诫。电影以文森特和朱尔斯开始,又以他们为结尾,在看似混乱的表象进行了精巧的设置。比如,朱尔斯在第一个故事中,开枪杀人时引用了一段《圣经》上的话,大概意思就是说被掳到巴伦比的犹太人遇到神迹,放下罪恶的故事。朱尔斯在念完《圣经》后,还是冷血无情地开枪杀死了人。而早上还在疯狂地杀人的朱尔斯,因为侥幸逃过一劫,便认定是神的庇护,所以这次放弃了杀人的念头,给自己和他人都留下生的希望。通过首尾呼应的圆形结构形式,在给影片增加悬念的同时,也暗示观众暴力事件的永不停息。看似结尾后却又有着新的开始。昆汀将朱尔斯"神谕"这一段拆分为几个章节插入影片中,虽然朱尔斯放弃了罪恶,但文森特依然迷茫地活着,在影片结尾他也走出了餐厅,但他所面临的是无休止的暴力,直到生命结束。(作者:魏宇昕)

(四)评色彩

俄罗斯著名画家和美术理论家康定斯基有个关于色彩的比喻,他说:"色彩好比琴键,眼睛好比音槌,心灵仿佛是绷满弦的钢琴,艺术家就是弹琴的手,它有目的地弹奏各个琴键来使人的精神产生各种波澜和反响。"②色彩对于一部影片来说也是非常重要的元素,不少导演甚至是匠心独运地夸张和造假,强化某种色彩,色彩在这些导演的手中成为一种总体象征

---

① 魏宇昕,四川师范大学新闻与传播学院广播电视编导专业 2008 级 3 班。
② 瓦·康定斯基.论艺术的精神[M].北京:中国社会科学出版社,1987:35.

和表意的因素,从而起到了烘托环境、表现主题、塑造人物形象的作用。

例如,1964年意大利导演安东尼奥尼拍摄的《红色沙漠》,在这部影片中色彩不再是自然本色的简单再现和还原,整部影片的色彩基本上由红、黄、灰、蓝组成。黄色是工厂烟囱冒出的烟雾,是工业文明毁灭人类生存环境的象征;蓝色的阴郁冰冷隐喻人与人之间关系的隔膜和冷淡;红色作为影片的主色调,则象征充满压抑与恐怖色彩的现实空间,既是写实的,又是心理的、幻觉的。为了表现西方社会日益严重的"物化"倾向使人失掉了自我意识,而被彻底"异化",导演安东尼奥尼特意将拍摄外景地安排在拉文纳港的一个工业集中的郊区,并用颜料把垃圾堆、沼泽树木,甚至小商贩卖货车上的水果喷成了灰色。导演对色彩大胆的、反常规、反现实的探索,让这部影片当之无愧成为世界电影史上第一部真正意义上的彩色故事片。

再比如我国对色彩运用非常娴熟的导演张艺谋,摄影师出身的他,与陈凯歌合作拍摄了在中国电影史上具有里程碑意义的《黄土地》,继而自己执导拍摄了《红高粱》《大红灯笼高高挂》《菊豆》《我的父亲母亲》等在色彩表现上相当炫目的影片,其中2002年导演的《英雄》更是把色彩运用到了极致。下面这篇范文是笔者2005年硕士毕业论文对《英雄》色彩的分析:

把表意性色彩造型运用到巅峰的,迄今为止,非《英雄》莫属。《英雄》用五种不同的色彩,区分五个故事,大面积的纯色配置,大色块的并置构成,大写意的色彩布局和内容,造成撼人心魄的视觉冲击力。棋亭大战主色调是青灰色,雨滴从青灰色的屋檐上坠落飞溅,无名身着黑装,长空则饰赭红,二人界限分明,以枪剑对决,在老者的古琴声和京剧的叫白声中,这场打斗戏不同于中国传统武侠电影,更不同于西方肉搏式的激烈厮杀,而是融入了中国古典美学的意境,使打斗场面空灵、飘逸,非常独特。同样具有空灵美的是九寨沟大战一场戏,刀剑划过湖面的声音清冽悠长,山林中的鸟鸣声幽远缥缈,有一种"空山不见人,但闻人语响"的境界,主色调呈蓝色,两个男子都身着蓝衣,在水平如镜的湖面上以武功交流,与五光十色的山水相映衬,构成一幅绝美的风景画。胡杨林大战中,你一定不会忘记两个红衣女子在漫天黄叶中飞舞,红衣人、黄色景,交相辉映,明亮炫目。此外,还有残剑回忆他与飞雪刺秦的故事,主色调是绿色,残剑与飞雪都身着绿衣,杀入秦宫,秦宫大殿内挂满了绿色的幔布,与秦王的黑色形成鲜明对比。最后一个故事是无名讲述的他与残剑、飞雪之间的真实故事,所有的人物均为白色装束,空间环境亦呈灰白色。白色是一种纯洁无瑕的颜色,《英雄》里用白色讲述的这段故事,既是一种张扬"和平、不杀"的意识,表达了本片的主旨,也表现了新的一段历史——秦王一统天下的开始,而其他暖色调均是虚构的、想象的色彩。用不同的色彩来展示不同的故事,在中国,张艺谋可以说是首创(在西方,用色彩来讲述故事最典型的代表作是基耶斯洛夫斯基的电影:《红》《白》《蓝》三部曲。红、白、蓝是法国的三色旗,分别象征博爱、平等、自由)。而且,他不仅注意了用不同的色彩来表征不同人物外形和环境变化,更重要的是,不同的色彩还揭示了人物内心世界、意识等深层次的东西。如胡杨林大战那一场戏,如月与飞雪刀剑对决,如月终不敌对手而中剑身亡,漫天的黄叶,在如月"血眼看世界"里化为赤红,这是通过对客观的主观视像的转变,并夸张处理,既表现了人物的情仇与无奈,也显示了导演唯美的主观欲求。

对一部影片的色彩分析,可以针对整部影片的色彩风格来讨论,如上文对影片《英雄》的色彩分析,就从场景设置、人物服饰的色彩着手,找到影片中突出的五种色彩及其喻意,把对色彩的运用与人物塑造、场景造型、故事讲述融合在一起,进行了比较准确和深入的分析。

又如日本导演中岛哲也2006年导演的《令人讨厌的松子的一生》,本来是个悲惨的故事,却用喜剧的手法来讲述,全片以金色色调为主,场面绚丽甜腻,每当讲到松子人生又一个低谷时,就会出现载歌载舞的欢快场景,那些童话世界里的道具如花瓣雨、星光、雪花等,就开始美妙地在画面里飘舞起来,艳丽而绚烂的色彩与现实的痛苦残酷形成激烈的碰撞,给人一种心悸的美。

另外,也可以针对不同场戏之间是否有色彩反差,与故事情节有什么关联着手来分析影片。比如张艺谋的《我的父亲母亲》,影片最大的特色便是两个时态色彩的反用,即张艺谋打破常规反其道而为之,把现实部分用黑白来表现,回忆用彩色表现,给人耳目一新的感觉。因为回忆是美好的初恋、纯真的爱情,而现实时空则是妻儿为父亲奔丧,只有沉痛的怀念和对死者的眷恋,所以用黑白来表现更能传达悲伤的情绪。

总之,色彩在一部影片中既传递情感,又表现思想,既烘托气氛,又体现风格,是电影语言中非常重要的一部分,也是我们在写影评时值得重视的一个写作角度。

(五)评用光

凭借《现代启示录》《末代皇帝》《赤色分子》多次获得奥斯卡奖最佳摄影奖的意大利著名摄影师维托里奥·斯托拉罗认为:"电影摄影就是在胶片上用光写作,它可以在银幕上创作出我心中理想的形象、情绪、感觉。"可见,光线是影视艺术的重要书写工具,它可以塑造人物形象、刻画人物性格、表现人物情绪、营造和渲染环境空间,对影片叙事和整部影片的艺术风格也有相当的影响。正是有了不同光线的运用,才能创造出特殊的戏剧效果。

例如,姜文自编自导的处女作《阳光灿烂的日子》有两个段落用不同的光线表现了主人公马小军不同的情绪。其中一个段落是马小军嫉妒米兰和刘忆苦往来,他不甘心自己心爱的米兰被刘忆苦夺去,一天晚上,他冒着大雨跑向米兰家楼下的那场戏,用光营造了压抑的雨夜气氛,配合马小军痛苦难过的心境,很好地揭示了马小军的心理情绪。另一个段落是米兰在洗漱间洗头的场景,一间普通的洗漱间在阳光的照射下,显得那么光辉灿烂,马小军手提一壶热水帮米兰洗头,主光是从窗户外进来的侧逆光,马小军的光线处理很自然,虽然他处于逆光,但反差不大,在正面补了光,很像自然光。对米兰的塑造很唯美,逆光下的头发以及水珠晶莹剔透,造型感很强,把少男少女初恋的悸动在这里得到充分展示。这是两种不同的场景;不同的人物情绪,所表现的却是同一个人,只不过就是在光线处理上发生了很大的变化,马小军的痛苦和快乐都反映出来了。前者光线比较灰暗低沉,后者比较明亮阳光,光线的处理不仅在画面上吸引人,更在思想、情感上打动了人。

再如,奥利弗·斯通导演、昆汀·塔伦蒂诺编剧的《天生杀人狂》,全片的光线处理唯美化,形式化。大多数场景的环境光、人物光并不是写实运用,代之以出现的是影片戏剧光效的人为主观化、唯美化的自如运用。场景中、人物中的逆光不单单使影片的空间关系更为鲜明,尤其是使人物的形象具有美感塑造,使画面的造型更加突出。不仅仅是如此,影片光线的运用在光线的光源关系、光线方向、光线分寸的掌握上完全与影片的纪实事件相违背。在影片中,光源上任意设置,处理上随心所欲,强调的是一种局部特定情景下的相对"合理",光线的效果完全是一种超现实主义风格。值得指出的是,在影片中某些特定场景光线的处理,摄影师有意将同一时空条件下的光线不统一,造成一种象征。例如,米基与梅洛瑞在餐馆杀人后逃亡的第二场戏的夜景,两个人在荒野中对话和"方便"时,在外景的夜景中,两个人同处于一个场景的同一空间,但是,两个人物的光线效果完全是不一样的。米基的人物主光、副光、轮廓光五光俱全,冷和暖光交相辉映;梅洛瑞的光线则是顶光处理,带有一种神秘的色彩,这样的光线处理完全不符合外景的环境气氛要求,但是十分唯美和有风格效果。[①]

从上面两部影片对光线的分析不难看出,光线早已远远超出了还原客观物质世界的功能,成为一种重要的银幕造型手段,赋予物质形象以艺术生命,我们要拥有一双慧眼,辨别出导演和摄影师巧妙运用光线的用意,感受光、解析光,站在审美的高度去把握和评点光所传递出来的艺术魅力和美学内蕴,这样才能写出有深度、有见地的影评文章。

(六)评声音

美国著名导演科波拉曾经说过"声音至少是电影的半个灵魂",相信许多导演和观众都会同意科波拉的这一说法。的确如此,声音是影视艺术的重要一翼,声音的运用丰富并扩大了电影的时空,因而,掌握声音的作用对我们写作影评很有必要。

首先,声音可以起到揭示影片主题思想、奠定影片风格的作用。如《城南旧事》中反复出现的主题音乐《骊歌》唱出了婉转忧伤依依惜别的情愫;《阳光灿烂的日子》里多次出现的主题音乐选自意大利作曲家马斯卡尼的歌剧《乡村骑士》间奏曲,当马小军发现米兰照片、等待米兰出现和郊外送米兰,都有这首旋律贯穿其中,美妙悠扬的音乐演绎着一份初恋的纯真与美好;纪录片《幼儿园》里一曲北方曲调的《茉莉花》随着孩子们的生活画卷徐徐反复出现了五次,从开头的柔美抒情到后来有些许的压抑沉重,音乐增添了电影画面不易诉说的微妙情感变化。

其次,声音还可以塑造人物形象,刻画人物性格、揭示人物的内心世界。如《疯狂的赛车》里有许多幽默搞笑的台词出自一对笨贼,当他俩执行杀人任务,终于把李法拉的老婆抓到大货车上时,妹夫心虚地说:"我们这叫不叫多行不义必自毙?"姐夫一脸严肃地说:"没有胆量哪来的产量?"妹夫手软没干过杀人越货的勾当,姐夫一脸鄙夷地说:"我真鄙视你!"一把夺过扳手,一本正经地说:"我告诉你啥叫干一行爱一行!"这些令人印象深刻、捧腹大笑的台词,把两个笨贼憨傻蠢笨的形象刻画得活灵活现。

---

① 张会军.影片分析透视手册[M].北京:中国电影出版社,2003:65-66.

再次,声音还可以吸引观众的注意力,激发观众的联想。悬疑片、恐怖片里的音效是增加恐怖因素的重要砝码,缺少了声音,画面的表现力会大打折扣。《死囚越狱》是一部非常典型的声音从头到尾都起着至关重要作用的影片。导演布烈松相信声音和影像一样,也可以"电影化",《死囚越狱》里声音甚至在很多情形下主导了影像的发生,可以说这是一部由声音构筑的影片。我们来看看美国当代电影理论家大卫·波德维尔对该片声音运用的评价:

在《死囚越狱》中,影像和声音间的相互作用并不仅止于旁白,音效也将我们的注意力集中在某些细节上。影片中有很长一部分,是方丹正努力突破牢门,并准备各项逃亡工具。这段着重细节的呈现特别重要。一个特写镜头是方丹正将一把汤匙柄磨成凿子,刮削的声音很大,唤起我们对金属充分的感受。同时,我们也很清楚地听到汤匙在门板上的摩擦声,用剃刀撕扯毯子来做绳索的声音,甚至听到方丹清除地板木条碎片时,扫把拖地的瑟瑟声。观众也逐渐注意到,该声音可能引起警卫对方丹行为的注意。在最后逃亡的场景中,对声音的倚重更是到达顶点。影片最后这十五到二十分钟内,情节多半发生在室外的晚上。没有半个确实清楚的镜头,可以让我们知道方丹和幼斯必须攀爬的屋顶和围墙是什么样子。我们偶尔能瞥到一些身影手势和背景,但通常告诉我们发生了什么事的,主要还是声音。如此便有加强观众注意力的极大效果。我们必须竭尽全力,从所能瞥见和听到的去了解情节。我们从教堂报时的钟鸣判断两人的进展;墙外的火车声掩盖了他们发出的声响;每一个奇怪的声音对逃亡都是看不见的威胁。

另外,有个显著的镜头是方丹站在墙边,几乎完全笼罩在黑暗中,倾听银幕外一个警卫来回走动的脚步声。方丹明白,如果他要继续逃亡,就必须杀了这个人。我们听到旁白说明警卫移动的位置,和他自己的心跳得多厉害。此时,几乎没什么动作,我们所看到的只有方丹模糊的轮廓和他眼睛微弱的反光。这整个场景中,声音再度将我们的注意力集中在演员的姿势和反应上,而不是故事情节简易的因果顺序中。[①]

另外,当声音和画面不同步时,尤其是声画对位,即声音不是画面里的人或物发出的,而是根据需要选编的,这时候的声音是非现实主义的,与剧情对位但又相对独立,这种声画结合的蒙太奇技巧,可以产生新的意义,如对比、象征、比喻等,这种声音特别值得我们分析和注意。比如库布里克极富争议的影片《发条橙》,由配乐师温蒂·卡洛斯谱写音乐,将多首举世知名的经典古典音乐进行了改编再创作——包括贝多芬的第九交响乐《欢乐颂》、意大利歌剧家罗西尼的《窃鹊》和《威廉·退尔序曲》、艾尔加的《威风凛凛进行曲》,还有影片主角亚历克斯在施暴时唱的《雨中曲》等,以离奇别致带有浓烈戏谑味道的电子乐曲式和节奏,演绎出暴力心理的邪恶气息及其阴暗恐怖以及对虚伪的主流社会意识形态的强烈讽刺意味,这种荒诞、反衬与嘲讽的颠覆式手法,与库布里克的影片相辅相成,可谓入木三分,催生了神奇的化学反应。最令人难以忍受的恐怕是亚历克斯在作家家里暴打男主人和强奸女主人时,一边唱着"雨中曲"欢快地舞蹈,一边伴随着舞蹈的节奏残忍地虐待这对夫妻,音乐的抒

① 大卫·波德维尔,汤普森.电影艺术:形式与风格[M].8版.曾伟祯,译.北京:世界图书出版公司北京公司,2008:340-341.

情、欢快与令人发指的暴力交织,令人终生难忘。

由此可见,我们在写影评时,除了要具备一双慧眼去观察画面,还要有一双灵动的耳朵懂得倾听,发觉出声音在影视艺术中的独特功用。声音既是影视艺术的重要一翼,也是我们写影评时的一个重要角度。

综上所述,主题、人物、结构、色彩、光线、声音六大角度,是我们写影评时需要着重关注的,当然,这些角度并非泾渭分明,也并非涵盖所有,影视批评应该是一种综合的、灵活的写作。有了这些思考和写作的角度,再结合本章第一节所说,储备丰富的专业知识和文、史、哲、艺知识,以及具备良好的语言表达写作能力,我们就能向着优秀的影评写作迈进。除此之外,优秀的范文是我们学习的榜样,所谓"读书百遍,其义自见",多阅读、多思考,对提高写作能力也是大有裨益。因此,在最后一个章节里我们将提供几篇完整的范文,加之详细的点评,作为范例,以飨读者。

第四节 案例分析

缺角的我完整了你
——从《星空》看色彩运用对主题表达的促进作用
雏成[①]

色彩在电影中是非常具有表现力的元素。色彩是有温度和情感的,不同色彩的运用推动着戏剧的冲突和故事的发展;色彩是有态度和思想的,相近色彩的使用烘托着人物的内心和时代的变迁。电影《星空》运用天马行空的想象和温暖真切的关怀走入一个13岁女孩的内心世界,用色彩的变幻和象征传达一个13岁女孩面对亲情破裂、亲人别离和介于友情与暧昧间的选择,表达出每个人的内心都是缺角拼图的情感。

一、色彩对情感的烘托

(一)小道具的使用

电影《星空》像一个童年时代的百宝箱,在这部电影中我们看到了熟悉的玩偶、折纸和拼图。蓝色大象、彩色板报和绿色苹果,这些小道具的使用让人物的情感更深入,增加了剧情的张力。

那么多玩偶,为什么小美一定要让爷爷给她做一个"蓝色的大象"呢?台湾临海,中华民族也与"水"结缘,"智者乐水""上善若水"等词都表明了炎黄子孙对水的喜爱。片中不同明度的蓝色运用代表着低调、不屈和永恒。小美有时候安静得让人忽略了她的存在,但是有时候却又像一朵野百合尽情享受属于自己的春天。片中有一个巧妙的设计——蓝色大象缺失

---

① 雏成,四川师范大学新闻与传播学院2009级广播电视新闻学专业学生,本文荣获北京大学生电影节第四届大学生影评大赛本科生组二等奖。

了一只脚,隐喻了小美虽然身体健全,但是她的内心缺失了一块。父母无休止的争吵,爷爷的病重到离世,缺失的那块更加明显。不管是小美的坚强还是倔强都是环境所塑造的。如今,都市人家庭观念的淡薄直接伤害的就是无辜的孩子,而整个社会的冷淡和漠然造就了少年封闭却汹涌的内心。

大城小事,也许别人眼中微不足道的小事在自己看来就是最重要的大事。小美的父母决定离婚并且把这个事实告诉小美。一家人坐在餐厅,形成一个三角形,这个形状是最稳定的,但是再稳定的形式也敌不过情感的不复存在。安静的餐厅,小美无休止地玩弄着手上绿色的苹果。绿色代表着生机和希望的同时,也代表着一种安全感。小美盼望着父母可以重归于好,但是她自己都知道这样地可能性几乎为零,但是她还是偏执地期待着奇迹的发生。

绿色苹果,本身就有点酸涩,这是小美内心的外在表达。小美的父母都穿着深色系的服装,餐厅的环境也是昏暗的,整个场景充斥着凝重。绿色的苹果无疑和整个环境形成了鲜明的对比,不仅仅是色彩亮度的比较也是色温的对比。小美是麻木的,也是清醒的。麻木得如同昏暗的餐厅,清醒得如同这个绿色的苹果,似乎咬了一口,酸涩的果汁就能淌过唇齿渐渐地进入神经。小美的父母用最直接的方式和轻描淡写的语气告诉小美他们要离婚的事实。当下,我们总是用最高效的手段解决问题,但是却忘了解决这个问题后可能引发的其他问题,失去了换位思考的思维方法是可怕的,也许我们的一次不以为意却会造成别人终身的困扰,就好像拼图碎了一块,不知道什么时候才可以把它拼凑完整。

（二）大场景的选用

电影《星空》中小美和小杰多次一起并肩而坐,每次场景都有不同。滑梯的顶端,郊外的山顶,湖面的小船。每个大场景的选用都烘托出主人公不同的情感:失落和难过,愉悦和幸福,小甜蜜和小暧昧。

其中有个场景充满了浪漫的色彩和超越真实的现实主义情感。小美和小杰坐上火车开启了一段未知全新的旅程。车上的人昏昏欲睡,只有小美一个人注视着窗外的光影流年。当小杰瞌睡的脑袋轻轻地滑落在小美的肩头时,小美在慌乱中羞赧莞尔。火车起飞了,穿梭在星空的虚实相映的广阔画卷中。星光和月光形成的漩涡藏匿着最紧张的幻想,星云和树木交织的火球燃烧着炽热的情感,寂静的村庄却悄然演奏着梦之安魂曲。蓝色、黄色、绿色、橙红有力浓厚的颜色搭建起一座童话王国。对比色、相近色大胆地涂抹,形成强烈的视觉冲击力,此时小美的内心也是波涛翻滚的。但是这个王国似乎总是缺了什么,因为绮丽的景色只有小美独自一人欣赏,这种矛盾始终蔓延在整个电影之中。小美和小杰没有办法同时看到出乎意料的美景。

丰富的线条和色块令画面氤氲出夺目却不奢华的青春年少,色彩的冲突和对比显示出小美内心的喜悦和紧张,同时也有一种情感的落差,这也为电影接下来的情节埋下了伏笔。当小杰背着发烧的小美穿越草丛看到璀璨星空的时候,小美却没有看到。13岁的星空越浩瀚越灿烂也就越寂寞。独生子女的我们似乎已经渐渐养成了一个人的习惯,我们的分享变得弥足珍贵,我们思考问题的方式也千差万别,我们很难懂得别人的情感,最好的预想就是殊途同归,缺角的彼此完整了对方。

二、色彩对情节的推动

(一)小美的服饰对故事发展的推动作用

在电影《星空》中,小美出现的第一幕身穿一袭黑衣,拿着一张车票孤单地坐在候车室。小美如瀑的黑发和黑色的衣服连为一体。黑色就像一个无底洞,吞噬了一个13岁女孩本该有的天真和活泼。黑色预示着小美的生活就像冬天的夜晚一样,滴水即冰,紧紧包裹着自己的世界,无法逃离又无能为力。候车室来来往往的人群,没有人愿意多花时间去看小美一眼。现实生活中,我们似乎总是很在意自己脚下的路,匆匆忙忙地走着,但是有时却产生了莫名的失落感;有时候走得太快,连自己都跟不上自己的步伐,不忘初心,方得始终。

本片中,小美的服装发生变化是在小杰邀请她一起布置教室之后,她的服饰从黑色或深蓝色的大衣外套换成了浅色系的衣服。两个孩子都生活在破碎的家庭,更懂得彼此害怕和珍惜的东西。但是小美的心态是矛盾的,从她和小杰踏上看星空之旅的路途,表现得更加明显。小美穿着浅灰色的外套,却戴着大红色的帽子,背着大红色的书包。这顶帽子和这个背包无疑是非常醒目的,因为小美看星空既是寄托对爷爷的哀思也是逃避破碎的家庭,既是回忆也是忘记。回忆和忘记矛盾但也统一,如果没有忘记,回忆不知道从何而起;如果没有回忆,忘记失去了存在的意义。

电影中小美的服装在色彩层次上经历了黑、灰、白三个层次,小美对生活的态度也经历了从黯淡到矛盾再到坦然的历程。她的服装的变化反映了她自身的心理状况,推动故事情节的发展。其实小美和我们每个人都一样,在13岁的年龄,我们都在自信和自我否定中拼凑着不完整的拼图。一个人若想获得幸福,其实就是要学会选择性地记忆和选择性地忘记,在忘和记之间寻求一个平衡点,才能卸下身上的重担,身骑白马驰骋在苍茫的草原。

(二)拼图《星空》对情节发展的推动作用

拼图《星空》应该是本片最重要的道具,贯穿了电影的整个进程。但是《星空》唯独缺少了黄色的那一块,一片最亮的图块。小美发现的时候也是爷爷去世的时候,她的伤疤已经赤裸裸地显现出来。随后她像疯了一般在自己的卧室疯狂地扔东西,这些珍藏在脑海深处的回忆也许在此时成为了最锋利的匕首,划开了记忆的裂痕。小美的世界崩塌了,但是她只能凭借自己的力量去重建心灵上的废墟。别无选择其实也是一种选择,每个人心目中都有一个让自己坚持走下去的信仰,也许平日我们没有察觉,但是当我们真正面对磨难的时候,信仰就是我们的明灯,如果灯熄了,连影子都会嫌弃我们。

这片黄色的图块在整片的蓝色之中是非常耀眼的,黄色明艳、自信、富有朝气。小美在拼《星空》的时候却找不到那块最亮丽的黄色,这片小小的图块影射小美的13岁缺少了最美好的那个部分——和睦的家庭与心有灵犀的好友。虽然那块拼图终会再次补齐,只是那时小美已经不再13岁了。孩子需要社会的呵护和关爱,孩子和老人都是弱势群体。当看到《桃姐》中那些为了博美名而进行的慈善作秀时,我心寒也愤慨。谁都有年幼和年老的时候,善待身边的孩子和老人不是口号更不是噱头,是我们心中最纯净的愿望,是我们脚踏实地的行动。

影片临近尾声,小美收到一封信,而这封信中只有《星空》中缺的那片图块,她补上了那块最亮的颜色。小美在时间的洗礼下懂得了再见饱含了多少再也不见的惋惜,珍重凝结了多少无法言表的祝福,没有机会说声再见只因终有一天会相见。每个人都是缺角的拼图,只有情投意合的人拼凑在一起时才会完整。

《星空》中道具的选用,场景的选择,服饰的搭配都让这部电影更加的丰满,色彩的变化和组合让电影赋予了更多的内涵和想象的空间。13 岁,一个温柔的眼神就能让她感到温暖,一个善意的微笑就能化解她心中的烦闷。欣喜若狂和黯然神伤似乎只单单的隔着一层纸。13 岁的世界好小又好大,努力寻找那缺失的一片拼图,但在众里寻他千百度之后才发现这片拼图不知道在哪个柔嫩的清晨还是在哪个肆意的傍晚随着天边的流云划过天空后不见了。当再次找到他时,我们终于拼好了自己心目中的《星空》,用它纪念我们终将逝去的青春——缺角的我完整了你。

作者选择了色彩这个视听语言为切入点,敏锐地捕捉到电影中道具、场景、服饰的深刻寓意,以电影中不完整的拼图为立意点,精简凝练地提炼出“每个人都是缺角的拼图,只有情投意合的人拼凑在一起时才会完整”的主题。主标题“缺角的我完整了你”贴合影评的内容,并且给读者较为广阔的思考空间。副标题“从《星空》看色彩运用对主题表达的促进作用”表明了影评的切入口和论述方向。全文论述集中凝练,较有深度。

影评紧紧围绕“色彩对情感的烘托”和“色彩对剧情的推动”两个方面,概括了电影的主要故事情节和电影创作者的意图,并且通过点、线、面的框架,思路层次分明,布局合理,一气呵成。

影评的第一部分,作者发掘“蓝色大象”“绿色苹果”两个小道具和“飞翔火车”场景作为具体事例条分缕析。其中“蓝色大象”是电影主人公小美在圣诞节前夕向爷爷提出的生日礼物,但当小美收到礼物时,发现这只大象缺了一只脚,在询问父亲后才得知爷爷已经病重入院。这只缺了一只脚的大象和学校的校服、教室的墙壁、医院的窗帘、家里的床单等遥相呼应,不同明度和纯度的蓝色运用给观众克制却不压抑、倔强但不固执的心理感受。作者很好地把握住电影中的这个重要意象,深挖细节,分析到位。

再则,“绿色苹果”是电影前段里出现的重要道具,在最后一次家庭会议的片段中,绿色苹果显现得非常突出。先是小美无休止地把弄着手里的苹果,然后紧紧地抓住它。之后是父母告诉她离婚事实时餐桌盘子里装满了绿色的苹果。在这个长镜头慢推中,绿色苹果渐渐放大,然后出画,小美听着父母的话心里默念三句话:“听得懂”“这样对大家都好”“对小美不公平”。青春的阵痛,离别的酸涩,“绿色苹果”无疑成为小美内心的外化表达。不仅如此,“绿色苹果”还和整个凝重的环境在色温和亮度上形成鲜明的对比,更衬托出父母轻描淡写的陈述和小美内心的痛彻心扉。作者不仅仅局限于“绿色苹果”的颜色上,而是通过这个意象,打开了感官世界——“麻木的就如同昏暗的餐厅,清醒得也如同这个绿色的苹果,似乎咬了一口,酸涩的果汁就能淌过唇齿渐渐地进入神经”,作者在文中多次触类旁通,把感官体验用生动的笔触跃然纸上,给人真实的体验和感触。

　　如果说"蓝色大象"和"绿色苹果"是作者对于某一细节的深刻剖析,那么"飞翔火车"这个片段则是对某一具体场景的探析和思考。在这个部分,作者展现出很好的语言文字功力和深厚的文学素养。不仅通过绘声绘色的文笔勾勒出这个片段的主要内容,并且融合了自己的合理想象,延展了电影的广度和深度。最为可贵的是,作者理解了电影中不同寻常的处理方式:小美和小杰没办法同时看到梦境中的浪漫景色,这种缺憾的美和遗憾的青春,作者体会得非常到位。从中能够看出作者试图把自己回溯到 13 岁的年龄,并且写出了点睛之笔:"在 13 岁的年龄,我们都在自信和自我否定中拼凑着不完整的拼图。"

　　影评的第二部分,作者通过主人公服装颜色和电影中的线索展开分析,试图通过这些颜色的使用,解析颜色对于电影情节的推动作用。作者把眼光放置于整个影片,通过小美服装的色调变化看人物的心境变迁和角色成长。作者用发展的眼光剖析出一个正值青春期少女内心的思想斗争,在忘记和记忆中努力寻找平衡。同时为下文拼图颜色的变与不变留下了伏笔,看出作者在谋篇布局上的能力。星空拼图是电影中最具代表的线索,它贯穿始终,也是主人公心中的一个结。作者很好地揭示出这块拼图的寓意——"这片小小的图块影射小美的 13 岁缺少了最美好的那个部分——和睦的家庭与心有灵犀的好友"。正如作者所要表达的,总有人 13 岁,但属于自己的 13 岁过去就再不复返了。每一段时间都值得我们珍惜与善待。

　　这篇影评深入浅出、焦点集中、深挖细析,较好地把电影和生活结合起来,通过电影观察生活,反思生活,以细腻的笔锋揭露出当今社会对弱势群体的忽视和人际交往的冷漠。但是,这篇影评还是存在一些瑕疵:其一,文中的表现对象如"蓝色大象"和"绿色苹果",其选择依据没有清晰地说明;其二,所选取的具体事例和其相关的事物没有充分地展开,如"蓝色大象"和电影中其他几处蓝色道具是否有相互隐喻作用等;其三,本文以色彩入手,但是缺乏影视色彩的相关理论知识;其四,对于现实生活的思考虽有触及,但可以再深入一点,分析得更全面和透彻一些。

▶后 记

2011 年秋季开始,随着广播电视编导专业教学计划的调整,我开始开设一门旨在提高学生写作能力的课程——影视写作基础。从 2011 年到 2016 年,我先后完成了六个年级、两个专业、八个轮次的"影视写作"课教学,材料不断积累,方法不断尝试,观念也逐渐更新,摸索了一个相对稳定、成熟的课程内容体系。

本书从策划、组织到成稿,前后历经近四年时间,由我提出选题,经编委会讨论确定了章节内容和编写风格。各章分工如下:

绪论、第一章、第二章　谢建华

第三章　袁娜、彭洋捷、岳琳

第四章　张金华

第五章　黄颖

第六章　安悦

第七章　罗勤

全书由我进行统稿校对。

感谢各位编写人员的全力参与,保证了编写任务的顺利进行。感谢重庆大学出版社贾曼编辑耐心细致的工作,使得本书最终得以完成。

谢建华　成都

2017 年 6 月 10 日